本书为国家社科基金项目
"《小说新报》与中国文学的内源性变革"
（项目批准号：12BZW073）成果

《小说新报》

与中国文学的内源性变革

付建舟 等著

中国社会科学出版社

图书在版编目（CIP）数据

《小说新报》与中国文学的内源性变革/付建舟等著.—北京：
中国社会科学出版社，2020.10
ISBN 978-7-5203-6300-6

Ⅰ.①小… Ⅱ.①付… Ⅲ.①中国文学—近代文学—
文学研究 Ⅳ.①I206.5

中国版本图书馆 CIP 数据核字（2020）第 059371 号

出 版 人	赵剑英
责任编辑	安　芳
责任校对	张爱华
责任印制	李寡寡

出　　版	中国社会科学出版社
社　　址	北京鼓楼西大街甲 158 号
邮　　编	100720
网　　址	http://www.csspw.cn
发 行 部	010-84083685
门 市 部	010-84029450
经　　销	新华书店及其他书店

印　　刷	北京明恒达印务有限公司
装　　订	廊坊市广阳区广增装订厂
版　　次	2020 年 10 月第 1 版
印　　次	2020 年 10 月第 1 次印刷

开　　本	710×1000 1/16
印　　张	21.25
插　　页	2
字　　数	285 千字
定　　价	118.00 元

目　　录

绪　　论

中国文学现代化进程的研究一直为"冲击—反应模式"的"外源性"研究所主导,"自感—反应模式"的"内源性"研究严重缺乏,而处于这一进程中的民初文学则主要体现出"内源性"变革,总体上表现为"小传统"的延续与发展,不过也伴随一定程度和一定范围的"外源性"变革,这就需要我们改变研究路数。"内源性的"或者"内生性的"概念是从生物学中来的,原指生物的某种现象是由其内部因素产生的,蕴含进化论观念,而在现代化研究中则蕴含典型的历史进化论观念。① 内部因素的产生、进化,是"内源性"最重要的特点,民初文学鲜明地体现出这种特点。其"内源性"变革主要基于中国文学自身内部要素的发展演变,或蜕旧变新,或盛极而衰,即新变与衰变。以《小说新报》(1915—1923)所载作品为代表的民初文学,既保留了很多传统文学要素,又吸收了若干新的文学要素,体现了中国文学由传统而现代的转型过程中"新"与"旧"纠缠的复杂状态,其中"小传统"显得十分明显。《小说新报》被视为民初市民作家(即所谓的旧派作家或鸳鸯蝴蝶派作家)的一个大本营,是持续时间较久(9 年),发行期数较多(共 94 期),发行范围较广,影响很大的大型通俗文学刊物,是中国文学内源性变革最重要的推动者之一。该杂志被视为"鸳鸯蝴蝶派"的重要刊物而被长

---

① 尹保云:《对西欧现代化的"内源性"的反思》,《史学月刊》2006 年第 7 期,第 58 页。

期忽视，殊不知，它恰恰是我们研究民初文学"内源性"变革的最佳材料之一。我们试图以《小说新报》为依托，从几个不同方面研究凸显"小传统"的民初文学的"内源性"变革。

一 民初文学"内源性"变革的理论基础

关于"内源性"问题，有诸多理论基础可供借鉴。理论基础之一，是马克思的"历史进化论"。马克思发现了人类历史的发展规律，他承认社会进化的过程是一个渐变的过程。马克思曾指出，达尔文的进化论"不仅第一次给了自然科学中的'目的论'以致命的打击，而且也根据经验阐明了它的合理的意义"①。马克思在给友人的信函中指出："当他（引者按：指拉萨尔）证明现代社会，从经济上来考察孕育着一个新的更高的形态时，他只是在社会关系方面揭示出达尔文在自然史方面所确立的同一个逐渐变革的过程。……自由主义的关于'进步'的学说（这是迈尔的本来面目）是包括了这一点的，而作者的功绩是：他指出，甚至在现代经济关系伴随着直接的恐怖的后果的地方，也存在着潜在的进步。"② 进步的观点与渐变的观点十分重要。马克思更强调渐变到一定程度就会发生突变："社会的物质生产力发展到一定阶段，便同它们一直在其中运动的现存生产关系或财产关系（这只是生产关系的法律用语）发生矛盾。于是这些关系便由生产力的发展形式变成生产力的桎梏。那时社会革命的时代就到来了。"③ 渐变与突变是人类社会发展变化的规律，也是文学发展变化的规律。在由传统到现代的演进过程中，中国文学或者蜕旧变新，重现生机；或者因循守旧，衰败淘汰。这两种态势，民初文学兼而有之。

理论基础之二，是德国社会学家马克斯·韦伯的社会文化理论，该理论突出事物的个性，突出事物内部产生的现代性因素。韦伯的研

---

① 《马克思恩格斯全集》第30卷，人民出版社1974年版，第575页。
② 《马克思恩格斯全集》第31卷，人民出版社1974年版，第410页。
③ 《马克思恩格斯选集》第2卷，人民出版社1972年版，第32—33页。

究方法与别人不同，他坚持调查的基本单位必然总是有个性的。其重点放到个性而非群体或集团的理由在于：唯有个性才使"有意义的"社会行动成为可能。他认为："为了社会学的目的，并不存在'行动'的集体个性这样一种东西。当在社会学系统里涉及一个国家、一个民族、一家公司、一个家庭、一支军队或者其他类似的集团时，它所意味的只是……单个个人为现实的或可能的社会行动的某种发展。"① 在文化上，不同的民族有不同的文化，不同的文化有不同的个性特点，各具个性的文化主要基于其内源性因素的发展演变，文学亦然。民初文学则主要基于内源性因素的变化，如通俗小说、古文与骈文、游戏文与笑话、时调与弹词等，这些文学样式具有各自的个性特点，如通俗小说的通俗特性、古文与骈文的典雅特性、游戏文与笑话的诙谐特性、时代与弹词的音韵特性。这些特性为拥有深厚传统文化基础的民初市民作家所接受所掌握，并得到延续与发展。

理论基础之三，是美国社会学家塔尔科特·帕森斯的结构功能论，该理论强调系统的结构分化与重新整合。结构是指制约着特定类型角色互动的抽象规范模式，功能是控制系统内结构与过程之运行的条件，对维持社会均衡是适当的、有用的。相互关联的功能构成功能系统。帕森斯认为，每一种社会系统都不可避免地面临和必须解决适应、目标达到、整合、模式维持这四个问题。前二者是关于社会与周围环境的外部联系；后二者是关于具有相互作用的文化信仰的社会化的人所组成的人类集团这种社会内部的组织问题。适应是指与自然界和行动环境有效地联系的问题，其关键在于系统必须拥有从外部环境中获取所需资源的手段。达到目标是指在针对社会系统的外部环境而提出的集体任务中如何有效地协调的问题，系统必须有能力确定自己的目标次序和调动系统内部的能量以集中实现系统的目标。整合是指为了使系统作为一个整体有效的发挥功能，必须将各个部分联系在一

① ［英］弗兰克·帕金：《马克斯·韦伯》，刘东、谢维和译，四川人民出版社1987年版，第4页。

起，使各个部分之间协调一致，使相互作用的社会成员保持在良好的关系之中，避免导致分裂的冲突。模式维持是指系统各组成部分之间的关系按照一定的规范模式进行，使社会系统的成员和社会活动方式合法化，以及对成员的角色需求进行调整，使之与其他成员承担的角色义务协调一致。① 帕森斯的这一理论也适用于民初文学。面对晚清业已形成的新的文学体系，偏重传统的民初文学试图协调和整合新旧两种文学体系而形成自己的特色。

这三种理论基础为我们研究民初文学的"内源性"变革提供借鉴。从马克思的"历史进化论"来看，这种变革是指传统文学中一些新因素的积累和发展而产生的进化；从韦伯的社会文化理论来看，是指中国文学因自身个性而产生的其他现代性因素所导致的转变，民初文学有其自身的文学与文化个性，表现为个性衰变或个性新变两种模式；从塔尔科特·帕森斯的结构功能论来看，是指中国文学系统发生的结构分化所致，至民初，文学呈现新旧文学体系交融的格局。

二　"小传统"与"大传统"

对民初文学来说，"传统"可谓剪不断理还乱。一方面，"传统"并不是仅仅存在于历史中，存在于过去，同时也存在于"现实"中，存在于"当下"。正如黑格尔所言："传统并不是一尊不动的石像，而是生命洋溢的，有如一道洪流，离开它的源头愈远，它就膨胀得愈大。"② 我国的"传统"也是如此，一些文学"传统"，尤其是小传统，就存在于民初文学中；另一方面，"传统"通过创造性转化，被纳入"当下"，被纳入民初文学中，它既包括小传统，又包括大传统。有学者在论述传统文学在中国小说叙事模式转变中的作用时，认

---

① 张健吾：《塔尔科特·帕森斯》，《现代外国哲学社会科学文摘》1982 年第 3 期，第 53 页。

② ［德］黑格尔：《哲学史讲演录》，贺麟、王太庆译，商务印书馆 1959 年版，第 8 页。

识到传统的创造性转化，这种转化既体现在笑话、轶闻、答问、游记、日记和书信等被引入小说，又体现在"史传"和"诗骚"对中国小说的影响。① 在以"诗文"为正宗的传统文学体系中，笑话、轶闻等属于小传统，"史传"和"诗骚"属于大传统。

　　"小传统"与"大传统"是美国人类学家罗伯特·雷德菲尔德（Robert Redfield）在《农民社会与文化》一书中提出的重要概念，用来阐释两个不同层次的文化。小传统是指在农村中多数农民所代表的文化；大传统是指以城市为中心，社会中少数上层人士、知识分子所代表的文化。他指出："在某一种文明里面，总会存在着两个传统。其一是一个为数很少的一些善于思考的人们创造出的一种大传统；其二是一个为数很大的、但基本上是不会思考的人们创造出的一种小传统。大传统是在学堂或庙堂之内培育出来的，而小传统则是自发地萌发出来的，然后它就在它诞生的那些乡村社区的无知的群治的生活里摸爬滚打挣扎着持续下去。"② 其后，不少学者根据各自的研究对象对这一概念进行修正，欧洲学者使用"精英文化"与"大众文化"，台湾李亦园使用"雅文化"与"俗文化"。笔者则把中国文学传统区分"小传统"与"大传统"，以及在演变过程中"小传统"与"大传统"的相对性，凸显与"大传统"相对应的"小传统"。例如，我国传统诗文在传统文学体系中属于"大传统"，而在民初文学中则衰变为"小传统"；小说在传统文学体系中属于"小传统"，而经过晚清小说界革命，则在民初文学中新变为"大传统"，这是从文体上来说的。若从内容和艺术形式来看，从与五四小说的对比来看，作为通俗文学的民初小说仍然属于"小传统"。这就是"小传统"与"大传统"的相对性。从文学结构来看，"小传统"与"大传统"也很分明。相对于五四新文学这个"大传统"，主要由通俗文学、讲唱文

---

① 陈平原：《陈平原小说史论集》上册，河北教育出版社1997年版，第471—472页。
② ［美］罗伯特·雷德菲尔德：《农民社会与文化》，王莹译，中国社会科学出版社2013年版，第95页。

学、谐隐文学等所组成的民初文学可谓"小传统"。在民初文学内部，除了传统诗文与小说在"小传统"与"大传统"中的相对性外，通俗文学、讲唱文学、谐隐文学等则一直属于"小传统"。由此看来，民初文学基本上属于文学"小传统"。

文学"小传统"往往被文学"大传统"所遮蔽，缺乏足够的重视。以"小传统"为主体的民初文学更是如此，它往往受到新文学家的大肆攻击，以至于长期得不到客观而公允的评价。然而，文学"小传统"自有其价值和意义。颇有意思的是，作为新文学家的周作人，在文艺论争层面上，对作为通俗文学的民初文学的抨击不遗余力；在学术层面，在社会效应上，对通俗文学和民间文学给予很高评价。他认为，文学的范围很广，包括民间文学、通俗文学与纯文学三部分。普通所讲的文学是很小的纯文学部分，而民间文学、通俗文学都被忽视了。通俗文学与民间文学略有相同，如古时神话与传说，民间歌谣等，都是这一类的文学，这类文学包括戏剧（看的或听的）、唱书（如唱小曲之类）、说书（有声调、讲故事、与看不同）与小说（全为读的）。"要讲文学史，非从这一方面去找不可……我们研究文学，单看一方面是不够的，老庄孔孟，不过代表中国思想的提高一点，但不能代表中国民众思想的总数与平均数。这是，从各方面整理一下就可以看出来。先整理下等东西，才可以再去从事纯文学的研究。其他如文化史的研究亦非放大范围研究不可。"我们不能仅仅注目于纯文学，还必须注目于通俗文学和民间文学，"通俗文学不但可以表现国民性，它还可以表现一切思想。纯文学是不能代表全民众的思想的，也没有什么大的力量。我向来主张文学无用与无效。老庄孔孟是与我们没有什么关系的。……至于通俗文学，民众读了，其思想自然会发生一种变化，所以我们当有深切的注意才好，这样，才可以看出中国人的大部分的思想来"①。周作人深刻地认识到通俗文学与

① 吴平、邱明一编：《周作人民俗学论集》，上海文艺出版社 1999 年版，第 305—306 页。

民间文学的价值和意义，这值得引起我们的高度重视。我们不仅要研究以纯文学为代表的文学"大传统"，还要研究以通俗文学和民间文学为代表的文学"小传统"，因为"大传统"远离民众，对社会没有发挥多大作用。而"小传统"则亲近民众，极大地影响民众的思想，能够反映大部分人的思想状况。作为"大传统"的五四新文学与作为"小传统"的民初文学在当时为民众所接受的状况能够反映这一点。

三 "民初文学本位观"及"内在理路"研究法

作为"小传统"的民初文学与作为"大传统"的五四新文学大不相同，这是两种不同性质的文学，需要区别对待。然而，民初文学的研究，往往以五四"新文学本位观"而非"民初文学本位观"进行观照，往往遵循新文学家的片言只语替代阅读体验，造成民初文学的严重扭曲。我们不能片面化，片面地站在五四新文学立场来评判，而应该立足于民初文学本身，进行历史还原，根据复杂多样的文学作品与文学批评，展开研究和评判，以期客观公允。郑振铎说："鸳鸯蝴蝶派的大本营是在上海。他们对于文学的态度，完全是抱着游戏的态度的。……他们对于人生也便是抱着这样的游戏态度的。他们对于国家大事乃至小小的琐故，全是以冷嘲的态度出之。他们没有一点的热情，没有一点的同情心。只是迎合着当时社会一时的下流嗜好，在喋喋的闲谈着，在装小丑，说笑话，在写着大量的黑幕小说，以及鸳鸯蝴蝶派的小说来维持他们的'花天酒地'的颓废的生活。"① 这是新文学家对鸳鸯蝴蝶派严厉批判的代表性观点。这样的观点在学界产生巨大的影响。然而，有学者早已敲响警钟："文学史研究者对于1912—1919 年文学状况的了解，很大部分来自五四先驱的批判性评估。文学史著作对这一时期的描述基本上沿袭了五四先驱的鄙夷态

---

① 郑振铎：《文学论争集·导言》，刘运峰：《1917—1927 中国新文学大系导言集》，天津人民出版社 2009 年版，第 41—42 页。

度。而且，由于这一时期的报刊确实充斥着品格低下的文字，研究者在阅读资料过程中需要有相当的耐性去对付那些数量上汗牛充栋却又毫无艺术吸引力的东西，这难免使人感到不如直接相信五四先驱的评判。……当年站在文学革命潮头的胡适尚有理由只以片面的、浮光掠影的印象作为抨击'旧派'的依凭，而后来治史的研究者则须更多些小心和耐心。"① 这种大胆的评价可谓独具慧眼。研究民初文学，必须抛弃五四"新文学本位观"，这种尺度不适合民初文学；必须遵循"民初文学本位观"，需要寻找适合民初文学的新尺度或新方法。

　　一些新文学家以"新文学本位观"对民初文学的抨击不遗余力，但也不乏以"民初文学本位观"对民初文学大加褒扬的新文学家，如朱自清先生。他从消遣或不严肃的角度，认为"鸳鸯蝴蝶派"小说是中国小说的正宗。他于1947年在《论严肃》一文中指出：

> 　　在中国文学的传统里，小说和词曲（包括戏曲）更是小道中的小道，就因为是消遣的，不严肃。不严肃也就是不正经；小说通常称为"闲书"，不是正经书。词为"诗馀"，曲又是"词馀"；称为"馀"当然也不是正经的了。鸳鸯蝴蝶派的小说意在供人们茶余酒后消遣，倒是中国小说的正宗。中国小说一向以"志怪"、"传奇"为主。"怪"和"奇"都不是正经的东西。明朝人编的小说总集有所谓"三言二拍"。"二拍"是初刻和二刻的《拍案惊奇》，重在"奇"很显然。"三言"是《喻世明言》、《警世通言》、《醒世恒言》，虽然重在"劝俗"，但是还是先得使人们"惊奇"，才能收到"劝俗"的效果，所以后来有人从"三言二拍"里选出若干篇另编一集，就题为《今古奇观》，还是归到"奇"上。这个"奇"正是供人们茶余酒后消遣的。②

---

① 刘纳：《嬗变——辛亥革命时期至五四时期的中国文学》，中国社会科学出版社1998年版，第232页。

② 朱自清：《朱自清文集》，当代世界出版社2010年版，第111—112页。

在朱自清先生看来，民初的鸳鸯蝴蝶派小说不严肃、不正经，甚至"怪"与"奇"，而这些特点正是中国小说的本质，因此鸳鸯蝴蝶派小说是中国小说的正宗。这就是提倡"新国学"并以国学为职业的朱自清的"民初文学本位观"，他根据鸳鸯蝴蝶派小说自身的特点来研究鸳鸯蝴蝶派小说，而不是根据五四新文学的特点来一味批判鸳鸯蝴蝶派小说。正如有的学者所言："他站在现代立场上，重估我们的文化遗产，公平地对待传统和新生的文学的、文化的现象。他公平地对待士大夫的典雅与世俗的通俗，公平地对待来自民间的和来自现代西方的。"① 令人遗憾的是，朱先生在 70 多年前就提出的"鸳鸯蝴蝶派的小说意在供人们茶余酒后消遣，倒是中国小说的正宗"的观点，至今仍然缺乏足够与广泛的重视。令人欣慰的是，也有坚持"民初文学本位观"的学者孜孜以求，学术著作尽管不多，却颇有分量，如范伯群的论著《中国现代通俗文学史》、陈平原的论著《中国小说叙事模式的转变》和《二十世纪中国小说史（1897—1916）》、刘纳的论著《嬗变——辛亥革命时期至五四时期的中国文学》等。范伯群先生持之以恒，长期聚焦于现代通俗文学，提出"新文学与通俗文学互补"的观点，提出"两个翅膀轮"，即通俗文学与新文学是中国现代文学的两个翅膀。其相关研究成果开创了现代文学研究的新局面，赢得学界广泛赞同。然而，由于胡适、郑振铎等新文学家对以鸳鸯蝴蝶派为代表的民初文学猛烈抨击，其负面影响十分深远，很难在短期内得到矫正。

"民初文学本位观"不仅意味着要在研究立场上从"新文学立场"回归"民初文学立场"，而且还要返回历史现场，阅读相当数量的民初文学作品或文学期刊，根据阅读体验作出分析和评判。鉴于民初文学浓厚的传统色彩，而传统的形成和持续有其自身的脉络，因此，我们采用与之相适应的"内在理路"研究法。这种方法见重于

---

① 徐德明、李真：《朱自清传》，团结出版社 1999 年版，第 103 页。

钱穆和余英时等人。钱穆治学，注重"内缘"，其名著《中国近三百
年学术史》一反梁启超的同名著作注重"外缘"，尤其是西学的传
统，认为思想与学术有自主性，拥有自己的内在发展脉络。钱氏在该
著的"自序"中指出："窃谓近代学者每分汉宋疆域，不知宋学，则
亦不能知汉学，更无以平汉宋之是非，故先之以引论，略述两宋学术
概要。又以宋学重经世明道，其极必推之于议政，故继之以东林。明
清之际，诸家治学，尚多东林遗绪。梨洲嗣轨阳明，船山接迹横渠，
亭林于心性不喜深谈，习斋则兼斥宋明，然皆有闻于宋明之绪论者
也。不忘种姓，有志经世，皆确乎成其为故国之遗老，与乾嘉之学，
精气复绝焉。"① 其论述的基点是汉学与宋学之异同，而强调宋代理
学。他指出清代学术源于宋学，认为清学既承汉敌宋，若不知宋学，
就"无以平汉宋之是非"，有意忽略西学的影响，集中突出清代学术
发展的内在理路。其弟子余英时则把这一方法发扬光大，余氏对清代
思想史与宋明理学之间的断裂说提出质疑，"六百年的宋、明理学到
了清代突然中断了，是真的中断了吗？还是我们没有看见？或者是我
们故意视而不见？"② 余氏力排众议，独抒己见，认为断裂说强调
"满清压迫"或"市民阶级的兴起"等"外缘"，却忽视"内缘"，
忽视清代思想学术与宋明理学内在问题的另一脉"道问学"存在连
续性。这种突出"内在理路"的研究方法具有重要的学术意义，如
小说文体在历史演进过程中具有自身的内在理路，即从不能登大雅之
堂的"小传统"嬗变为"文学之最上乘"的"大传统"。

四 民初文学的结构形态

我们以五四新文学为参照，来考察民初文学的结构形态。五四新
文学的结构形态可以通过《中国新文学大系（1917—1927）》（以下
简称《新大系》）来认识。该《新大系》凡十卷：《建设理论集》《文

---

① 钱穆：《中国近三百年学术史》，商务印书馆 1997 年版，第 1 页。
② 余英时：《内在超越之路》，中国广播电视出版社 1992 年版，第 471 页。

学论争集》《小说一集》《小说二集》《小说三集》《散文一集》《散文二集》《诗集》《戏剧集》《史料·索引》。撇开《建设理论集》《文学论争集》和《史料·索引》三集，作品部分简化为小说、散文、诗歌和戏剧四类。这是以小说为正宗的四分法之新的文学体系，与以"诗文"为正宗的传统文学体系是完全不同的。

民初文学没有像这样具有权威性的《新大系》，不过其结构形态可以通过《中国近代文学大系（1840—1919）》（上海书店1990—1996年版，以下简称《近大系》）略窥一斑。《近大系》12专辑30分卷，具体为：《文学理论集》二卷、《小说集》七卷、《散文集》四卷、《诗词集》二卷、《戏剧集》二卷、《笔记文学集》二卷、《俗文学集》二卷、《民间文学集》一卷、《书信日记集》二卷、《少数民族文学集》一卷、《翻译文学集》三卷、《史料索引集》二卷。与《新大系》一样，《近大系》也体现出以小说为正宗的四分法之新的文学体系；同时，又与《新大系》不一样，《近大系》保留了传统的笔记文学、俗文学（包括子弟书、二人转鼓词及其他、相声、评书、竹枝、扬州评话与弦词、扬州清曲、苏州弹词、广东木鱼歌与南音、落地唱书、宝卷），民间文学（神话传说、民间故事等）等，是新旧文学体系的融合体。如果说《近大系》的这种新旧文学体系的融合体是后人编纂的，不是原生态的，不足以反映民初文学的结构形态，那么，我们可以通过《小说新报》来进一步考察。作为大型小说刊物，《小说新报》以小说为主体，小说作品处于主导地位，数量最多，位居第一，约占一半篇幅，作品见诸"说林（短篇）"和"说林（长篇）"栏目。其他内容共约占一半篇幅，主要有戏曲，见诸"传奇"栏目；诗文，见诸"文苑"和"歌谱"栏目；作为诙谐文学的游戏文和笑话，见诸"谈薮"和"艳牍"栏目；作为讲唱文学的"时调"和"弹词"，见诸相应栏目；作为话体文学批评的诗话、词话、小说话、文话、联话等，也见诸相应栏目。民初小说以通俗小说为主，如言情小说、社会小说（包括醒世小说、时事小说）、侦探小说、滑稽小说、理想小说等。民初诗文主要是传统诗、词、骈文和古文。民初讲唱文学以时调和弹词为代表，前者如五更调、叹十声调、银纽丝调、梳妆台调等，后者如吴东园的《五女全贞记弹词》、绛珠的《苏小小弹词》等。民初谐隐文学以游戏文、笑话、滑稽小说为代表，如李定夷等编的《广笑林》。这样的栏目及其内容反映了民初文学的基本结构形态，体现了民初文学处于传统文学体系与新的文学体系相互纠缠的状态。这种原生态的新旧文学体系的融合体所反映的民初文学的结构形态在主体上与《近大系》十分接近。正如帕森斯的结构功能论所言，到民初，中国文学系统的结构发生分化并重新整合。这种融合体既遵循四分法的新的文学体系，尊崇小说正宗；又遵循传统的文学体系，保留传统的诗文、讲唱文学、民间文学等，整合成新的体系。

民初文学的这种结构形态，与晚清以来的中国文学嬗变密不可分。晚清文学界发生一系列革命，如"诗界革命""文界革命""小说界革命"和"戏剧界革命"，于是中国文学结构产生分化和重组，以小说、诗歌、散文、戏剧为主体的四分法之新的文学体系逐渐形成，并逐渐取代以"诗文"为正宗的传统文学体系。但是，这并非意味着新体系一统天下，真实情况比较复杂，复杂性在于"新"的登场了，"旧"的还没有完全退场，"新"与"旧"还在博弈，四分法体系是"新"势力的结果，表现为"外源性"，而"旧"的势力仍然在发生作用。民初文学既不完全接纳"新"的，也不完全拒绝"旧"的，表现为"外源性"与"内源性"的综合作用，不过前者处于主导地位。

这些栏目显示出以《小说新报》所载作品为代表的"民初文学"呈现鲜明的"内源性"变革的特点。这种变革包括"新变"和"衰变"。"新变"因为现代性因素不断增强而得以革新，充满活力；"衰变"因为现代性因素严重不足而逐渐衰败，苟延残喘。"新变"者有小说、新演剧等，"衰变"者有传统诗文、游戏文、时调和弹词，以及诗话、词话、小说话等。这种"内源性"变革的总体特点，是"小传统"处于主导地位。在以"诗文"为正宗的传统文学体系中，"诗文"属于"大传统"，小说、戏曲、诙谐文学、讲唱文学等都属于"小传统"。作为"大传统"的"诗文"在民初文学中不再拥有显赫的地位。原本属于"小传统"的"小说"，经过长期演变，到晚清小说界革命时逐渐成为"文学之最上乘"，由"小传统"嬗变为"大传统"，但民初小说属于通俗文学，相对于"大传统"的纯文学，仍然属于"小传统"，它在民初文学中处于主导地位。作为"小传统"的戏曲、诙谐文学、讲唱文学等与传统"诗文"一样，在民初文学中略备一体。

五　民初小说的"内源性"变革

根据马克思的"历史进化论"，民初小说的变革是传统小说中一些新因素的积累和发展而产生的进化，尤其是"小说"观念和小说地位的变化。小说向来地位卑下，不能登大雅之堂。东汉时，"小说"作为一种文体概念已经提出，但这种娱情的无根之谈不能列入雅正的四部。桓谭说："若其小说家，合丛残小语，近取譬论，以作短书，治身理家，有可观之辞。"班固说："小说家流，盖出于稗官，街谈巷语，道听途说者之所造也。孔子曰：'虽小道，必有可观者焉，致远恐泥。'是以君子弗为也，然亦弗灭也。闾里小知者之所及，亦使缀而不忘，如或一言可采，此亦刍荛狂夫之议也。"（《汉书·艺文志》）① 在他们看来，小说只是丛残小语、街谈巷语，只能治身理家，不能治国平天下，所以只是小道理，不是大道理。到明后期，中国小说观念已经大变，冯梦龙《喻世明言·叙》云："史统散而小说兴。始乎周季，盛于唐，而浸淫于宋。韩非、列御寇诸人，小说之祖也。……迨开元以降，而文人之笔横矣。若通俗演义，不知何昉？按

---

① 转引自石昌渝《"小说"界说》，《文学遗产》1994 年第 1 期，第 85 页。

南宋供奉局，有说话人，如今说书之流。其文必通俗，其作者莫可考。"又云："大抵唐人选言，入于文心；宋人通俗，谐于里耳。天下之文心少而里耳多，则小说之资于选言者少，而资于通俗者多。试今说话人当场描写，可喜可愕，可悲可涕，可歌可舞；再欲捉刀，再欲下拜，再欲决脰，再欲捐金。怯者勇，淫者贞，薄者敦，顽钝者汗下。虽小诵《孝经》、《论语》，其感人未必如是之捷且深也。噫！不通俗而能之乎？"① 冯氏考察了中国小说演变的脉络，同时极力突出宋人小说的通俗特征，正是这种特征使小说感人"捷且深"。这种观念与清末梁启超倡导小说革命时的小说观念具有异曲同工之妙。1902年，梁启超在《论小说与群治之关系》一文中认为，人类之普通性嗜他书不如嗜小说，因为小说"浅而易解""乐而多趣"。进一步说，小说具有熏、浸、刺、提这四种力，因而，小说成为新国新民之利器。经过小说界革命，小说一变而为"文学之最上乘"。昔日的"八股世界"遂一变而为"小说世界"。1906 年，时人认为："十年前之世界为八股世界，近则忽变为小说世界。盖昔之肆力于八股者，今则斗心角智，无不以小说家自命。于是小说之书日见其多，著小说之人日见其夥，略通虚字者无不握管而著小说。"② 到民初，新小说观念已经深入人心，小说作品在出版界独占鳌头，无出其右者。1915 年，梁启超指出："试一流览书肆，其出版物，除教科书外，什九皆小说也。"③ 民初小说地位的这种变化，是"内源性"变革与"外源性"变革综合作用的结果，一方面体现出小说演变的内在理路，即小说逐渐通俗化和民众化；另一方面体现出时代思潮的巨大影响，即外来的小说至尊的观念的影响。

　　小说创作是民初市民作家最重要的文学成就，它既受到我国固有

---

① （明）冯梦龙：《喻世明言·叙》，《喻世明言》，人民文学出版社 2007 年版，第1 页。

② 寅半生：《小说闲评·叙》，《游戏世界》1906 年第 1 期。

③ 梁启超：《告小说家》，《中华小说界》1915 年第 2 卷第 1 期，第 511 页。

的小说传统的"内源性"影响，又受到晚清小说界革命的"外源性"影响，从思想内容和艺术形式来看，更倾向于前者。甲午战争彻底摧毁了中国人的文化优越感，民初作家普遍产生文化困惑。"到甲午以后，中国人对自己的文化产生了幻灭感，接纳外来文化的时候又有一种种族障碍。"① 民初作家就是在这种矛盾的心情下从事文学创作，其作品充满矛盾困境，这种矛盾表现在民初小说的正统性及其若干变异。所谓"正统性"是指民初小说的思想内容与传统的观念密切相关，正如《小说新报》第一任编辑主任李定夷所言的"理归正则"。李氏在《小说新报·发刊词三》中说："慨夫齐谐诡诞，不厕四库之度；郢说荒唐，群訾十洲之记。谈狐谈鬼，神话难稽；诲盗诲淫，邪辞可耻。一曲春灯之扇，百回野叟之言，在作者虽游戏逢场，而议者等排优误世。驯至卑雅调于幺弦，抑丽辞为簏弄，徒见滥筋末季，语出非伦；不知嚆矢先声，理归正则。"② 而"变异"是指对传统观念的若干突破。民初作家传承了传统又有所改造，其长篇小说表现出这种正统性与及其变异。《小说新报》连载了 48 部长篇小说，最主要的是言情小说与社会小说，言情小说关涉恋爱婚姻，作品既表达了不废传统夫妇之道的观点，又表达了渴望婚姻相对自由的观念；社会小说既表达了希望社会健康发展，官与民各得其所，不能随意逾越的传统观念，同时又猛力抨击官场的腐败，极力暴露社会各种丑恶现象甚至种种黑幕，以促进社会进步。这是言情小说与社会小说的正统性及其变异。

从艺术上来看，民初小说的"内源性"变革是基于传统小说艺术的。长篇小说叙事艺术的承续与新变比较突出，如"说书人"充当小说的叙述者的全知叙事、第一人称"限制叙事"的新变、叙事结构与叙事时间的新变等。短篇小说的艺术承续与新变也比较突出，如情节的淡化与模式化、小说的抒情性、小说的艺术真实性等。人物形

---

① 杨义：《杨义文存》第四卷，人民出版社 1998 年版，第 29 页。
② 李定夷：《小说新报·发刊词三》，《小说新报》1915 年第 1 年第 1 期。

象的塑造表现出新的特点，如长篇小说的"戏拟"形象，如戏拟的"贾宝玉""林黛玉""薛宝钗"等形象；短篇小说的理念式人物形象、重气质轻相貌的人物形象、挣扎于专制与自由之间的女性人物形象等十分明显，这些形象源于传统，又试图突破传统。小说语言也发生巨大变化，不管长篇小说还是短篇小说，大多以浅近文言为主，辅以白话，使作品具有古色古香的传统氛围。还有古诗词的大量使用，格言与警句的借用，典故的化用等，使作品富有传统文化内涵。这是民初小说语言的正统性及其变异。

总之，我们试图以马克思的"历史进化论"、韦伯的个性文化论、塔尔科特·帕森斯等人的结构功能论为理论基础，以钱穆和余英时等人的"内在理路"为基本方法，以《小说新报》为依托，探讨凸显"小传统"的民初文学的内源性变革。鉴于问题的复杂性，我们努力强调民初旧派文学的内源性变革，同时也充分肯定其外源性变革，以及这两种变革所产生的综合作用，由此构筑本书的整体设计框架。基于《小说新报》的文学实践以及以《小说新报》为代表的民初旧派文学存在新旧文学体系并存的格局，我们既突出"小说正宗"，又强调"传统诗文"，并兼顾属于新的文学体系的新演剧（即早期话剧）以及属于传统文学体系的讲唱文学、新传奇、谐隐文学和传统文学批评文体。前三章突出小说正宗，第一章为《小说新报》与民初长篇小说的正统性及其变革。第二章为《小说新报》与民初短篇小说的正统性及其变革。第三章为《小说新报》与民初小说艺术的内源性变革。长篇小说和短篇小说在《小说新报》中占据半壁江山，处于主导地位。第四章为《小说新报》与传统诗文之延续。第五章为《小说新报》与民初讲唱文学及其传统。第六章为《小说新报》与传奇戏曲的变革。第七章为《小说新报》与我国的谐隐文学传统。第八章为《小说新报》与传统文学批评文体及其新变。《小说新报》所载的传统诗词、散文与骈文、讲唱文学、新传奇与新演剧、游戏文章与笑话等谐隐文学以及话体文学批评（如诗话、词话、小说话等）

各自的体量无法与小说体量抗衡，但其总体量在《小说新报》中也占据半壁江山。此外，我们也关注以《小说新报》为代表的民初旧派文学，面对日益强盛的五四新文学所进行的自我调适，这是符合帕森斯的结构功能理论的适应理论的。从变革的内在理路来看，《小说新报》的改良是旧派文学走向末路的表现，其改良是救弊之举，而这种改良又是对外界的回应，即对五四新文学运动的实时反映。为此设立第九章《小说新报》之改良与民初旧派文学之调适。这九章的设立，尽量避免先验的影响，立足于《小说新报》的文学实践，力求客观公允，力求探讨转型过程中的古与今、中与西、新与旧、雅与俗、文言与白话、功利与审美等之间的互动与演变，以及价值追求与艺术追求的变化规律。

民初文学有其存在的价值和意义，在文学史上应有自己的历史地位。樊骏先生在论述鸳鸯蝴蝶派文学时指出："在中国文学从传统向现代的历史性转换中，比之'五四'新文学，它在好几个方面（比如文学的平民化、世俗化、文学作品的商品化等），倒是个先行者。从这个意义上说，把它称作'前现代（化）文学'、'前新文学'，也不为过，至少是得风气之先，在新文学之前作过一些探索，取得若干成就，起了无可替代的历史作用。这是鸳蝴派在近现代文学史上的主要建树和历史地位。"① 这是从民初文学本位观出发对民初文学所进行的文学史定位，不愧为文学史家的真知灼见。然而，民初文学也存在严重流弊，这种流弊源于民初作家自身。朱自清先生在《现代生活的学术价值》一文中认为，中国人习惯于"回顾"，习惯于"梦想过去"，"过去有过去的价值，并非全不值得回顾，有时还有回顾的必要"，但他们只是抱残守缺地依靠着若干种传统，渴望返回古代的黄金世界，则并不可取。"他们绝不在传统外去找事实……永远在错路上走，他们将永不认识过去的真价值。他们一心贯注的过去，尚且不

---

① 樊骏：《能否换个角度来看》，《中国现代文学研究丛刊》2001 年第 2 期，第 12 页。

能了了，他们鄙夷不屑的现在自然更是茫然。于是他们失去了自己，只麻木地一切按着传统而行，直到被传统压得不能喘气而死。"① 这段话用在民初作家的身上再恰当不过了。民初作家满脑子充斥的是传统知识，只可容纳十分有限的新知识，他们过于因袭传统，沿袭有余而创新不足。正因如此，民初文学表现出鲜明的"内源性"变革，表现出对文学"小传统"的延续，就显得顺理成章。

---

① 徐德明、李真：《朱自清传》，团结出版社1999年版，第90页。

第一章

《小说新报》与民初长篇小说的
正统性及其变革

　　这里所谓的"正统性"是指民初旧派长篇小说的思想内容与传统的观念密切相关，正如《小说新报》第一任编辑主任李定夷所言的"理归正则"。李氏在《小说新报·发刊词三》中说："慨夫齐谐诡诞，不厕四库之庋；郢说荒唐，群訾十洲之记。谈狐谈鬼，神话难稽；海盗海淫，邪辞可耻。一曲春灯之扇，百回野叟之言，在作者虽游戏逢场，而议者等俳优误世。驯至卑雅调于么弦，抑丽辞为箜弄，徒见滥觞末季，语出非伦；不知嚆矢先声，理归正则。"[①] 而"变革"是指对传统观念的若干突破。旧派作家传承了传统又有所改造，其长篇小说表现出这种正统性与及其变革。《小说新报》连载了48部长篇小说，最主要的是言情小说与社会小说，言情小说关涉恋爱婚姻，作品既表达了不废传统夫妇之道的观点，又表达了渴望婚姻相对自由的观念，这是言情小说的正统性及其变革；社会小说既表达了希望社会健康发展，官与民各得其所，不能随意逾越的传统观念，同时又猛力抨击官场的腐败，极力暴露社会各种丑恶现象甚至种种黑幕，以促进社会进步。这是社会小说的正统性及其变革。这种正统性及其变革也是民初旧派作家长篇小说思想内容"内源性"变革的体现。处于社会过渡阶段，传统文化对女子生存境遇会产生怎样影响？这便需要从

---

　　① 李定夷：《小说新报·发刊词三》，《小说新报》1915年第1年第1期，第1页。

关乎女子切身利益的几个方面考察，即婚恋观、贞节观、缠足、教育等。除了"小儿女闲话之资"，作家提醒读者这是"警示觉民，有心人寄情之作"刊物连载了大量的时事、醒世等小说，展现了忧患意识。对娱乐场尔虞我诈的伎俩，官场腐败龌龊的场景作了详尽描绘，为读者展现了广阔的社会场景，借此希望读者对社会有一个新的认识。

第一节　《小说新报》所载长篇小说概观

《小说新报》连载了48部长篇小说，各自连载的时间有长有短，连载时间最长的小说是《天作之缘》，在期刊中断断续续连载了三年；连载时间最短的小说有社会小说《赌窟》，连载两期便完结了，而其他的小说一般以连载半年或者是一年的时间居多。有时候会因为刊物编辑约稿不及时，或者是稿件丢失以及小说作者有事不能按时刊登。《小说新报》重视读者的感受，刊登读者来信：

> 长篇文字俱当一年内结束也。新报历年所采长篇小说，皆极贵当，颇能引人入胜，只以每期页数不多之故，至蝉联二三年之久方使结束（《天作之缘》、《无边风月传》、《新上海现形记》等皆是也），在执事以为羁历阅者，殊不知其计划乃未尽善也。查阅者心理，欲知其归结者多，文情愈优美，则盼阅之心性愈急切。请试思之，看一篇小说，尚需忍耐以俟之，而至二三年之久，方可竣事，不几令人生厌乎？①

应读者的要求，编辑部特此刊登通告承诺之后的小说尽量刊登完整，假如遇到特殊情况，编辑部会发布启事说明，提醒读者。多数完

---

① 许指严：《本报改良商榷之商榷》，《小说新报》1919 年第 5 年第 7 期，第 5 页。

结的小说，国华书局编辑部会在刊物发布的新书广告中提醒读者可以订阅单行本。

长篇小说在《小说新报》中占据比较大的比重。每期刊物总会连载五六篇长篇小说，相较于短篇小说短小精悍的特点，长篇小说以它特有的故事情节来博取读者的关注；相较于短篇小说快捷性，长篇小说往往需要较长时间才能刊完。有时候因为作家变动，或者各种现实的原因不得不中断小说的连载。有时候《小说新报》的编辑会在小说目录中注明中断的小说，编辑部也会采取相对应的措施来弥补，在下期刊登未完成的小说以此保持小说连贯性，或者是在原来小说篇数的基础上刊登新的小说。

此时长篇小说的分类更加细化，如艳情小说、苦情小说、哀情小说、写情小说、奇情小说、侠情小说等。言情小说在期刊中占了很大的比例。《小说新报》总共刊登了48篇小说，单言情小说便有14篇。此时，不管是作家创作还是翻译外国文学作品，侦探小说（8篇）所占的比重也是相当大的，依次是社会小说7篇，名家译作、醒世小说各4篇，滑稽小说、时事小说各2篇，剩下的是其他类型的小说，如军事小说、节烈小说、怪异小说、红羊侠事、理想小说、罗马侠事等。

《小说新报》活跃着很多作家，如李定夷、赵苕狂、周瘦鹃、许指严、蝶衣、绮红、吴双热、许厪父、剑虹、灞江浊物、贡少芹、天愤、由厪等，他们或创作，或翻译外国优秀的作品，在当时社会中都产生了不小的影响。

民国初年，李定夷就以创作的长篇言情小说《霣玉怨》引起了世人的关注，并与徐枕亚、吴双热被赞誉为言情小说的"三驾马车"。在自己主编的刊物中，当然少不了他的言情小说。此时的李定夷并不局限在自己熟悉的场地中耕种，他还将笔触扩展到其他小说题材的写作：醒世小说、节烈小说、时事小说等。他的小说具有情节生动感人的特点。作为期刊的编辑，他创作的小说较好地体现了发刊词"警示

觉民"的宗旨。面对社会的动荡，他没有规避时事，而是站在文人的
角度，看待国家发展，关心社会现实；他创作的时事小说，描绘普通
民众生活点滴，又借名人轶事，探索社会的变化及潜藏在事件下的隐
患问题；他创作的醒世小说，从上海城市的变化发展对民众的生活、
思想、行为产生的恶劣影响，让读者可以深切地感受到人心不古、世
态炎凉的现状，从中反思社会文明带给社会的冲击；他创作的节烈小
说，以一妇女守节的故事，反思在欧风美雨的侵袭下，传统道德缺失
的现状，以此救济民俗人心。《小说新报》中，李定夷的主要作品有
艳情小说《伉俪福》《同命鸟》、节烈小说《廿年苦节记》、醒世小说
《新上海现形记》（一、二）、时事小说《芝兰缘》、翻译的作品有欧
战中之情史《辽西梦》。

贡少芹作为期刊编辑，也在该刊上发表了两部长篇小说，即侦探
小说《变相之宰相》与滑稽小说《傻儿游沪记》。作品或表达对民主
政体的呼唤，或借助傻儿的人物展现现代都市上海的风情。

其他比较有名的还有俞天愤的小说。俞天愤（1881—1937），海
虞人（今常熟市）。俞天愤的父亲俞钟銮是常熟名士，晚清举人。他
曾立志将俞天愤培养成科举之才。然而，俞天愤却偏偏不遂其父愿。
俞天愤虽极喜欢舞文弄墨，却不走科举之路，专写一些其父亲称之为
"浪费笔墨"的"小说家言"。他极其关心社会和时政，对中国的时
局有自己的看法，而且热衷于投身实际事务。辛亥革命开始，曾率数
百人，保卫乡里。民国时期，他虽不担任什么官职，却为改良市政日
夜奔波不遗余力。他以侦探小说成名于中国文坛，《小说新报》中连
载的《剑胆琴心录》也别有一番风味。①

陈蝶衣是清末民初重要的小说家。在《小说新报》上连载的长篇
小说有侦探小说《水落石出》、罗马佚事《谋产妒奸计》、醒世小说
《鹦鹉晚香》。

---

① 范伯群：《中国近现代通俗文学史》（新版），江苏教育出版社 2010 年版，第
671 页。

其他的长篇小说还有吴双热的艳情小说《无边风月传》，周之栋、罗榜辰翻译的欧美名作小说《天作之缘》，英莣的苦情小说《孽海波》，易时的侦探小说《琼阁戕姝记》，濑江浊物的侠情小说《破镜圆》，英莣的苦情小说《孽海波》，瘦鹃的哀情小说《井底埋香记》、侦探小说《恐怖党》，烂柯山樵的写情小说《好女儿》，俞牖云的侠情小说《风尘双雏传》、艳情小说《绿杨春好录》，海上说梦人的苦情小说《古井重波记》，佛影的哀情小说《斜阳烟柳录》，南海冯六的侦探小说《卅棺岛》，绮红的醒世小说《狎邪镜》，吁公的醒世小说《长安琐语》，呆卓的社会小说《呆卓》，由麈的名家译作《遗传》，花奴的红羊佚事《莺魂唤絮录》，东园的理想小说《罗浮梦》，许指严的时事小说《京华新梦》，觇世山樵的明代秘纪《珰祸记》。

第二节 长篇言情小说与关于
良家女子观念的嬗变

中国女性历经磨难，在生理上遭受缠足的苦痛，在精神上还受贞洁观念、包办婚姻的束缚。她们不得不接受"父母之命，媒妁之言"的婚姻安排。统治中国几千年的封建专制被推翻之后，女性的生存境遇尽管一时没有彻底改变，却因为晚清新思想、新观念的输入，民初共和体制的建立，而发生巨大变化。女性接受教育的机会越来越多，传统的婚姻观念不再根深蒂固，开始松动。然而，在民初的社会转型之际，旧的价值体系虽然逐渐坍塌但并没有完全丧失，新的价值体系尚未完全建立。在这新旧交替时期，女性的教育观念、贞洁观念、婚恋观念开始嬗变。就婚恋观念而言，与此前相比民初的婚恋观念已大大进步，青年女性有自由恋爱的机会，也使自由结婚成为可能；与"五四"以后相比，又显得比较落后，五四青年可以自由恋爱自由结婚。这是中国社会转型在文学中的鲜明体现。本节重在考察《小说新报》长篇小说中良家女子和风尘女子两类女性，分别从良家女子的婚恋观念、缠足、贞节观念、受教育状况以及风尘女子的形象、世人观念变化来思考传统文化观念影响下她们的生存境遇。

封建社会中，妇女没有独立的人格和尊严，附庸于男性存在。传统观念对女子的生存产生了极大的影响，如"父母之命，媒妁之言"于婚姻；"三寸金莲"于缠足；"女子无才便是德"于教育等。为了更为直观感受作品中女子生存境遇状况，从婚姻、缠足等方面深入探讨是必要的。从作品中我们看到，传统的包办婚姻仍旧伤害着女性的幸福，但此时的包办婚姻除了具有传统婚姻特点外也有了新的变化，在缠足、贞节、女子教育等方面的认识也存在相似的情况。

一　传统婚姻观念的嬗变

《小说新报》所载长篇言情小说表现了男女主人公哀叹婚姻不自由的特点。无论是在现实中还是在文学中，古代女性在男尊女卑的社会中遵守着"三从四德"的道德规范。"父母之命，媒妁之言"的传统婚姻制度极大地影响着妇女的婚姻。"父母之命"说明了父母对子女的婚姻具有决定权，而"媒妁之言"则是为了更加确认父母之命的权威性。社会更是以法律形式规定了父母对子女主婚权的合理性、权威性。清律曾有这样的规定："嫁娶皆由祖父母、父母主婚，祖父母、父母者俱无者，从余亲主婚。"①青年男女相互暗恋、结合，假若不是在父母之命、媒妁撮合的程序下结合，在社会中往往被认为是伤风败俗的苟且之事，是违背伦理道德并且会被世人鄙视。

在历史长河中因"父母之命、媒妁之言"的包办婚姻造成的悲剧真是俯拾皆是。现实世界有陆游和唐婉的爱情悲剧。两人相爱成为伉俪，婚后相亲相爱，美满幸福，但这样一对恩爱夫妻却被陆游的母亲活活拆散，彼此另配"佳偶"。一个抱憾终身，一个抑郁而终；文学作品中这样的悲剧更是数不胜数，如焦仲卿和刘兰芝夫妻恩爱却被母

---

①　《大清律令》《户律》卷10，转引自杨剑利《女性与近代中国社会》，中国社会出版社2007年版，第106页。

亲狠心拆散，双方殉情而死，留下"孔雀东南飞、五里一徘徊"的绝唱；更有林妹妹和宝哥哥难逃"父母之命"的羁绊，落得个"白茫茫大地真干净"的结局。

如果局限在一个圈子里面，很难发现里面的陈规陋习，所幸出现了一批走向世界的中国人。他们或饱读诗书，或赴国外考察接触西方的社会状况、科学文化、风土人情，将自己在异国他乡的所见所闻记录下来，而国人便从记录中看到不同于中国的婚姻习俗。

伴随着西方传教士东来，欧风美雨东渐，国人逐渐接触西方文化，开始不自觉地比较西方婚姻和中国婚姻的不同。如张德彝在《航海述奇》中便有这样的记录："西俗男女婚嫁，皆自主之。"① 再加上社会中一些有识之士大量翻译西方著作，国人更加深切体悟到封建传统婚姻剥夺了男女婚姻自主权。经历中国资本主义的产生、发展，戊戌维新思潮的启蒙以及辛亥革命风云的洗礼，促使国人审视传统婚姻制度，继而批判包办婚姻的呼声渐起，对此，清末民初的小说家便描写了很多哀悼婚姻不自由的小说，如苏曼苏的《断鸿零雁记》、符霖的《禽海石》、吴双热的《孽冤镜》等作品，内容集中在男女主人公没有选择配偶的权利，被迫接受父母的婚事安排，以不幸作为结局。

《小说新报》的作者亦认识到"父母之命，媒妁之言"传统婚姻制度的弊端，他们创作了很多传统婚恋观造成的悲剧故事。这些小说集中反映了因父母阻挠，有情人无法结合或者是奉父母之命成婚，婚后不幸这两类主题。

《天作之缘》讲述了封建专制造成子女婚姻不幸的故事。严美利因是女儿之身，童年的生活中从未受到过父亲的正眼相待，且受姨母的欺凌。虽是富家千金，平常所过的生活还不如一般贫苦人家的子女。后遭受姨母等人排挤被迫远赴他国进修。严父在女儿十年外出求学期间，没有只言片语的关心。为了享受贵族名誉，以金钱和女儿为交换

---

① 张德彝《航海述奇》，转引自梁景和《近代中国陋俗文化嬗变》，首都师范大学出版社 2009 年版，第 50 页。

条件与当地的名门望族联姻。为达到目的，不惜远赴他国，逼迫十年未见的女儿履行为人子女的职责，一系列的行为显示严父的霸道、冷酷。为了使内容更加精练，我们把严父与贞母的一番对话整理，如下：

> 贞母曰：生为人父，于己亲生之女，十年不一顾，乃独欲为之定终身，相夫婿，不一谋诸其人，此岂天下之平耶？
>
> 监督谓贞母曰：此言仆殊不解，天伦一日不灭，即父女之关系一日不绝。……
>
> 贞母曰：……不问他人之愿否，乃必强之，就我范围，听我指挥，束缚之，驰骤之，置诸涂炭之中，而行莫予违，吾教法律有若是乎？
>
> 严父曰：吾谓此事在我权力之内……母谓仆于小女十年不顾，然则衣食之费，教育之费，任之者谁欤？
>
> 贞母曰：君如专以费言，则君之畜犬马，亦何尝无费？君岂谓凡为己所畜者，不问其为人为畜，即以待犬马者待之欤？
>
> 严父曰：然！其人既为吾女，即为我权力所及，吾滋不愿人之干预之也。
>
> 贞母曰：苟其母至今犹在者，岂亦不得预闻其事耶？
>
> 严父曰：彼母如在，决不与予有异议。予所以为是者，彼必与余同意也。①

严父态度蛮横、专制，父权至上的形象跃然纸上。认为资助女儿教育费、衣食费用便是尽到为人父的职责，为子女选择什么样的配偶是身为人父理所当然的权利。虽然贞母强力质问严美利的父亲，却无法为美利争取该有的权益，美利也无法抗争强权的父亲，被迫与爱人分离，接受婚事。

---

① 周之栋、罗榜辰：《天作之缘》，《小说新报》1915 年第 4 期，第 13—14 页。

　　严美利所嫁之人蠍贵人，贪图严家的财产，严父看中蠍贵人的贵族头衔。从本质上看，这场婚姻是名利和金钱的交易。这场令周遭人羡慕的婚姻以严美利丈夫勾搭上他人为结局。念及严父轻率、态度蛮横地代严美利订婚，可见其父是毁灭女儿婚姻幸福的力量，而这种破坏力的背后，有着深厚的道德传统和现实生活中世俗势力的支持。从严美利请求离婚中就可以看出社会中对女子的不公：

　　　　祸者，以人情言，非以法律言也。我国国法与他国不同，为人妻者，苟欲与夫离婚，必证明其夫对于己之不信，或有苛待之事，如用武力于其身，甚至有生命之虞，而后根据始确，君之夫岂尝有若是之事乎？①

　　值得注意的是，作为父辈母辈，贞母与严父对严美利包办婚姻的态度并不一致，不仅不一致，反而相距甚远。严父表现的是传统家长制的专制作风，把女儿当作私有财产，通过包办婚姻，达到他与权贵攀亲的目的。贞母则坚决反对，她坚定地站在严美利一边，尊重美利的人身自由和个人选择。也就是说，在包办婚姻上，贞母与严父之间开始产生裂痕，这是最具价值的表现。

　　《小说新报》奉父母之命成婚，婚后不幸的故事，受害的主体往往是女性。她们或是因为丈夫的风流成性，朝秦暮楚遭到冷待，甚至是虐待；或是因大妇的欺凌，以致命丧黄泉。《孽海波》中的素绢便是惨死于包办婚姻。素绢的父亲在她襁褓之中便选择老友韩氏之子作为东床快婿。其父认为此姻缘富贵美满，却不知道旧友早丧，其子"家教中落既长便弃学入邪"。后来即便知道女婿品德败坏，但为了兑现自己对故友的联姻承诺，完全不顾女儿的幸福，一意孤行地强迫女儿出嫁。可怜素绢二八芳龄因为父亲一句："老夫遂知其非亦无可奈何。"② 走

---

① 周之栋、罗榜辰：《天作之缘》，《小说新报》1916年第4期，第5页。
② 英萤：《孽海波》，《小说新报》1915年第4期，第150页。

上一条不归路。素绢目击耳闻韩氏之子腐败状态，愤不欲生，扶病旬余，绝食身亡。素绢以个体生命的消亡控诉了不合理的封建婚姻制度。

在《鹦鹉晚香》中也有这种不幸事，素城和曼修也在父母包办下成婚。婚后因素城五年无所出，曼修的父母便为他在外安置外妾。素城得知后极力阻止，最后成功制止，却也以悲剧为结局。我们不得不深思作者在文中发出的感慨：

> 造化弄人，莫甚于阶级门第，不以人之品格风度论，而以贫富贵贱分，能无令人不平耶？以娟娘之貌，使出自世家大族，宁不南面作夫人？乃天公既生之于乡村陇亩间，又施其反手作云翻手作雨之计，使之作此一场之春梦，好花无果，覆水难收，不亦大煞风景耶？[1]

传统的婚姻制度就像一条绳索，通过父母之手，操纵着女子的人生。无论是富贵人家的千金小姐，抑或是普通人家的青年女子都难逃它的钳制。她们犹如行尸走肉，在没有感情基础的婚姻生活，或者是以自己微弱的声音指控包办婚姻的冷酷无情。

《小说新报》所载长篇言情小说表现出包办婚姻的新特点。《小说新报》同人长期接受传统文化教育，深厚的家学渊源和传统文化修养，使得他们的知识结构趋于传统，但他们又处于颇具时代气息的大都市——上海，较早感受到新风气，这便使得他们的灵魂承受着巨大的煎熬，"一方面受到了西方个性解放与恋爱、婚姻自主意识的影响，另一方面又有对传统观念的坚持而处于时代情绪和传统思想相互纠缠的抵牾状态。"[2] 他们深切感受到传统婚姻制度给青年男女带来的压

---

① 蝶衣：《鹦鹉晚香》，《小说新报》1915 年第 4 期，第 11 页。
② 汤哲声主编：《中国现代大众文化与通俗文学三十讲》，高等教育出版社 2011 年版，第 22 页。

迫，体悟到封建家长给爱情带来的创伤。在作品中，他们对婚姻的看法虽然与传统观念产生了偏离，但是让他们全然接受西方婚姻自由思想，那显然需要一段时间。

作家虽然将婚姻的不幸指向传统婚姻制度，却没有全然抛弃包办婚姻的观念。面对现实社会中不可调和的新旧婚姻矛盾，作家改良传统婚姻制度，采取折中的方式来缓解子女与父母之间的婚姻冲突。借着"豆棚瓜架，小儿女闲话之资"的方式试图搭建一座沟通新旧的桥梁。于是，作品中妇女对婚姻的诉求便呈现出新的特点。

作品中虽然也写包办婚姻，但作家笔下的包办婚姻开始与严格意义上的包办婚姻有所不同。严格意义上的包办婚姻完全不顾及子女心声，考虑的是门第威望，具有强制蛮横的特点，而此时作品中出现了以感情为基础的包办婚姻。父母虽然操办子女的婚姻大事，但也顾虑到子女的感情，有时候甚至不反对子女自由恋爱，充当子女幸福的黏合剂。《小说新报》同人借着人物表达自己对男女婚事的看法：

> 今后便是一家人，何苦若假惺惺之作态。别嫌明微，只在寸心，心之洁矣，作态奚为。且吾两家亲上加亲，本是兄妹，幼时同食同游，每逢聚首一家，曾未斯须相离。今既聘定，余尤愿汝曹意气相投，俾异日可毋化离之怨儿，其往毋远母命，只求发乎情，止乎礼耳。①

男女之间的爱情当由子女自己把握，父母不能阻止子女追求婚姻自由，更不可成为子女幸福婚姻的绊脚石。作品中的父母已然不再威严，多了几分人情味，女性的婚姻生活多半其乐融融。这种以子女感情基础为考量的婚姻，大致的情节模式便是男女主人公青梅竹马，先遭遇一定外在阻力，后得益于父母允诺婚事，以大团圆作为结局。李

① 李定夷：《侬俪福》，上海国华书局1917年版，第7页。

定夷的《伉俪福》便是最好的证明。

　　小说女主人公蓉华讲述与和哥的生活点滴，从青梅竹马到父母做主结为夫妇的美满故事，故事以两人婚后幸福的十年生活为主体。生活中出现的一次次困难并没有消解双方的情感，反而加深了两人的依恋，整部小说充满着暖融融的色调。作者对两人的生活甚至表达了极度的赞美之情：

　　　　事实耶？寓言耶？世间竟有此快活夫妻耶？翠鸟文鸳，无其婉娈，灵鹣伉蝶，无其柔媚。彼其之子，何修而得此？昔有女子咏七夕名句曰：儿家自结同心后，已抵双星五百年。余酷爱之，即愿作鸳鸯不羡仙之意也。以题红馆伉俪论，剧足当此两语，令人涎羡何如？余常谓男子非修之十世，不能得佳人为妇，女子亦非十世修之，不能得才子为婿，得之之难如此，而况并有之乎？才子佳人，结成眷属，真世间罕见之韵事也。①

　　蓉华夫妇是一对在"父母之命、媒妁之言"的婚姻模式中成亲的青年，有着几分"先结婚后恋爱"的意味。

　　小说中家长虽然仍是作为传统婚姻制度的具体执行者，却少了几分盛气凌人的意味。他们为子女选择婚姻，也会考虑子女的情感，不再是扼杀子女幸福的凶手，摇身一变反而成了子女婚姻幸福的先决条件和快乐的保护神。作者更是直接指出才子佳人成眷属真是世间罕见的韵事。

　　同样在《无边风月传》中也可以看到包办婚姻温情脉脉的一面。小随园的儿女多是在家长的牵引下成为配偶，镜郎和杜兰更是如此。镜郎是小随园的少主人，与寄居在自己家中的杜兰两小无猜、青梅竹马，在平日的生活中渐生情愫，颇有"宝黛"的情分。镜郎先前被

---

① 李定夷：《伉俪福》，《小说新报》1915 年第 1 年第 12 期，第 11—12 页。

母亲挪揄兄妹岂得为夫妇后大病一场，得知与杜兰的婚事已得父母的允诺竟不药而愈。可见父母安排的美满姻缘成为他活下去的契机和良药。他与杜兰婚后生活琴瑟和鸣，俨然是一对幸福的佳偶。

婚姻是中国文学重要的主题，而女性是婚姻的重要的一方。观照作品中良家女子的境遇，我们不难看出传统文化对女子生活产生的影响，她们或遭受包办婚姻的残害或享受到以感情为基础的包办婚姻的甜蜜，也不难发现随着社会的发展，人们对于婚姻的观念也悄然发生着变化。

二 女子缠足观念的嬗变

我国传统妇女缠足之风盛行，这是严重摧残妇女的陋习。"缠足是古代中国的一种陋习怪俗，即把女子的双脚用布帛缠裹起来，慢慢地拗折足部骨骼，使其成为一种特殊的形状，是一种摧残肢体正常发育的行为。"[1] 对于缠足的起源问题，学术界众说纷纭，未形成统一的共识。根据目前的文献资料和学者的研究，大致可以确定缠足之风在北宋开始蔓延，在明清风气尤盛。缠足历史源远流长，影响区域范围广阔，对整个社会的审美和生活都带来极大的冲击力。

缠足风俗产生后，文人骚客留下许多诗词歌赋赞扬小脚女子，如"莲步娉婷""踏春有迹"等，所用词汇无不尽显美妙，可见当时盛行小脚为美的审美观念。这种畸形的审美观念致使人们将小脚作为评价女性美必不可少的条件，衍生出女子小脚代表女性贤淑、端庄、高贵的品质的意识。从一定程度上说，小脚是妇女身份的象征，是取得社会、家庭地位的通行证。只有那些出生于上层社会的女子才拥有缠足的权利，"明太祖朱元璋下令浙东丐户'男不许读书、女不许缠足'……大家富室闺阁则缠之，妇婢俱赤脚行市中……下等之家，女子缠足，则皆诟厉之，以为良贱之别"[2]。

---

① 高洪兴：《缠足史》，上海文艺出版社 2007 年版，第 3 页。
② 同上书，第 121 页。

　　小脚对女性婚姻产生极大影响，不缠足的女子被认为缺少女性柔媚，缠足女子楚楚可怜、弱柳扶风的气质极大吸引了中国男性，使得男子莫不以三寸金莲作为择偶的标准。加之平民百姓攀龙附凤、趋炎附势的心态，竞相模仿原先可能局限在权贵富豪范围之内的缠足，将缠足陋习愈演愈烈，使得中国女性深受缠足之苦。

　　缠足作为中国传统文化的陋习，严重摧残了女性的身体。《小说新报》所载的《无边风月传》不仅展现了女子缠足，还描绘了男子的金莲崇拜。《无边风月传》多次写到男子对金莲的欣赏和迷恋之情："展足故促莲舄，绿英立作微嗔，粉郎愈以为可爱，则佯落其箸，起而俯拾，乘间以指度其莲钩。"①

　　作品中男子对莲足的迷恋甚至达到了病态的程度，为了一睹莲足的真实面貌，不惜半夜潜入女子家中，只见作者这样写道："其摸索之手已握阿玉之莲钩，纤纤入握，即亦足以撩拨神魂，爱不忍释。然苟久握不释，寝假且得寸进尺，而及于乱，无已，乃敛其手。又约略于鼻观之间，偷得些儿香息，急为下帐，就床下盗得一双红绣鞋儿，纳于袖，疾隐身而退，掩其扉，复踰垣而归。归就枕上，出莲鞋而把玩之，楚楚双翘，制绝工巧。试起，量之以尺寸，恰盈三。"②

　　虽然作者没有对李棣的心理活动展开描写，但是从李棣的动作和神态中我们不难看出这位熟读四书五经公子哥的荒诞。日间见一双不足三寸的玉足便被迷得神魂颠倒，浮想联翩，最后作出半夜摸莲足的大胆行为。为了莲足，全然不顾及名誉，将平常挂在嘴边的"之乎者也"忘得一干二净。

　　男子从女子莲足中得到了感官享受，却不知女子为了这一双三寸金莲遭受了多大的苦难。其中便有一位老人亲身讲述了缠足的惨痛经历，真实地道出了缠足对女性身体严重戕害所带来的苦痛。"包脚真是难受，痛得要命，走都没法走，都是我妈背我上厕所，我两只小脚

① 吴双热：《无边风月传》，《小说新报》1918 年第 9 期，第 4—5 页。
② 同上。

趾全都烂掉了，现在我每只脚只有几个脚趾头。"①

随着社会发展，一些有识之士逐渐对缠足产生了质疑。宋代车若水最早对缠足提出质疑之声，袁枚、张宗法、李汝珍等文人在作品中更是探讨缠足的危害，尤其是李汝珍，在《镜花缘》中借人物之口淋漓尽致地抨击缠足。他让文中人物林之洋在"女儿国"遭受缠足的苦痛，对林之洋被迫遭受缠足进行了细致描写。

作品中人物缠足的惨状让人心悸，真是"小脚一双，眼泪一缸"。作者借着人物缠足的经历含蓄地提出了废缠足的心声。后经过在华传教士，如傅兰雅在《申报》《教务杂志》《万国公报》上发起时新小说征文比赛。经过前人的种种努力，全国上下掀起了一股以批判和揭露缠足危害为主旨的思想解放浪潮，更有维新志士反对缠足、崇尚天足的运动。虽然维新变法运动失败，经过这些人的宣传，缠足的危害、崇尚天足的观念渐入人心。

《小说新报》不仅对传统文化中的缠足陋习展开描写，从男子对三寸金莲的迷恋侧面展示了女子缠足的现象。缠足陋习在社会中受到有识之士的质疑，作者也对缠足展现了自己的看法，在书中出现了欣赏天足的群体。如《伉俪福》中的和哥，不同于李棣丑角式的表演来展现金莲的痴迷，对缠足问题发表了不同于其他男子的看法：

> 裹足之害，以无辜之身受至酷之刑，始作俑者，其无后乎？
> 近日颇多创议放足者，余极赞成。以余视之，美人之美，断不在裙下双钩。凡事贵于率真，天足之妙，实胜于三寸金莲。②

女子为了获得更好的生存环境，长期遭受酷烈刑法只为了换得一双莲足，这是不人道的。和哥赞成社会中废除缠足的提议，他认为美

---

① 李小江主编：《让女人自己说话：文化寻踪》，生活·读书·新知三联书店2003年版，第237页。

② 李定夷：《伉俪福》，《小说新报》1915年第1卷第7期，第7—8页。

人的美，绝不局限于三寸金莲的展现，而是女性天然本质，率真气质的流露。天然之足比那以戕害女性健康为前提而铸就的金莲更为美丽。

通过两个男主人公对女子缠足的描写，我们可以看出此时男子对缠足已有了不同的看法。一类是以李棣为代表的熟读四书五经，沿袭旧文化体系的人。他们仍旧以缠足为美，认为缠足是老祖宗传下来的无可厚非的习俗；另一类便是以和哥为代表的接受过新式教学，认识到中国女性数千年来遭受裹足痛楚的现状。他们提倡废除陋俗，鼓励广大女性同胞能够追求完整天性。

如果说男子转变女性缠足观念是难得的，那么由深受缠足观念影响甚至惨遭缠足戕害的女子来提出质疑和反对之声更是千金难求。按照常理来说，女子深受缠足的苦痛，更应该振臂高呼废除缠足，却不想反而成了最沉默的受害群体。这与缠足文化有着巨大的关系，因为缠足不仅束缚女子身体，更是钳制思想、精神自由。社会早已认定女子缠足本是理所当然的事情，不缠足会面临着"大脚寻不到婆家"的尴尬。

然而在《无边风月传》中我们还是听到了不一样的心声，这真是难能可贵："西妇束腰，汉人束足，一律矫揉造作，习为美观，究非美人本色。吾曹狃于习俗，刑罹苦肉，痛甚剥肤，可怜方踵，屈作纤跌，其体态研（妍）娬，初不以此。"① 以中西女性扭曲自己天然本性的角度看待女子缠足问题，认识到这种损害天然本性，矫揉造作而成的线条美并不是美人天然的美，并提出美人的妍娬之态并不在于改变外在形态，而是以不伤害女性健康为前提而展现的。

意珠对以三寸金莲衡量女性美的标准产生了质疑并提出了反对意见，开始对女性美有了朦朦胧胧的新认识。这种美绝不是趋炎附势于男子的审美标准，而是多了一份理性的自省。虽然意珠的声音放眼在

① 吴双热：《无边风月传》，上海国华书局1931年版，第97页。

广大的女性群体中甚是微弱，但我们不难发现此时的女性对自我认识已有了一种进步，那便是绝不附庸于男性的价值判断，对待问题有自己独立的看法，这不能不说是女性自我意识的一种展现。在小说中碧姨更是以天足交往于十狷士家眷，受到大众的喜爱。从中可以推想，社会的观念已有一定的改变，世人对天足并没有一味地嗤之以鼻："汝谓斐百尔助夫人美丽乎？吁是乌足道者。以我观之，女子所贵，在能有高尚之道德与洁白之心地，道德与心地苟能纯正不玷，则虽无价值中人产之殊珍为表饰，亦能崭然自露头角。"① 作者发表的虽然不是关于缠足的看法，但是人物对自身的认识与意珠对缠足的质疑有异曲同工之处。女性转向自身欣赏，不是一味屈从俗世观念，认为女子更应该注重高尚的道德和纯洁的心地，在人生中要欣赏自己的价值，在社会中要更好地把握自身的权利而不再是一味妥协于社会俗规。这虽然是作品中女子的心声，难道不也是作者对广大社会女性的一种鼓励之声吗？希望社会欣赏女子天然本性，不要再现"小脚一双，眼泪一缸"的悲楚之声。

所幸作者的殷殷之盼在社会中得到了一定的实践，从《小说新报》刊登的照片中可以看出现实中女子双脚的变化。天足的倡导并不只是作者借作品人物展望出来的美好蓝图，而是真真切切地实现了，从期刊（1922 年）刊登的照片中可以看到妓女的脚已然不是小脚了。

刊物每期都会刊登美人图，其中不仅有大家闺秀，还有妓女和演员等不同的女性，单从 1915—1918 年《小说新报》刊登的图片，我们可以看出当时的社会女子还是缠足的。照片中的女子所穿的鞋子前部很尖，还有点微微上翘，鞋面上还绣有花纹。女子将脚的大部分藏于罗裙之下，一副欲语还休的神态。而在 1920 年左右的图中，女子的脚明显比前面的几幅图大，而且鞋子的样式也发生了极大的变化，不仅有布鞋，一些高跟鞋也开始为女子所接受。虽然期刊上只是刊登

---

① 易时：《琼阁戕姝记》，《小说新报》1915 年第 1 卷第 1 期，第 5 页。

了一些女子的照片，但是我们可以以此推测，当时女子的社会现状，人们对缠足的看法随着时代的改变也发生了变化，天足运动已是大势所趋。人们不再以小脚为美，一般的青年男子更是非天足女不娶，先前以三寸金莲为荣的女子反而感到自惭形秽。当时有人曾撰《见不得人之今夕》，"小足时代妇女的脚，是越缠得小越好……现在却不然了，大翻个儿，大脚称为天足，不但可以摆在稠人广众中毫无愧色……遮遮掩掩见不得人的，凡是小金莲了"①。

三 贞节观念的变化

传统文化除了以缠足的方式在生理上伤害中国女性，在精神上更是以贞节观念压制女性。所谓"贞节，特指对女性性的要求，是指女性须为男性保持身体的'洁'即性贞。具体地说，女子婚后要从一而终，不能于婚前失贞，丈夫生时不能离夫改嫁，丈夫死了不能再嫁他人"②。

人类最初群居时还没有贞节观念。随着私有制的出现，统治阶级为了确保子孙财产继承权，严格要求妻子保持忠贞，形成了最初的贞节观。后来，宋朝程朱理学宣扬"饿死事小，失节事大"的观念，既成了劝诫寡妇守节的一句箴言，也成了婚姻的一种道德规范，逐渐束缚妇女生活。明清之际，统治阶级甚至以法律的形式来褒扬、奖励妇女守节，《清会典》里面便有规定："守节之妇，不论妻妾，自三十岁以前守节至五十岁；或年未五十身故，其守节已及六年，果系孝义兼全坎穷堪悯者，俱准旌表。"③ 统治者通过制定完备的节烈妇女的法律，使守节的风气愈演愈烈。守节逐渐变成了一种社会期待，那些不服从贞节观束缚的女性，会受到社会舆论的谴责和重压，在社会

---

① 转引自杨剑利《女性与近代中国社会》，中国社会出版社 2007 年版，第 62—63 页。
② 章义和、陈春雷：《贞节史》，上海文艺出版社 1999 年版，第 1 页。
③ 转引自梁景和《近代中国陋俗文化嬗变研究》，首都师范大学出版社 2009 年版，第 34 页。

中没有生存的空间。贞操观就犹如靠在女子脖子上的一把刀子，使得无数女子变为它的牺牲品。

社会推崇贞节，却忽略了贞节观指向的妇女。社会中出现因贞节而发生的种种悲剧。有的甚至是父亲逼迫女儿守节，走上绝路。《新青年》杂志上便有此类事件的记载。女孩阿毛的父亲王举人得知女婿亡故，便将女儿锁在房中，企图饿死女儿。面对女儿连哭带喊，隔着房门冷冷地说："我自从得了吴家那孩子的死信，就拿定主意叫你殉节……成就你一生名节，做个流芳百世的贞烈女子……这样殉节，天底下第一种有体面的事，祖宗的面子上，都贴许多光彩……"① 女子在贞洁观念盛行的社会中真是卑微，就算是血亲，心心念念的也只是一块官方嘉奖的匾额。

此类事例在社会中并不少见，传统小说亦不乏书写贞节主题。《聊斋志异》中的《犬奸》便描写了妇女守节的苦楚。《阅微草堂笔记》描述了节妇生活多方面，妇女守节或得到鬼神的敬畏，或得到鬼神的馈赠，甚至是位列仙籍，形态各异。传统小说描写妇女守节，很多原因都源自道德、礼教的束缚，如《儒林外史》守节妇女王三，得到父亲支持便毅然决然地走向死亡，她的殉节是对社会守节意识的一种趋同。有时候守节更像是众人围观下的一场表演，林纾在《畏庐琐记》中描述了类似的场景："闽中少妇丧夫，不能存活，则便告知亲戚，言将以某日自裁，而为之亲戚者，亦引为荣，则鸠资为之治槽钱三日，彩舆鼓吹……三日游宴既尽……以颈就绳而殁，万众拍手为美。"② 我们并不知道殉节的当事人当时以什么心情对待即将到来的死亡，但是此时的殉节确实是一场狂欢。众人在狂欢中扮演着旁观者的角色，殉节的主角则花枝招展地接受众人的围观和评判。众人把殉节者当作有福之人请求她的赐福，真是悲哀可笑。节妇守节本该是一

---

① 转引自梁景和《近代中国陋俗文化嬗变研究》，首都师范大学出版社 2009 年版，第 237 页。

② 转引自杨剑利《女性与近代中国社会》，中国社会出版社 2007 年版，第 128 页。

场惨痛的事情，却被简化成一场表演。演出结束，一条生命逝去，观看的人拍手散去，等待着下次演出的到来。

面对守节，也产生过不一样的声音。辛亥革命后曾出现短暂的妇女解放运动，但是由于袁世凯等人篡权，封建势力卷土重来，复辟之风骤然掀起，守节又有死灰复燃的趋势。袁政府仿照明清时期旌表贞节的内容，将贞节的大幕再次披向女性。历史终不能以少数人的意志为转移。随着时代的发展，人们对节烈观也表现出不同的看法。特别在新文化运动中，女子的贞节问题更是成为争论的话题。鲁迅以其犀利之笔为"匕首和投枪"，对两千多年来残害女性的贞节作了无情、彻底的批判和揭露，"大约节是丈夫死了绝不再嫁，也不私奔，丈夫死得愈早，家里愈穷，他便节得愈好。烈，可以有两种：一种是无论已嫁未嫁，只要丈夫死了，他也跟着自尽；一种是有强暴来污辱他的时候，设法自戕，或者抗拒被杀，都无不可"①。

鲁迅对遭受贞节摧残和戕害的女性投以深切的同情，并饱含痛楚地指出节烈之事极难、极苦，于人生将来是毫无意义的行为。他笔下的爱姑、祥林嫂、单四嫂等女性因贞节观念，无论是倔强抗争还是逆来顺受都难逃悲剧的命运。祥林嫂作为被迫失节的寡妇，在社会上处处受到歧视，从祥林嫂在鲁四老爷家失节前后的状况便可直观感受到。未失节时，在鲁四老爷家还颇受重用。失节后回到老雇主家中被告知不准沾手祭祀的物品。柳妈恐吓她死后要被阎罗王劈成两半，分给两个男人。于是，失贞的祥林嫂便用所有的积蓄到土地庙捐献门槛，求得心灵的安宁。尽管祥林嫂竭尽全力补救都不能改变人们对失节女子的厌弃，失去希望的她最终在新年之夜孤零零地与世界告别。

传统的贞节观念不仅压抑了女性的生理需求，而且压制女性对精神自由的追求。强制女子守节是一种戕害人性的做法，但是我们并不否认贞操的存在。贞操是相对的，适合于以爱情为基础和前提的男女

---

① 鲁迅：《我之节烈观》，《鲁迅全集》第一卷，人民文学出版社 1957 年版，第150 页。

双方。胡适等人曾指出，"贞操既是个人男女双方对待的一种态度，诚意的贞操是完全自动的道德，不容有外部的干涉，不须有法律的提倡。"① 他还反复强调，"夫妇之间的爱情深了，恩谊厚了，无论谁生谁死，无论生时死后，都不忍把这爱情移于别人，这便是贞操，夫妻之间若没有爱情恩意，即没有贞操可说"②。

《小说新报》同人对于传统的贞节观有着自己的认识，也描写了妇女守节的题材。其笔下守节女子不再完全屈从社会压力，也不再是盲目遵从不合理的社会道德。妇女的守节更多的是一种自律行为，是以双方的感情基础为考量，坚守专一情感，并且内心满含着对配偶的依恋之情而作出的深思熟虑的行为，与胡适等人提倡的贞洁观念有异曲同工之处。

《廿年苦节记》讲述了节妇吴氏如何守了二十年苦节的故事。节妇名书岩，出身书香世家，从小聪慧，喜欢读书，对贞节有自己的认识："节义者，女子唯一之美德也。人禽之分只在于此，此而不知，不可为人。"③

书岩嫁到吴家，与丈夫鹣鲽情深。谁知未过数月，丈夫便撒手人寰。此时作品中的人物不赞成守节，书岩的丈夫在临死前更是反复告诫妻子要好好生活，更是提醒父母在其归去后注意书岩的情绪，防止她走上绝路。书岩本抱定"生者同生，死者同穴"的观念吞金寻死，但被公婆以"代夫尽孝"的理由劝下，书岩便过上了守节的生活。先是尽心尽责侍奉祖母、公公，中途更有割股和药，治疗亲人；祖母、公公死后，又尽责尽力为小姑张罗婆家；小姑嫁去，心愿已了，便从容赴死，践行了十七年前的誓言。

书岩是心甘情愿殉节的。在侍奉公婆，善待小姑的岁月中始终没有变更自己殉节的初衷。坚持殉节，是她以丈夫的思念为支撑，以双

① 胡适：《贞操问题》，《胡适文存》第四卷，亚东书局1928年版，第75页。
② 章义和、陈春雷：《贞节史》，上海文艺出版社1999年版，第299页。
③ 李定夷：《廿年苦节记》，《小说新报》1916年第2卷第1期，第2页。

方的感情为前提作出的选择。虽然我们惋惜一条生命逝去，但也不得不为这个女子的坚韧不拔、忠贞不贰的精神所感动，作者更是对这位女子褒奖不已："夫死而身殉，书岩之烈也，殉不果而守，书岩之节也。侍奉祖姑，以色养，以目听；事翁亦能克尽妇道，书岩之孝也，烈也，节也。孝也，一一见于事实，循此以往，即无进一层之表示，已足为两间完人乃书岩。是岁复有割股疗翁之举，倘所谓孝思不匮者非欤？若是者宁特士大夫当肃然起敬，且足使顽夫廉懦夫立也。"① 书岩虽然是一名普通的妇女，但是其身上融合的节孝，足以使当下的一般男子汗颜。作者对书岩更是不吝惜赞美之词，认为其当是世间的完人："世有如此完人耶！季世以降，四维不张贞烈二字，几为新学家所恶闻。然风俗朴厚之乡，犹时有所闻。顾慷慨赴死易，从容就义难，一死尚非难事，死而无负于人则为难世。纵有身殉其夫者，未有如汤烈妇之从容不迫者也。夫怀必死之心于十七年之前，而达可死之志于十七年之后，古来不乏忠臣义士，其有如此者乎？是烈妇之行，不仅妇女所难抑，亦男子所难，不仅今人所无抑，亦古代所无。如此惊风雨泣鬼神之奇节，不图得之于匹妇，而上者瞀焉，又不为之表彰，吾人能毋恸哭也乎。也达观史，乘近微事实忠孝每不两全，烈孝岂能兼有，而烈妇独全孝全节，终成于烈。仰不愧于天，俯不怍于人，烈妇当之无惭矣。"② 作者认为，书岩的可贵之处在于时刻以守贞守节为自己的生活信念。当家庭需要她承担责任时，能够持家有道，待人以诚；完成吴氏家族赋予她所有的任务后，坦然从死，并且以会故去丈夫为喜。守节于她不是外在社会强加的压力，而是对感情的一种认同。

对于守节，社会历来说法不一。新文化运动中，文学家从人性角度猛烈批判社会强迫女子守节的行为。作家深知创作节妇会受到新学家的抨击，可是为什么还是冒天下之大不韪而创作这样的一个女性形

① 李定夷：《廿年苦节记》，《小说新报》1916 年第 2 卷第 5 期，第 5 页。
② 李定夷：《廿年苦节记》，《小说新报》1916 年第 2 卷第 12 期，第 4 页。

象呢？李定夷在文中说道："……欧风美雨，侵入华夏。自由之说行，重婚不为羞；平等之说行，伦常可泯灭。圣人云：邪说横行胜于洪水。吾为此惧，端居之暇，思学小说家言以振末俗……当此人心陷溺风俗浇漓之世，而得此节孝兼全之烈妇，苦守廿年……吾国仕女而当奉为规范，即彼崇尚自由平等之碧眼儿，闻之亦当肃然起敬也。"①

传统文化中，女子守节是合乎礼教的行为。然而，守节对女子的戕害是严重的。历史长河中不乏因守节而造成悲剧。一座座贞节牌坊屹立，高耸不失威严，给人的震撼绝不少于一座座恢宏的建筑物。妇女守节为家族赢得了美誉，然而历史却忽略了成就这一座座贞节牌坊的妇女，她们用悲苦无依的一生，抒写着一段段心酸历史。

处于新旧时代的变更期，女子守节更是一个敏感的话题。随着历史和文化的发展，人们对女子守节有了进一步的认识。更何况自由、平等、再婚之说大行其道，欧风美雨冲击着社会的伦理观念，对于深受传统文化浸润的作者来说，无疑是芒刺在背。作者认为自己有必要为人心风俗提供一味救济药，于是便将书岩推到世人眼前。

书岩虽然是一位节妇，但她的守节与传统小说中因受礼教压制下而做出的守节不同，是与丈夫鹣鲽情深而自发形成的一种自律行为。作者虽描写了女性守节的故事，但此时妇女贞节观已然发生了些许的变化。女性虽然受传统贞节观影响，但是却能清醒认识自己的行为，并且有权利选择是否要守节。

四 关于女子教育的新认识

传统文化推崇"女子无才便是德"，这便在很大程度上剥夺了女子受教育的机会。漫长历史中，中国甚至没有出现过专门的女子学校教育。有些女子教育也无非出现在宫廷内或者是富贵人家中，教授的内容逃不脱"三从""四德"，绝大多数的劳动妇女终身都没有接受

---

① 李定夷：《廿年苦节记》，《小说新报》1916 年第 2 卷第 1 期，第 2 页。

文化教育的机会。

戊戌变法时期，维新人士面对中国妇女受教育的问题发出了不一样的新声。康有为曾说："无专门之学，何以紫英而营生；无普通之学，何以通力而济众；无与男子平等之学，何以成名誉而合大群，何以充职业而任师长。"① 较早提出女子求学是妇女独立的必由之路的看法。而后中国遭受了千百年来未遭遇到的强敌，经历了数千年来未有的变局，更加让有识之士认识到女学的作用。梁启超曾说"治天下之大本二，曰正人心，广人才，而二者之本，必自蒙始。蒙学之本，必自母教始。母教之本，必自妇学始"②，"欲强国，必有女学，从蒙养、母教对培养人才的重要性来看，如欲富强，必须广育人才，必自蒙养始"③。康有为、梁启超等有识之士看中女子教育尤其是母教对国家、社会、家庭的重要性。

女子的见识对于子女的成长甚是关键。古有孟母三迁的故事，后世虽侧重环境对品行、学习的影响，但我们不妨大胆假设，假若没有孟母的见识，认识到环境对于孟子品行的影响，而是任之发展，那么中国是否还会出现被尊称为"亚圣"的孟子，那便不得而知了。

《小说新报》同人也认识到母教的作用，肯定教育的作用。认为教育，尤其是家庭教育对儿女的成长有着重要作用。绮红在《狎邪镜》中就表达了此类观点。小说的主人公李伯龙生得一表人才，聪明非常，中西书籍无所不读。在铁路学堂勤学苦读，深受学堂里教习和监督等人的器重。作者归功于母教，认为伯龙三兄妹皆能文能武，便是源自母亲的管教。作者更是发出感慨："所以在社会上这家庭教育是万万不可少的。"④

---

① 转引自梁景和《近代中国陋俗文化嬗变研究》，首都师范大学出版社 2009 年版，第 180 页。
② 转引自王晓丹《历史镜像——社会变迁与近代中国女性生活》，云南大学出版社 2011 年版，第 62 页。
③ 同上书，第 40 页。
④ 绮红：《狎邪镜》，《小说新报》1915 年第 1 期，第 2 页。

《好女儿》也认同父母对子女的影响，虽然每个人生下来在资质上有着差异，但是子女日后或者贤良淑德或者恶毒排除其自身的原因，父母的教导作用还是很大的。如果能较好引导、端正他们的行为，未必不能成功：

> 伊古以来，人莫不怨造物之不公，以谓天既予人以色与才则是天之赐也，天既创之于前，胡不成之于后。斯言也，非知天者，天之于人犹父母之于子女，其世人之美仪而多才者，能亦子女初生时，挟聪明资质而来。溯其最初，性无不善，而后之造就，或贤或否或良或恶，无可前定。其贤良者，故得父母之赐；即不肖者，父母亦何尝不敦敦训望其成人？①

女子受教育不仅能使女子自身从家庭世俗中解脱出来，全面认识自身，而且对于子女日后的教育也有很大裨益。作者认同一个受过教育的母亲对子女成长所起的作用更甚于父亲。俞牖云曾在作品中表达这样的看法：

> 人幼而怀之者，弱而牵之者，稍长而调剂其饥寒饱暖者皆母也。父虽关心于子女，而衣食门户累以重任，教习之责乃不得不全委托之于母矣。是故三迁寓地，机警家规数载，抚孤获勤贫教。贤母之称，载在史册。盖无贤母，安得有贤子？女学者，所以造母教也。非徒吟风弄月而已。彼人之生也，往往就慈而避严，就乳哺而避训诲。故母之一举一动，其深印于儿童之脑筋者，十倍其父而不止。②

作者认为，父亲一般承担的是照顾家庭衣食住行的责任，从宏观

---

① 烂柯山樵：《好女儿》，《小说新报》1918 年第 4 卷第 1 期。
② 俞牖云：《绿杨春好录》，《小说新报》1920 年第 6 卷第 1 期，第 17 页。

上把控家庭的完整和谐，而母亲更多的是具体落实衣食住行。母亲知识涵养、人格魅力对孩子的观念和行为，潜移默化影响着孩子的行为。母亲能从细枝末节中发觉孩子行为、观念的变化，从而将孩子引向更为规范的道路，"母教而善，则孩幼植初基他日之造就易，母教而不善，则少成若天性他日之造就难，家垂母教则国储人才，此实强种开智之权舆"①。作者不仅肯定母教作用，更是从国民教育，培养国家人才的高度肯定母教。

小说突出母教影响，这跟晚清女学运动的发展有一定的关联。前面提到康有为、梁启超的表率就不用说了，这些维新思想家从救亡图存的大局出发，从妇女解放着眼，把实行女子教育作为解决妇女问题的突破口，不仅在理论上进行积极的探索和追求，而且在实际的操作中也走在历史的前端。

1897 年，维新人士经元善、康有为、梁启超等在上海筹经费、筹办女学。1898 年 6 月，中国近代第一个由中国人自己创办的女子学校——上海桂墅里女学校，亦称"经正女学"② 在上海正式成立了。变法失败后，这所学校在 1900 年被迫关闭，在社会上仅存一年时间，甚至没有培育出一个毕业生，但"它毕竟是中国人自己创办起来的第一所女子学校，作为中国近代女学的先声，它标志着中国传统女学的历史就此结束，从而开启了中国女子教育的新风尚"③。

变法运动虽然失败了，第一所女子学校也消失了，但兴办女学乃是大势所趋。经历了庚子巨变，当时的统治者也认识到社会改革箭在弦上的紧迫性，清廷掌权者慈禧太后更是下达诏令开始推行新政，而废科举、兴学堂更是新政的重要内容。在这个大背景下，戊戌变法失败之后一度偃旗息鼓的女子教育终于借助这股春风获得了新生，社会

① 刘方：《妇女杂志女性观研究》，博士论文，吉林大学，2012 年。
② 梁景和：《近代中国陋俗文化嬗变研究》，首都师范大学出版社 2009 年版，第181 页。
③ 同上。

上又兴起了办女学的潮流。

传统小说里，养在闺阁中的富家女子往往比普通女子更有机会接受诗词歌赋的教养，然而这种教育毕竟是在闺阁中完成的。《小说新报》在作品中突出母教的作用，而且对女性受教育的问题更有了大胆的尝试，作者作品中的女子走出家门、闺阁，投身社会，而且那些曾经受过女子教育的女性在完成学业之后并没有急着跳入婚姻窠臼，而是用自己所学知识反哺社会，开始教育不断走向学校的闺阁女。

《孽海波》中珠娘便是受过教育的女子，她所受不再是简单的母亲言传身受的教育，是走出自己闺阁，接受新式学校教育。学业归来之后，乡里新办的女子学校的主任还希望聘请她担任学校的任课老师。从这方面来说，我们不得不欢喜女子教育得到少许重视，乡里人"女子无才便是德"的陈旧观念出现松动，开始接受女子受教育的观念，女校亦初具规模，女学生的人数已经超过 20 人。

女子教育的观念要扎根于每个普通民众的内心中无疑是需要时间来消化的，传统文化中女子无才的观念深深地影响着人们的思维，即便是让珠娘接受新式教育的父亲，表面上赞成珠娘担任学校的任课老师，但"女子无才便是德"的观念仍深深地占据在他的心中："设一女学，学生现已达二十余人。昨晚介人谒予以汝介绍为该女学教员，予念女子有学他亦无所用于世。只合立身教育界上以德化人，为地方多造就几个女人材已耳。"① 珠娘的父亲认为女子读书对社会来说并没有多大的裨益，而且出路也不是非常多，大概学业有成之后，只是跻身于教育界教书育人，再多教出几个认识字的女学生、女人才罢了。

虽然社会中女子已经慢慢接受教育，但是读着这个男子的一番话，我们不禁心悸于传统文化观念对女子教育道路的牵绊。女子受教育的道路需要不断有人披荆斩棘，不管是对受教育的女性还是支持兴

---

① 英莼：《孽海波》，《小说新报》1915 年第 1 卷第 1 期，第 3 页。

办女学的人士来说，这是条漫漫长路。然而，这样舍己为人的事本就不少，其中便有感人的惠馨殉学事件。杭州贞文女学堂校长惠馨在开学当天演说中强调女子教育的重要性。说到激动的地方，拔刀从自己的胳膊上割下一块肉并对师生说道："这块臂肉，作为开学的纪念。这贞文学校倘若从此推广，我臂肉还能重生，如果这女学半途而废，我必定以此生来殉这学校的"①。后来办学果然遭受到种种阻力，这位女校长更是说到做到，以自己的死亡来唤醒麻木的国人。办学、受教育之路虽然艰难曲折，但是在有识之士鲜血的浇灌下，中国女性受教育的现状总能够在艰险中兴起和发展。

第三节　长篇言情小说与关于
风尘女子观念的嬗变

　　风尘女子因出卖色相寻求生存，历来为人们所鄙视，然而，作为文学形象却大放异彩。与良家女子相比，风尘女子更能反映时代潮流。《小说新报》所载长篇小说关于风尘女子形象的塑造可以分为两种类型，即重情型与重利型，笔者试图由此探讨民初关于风尘女子观念的嬗变。

一　风尘女子形象

　　"中国古代有三大性畸形现象：一是娼妓，二是太监，三是女子缠足。"② 妓女是一项非常古老的职业，其存在范围很广，几乎每一个国家和地区都有从事该职业的女子。在中国封建社会，社会一方面极力提倡推崇女子守贞节；另一方面却又通过狭邪使得男子任意践踏女子。良家女子尚且处于被奴役的地位，以色相来谋求生存的风尘女

---

　　① 转引自王晓丹《历史镜像——社会变迁与近代中国女性生活》，云南大学出版社2011年版，第68页。

　　② 刘达临：《性与中国文化》，人民出版社1999年版，第251页。

子的境遇想来更是悲惨，况且她们还得在世人的道德评判中接受自身不光彩的形象。

中国的女性在封建历史中备受压迫和摧残。繁文礼节过度压制着女性的成长，对她们天性成长设置重重的障碍。传统社会看中女子的德行，女子便需在日常的生活中不断温习"三从四德"的精髓。社会崇尚"女子无才便是德"，文化教育便向寻常女子关闭了大门。社会对于女子德行的强化，又让她们远离诗画陶冶，循规蹈矩的言行举止磨灭了她们天性。"三从四德"更是无情摧残了女性青春、才智，大多数女性最终呈现的是合乎礼教规范的"成品"。

相反，风尘女子是封建社会中个性较为自由的群体，压在普通女性身上的家规、族规都较少关注这些女性。"三从四德"，"无才便是德"不适用她们。她们身上展现的是实实在在的女性美，她们是针对男性而被专门训练出来的。为了吸引男性的青睐，她们展示才华：不俗的谈吐，动人的歌喉，曼妙的舞姿。举手投足之间展现风情万种。风尘女子中的佼佼者，虽然没有良家女子清白的家世，但比当时的良家妇女更具魅力。

唐代的杂记琐闻之类已然出现风尘女子形象，她们真正进入文学创作中也是在唐代。《霍小玉传》和《李娃传》两部作品作为风尘女子形象的典范，艺术成就较高；而后每个朝代便有代表性的作品出现，如宋代的《李师师外传》，元代的《钱大尹智宠谢天香》，明代的《卖油郎独占花魁》《杜十娘怒沉百宝箱》等；清咸丰年间，出现了大量描写风尘女子的长篇小说，如《青楼梦》《花月痕》《海上花月传》等。

《小说新报》的作者也将注意力投注于风尘女子这类群体，创作了很多相关的小说。期刊上连载的小说有的直接以风尘女子为主要描写对象，由她们牵制故事发展；有的则是作为凸显主人公形象而设置。几乎连载的每一篇小说中都可以看到她们活跃的身影，其中言情类的小说占的比重是最大的。其他如滑稽、社会类的小说也能看到。

　　综合小说的内容，可将作者笔下的风尘女子归结为两种类型，第一类是美丽多情，出淤泥而不染的佳人形象。这类女子性格善良、重情重义，即使没有很高的才华，比起同时代普通人家的女子也显得优秀一些。第二类是爱慕钱财、刁钻跋扈、唯利是图的风尘女子。随着世事变迁，作者笔下的女性亦沾染上了时代的气息。处于新旧交替中，敏感的创作者捕捉到时代的变化，呈现在他们笔下的人物亦反映出作者对社会的看法。

　　《小说新报》中对风尘女子的职业没有进行道德上的谴责，更多的是对她们生活遭遇的同情和才情的欣赏。如《小说新报》中连载的《珠江风月传》，该本于 1921 年第 7 卷第 1 期连载，1921 年第 7 卷第 12 期终，全本共二十回。作者以过来人的身份讲述了自己在珠江的所见所闻："按这珠江风月，自古艳称。近年以来，世态变迁，繁华日盛，这珠江一带的月色风光也格外的清华雅艳起来。偏偏这时候，小子却又一棹南行，躬逢其盛。数年之间，上自南宁，下至羊城，脚跟儿蓬转一般，尝透了这风月滋味。小子又是一个直性人儿，胸中藏不得一丝儿故事的。现在有了这点风月纪念，怎能够不写点出来，报告报告我这班文字知音呢……"① 小说以任省长公署的秘书长和督军公署顾问的颜慰卿与陈塘著名的风尘女子素素泛舟荔枝湾开篇。正文描写了一帮文人、政界人士、商界人士与珠江风尘女子的情场瓜葛。有较好素养的风尘女子面对着形形色色的嫖客：权贵人士的盛气凌人、随心所欲；商贩马夫的粗俗贪婪。她们更愿意与文人雅士交往。文人雅士气质、爱好、风度更容易被她们真正接受。与权贵人士交往，她们是统治者和被统治者的关系，与一般的嫖客是金钱买卖关系。在这两类关系中，她们只是作为泄欲的工具，作为一种玩物，处于一种卑贱的地位，甚至是道学家口中有伤风化的下贱之人。但在文人雅士眼中，她们可以感受到平等，享受志同道合、诗词唱和的

---

　　①　许廑父：《珠江风月传》，《小说新报》1921 年第 7 卷第 1 期，第 1 页。

乐趣。

素素与慰卿的交往便是这样的一种形态。他们之间的交往超脱了感官带来的刺激愉悦，更多的是寻求一种情感上的沟通和交流。从素素与慰卿谈论雨民与妙容的交往中可以看到，这位政治新贵超脱一般世人的眼光，而以知己之情相待素素：

> 只看我待你的情形，谁也不说我们关系是很密切的。要说我们俩没有相好这句话，谁也不能相信的呢。其实我们又何尝有这等秘密的行为呢？这可见我的宗旨了。
>
> 素素笑道：那或者是我这人太不行了，不能中你的意也未可知？
>
> 慰卿笑道：你这样的人再说不行，那东西两堤也没有一个好人了。我的意思，我们只是这样子做个朋友，很好，何必讲到这个上头，反而显不出我们的真交情来呢。①

小说对素素的外貌没有过多的描绘，只是以"美丽"两字概论之。假若仅以美丽的皮囊得到嫖界高手的垂青，并以知己之礼相待，这是不太可能的。素素必定有其聪慧过人之处。

《珠江风月传》的惺惺虽然靠表演歌舞，吹弹技艺来维持生计，却保持自己善良、疾恶如仇的天性。面对强权压制，敢于怒眼相向，倾吐自己的悲愤之情。惺惺原是浙江人，父亲是位秀才，家道中落到苏州投奔母舅，不想陷入烟花之地。年纪较其他姐妹小，但在花界小有名气，平常出局亦谨言慎行。庐旅长对她尤其喜爱，千方百计想将她纳为小妾。虽然惺惺借此机会能脱离烟花之地，但是年纪尚轻的她并没有被权势、财富蒙蔽双眼。平常出局，巧妙周旋，保持自己的清白之身。面对庐旅长以权压制，她不是一味地委屈受难，而是迎难而

---

① 许厪父：《珠江风月传》，《小说新报》1921 年第 7 卷第 1 期，第 4—5 页。

上，不惜与庐旅长决裂：

> 惺惺虽是一个妓女，也还生得眼睛，瞧得黑白，辨得邪正。庐旅长身为军事长官，真正的行军用兵的事情一点也不考究。他捉几个小毛贼儿，还要把责任推到别人身上去。我虽识他不久，却已深知，他只有吃花酒闹赌，要车货，发我们妓女的脾气。这都是他的出众本领。这可算得当旅长的名分事情么？我惺惺虽则年幼无知，不过一个妓女罢咧，也还有点志气。罚况也不愿给这等丧尽天良的无赖军官做小老婆。别说做小，就是他八人大轿，鼓乐大礼，来引我去做他的太太，我也不愿意咧。如今落在他的手里，这也是命该如此。横竖这等时世，做官的总是这般人才，我们活在世上也是吃苦，乐得早点死了也好，何必求他的情呢。①

这群寻欢作乐，压制弱势群体的军长手中掌握着社会机制的运作权力，老百姓生活的凄惨程度可想而知。当旁人试图为惺惺和庐旅长化解紧张气氛，惺惺婉言拒绝他人的好意。正是这种不畏强权的气概赢得了名士范次云的赞叹，最后为惺惺赎身，将她安置在身旁照料。

风尘女子与士人每每因才色相互慕悦而感情投契。风尘女子选择一位士人以托终身，当然是不错的选择。而这种愿望往往因为社会的舆论，世俗成见的阻扰而难于兑现。如霍小玉与李益以才情相会，双双坠入爱河，山盟海誓，终究抵不过家族联姻带来的毁灭性伤害，致使小玉在大好年华中香消玉殒。唐代在中国的历史中以开放的姿态面对着新事物，对于新的文化事物，也以包容、开放的姿态使得后面的几个封建王朝望尘莫及。但是在封建社会中，才子佳人的结合要想被祝福，那便要站在一个相对"平等"的阶级中。李益虽然财力甚薄，但终归属于望族。小玉虽是青春韶华，却过着风月生涯。他们的地位

---

① 许廑父：《珠江风月传》，《小说新报》1921 年第 7 卷第 8 期，第 10 页。

有着天壤之别，注定被封建等级礼制扼杀。

风尘女子与才子情投意合，本是传统小说中常有的情节。但两者的结合总会受到种种外在压力的阻挠。民国时期，社会发生了天翻地覆的变化，封建王朝覆灭了，规范着人们言行的规章制度，祖宗家法开始松动，风尘女子与名士的结合似乎不再是一件多么让人咋舌的事情，吴双热《无边风月传》便印证了上述的看法。

名妓莺莺解诗工书楚楚可人，雪肤花貌尤能一笑倾城。她芳心自傲，不屑于用媚术吸引纨绔子弟的垂涎。面对寻常纨绔走马观过其章台，辄饫闭门羹而去；若遇骚人墨客则坐妆阁焚香渝茗，谈笑甚欢。吴门十猂士之一的小杜曾是她的入幕之宾。莺莺仰慕他们潇洒的人生态度和才华，虽未与十猂士谋面，却能将每个猂士的音容形貌，个性特点一一说出。面对小杜以"女诸葛"戏言唐突，亦不卑不亢对答，使得小杜肃然起敬。

莺莺少小聪颖，家贫以女工补给家用，又以余力学文，后亦能通书弄翰。父母双亡后，三姑六婆见她貌美失双亲无依无靠，施毒辣之计将她卖到烟花之地赚取钱财。面对险恶的环境，莺莺以死抗争，最终争取到自己的清白，后又凭借自己平日积累，购得一婢，在外筑香闺。平日谨慎与人交往，在风尘中寻找如意郎君。莺莺与小杜感念彼此的才情与人格从而缔结姻缘，而他们的婚姻亦受到其他猂士的赞同和支持。士人与风尘女子的联姻并不是以外在的财富和地位来衡量，在乎的是气性相合，才情相当。所谓的门第之见在吴门十猂士的生活并没有多大的效力。这不仅体现在男子身上，在她们的家眷中也能鲜明地体现出来。她们对才情的追求，对高洁人格的向往，反映在她们对莺莺的态度中。

莺莺嫁与小杜之后，必定与猂士的生活产生更多的交集。从一般的应酬深入家庭中，与猂士的诗歌酬唱扩展到家眷相处。家眷不以莺莺的出身另眼相看，妇人与她处之安然，就连待字闺中的女眷也不曾避讳一二。当发现莺莺的绘画才能时，猂士妇人皆欣喜万分，梦花更是点头称善："诗画社中乃得一女主司矣……此后坛坫主鼎足而三矣……自是莺莺名齐十狷矣。"① 从这赞词中我们不难发现，狷士对娟娟绘画技术极度肯定，欣赏之情溢于言表。不止于此，更是让"杜兰等诸姐妹，日集梅花馆中，群奉莺莺执弟子礼，习绘事焉"②。莺莺不仅与狷士等家眷相处融洽，更凭借自己的才气获得了尊敬。更有甚者，其他人家的子女慕名而来，向她学习绘画的技艺，东邻方氏女翠娟便是其中的一员。从中可以窥探，社会并不是一味指责风尘女子的，对她们已然显示出它的宽容面，特别是兼备才华与高洁操行者。认同才情对女子的影响，不再死磕"女子无才便是德"的旧标杆。

　　作者不仅描写了才华横溢、善良灵动的风尘女子，同样也展现了刁钻，爱慕钱财的风尘女子。作者没有简单地进行道德评判，而是将她们放在时代中展现她们的生存状态。对这类风尘女子描写不再是简单赞赏才貌，也不再是作者笔下以技艺来谋生的佳人，而是将关注点放在痴迷钱财上，出卖色相来勾引、取悦男人，设计谋骗取对方财物等方式进行描写。有的用假结婚忽悠厚道、憨直的男人，直到将对方财物"洗劫一空"才肯善罢甘休。有些风尘女子不再单枪匹马骗财，而是勾搭一些游手好闲的人，共谋冤大头钱财。胡丽卿便是这类风尘女子的典型。胡丽卿是个什么角色呢？

　　　　胡丽卿在上海虽然算不得个红牌子倌人，若谈到色艺两项也可称得上是上中人物。他生平更有椿绝技，任凭什么滑头码子，以及吝啬的守财奴，一经落到他手里，他总有本事施展那勾魂摄魄手段，叫人家输心服气，将所有资财倾囊倒箧报效他。因此，嫖界朋友，送他个徽号，叫做靠皮烂又叫包人穷。③

----

① 吴双热：《无边风月传》，《小说新报》1918 年第 4 卷第 3 期，第 10 页。
② 同上。
③ 贡少芹：《傻儿游沪记》，《小说新报》1917 年第 3 卷第 2 期，第 30 页。

　　胡丽卿与伯鑫本有勾搭，平常各司所职，如若是遇见一个有钱的主儿，两人便是串通一气，用心演双簧戏，弄到银钱再分润。傻儿一樵跌跌撞撞来到上海，伯鑫等人见他痴傻，又携带大量金钱觉得有利可图便与他套近乎，而后又使用美人计将傻儿一樵引到胡丽卿的面前，这样胡丽卿便在文中出现了。

　　胡丽卿先用一系列擅长的伎俩，哄得傻儿痴迷。尤其是与伯鑫等人合演一出双簧戏。其中便有伯鑫为一樵分析为胡丽卿筹办生日宴会的各种好处，不仅可使胡丽卿在众多姐妹中长面子，而且可以提高傻儿在胡丽卿心中的地位，虽破费一些钱财，最后受益的仍旧是傻儿。一番话哄得一樵眉开眼笑，乐呵呵地掏出钱让伯鑫帮着置办相关的物件。自然，这钱兜一圈就进了胡丽卿和伯鑫的口袋中。类似于这种骗钱的手段在文章中比比皆是。可怜傻儿用一颗赤诚的心对待胡丽卿、伯鑫等人，却不想成为胡丽卿等人搜刮钱财的猎物，最后落得人财两空的地步，将老家带来的大把银元"挥霍一空"，差点成为乞丐。中意的美人用"金蝉脱壳"的伎俩将傻儿一脚踹开，与伯鑫在外双宿双飞，俨然过起了正常夫妻生活。

二　关于风尘女子观念的嬗变

　　在上节中，笔者描写了两类风尘女子，一类是才华横溢、善良、灵动的女子，另一类则是刁钻刻薄、爱慕钱财的女子。无论是哪一类风尘女子，作者都没有直接进行评判，而是直观展现她们的生活状况。从作者对这类群体日常生活、精神世界的展现，我们不难发觉社会对风尘女子的看法发生了些许的变化。

　　首先便是狎妓行为的公开化。男子的生活似乎离不开风尘女子的陪伴，无论是为了享受声色的乐趣，或是作为生意场合的点缀，风尘女子在男子的生活的比重越来越大。对于深受儒释道观念熏陶的国度来说，形成公开狎妓的风气，不得不说是惊人的变化，"儒道佛的一个共同的特点是对人本能的严格的钳制，或鼓吹伦理道德。或晓以教义戒规，都是为了使人们能够禁欲脱俗"①。

历来风流士卿寻花问柳、狎妓纳妾的行为不少，但是它毕竟属于僻野幽静中的勾当。社会中对伤害社会风气的风流韵事表现出来的斥责之声、卑视心理、惩罚之刑，已然形成了一种强大的制约力量，在一定程度上约束人的行为。

然而此时期刊中表现出来的却是这样的一种现象，小说中出现一些男女在大街上打闹调趣的场景，人们不再以与青楼女子交往为耻，反倒认为在烟花场中没有"知己"是件掉身价、不光彩的事。如果有人在社交场中说他不近女色，周围的人一定觉得此人有些怪癖，不善交际，甚至对他另眼相待。社会心理演变到这种地步，以致人们对狎冶游艳之事毫不避讳，还把能叫上名花视为一件值得炫耀的事，唯恐旁人不知，风流荒淫之事在社会生活中由"耻"变成了"荣"②。

传统小说也不乏狎妓游玩的事，但那毕竟只是小范围的出玩，《小说新报》则描写了大量狎妓游玩的场景。小说中男子喝酒看戏的聚会中，常常会以"叫局"的方式让妓女陪伴左右，以此作为风雅之事。所谓叫局便是在聚会前或聚会中写一个红笺，笺上书写上某家妓女的名字，然后请身边的随从或者是店家小二将红笺送到妓女的妆阁中，请其来侑酒取乐，一般的风尘女子对此是有求必应的。《珠江风月传》对此有较多的描绘，或是上船游玩，或是在餐馆中灯红酒绿，轻歌狂笑真是一阵热闹。文中的人物还将狎妓游玩作为风雅之事，雨民便是其中的一位"风雅之士"，面对他人调笑与风尘女子游玩，他坦然处之，"挟妓游河不是风雅是什么"③。

当时社会并不以狎妓为耻，反而以一种轻松愉快的心态对待。除了公开的狎妓游玩，也有相约几个友人到妓馆中喝茶，并以结交德才皆备的风尘女子为人生中的一大快事，《破镜圆》沧波等人与韵仙的

---

① 乐正：《近代上海人社会心态 1860—1910》，上海人民出版社 1991 年版，第 121 页。
② 同上。
③ 许廑父：《珠江风月传》，《小说新报》1921 年第 7 卷第 1 期，第 133 页。

交往便是最好的例子。沧波原是到上海求学的一个学子，原先并不以狎妓为乐，后来机缘巧合与韵仙有过一面之缘，至此便对韵仙念念不忘。奈何几次上门求见都无缘见面，后几经波折终于相见，并相知相恋。沧波对她更是不吝于一番溢美之词，以沧波于郊外游玩中对韵仙的惊鸿一瞥为例：

> 娟洁艳丽，秀外慧中，肌肤莹澈，竟体芬芳，实难尽述。总而言之，飞燕之轻盈，梅妃之明秀，太真之秾郁，庄姜之美目流波，盖已一身兼之。而又肥瘦适中，修短协度，神光离合，出于自然。视彼矫揉造作，乞灵于脂粉者，相去何啻霄壤。至于诗才敏捷，风华典瞻，复与谢女班姬、苏蕙左芬，可以齐驱并驾，他固无足论也。①

作者借沧波之口对韵仙的外貌和才气进行了一番描述，称誉其美貌与梅妃、太真、飞燕有过之而无不及，各取古代美人美之精华融于身，不仅具备美貌，而且难得的是又具备国人的才华，才华敏捷不输古代以才情享誉后世的女子，如左芬。真是集天地之精华而生就的佳人。难怪自恃过高的沧波见到她后只剩下惊诧，竟不知道她何时离去。

其次便是妓女身份的职业化。风尘女子按照自身的姿色、文学造诣、琴曲技艺、社会知名度等因素分为不同的等级，享受不同的金钱待遇。主要分为长三、么二和花烟。其实这种明码标价的情况，在晚清的上海已形成一定的规模。

各个档次风尘女子的服务项目不同，《傻儿游沪记》便有体现。一次傻儿一樵没有按照约定的时间赴胡丽卿约，众人得知他遭遇后便取笑他进了野鸡营，其中一段便是伯鑫说的话：

---

① 瀚江浊物：《破镜圆》，《小说新报》1915 年第 1 卷第 6 期，第 7 页。

上海滩上妓女分为三等，一是长三，二是么二，三是野鸡。你今天去的那个地方，便是野鸡堂子……

他家娘姨能在门外招呼客人，我便断定他是野鸡。若说他不应称小姐，要知道小姐两字，是上海普通称谓，这也不算希罕。你初到上海，这些场合不曾去过，所以少见多怪的了。

……因为他逢人乱拖，最烂污不过，又因他们屋里不是个正经地方，一班妓女更不能比长三么二堂子里倌人，门张艳帜，牌列芳名。因此，人送他这个徽号，譬如招商太古怡和三公司之外，所有别家轮船都叫野鸡船。①

当时上海风尘女子的档次已然成为共识，一般在里弄里面主动招徕客人的往往是地位最为低下的，往往被称为"野鸡"或者是"花烟"，只需要一元钱便可以陪酒聊天或者是出卖肉体。恰如一樵口中的"小姐"见他分文未带，便将他的马褂留下作为抵债，等到第二天用一元洋钱取回衣物。

正因为风尘女子分为不同的等级，她们居住处的陈设也显示出极大的不同。如《破镜圆》《珠江风月传》等作品中都很明显地表示这一特点，《破镜圆》描述了韵仙的住处的豪华装饰：

细视此室，结构虽小，而布置咸宜，幽雅无匹。四周绕以树木，青青深翠，掩映窗间，几疑碧油天幕，覆盖于上。槛临小池，水石粼粼，萍藻叠叠，游鱼唼喋，波纹自动。窗前假山堆积，高与檐齐，如巨崖峭壁，突兀眼际，而又玲珑剔透，绝无砌凿痕迹。室内炉篆微熏，瓶花欲笑，芸香隐隐，帘影沉沉。名书古画充满壁间，令人如入大山阴道上，目不暇给。沧波瞻览之余，欣然色喜曰：睹其室，即可想见其人，使非有道韫易安之

① 页少芹：《傻儿游沪记》，《小说新报》1917年第3卷第2期，第37—38页。

才，西子太真之貌，而更加以风流倜傥，性情蕴藉者，安能有此书室哉？①

此处只是描写了韵仙书房的结构布局，从细小处便可见她非一般风尘女子所能比拟。观其居住处的布置，即可推想此女子虽是风尘女子，但绝不俗气，沦落风尘仍旧保持自己独特的审美品位且注重自己个人修养。另外《狎邪镜》中也有类似的描写：

> 四周糊的五色花纸，地上铺着西洋地席，靠墙摆一张新式的铜床，里面挂着一面大着衣镜。床上叠着许多五色绸被，左手放着一张红木的镜台，右手放着一面红木镶的立镜，中间放着一张红木嵌入大理石的四方桌子，两旁放着几把红木的交椅。左右壁上挂着四块红木的挂屏，一面是郑板桥写的阿房宫，一面是仇十洲画的百美图，真是风雅绝伦毫无俗气，见了那个屋子，就可想到那屋主人的态度了。②

上等风尘女子的居室装潢得如此豪华气派，由此可想索价当然不菲。

还有就是作者同情风尘女子遭遇以及娶妓的平常化。风尘女子历来被视为下等人，在社会中的地位并不高，这是人们根深蒂固的观念。小说中人们对于风尘女子的看法有了一定的改变。作品中，风尘女子一般出身良家，有的甚至是仕宦缙绅之后。如《珠江风月传》中的惺惺本是浙江人氏，父亲原是一位秀才，因家里逃难投奔母舅，却不想世事沧桑沦为风尘女子。《无边风月传》的莺莺也是差不多的境遇。这些手无缚鸡之力的女子，落入妓馆中首先要面对的便是老鸨的迫害。老鸨将她们当作摇钱树，逼迫这些女子挣钱，全然不顾她们

---

① 濑江浊物：《破镜圆》，《小说新报》1915 年第 1 卷第 8 期，第 1 页。
② 绮红：《狎邪镜》，《小说新报》1915 年第 1 卷第 1 期，第 6 页。

的悲苦死活。风尘女子若姿色出色、才艺过人，得到富贵顾客的赏识，便会受到老鸨的另眼相看；假若接客少，挣的钱不多，拳脚交加自然是少不了的。上等的风尘女子也不是全然安全的，有时候由着自己性子也会遭到老鸨的嘲讽甚至是谩骂。《狎邪镜》中的月红因为顾念熟客的恩情便对生客有意不去迎合，老鸨见得罪了有钱的主儿便破口大骂，见月红委屈哭泣便如同火上浇油，奔到月红的房间中打了月红好几十下，打得月红只在地上打滚，连旁人看了都觉得心酸。月红作为妓馆中的头牌，又是花榜界中评出的头名状元尚且得到如此的待遇，可见其他层次的风尘女子是怎样的境遇。

风尘女子多出身良好，因为生活的不如意而陷入妓馆中，所以作者不乏同情，或是规劝风尘女子从良，小说中不乏娶风尘女子的情节。娶风尘女子的群体不仅有下层的民众，也有富商官绅等人。一些有钱人还明媒正娶，大肆庆贺。宗一夔迎娶月红的排场足可见其大张旗鼓的气势："公馆门前扎了一座彩缎牌楼，院子里面搭了一座五色玻璃的彩棚，前前后后都挂着珠灯。那四围游廊的柱上，都用各种花盘束，中间嵌着五彩电灯。这一翻的布置，真是非常华丽。"[1] 宗一夔将自己公馆布置得相当豪华，足可见当时并不以娶风尘女子为耻，而且对婚事的安排相当重视。

另外一种情况便是作者对拯救风尘女子出火坑事迹的赞颂，作者将《珠江风月传》中范四爷称为义士。安乐楼中范四爷将帮助娟娘赎身的事情告诉慰卿，得到慰卿的赞扬。后又陆续为惺惺、爱春等风尘女子赎身，所费资金不少。作者在文中屡次用"仁厚关怀""仁人君子"称赞之，对于娶风尘女子、帮助风尘女子出火坑等行为，在道德层面上是给予肯定和赞誉的。这种观念的基础，是对风尘女子生活境遇、人生命运的同情，将她们作为人生的不幸者来看待，而不是对这群弱势群体嗤之以鼻。

---

[1] 绮红：《狎邪镜》，《小说新报》1915 年第 1 卷第 3 期，第 6 页。

风尘女子有形形色色之人，从整体来看，她们是充满着悲剧色彩的群体，不仅要受老鸨的剥削、压迫，有时候还受顾客的欺凌，生意不好的时候还得接受老鸨棍棒交加的斥骂责打，她们从事的是血泪饭的行当。随着社会的变迁，人们对风尘女子的观念发生了一定的改变，浓重道德贬斥的色彩日益淡化，人们更多的是将其视为一种女性谋生的职业，对她们报以一种相对包容的态度。

李定夷在《小说新报》的发刊词中提醒读者，连载的作品表面看起来难免是"豆棚瓜架，小儿女闲话之资"，但也委婉地告知读者作品是"警示觉民，有心人寄情之作"。从作者描写的主题中我们亦可以探讨创作者这个"有心人"隐藏在作品中的意味。

第四节　长篇社会小说与暴露文学传统

《小说新报》所载长篇小说包括官场类小说和黑幕类小说，这些小说是清末民初长篇小说中的一部分，反映了清末民初小说的暴露功能，阿英在《晚清小说史》中说："从题材方面来说，晚清小说产生得最多的，是暴露官僚一类。"[①] 黑幕类小说比官场类小说更进一步，对社会各界黑幕的暴露更加淋漓尽致。其实，明清时期就有暴露文学的传统，如明末的短篇小说集《杜骗新书》、长篇小说《金瓶梅》，清末的长篇小说《官场现形记》和《二十年目睹之怪现状》、短篇小说集《中国黑幕大观》等，均从各个不同的方面重点暴露了骗"色"与骗"财"两个重要方面，对其后小说创作产生深刻影响。

"升官发财"，"三年清知府，十万雪花银"，这些话反映了"官"与"财"的密切关系。李伯元通过人物之口暴露晚清官场贪污腐败的严重状况，用老佛爷的话说就是："通天底下一十八省，那里来的清官。但是御史不说，我也装装糊涂罢了；就是御史参过，

---

① 阿英：《晚清小说史》，东方出版社 1996 年版，第 147 页。

派了大臣查过，办掉几个人，这不是这们一件事，前者已去，后者又来，真正能够杀一儆百吗？"① 最高统治者已清醒认识到贪污腐败之严重，只能杀一儆百了，否则杀不胜杀。晚清小说大量描写了官场腐败的现象，李宝嘉的《官场现形记》、张春帆的《宦海》、刘鹗的《老残游记》等作品对晚清官场的腐败和黑暗都有一定的揭露和批判。

一　明清的暴露文学传统

所谓暴露文学是指揭露社会黑暗面的文学，意在暴露弊端，警示社会，以便救弊。晚明产生暴露文学不是偶然的，这与"世纪末"的颓风密不可分。有论者认为，这个特定的"世纪末"的社会所呈现出来的颓风，不仅仅表现在以贪"色"为中心的淫风大炽，而且也相当强有力地表现在以贪"财"为核心的经济犯罪的泛滥。一旦社会以金钱为中心，贪财之风大盛，于是贪污、盗窃、抢劫、诈骗等自然会毒化整个空气。在这里，与种种奸巧联系在一起的诈骗活动，往往天然地带有曲折动人的故事性，故容易成为小说创作的极好素材。于是在这个社会中出现了一部专以形形色色的诈骗为暴露的中心的短篇小说集《杜骗新书》。其书卷首熊振骥叙即详细地谈到了本书的创作意图。他指出："今之时，去古既远，俗之坏，作伪日滋"，到处是险恶的人心，奸诈的哄骗，于是作者"目击伪俗，拟破百忧之城，乃搜剔见闻，渔猎远近，民情世故之备书，发慝伏如指诸掌上，奸心盗行之毕述，钩深隐若了在目中"，故"是集之作，非云小补。揭季世之伪芽，清其萌蘖；发奸人之胆魄，密为关防。使居家之长者，执此以启儿孙，不落巨奸之股掌；即壮游少年，守此以防奸宄，岂入老棍之牢笼。任他机变千般巧，不越囊一卷书。故名曰'江湖奇闻'，志末世之弊窦也；曰'杜骗新书'，示救世之良策也"。② 很清

---

① 李宝嘉：《官场现形记》，长城出版社1999年版，第18回。
② 黄霖：《微澜集》，凤凰出版社2011年版，第322—324页。

楚，作者写骗是为了暴露世风，揭穿骗术，教人防骗。这在当时是有极强的现实意义的。

黑幕小说以揭密为旨归，大肆暴露社会各界内的各种丑恶现象。"世教衰微，道德堕落；益以内乱外患，商业凌夷，国人生计困难，遂相率为卑污残忍诈伪欺罔之事，以求幸获。受其祸着无所得伸，或泄其愤于口舌，文人笔而存之，是为时下流行之黑幕。黑幕者，摘奸发覆之笔记也。"① 黑幕小说的倡导者如王钝根、程瞻庐等人认为，人心不古，廉耻道丧，"古人以不欺暗室为贤，今人以奔走黑幕为能"。社会上各种各样的黑幕普遍存在，黑幕是罪恶制造厂，是霉菌发生地，于是决心对欺骗广大民众的各种社会黑幕予以揭露，摘伏发奸，穷形尽相。"黑幕既除，神州遂旦，古人不欺暗室之风，或者复见于今世乎！"② 极力批判黑幕小说的周作人指出："我们决不说黑幕不应披露，且主张说黑幕极应披露"，但认为"决不是如此披露"，"我们揭起黑幕，并非专心要看这幕后有人在那里做什么事，也不是专心要看做那样事的是什么人。我们要将黑幕里的人，和他所做的事，连着背景，并作一起观"③。直接揭露恶社会本身会造成一些严重的后果，"这些黑幕小说所叙的事实，颇与现在之恶社会相吻合，一般青年到了无聊的时候，便要去实行摹仿，所以黑幕小说，简直可称做杀人放火奸淫拐骗的讲义"④。从文学社会学的角度来看，这类小说是社会生活的直接反映，同时间接反映当时的政治现实与时代风气；从旧伦理道德的角度来看，这类小说不仅不能救弊，反而推波助澜，使世风日下。国华书局发布的《新上海现形记》新书广告云："上海繁华，甲于全国，五方杂处，难免良莠不齐。本埠新闻大半为社会罪恶史，然采访或有未遇，或知之而有所顾忌，致其他种种。绝

---

① 王晦：《中国黑幕大观序》，《中国黑幕大观》，中华图书集成公司，1918 年。
② 程瞻庐：《中国黑幕大观序》，《中国黑幕大观》，中华图书集成公司，1918 年。
③ 仲密：《论"黑幕"》，《每周评论》第 4 号（1919 年 1 月）。
④ 钱玄同、宋云彬：《"黑幕"书》，《新青年》第 6 卷第 1 号（1919 年 1 月）。

大暗幕有非世人所能深悉者，不有纪述，何知此中黑暗？是书专搜报纸外之遗闻，就老上海而采问，探微索隐，秉笔直书，内幕揭开，真相毕露，为上海近年确实事情，奇形怪状，刻画入微，隐事秘闻，包罗至富，笔诛墨伐，直同铸鼎燃犀，世道人心于斯可儿（按：'见'之误），况撰述者为小说名家定夷先生，文章声价，薄海咸知，则是书之受社会欢迎，自在意中也。"①

　　明清世情小说是在市井社会不断发展的基础上产生的，这些作品对世态人情的揭示有一定的深广度，具有很强的认识价值。晚清以四大谴责小说为主体的社会小说，是在特定的历史背景下产生的，鲁迅曾作了精辟的论述，"戊戌变政既不成，越二年即庚子岁而有义和团之变，群乃知政府不足与图治，顿有掊击之意矣。其在小说，则揭发伏藏，显其弊恶，而于时政，严加纠弹，或更扩充，并及风俗"②。作家用小说创作来揭露各种社会现象，使各种腐败现象暴白于天下。"到了清末，外交失败，社会上的人们觉得自己的国势不振了，极想知其所以然，小说家也想寻出原因的所在；于是就有李宝嘉归罪于官场，用了南亭亭长的假名字，做了一部《官场现形记》。……嗣后又有广东南海人吴沃尧归罪于社会上旧道德的消灭，也用了我佛山人的假名字，做了一部《二十年目睹之怪现状》。"③ 萌芽于清末、盛行于民初的"黑幕小说"也存在深刻的历史背景。辛亥革命爆发以后，清政府被推翻，但政局并不稳定，袁世凯称帝、张勋复辟，使全国再次陷入一片混乱之中。各种政治势力互相较量，不同党派因各种利益互相攻击，"自辛亥政党发生，党报互抵其相对之要人，肆口漫骂，无理太甚，吾因谓吾国人无报馆之公德"。政界缺乏应有的运行机制，而西方法治国家则不然，解弢说，"顷读红礁画桨录，冰罕以一冷落之律师，法庭一胜，遽入议院。议院一胜，遽入内阁。敌党排抵之

　　① 《小说新报》1920 年第 6 年第 6 期。
　　② 鲁迅：《中国小说史略》；人民文学出版社 1973 年版，第 25 页。
　　③ 同上书，第 303 页。

报，谓其妻与屠者接吻，始获议员之选。斯二事也，彼民权先进国固有成例在焉"①。政治体制不健全，社会秩序十分混乱，社会生产被严重破坏，政界、军界、学界、商界等各界丑恶现象层出不穷，社会小说对各种现象的揭露就在所难免。但是，黑幕小说专门揭露个人隐私，叙写所谓"秘密史""风流史""艳史""趣史"等内容，贻害社会，确有罪责。

贡少芹曾在《敬告著小说与谈小说者》一文中说："若夫社会小说，看去似易作，细按之则甚难，吾谓执笔作此类说部者，不难在体会入微与形容尽致，而难在举社会种种奇形异状而能言人所不能言，人所未及发者，且非仅以口舌刻薄为能事，要必于世道人心有所裨益，能如是斯可谓之善作社会小说者矣……其余皆各有难处，各有秘诀，要而言之，务宜立意新奇措语得体而已，此不可不知也。"②

二 《小说新报》所载长篇社会小说与官场的暴露和批判

《小说新报》同人处于社会动荡和新旧过渡的时代，眼看社会混乱、民生艰辛、伦理观念淡化、官场腐败，他们便采取了一种嬉笑怒骂的方式来嘲讽当时的社会，在创作中将自己亲身经历或者是从旁人打探过来的各种奇闻收录到自己作品中，具有很强的写实性。暴露官场丑行是他们创作的一个重要主题。

买官现象是《小说新报》同人抨击官场的一个重要方面。剑虹的《赌窟》展现了官场的买官现象。小说讲述的是发生在北京胡同的故事，看似平常的赌博场却暗藏玄机，来赌博的人员不是政界人员便是商人，两者借着赌博的名义在里面进行各种龌龊的交易。他们以打麻将为手段，同一张麻将桌上的人员相互疏通某个关键环节，通过金钱与垂涎已久的官位相交换，大家各得其宜，金钱与官位各得其所，于是赌窟就成为官场买卖活动的一个重要场所。

---

① 解弢：《小说话》，中华书局 1919 年版，第 11—12 页。
② 贡少芹：《敬告著小说与谈小说者》，《小说新报》1919 年第 5 年第 3 期。

还没有得到官位的人员绞尽脑汁用"智慧"谋取官职，占得官位的官员利用职务的便利干起了卖官的行当，有时候利用职务之便赚昧良心的钱。贡少芹的《尘海燃犀录》便有一位清朝官员，利用监督禁烟的职务私匿了"二千两川土"，等禁烟风声稍缓，便倒腾起卖鸦片的生意，从中获利。作者借着这位官员太太的口，道出了官员的"实际职务"：

> 你在宜昌关监督任上为那焚毁烟土的案子，我略施小计，你不是私匿了二千两川土么，停了两个月，你将这货色售去。我不曾沾着你丝毫利益，固然你我是一家儿人，你有便是我有，本不分什么界限。①

向有权势的人阿谀奉承，投其所好，这也是官员生存发展的另一项技能。打通各个环节，基本的要素是花钱，但如何将这些钱花在刀刃上，取得预期的效果，里面有着很大的学问，"在这一方面，中国的官下了大功夫，却有真本领。这是一套包括生理、心理、思维、情感在内的全方位、多角度、灵活机动的社会活动，或投上司之所好，讨上司的喜欢；或表现得精明能干，或憨厚老实，以求上司信任……总之，充分而扎实地利用一切机会。察言观色，阿谀奉承，随机应变，几乎成了所有官吏的本能"②。

这种为官文化不仅使得男子苦心经营，可怕的是渗入家庭氛围中，夫妻合心共同谋取官位。作者为我们提供了胡伯铭和妻子为谋权官位不择手段的例子。这位清官太太深刻领会到中国为官的精髓，只见这位官太太这样说道：

> 目下操控政局的魔力，不外金钱与美人两项罢了。然而就两

---

① 贡少芹：《尘海燃犀录》，《小说新报》1921 年第 7 卷第 2 期，第 1 页。

② 刘永佶：《中国官文化批判》，中国经济出版社 2000 年版，第 255—256 页。

项比较下子，那美人魔力，视金钱加倍至大且速呢。①

由妇女点破官场生存的法则，可见官员道德沦丧、拜金主义风气猖獗已然成为一种共识。官员腐败深入人心，一旦得到官位，必定会将原先贿赂上司的钱财连本带利地从平民百姓身上加倍讨回来。这样剥削—买官—剥削，形成恶性循环，受苦受累的最终还是普通百姓。

这位"女诸葛"不仅将升官发财的绝招传授给自己的丈夫，而且还为他指明了一条"光明道路"，那便是贿赂军中要员：

> 刻下常将军要算近顷军界中第一个领袖，京内外的官僚谁不仰他的鼻息。无论大小优差美缺，总须先尽他的夹袋中人才去干，便是不关重要的位置，府院里要简任什么人去，也要先征取常将军的同意。假若不经他通过，他一定要从根本上推翻另换别人的。②

买官需贿赂军政官员与当时中国特殊的社会环境有关。辛亥革命之后，官场已然变得更为复杂。除了一些必需的行政官员，社会又多了一个新的特权阶级，那便是军阀。中国很长一段时期都处于军阀统治下，这对于希望民主健全的开明人士来说无疑是寒心的事情。作家作为一个时代的书写者、记录者，他们的内心如此纠结，"中国清末民初的通俗作家大多是'南社'成员，他们要推翻腐败的清政府，并为中国能出现一个新的政权而奔走呼号过，经过千辛万苦的奋斗，革命'成功'了。可是革命成功后的官场和清政府的黑暗腐败并没有什么两样，他们为之奋斗的新国家，新政府怎么能是这种样子呢？"③

---

① 贡少芹：《尘海燃犀录》，《小说新报》1921 年第 7 卷第 2 期，第 3 页。
② 同上书，第 2—3 页。
③ 范伯群：《中国近现代通俗文学史》新版，江苏教育出版社 2010 年版，第 212 页。

《小说新报》同人将这种失望情绪展现在作品中。我们看到军阀耀武扬威、专横跋扈的样子，他们为一己私欲以召开军事联盟为借口瓜分中国；他们满口脏话，粗口不堪，却要别人以圣旨般全盘记录；他们卑鄙龌龊，肮脏下流，却要别人以此作为人格楷模，国民典范；他们的个人生活奢靡腐烂，日夜赌博、一掷千金，而且还做出交换双方妻妾令人作呕的行为。作为民国时期最出风头的人物，却在民众内心中一文不值。风尘女子在社会上的地位比较卑微，连她们都不将有权有势的军官放在心上，而且还当着其他恩客的面将军官数落得一无是处。

军官不好好保家卫国，尽干一些让人匪夷所思的事情。为了保护名伶安全，出动保家卫国的军事资源，《芝兰缘》中作者便说道：

> 梅大王府邸门前，除原有汽车马车的点缀外，居然有荷枪的雄赳赳的武夫，给他守卫门户。一种煊赫的情形，不知道内容的人走经大王门前，还疑是达官贵人的住宅。那里知道国家的干城，竟充优伶的侍卫，不但辱没了军人的身份，被外国人访得，说到海外去，中国军人的价值应该降到那一等去。①

作者借人物之口道出了军阀卑劣肮脏的人格，也借助人物发出了自己愤怒而无奈的呼唤：

> 军人冶游已干例禁，还敢逞凶滋事，伤害多人，这等事情也没人出来干涉，这还成什么世界呢？②

这些人品恶劣的军阀无法无天，按照个人的喜怒哀乐操纵着普通百姓的生活，在他们的影响之下，官场只得更加的混乱。

---

① 李定夷：《芝兰缘》，《小说新报》1922 年第 7 年第 8 期，第 5 页。
② 许廑父：《珠江风月传》，《小说新报》1921 年第 7 卷第 3 期，第 1 页。

军阀统治、支配着政府官员的任用，这些手握要权的军阀随着自己的心性选用官员，而想谋权的人便可钻着军阀专制独裁的空子，使用各种计策讨得军阀欢心来换取心中的职位，所有的计策归结起来不外乎金钱和美色。

中国传统小说不乏对社会丑陋现象的揭示，尤其是谴责小说，以力图揭露社会的恶习和政治腐败著称后世。《小说新报》延续传统小说审丑原则，描绘了形形色色的官员，展现了他们身上极端的利己主义，以金钱为媒介的生存法则更是深入到官场的各个角落。赤裸裸的金钱关系不仅污染了官场空气，而且还撕去了笼罩在家庭关系中温情脉脉的面纱，家庭成员为了谋取官位只剩下尔虞我诈，钩心斗角。官员满足一己私欲不顾亲情，不顾王法，在作者笔下比比皆是。这样的社会风气，用许指严的话来概括真是再精准不过了，"世界上不可思议的怪现象，不过名利两字。你骗我我骗你，互相利用，互相欺诈罢了，有什么了不得的奇才妙计，真正说到底，是不值一钱的把戏"①。或者贪色，或者贪财，或者贪得其他东西，大家各显神通，这充分暴露了社会转型之际世风日下的残酷现实。

三 《小说新报》所载长篇社会小说与黑幕的暴露和批判

《小说新报》所载长篇社会小说多以上海为背景，作为中国的经济与文化中心，上海有其优越的地理位置，"地处中国东南沿海腹部，清代隶属江苏省境的上海，居长江之尾，东临大海，虽偏处一隅，但因有枕江滨海的水运之便，自宋代起就已成为一个港口商镇"②。上海是晚清最早开放的口岸之一。1842 年，随着中国鸦片战争的失败，上海成为中国战败于英国而被迫开放的首批通商口岸之一，正式开始与外国通商。此后的上海，承担了越来越多的西方人和商船的到来，也越来越向世人展现了它的发展前景。曾有一位名叫福钧的英国人受

---

① 许指严：《京华新梦》，《小说新报》1919 年第 5 年第 8 期，第 1 页。
② 王韬：《瀛壖杂志》卷一，上海古籍出版社 1989 年版，第 1 页。

东印度公司的委托来到上海，他以贸易商人的角度谈了对上海的看法，他在报告中写道："上海是中华帝国的大门，广大的土产贸易市场……内地交通运输便利，世界上没有什么地方比得上它……不容置疑，在几年内，它非但将与广州相匹敌，而且将成为一个具有更加重要地位的城市。"①

上海商业的繁荣，为投机家创造了便利条件，也为各种坑蒙拐骗活动提供了温床。社会各界不断涌现一些坑蒙拐骗的罪恶勾当。作为市民作家的《小说新报》同人不忍目睹，也不忍道听，遂揭露于笔端。

想要更加客观地了解历史中的事物，需尽可能地回到"历史现场"。要想更好地把握《小说新报》这份期刊，了解当时上海的社会状况，作为《小说新报》的主要编辑和创作者，李定夷的话就值得我们好好地体味。他在自己的连载小说《新上海现形记》中说道：

　　文明为罪恶之渊薮，世界愈文明，罪恶愈进步……观察上海的社会情形，则可把奸盗骗诈四字包括尽之……上海一隅几成为罪恶的制造厂，近几年的习俗更不如前。②

近代上海商业繁荣，经济发达，各种娱乐业也十分昌盛，与此同时，各种黑幕也层出不穷，娱乐场所也不例外。时兴的娱乐有说书、口技、戏法、魔术、曲艺、音乐、单弦、双簧、影戏、文明戏、髦儿戏、京班戏等。不但内容丰富，而且售价便宜，一般只需要两角大洋，对于一般人来说都是可以消费得起的娱乐，自然人们趋之若鹜，但是这也变成了流弊的一端。刚开始大家便是抱着好玩的心态去玩乐，又兼消费门槛低，里面难免鱼龙混杂，一些人便趁机劫财劫色，

---

①　转引自乐正《近代上海人社会心态 1860—1920》，上海人民出版社 1991 年版，第 42 页。

②　李定夷：《新上海现形记》，《小说新报》1918 年第 4 卷第 1 期，第 1 页。

如拆白党。

拆白党是民国时期上海混蛋的一种称谓，专门以渔色劫财为事。在清朝的时候还不过是几个小白脸之类的角色，没有成为一股势力。游戏场所的出现为他们白吃、白用、白享受的行为模式提供了绝佳的场所。后来势力越发猖獗，他们竟然也仿效当时政党的名义以党命名，而且还有模有样地制定了党规、入党资格、党址等条文，各种资格审查甚是严格。入党核心条文便是两目清秀、口舌便利、灵活行事。他们不仅有党纲党规，对于渔色的对象更是分了不同的层次："以妍识荒淫无度之鸨妇为最下乘，勾通家无管束之姨太太为稍上，引诱家资宽裕的寡妇为中上，得近有夫之妇为上上，若能私识绅富人家的闺女便是无上上的把子。"①

我们可以这样理解民初小说中拆白党徒对渔色对象的划分：上海从来都不缺少风尘女子，而且因为生存的关系难免较一般的妇女更工于心计，这就使诓骗的难度加大，将她们定为最下乘也是情理之中；家无管束的姨太太作风腐烂，偷汉子的行为也见怪不怪，拆白党人员便可以借着双方的暧昧之情堵住妇女之口，他们吃准了世间妇女无论如何荒淫，在人前总没有不自诩清洁的心理，然后便想出种种要挟方法，暗夺明取；拆白党众必然不会将穷苦的寡妇视为他们的目标，富裕的寡妇虽然没有丈夫的约束，但是周围觊觎寡妇财产的人必然不少，所以行事也得小心谨慎，但比较鸨妇和姨太太的财产，家资富裕的寡妇还是有优势；一般有夫之妇当然不希望自己不光彩的事情被丈夫知晓，拆白党便勾引这些妇人入毂，借着妇人的担忧之心恐吓威胁，这些妇人为了保全自己的名声和丈夫的名誉便会对拆白党言听计从；而绅富人家的闺女一来对社会中的种种鬼蜮情形甚少了解，而且情窦初开，一种神圣无上的爱情还没有专注之地，想象拆白党人容貌俊秀，又会甜言蜜语，一经党人诱惑自是缱绻情深，以为普天下的男

---

① 李定夷：《新上海现形记》，《小说新报》1919 年第 5 年第 2 期，第 5 页。

子惟彼对己感情最深，内心中自是一番温馨馥郁。而拆白党自是利用
少女情怀，侵吞闺阁女的衣饰乃至家产，按照财产和获利的比重来划
分渔色的对象，不得不说拆白党条规明确，组织性强且歹毒异常，对
于家庭、社会会产生多大的冲击。

　　其中便有小说写拆白党徒为了金钱如何玩手段，耍阴谋。拆白党
徒赛张绪将出入游戏场的大家闺秀作为渔色对象，兼容貌出众，温润
如玉，早已使这位情窦初开的小姐芳心暗许。赛张绪更巧妙利用少女
涉世未深的心理探查她家里经济状况，得知掌经济大权乃是其中的一
位姨娘时，便巧言令色劝服张雅兰外出求学，进而勾搭上掌握财政大
权的姨娘。脚踏两只船的事迹败露后，赛张绪更是伙同姨娘卷款潜
逃。张雅兰因事情与自己脱不了干系，不方便与父亲明说，又不幸遇
男女搭档的拆白党，不仅被人骗光了钱财，而且自己还成为拆白党的
一员，落得个勾搭、骗取土老儿钱财的下场。

　　从张雅兰的遭遇来看，拆白党对家庭、妇女的危害甚大。他们破
坏家庭和乐，逼迫妇女走上了堕落道路：姨太太不忠于自己丈夫，大
家闺秀落得有家难归，出卖肉体骗取钱财的下场。以拆白党徒的行为
处事来看，社会中必然有不少如张雅兰之徒，而这一切的开端便是发
生在游戏场内。难怪作者这样感慨："男拆白党、女拆白党、浪子、
荡妇、旷夫、怨女，都把游戏场做幽会之所。良家妇女把持不定，每
每也要受愚。上海的风化，从此愈不堪说了。"① 拆白党以骗取钱财
为最高准则，他们不择手段，更不关心受害者的境况。在他们的观念
中，金钱才是至关重要的，从某种程度来说，他们已被金钱化了，
"今天下竞尚势力，金气熏灼，诐诈百出，几不可问，安得有豪杰其
一振顿之"②。

　　王韬感叹虽然不是针对拆白党的风气而发，却批判了拜金主义风
气弥漫的黑暗社会，而拆白党在这种风气中更是如鱼得水。社会风气

---

① 李定夷：《新上海现形记》，《小说新报》1919 年第 5 卷第 2 期。
② 方行、汤志钧：《王韬日记》，中华书局 1986 年版，第 63 页。

如此恶劣，不仅王韬追问，《小说新报》的作家们也探问"安得有豪杰其一振顿之"。

对于拆白党猖獗的状况，作者不仅表达了痛心疾首的感慨，而且还在文中一再指出这种现象对社会风气带来极大伤害，简直就是伤风败俗的存在。对此提出了自己的主张：

> 奉劝诸君，正本源清的预防办法，是禁止妇女们逛游戏场。大家不逛游戏场，游戏场自然支持不下去，那罪该万死的拆白党，势焰自然而然的衰败了。人家说，救人一命胜造七级浮屠，在下以为，大家倘使同心合意，把一切游戏场都推倒，拆白党也淘汰尽净，这样的功德比救死还大得多哩。在下发起这样议论，背后诅咒我的当然不少，但是人之嫉恶谁不如我，恐怕和我表同情的，总比反对的多些，就使有人把刀加在我身，禁我发言，我还是说，游戏场是顶顶造孽的机关。万一天堂地狱之说，而确造游戏场的人当该堕入十八层地狱的。有一般人，听在下这话，必定替他们辩护说，游戏场自游戏场，拆白党自拆白党，拆白党固然不好，又干游戏场甚事呢。不知道游戏场的营业，正利用这班拆白党，和还有一种的女拆白党狗男狗女在内胡调，他的营业方能发达哩。①

对于游戏场和拆白党，作者有着清醒的认识，劝说读者少去游戏场所，远离拆白党，以免遭受其毒害。

第五节 《小说新报》与民初长篇小说
从传统到现代的嬗变

《小说新报》创办、运行处于社会过渡时期，刊物的长篇小说

---

① 李定夷：《新上海现形记》，《小说新报》1919 年第 5 卷第 2 期，第 6 页。

具有传统小说的特质，作家也在学习、模仿西方小说的过程中不断探索小说创作的技巧。借瓜棚豆架小儿女之情，在小说中注入"忠、孝、节、义"等伦理观念，借此希望读者能够从中汲取精华，反思社会的种种现象，形成自己的社会意识。在对传统小说模式继承外，作家有意识对小说的创作模式进行新的尝试，如限知视角的使用，使得刊物的长篇小说具有文学转型的意义。

一　《小说新报》与民初长篇小说对儒家文化的继承与改造

从期刊长篇小说书写内容中可以探察到作者对传统文化有着深深的眷恋之情，不仅在小说中使用大量诗词歌赋，而且推崇传统的伦理观念。他们创作的长篇小说与传统文化有着千丝万缕的联系，这主要体现在他们的文学价值取向上。

《小说新报》同人在长篇小说创作中呈现出对传统道德的回归和认同，这与当时的社会环境有着莫大的关联。作家希望走入一个稳定、有序的社会，然而社会动荡、军阀混乱，作家的理想憧憬破灭。加上西方民主、自由、平等思想大肆涌入，不得不让作家对整个时代的走向作出思考。姚公鹤认为，"夫以今日世界，厉行国家主义，当然个人为本位，然人格不完，风纪堕落，正赖吾国旧有之家族主义为过渡时期之维系"①。他们希望通过挖掘、改良传统道德，为社会的稳定转型开出良方。

《小说新报》同人借助传统文化的伦理道德，认为混乱的社会正需要它们来重整秩序。然而"伦理本身是一个抽象的概念，它必须通过具体的道德规范，如忠、孝、节、义，才能起到调剂人际关系的作用"②。

鉴于此，作家在刊物中发表了很多关于"忠、孝、节、义"的小说。如《莺魂唤絮录》等小说就赞扬了陈义的"义"。陈义原是江湖

---

① 姚公鹤：《上海闲话》，上海古籍出版社1989年版，第124页。
② 宋克夫：《论章回小说中的人格悲剧》，《文艺研究》2002年第6期。

大盗，入狱后感念雪姑祖父的再造之恩，此后自命为沈家之仆，一直默默守卫雪姑。雪姑家道中落遭遇家仆歹念行凶，因陈义仗义相救，免于被卖他乡的厄运。陈义护送雪姑投奔远亲中尽显江湖之士的肝胆之气。除了宣扬"义"，作者在小说中也注重对孝的书写，《无边风月传》等小说中就描写了很多父慈子孝的场面，甚至有割骨疗亲的孝。正是作者重视孝文化的传播，他们赞赏父慈子孝的和睦家庭。相应地，与父慈子孝相反的形象，作者是加以谴责的。在《好女儿》《天作之缘》《鹦鹉晚香》等作品中作者创造的欺凌子女的冷血父母，虐待双亲的恶子恶媳，反面印证"父慈子孝"的可贵。对于节，作者更是创造了苦守贞节的妇女。

处于新旧时代变更期，他深感欧风美雨带给社会的变化，自由、平等之说、重婚之说大行其道。社会中男女青年自由恋爱之风盛行。未婚先育，女子被遗弃的现象层出不穷。对于深受传统文化浸润的他来说，无疑是芒刺在背。他有必要为人心风俗提供一味救济药，将书岩推到世人眼前。李定夷的一番话无疑也印证了姚公鹤用旧有的道德伦理来维系社会发展的看法。

除了创作一系列忠孝节义形象展现对传统文化的依恋之情，还体现在对婚恋观的态度上。作者反对"父母之命、媒妁之言"的包办婚姻，同情其悲剧。他们对有情人终成眷属的预示，不是主人公坚定走出家门的模式，是通过改良传统的婚姻制度来实现，出现了父母认同下男女主人公相恋的形态。因此，此时的包办婚姻虽然少了严格意义上包办婚姻的冷酷之情，但《小说新报》作家对男女主人公婚恋自由、生活境遇的同情仍旧依托"父母之命"基础展开的，反映了他们对传统文化的认同。

其实，《小说新报》作家在表达对传统文化眷恋之情时，也展现了他们对传统文化的思考。他们对传统文化并不是一种不加选择地继承，是审时度势，给传统文化注入新的生命力。如小说中对贞节观念的宣扬，它不像古时候褒奖节妇强迫女子守节，反映在作品中便有公婆反对儿媳妇守节的情节。此时作家对节的理解是以男女双方感情为前提，女子守节是内心自律驱动做出的理智行为。

除了描写普通百姓的日常生活，作者还开出了一副拯救社会危亡，使中华民族繁荣昌盛的总药方，其最终的目标是促使人们安居乐业，社会安定和谐，发展的途径是改变政体，发展中国实业，在《变相之宰相》中便有这方面的思考。小说虽然是贡少芹翻译俄国贝尔斯，但未尝不是作者借他国之事说着当时人民的生活呢？小说描写虚无党人因俄国尼古拉专制的格局而作出一系列的努力和抗争：

> 彼辈生于二十四世纪时代，目击欧洲政治潮流文明进步骎骎日上。惟俄国专制淫威有加无已，与各国成一绝大反比例，而虚无党反抗之势力，至是益勃发而不可抑制。①
>
> 彼专制魔王，厉行暴政日渐加剧，吾民无遗类矣。余誓扑杀此獠，为吾同胞争自由幸福。②

他们认识到受专制迫害的绝非个体，先觉者认为解救广大同胞于水火之中，为民众谋取幸福因是每个人的职责。小说中的老者更是为了争取民主政体深入敌营中，准备刺杀尼古拉。后来事情败露仍是劝诫当权者实施新政：

> 余虽未能手刃彼獠，然逞此一击足以寒其胆魄。今既就执自分必无生理因服绿气水自戕。惟冀专制魔王，见吾书后，或者改变方针，厉行新政，脱吾民于水火，则余死而有知，犹将含笑泉台。代同胞稽首，而谢仁人之赐，不然吾党拼生命竟吾志者亦多矣。继死一勃林司，而什百千万之勃林司方狙伺其旁，窃恐蠢尔

---

① 贡少芹:《变相之宰相》,《小说新报》1916 年第 2 卷第 7 期, 第 2 页。
② 同上书, 第 1 页。

独夫防不胜防、捕不暇捕也。①

文中虚无党人为了争取民主的政体，改变专制的政治氛围作出了种种努力，但是他们也有自己的局限，认为政体的变质在于首相作崇，却没有明白尼古拉专制理念早已深入政体脊髓中。单单除去首相无济于事，他们满怀着革命的热情和满腔的热血追求民主之路。最后，虽然没有成功，但是作为无畏的勇士，他们身上这种敢为天下人先的思想还是值得后代人学习和借鉴，激励后人持之不懈为着新的生活而努力。

《小说新报》同人经历了清王朝覆灭，看着民主政权短暂的存活，最后落到军阀混战，官场腐败的现实，何尝不痛心民主道路的曲折。正像作品中表达的一样，虽然一个人不能解救民众于水生火热之中，但是千千万万追求民主之路的前仆后继者将会踏穿这条道路。这是勃林司的遗愿，也是作者的心声。

二 《小说新报》与民初长篇小说对西方文化的吸收

《小说新报》同人不仅对中国的政体有了自己的构想和希望，对于普通民众的生活也表达了自己的认识。特别是在《珠江风月传》中，作者还借人物之口说到了振兴实业，解决社会生计的问题。

近代民族危机中，中国部分资产阶级、知识分子、实业家们认为中国落后挨打、积贫积弱的主要原因是实业落后。后来这些有识之士为了摆脱落后挨打的局面，便积极探索振兴实业的道路和方法，涌起了一股实业救国的思潮。而《小说新报》的作者将这股思潮的影响反映在他们的作品中，并且更加具体、有针对性地提出了自己的看法，认为实业救国对普通民众最大的影响便是解决他们的生计问题，作者借人物次雲说道：

---

① 贡少芹：《变相之宰相》，《小说新报》1916 年第 1 卷第 8 期，第 13 页。

　　我如今才晓得这人道主义四个字儿，也是非常不容易的，我因一念仁慈，救了爱春，却不料就此又害了他们两。所以要做一椿事情，总须从根本上着想，才能贯彻宗旨，不致弄出流弊。即如他们姊妹两个，好好的人家女子，无端的落在这等恶鸨手里，虽则原因甚多，究竟大半关于生计问题。若要救援他们，除非从社会生计上入手，总是根本解决之计。像我从前往往喜欢替他们赎身，自以为完全出于正义人道的心肠，岂知眼前被救的人，果然感激不了。那继他而起的被害之人，却去怨谁恨谁呢？……使社会生计问题不能进步，他们就算幸逃三姊（老鸨）的荼毒，还有第二个三姊去购买他们。即使他们更幸而不入这淫业范围，而衣食既迫，也许还有旁的堕落方法，比现在境遇更不堪，更难受的，也不能保他为必无之事呢。所以。千言万语。总逃不出根本解决四字。不揣其本而齐其末，究有什么好处呢？①

　　次雲原是侠肝义胆之人，见弱势群体总会施以援手，可是每次解救一个女子于危难之中便有另一个女子不幸落入火坑，他认识到如果只是简单地见一个救一个的做法对于不幸的女性是杯水车薪的，要想从根本上改变她们的命运，那便是从社会生计上来寻求解救之法，所以他认识到自己行为处事的方法得变通：

　　从今以后，我自己的宗旨也要稍许改变一点。我是抱定宗旨，不入军政两界的。但也不能说不入两界，就不是我们中国的人民。所以也要打定宗旨，替社会上尽一分人民应尽的义务。我此番回去，就想着手进行。先组织几处大工厂起来，一则可以振兴实业，二则可以安插这许多生计艰难穷而无告的男女，以我想来，这倒比做什么慈善事业都好咧。②

---

① 许廑父：《珠江风月传》，《小说新报》1921 年第 7 卷第 11 期，第 2—3 页。
② 同上书，第 3 页。

要想解决生计问题，那么就得提供诸多岗位以供普通民众工作，而这一切便需要振兴实业，有了经济的发展，才可以使苦于生计的男女有了一个新的出路，而不再沦落到风尘之中受人践踏。

综上，《小说新报》长篇小说反映了广阔的社会生活面，有的小说甚至是当时社会的实录。如李定夷、许指严等作家在文章中说出了自己创作的小说来源便是根据有人的口述记录而成，也许这是作者的一种写作策略，但是我们亦可以从中感受到作家们在时代变更下的一种政治思考和救世的热情。

《小说新报》长篇小说的内容多数虽逃脱不了"小儿女豆棚瓜架"之情，但是很多小说验证了发刊词的内容，那便是达到"警示觉民""移风易俗"的目的，因此也有不少劝诫世人、教育世人的小说，体现着作家对传统文化的依恋之情。

第二章

《小说新报》与民初短篇小说的
正统性及其变革

与民初长篇小说一样，民初短篇小说的"正统性"是其思想内容与传统观念密切相关的，其变革是指对传统思想的偏离，或者说改进。《小说新报》刊载了大量的短篇小说，每一期少则七八篇，多则十几篇。许多短篇小说具有短小精悍的特点，易于读者阅读而不易使读者产生疲劳感。民初，短篇小说创作成为文坛的一股巨大潮流，它以其灵活性反映某一时期社会生活的特点和变化，颇具价值。短篇小说种类丰富多彩，主要有言情小说、家庭伦理小说、侦探小说、社会小说、侠义小说、神怪小说、历史小说、笔记小说、滑稽小说、哲学小说、政治小说等类。《小说新报》比较活跃的短篇小说作者很多，优秀者有李定夷、许指严、竞存、林纾、轶池、树声、朱剑山、黄花奴、秋水、励声、醒独、徐吁公等。在不同类型的短篇小说中，言情小说、社会小说、革命文学（小说）、武侠类小说、家庭伦理小说与掌故小说成就突出。社会小说和言情小说与平民化的嬗变，革命文学（小说）的"民本"观，武侠类小说的侠义化，家庭伦理小说伦理观的蜕变，掌故小说的轶闻化与小说化，都表现出民初短篇小说的正统性及其变革特征。

第一节 《小说新报》所载短篇小说概观

李定夷作为报刊主编，发表了大量的作品，在短篇小说中主要创作风俗小说、清代轶闻、历史小说、时事小说等，文风简洁，情节曲折，引人入胜。李定夷站在一个历史的高度上关心国家社稷、民生社会问题，在创作中始终贯穿发刊的宗旨，希望能警世觉民和改变国家命运。李定夷创作风俗小说以开阔民众的眼界，从他国文化中反思本国文化所具有的缺陷，鼓舞大众拥有反抗和改变的勇气和决心；创作历史小说，以史为鉴，或讲述历史趣闻，或讲述历史人物的际遇，都包含了许多人生道理，让读者从中汲取人生智慧；创作时事小说，关心社会，关心国家前途命运，体现知识分子的责任心。其作品主要有清代轶闻《黄崖流血记》《秣陵冤狱》《宁副将外传》《拾和珅相国事》《匿名信》等，风俗小说《天南异境》《韩都问俗记》《迷夫教》等，时事小说《新台活剧》《寿诞腥闻》等，也有言情小说《韵情小传》。

许指严主要创作清代轶闻、历史小说、社会小说，此外，也创作了大量讽世小说、警世小说、社会小说、言情小说、滑稽小说等，因自幼多闻祖父讲述官场秘闻，故作品多有掌故性杂记，作品也多是关注现实关注社会的。许指严在作品中多注重人物形象的刻画，注重人物心理刻画，挖掘人物的复杂性，其作品主要有清代轶闻《畅春园故事》《贿赂公司经理》等，社会小说《生稊祸》《四灵图》等，哀情小说《行不得》《伤哉贫也》，讽世小说《杨为我》《雅观楼本事》《迷觉》等，滑稽小说《九龙日旗》等。

朱剑山在《小说新报》中多发表一些具有教育意义的小说，在作品中有着明显的价值评判和道德倾向，多关心社会伦理道德的重建，希望重建和谐合理的社会秩序，因此在作品中有时难免容易矫枉过正，而走向对于传统伦理道德的过度宣传，放大传统的优点，而欠缺对当下现实生活的考虑。但在对当下社会问题进行审视的作品中，也显示出剑山的睿智和智慧，非常有远见。其作品主要有明季轶闻《朱通政事略》《魏给事外传》等，伦理小说《以德报怨》《妇道》《陈氏二难》《纯孝传家》等，教育小说《玉狮缘》《悔过迁善》等，社会小说《纨绔子》《真君子》《义友传》等，言情小说《金箭缘》《麻香传》等。

此外，比较活跃的作家还有民哀、徐卓呆、俞牖云、花奴、绮缘、贡少芹、明道等人。民哀主要创作哀情小说、家庭伦理小说、社会小说、清代轶闻等，在写作中注重细节描写，故事趣味性强，其作品主要有家庭伦理小说《刲臂记》《切肤之痛》等，社会小说《欢喜佛》《衣冠禽兽》等，哀情小说《玫瑰花之惨史》《李益第二》等，清代轶闻《八大怪》《魏皇帝》等。徐卓呆主要创作家庭伦理小说、言情小说、讽世小说、醒世小说等，语言平实，故事贴近生活，擅长刻画人物心理活动，其作品主要有家庭小说《慈母泪》《家婢阿珍》《丫环心》等，言情小说《握手》《感旧游》等，讽世小说《再犯》《猫商》等。牖云主要创作清代轶闻、警世小说等，其主要作品有清代轶闻《铁汉僧》《悼红吟本事》等，警世小说《五分钟》《双胎记》等。花奴主要创作言情小说、清代轶闻等，文字长于抒情，主要作品有言情小说《梅花瘦影》《杏花旧梦》《桃花依旧笑春风》等，清季轶闻《河洛少年》《芙蓉石》等。绮缘主要作品有讽世小说《裙带禄》《消寒韵事》等，言情小说《离鸾别凤》《洞房花烛夜》《嫁前十日记》等，清代轶闻《彤庭花影》《木兰猎遘》《赤陵姐琵琶歌本事》等，爱国小说《奴隶痛》《牺牲》等。贡少芹作品主要有滑稽小说《色相镜》《两凤争凰》等，讽刺小说《军阀家的儿女》《三嫁》等，家庭伦理小说《孝子泪》《燃萁泪》等，苦情小说《妾命薄》、奇情小说《丑妇》、忏情小说《红豆双抛记》等。顾明道作品主要有明季轶闻《杀身成仁》《飞头将军》《箭侠》等，清代轶闻《九龙琥珀杯》《复仇秘史》等，哀情小说《某女士之自述》《噫……孽矣》等，侦探小说《灯光人影》《淫毒女》等。

在《小说新报》中发表作品的其他作家还有竞存、轶池、树声、秋水、瘦鹃、碧梧、涵秋、励声、莟狂、之栋、山渊、醒独、吁公、寄恨、待之、濑江浊物、哀梨老人、乙乙、寄尘、剑痴、萍影、阿瑛、易时、绮红、东园、英蛰、笑余、鸿卓等人。竞存作品主要有清代轶闻《琼岛真人》《诛安实录》《真可汗》等，掌故小说《没字碑》，滑稽小说《难得糊涂》等。秋水主要作品有警世小说《绝处逢生》《念秧遗孽》等，滑稽小说《驭狮术》《乞墦琐语》等，醒世小说《莺误》等，寓言小说《镜中人语》等。瘦鹃主要作品有言情小说《悔》《假凤虚凰》《盲异》《鸳鸯曾双死》等，寓言小说《毒水》，侦探小说《箱中箱》等。碧梧主要作品有社会小说《日暮途穷》《循环》等，家庭伦理小说《鸟哺语》《诟谇》等，言情小说《月夜》《奇缘》《星期日》等，醒世小说《箜篌梦》，寓言小说《旗语》，讽刺小说《毒菌》等。

在《小说新报》中短篇小说主要以言情小说、历史小说、家庭伦理小说为主，其他还有滑稽小说、社会小说、风俗小说、醒世小说、警世小说、劝世小说、哲理小说、教育小说、寓言小说、爱国小说、讽刺小说等，种类繁多。

《小说新报》所载短篇小说有一股内在之气，即儒家的文化精神，作家们积极入世，注重在小说中传达"仁""义""孝""节""信"等伦理观念，并且能在作品中不断反思，希望能够有利于世道人心，作者们有着强烈的责任心，希望能够启发民众的智慧，建立和谐的社会秩序。

一些短篇小说创作反映了作者们对传统文化的肯定，对传统优良美德的赞美。他们具有深厚的古典文学知识的积淀，因此他们创作的短篇小说与传统文学存在丝丝紧扣的联系。这种联系主要体现在对传统文学形式的借鉴和学习上。

《小说新报》中有些短篇小说具有说教性质，这种说教性质不仅蕴含在警世小说、劝世小说、教育小说之类的小说类型中，甚至也蕴含在言情小说、家庭伦理小说中。这和大多数作者对小说功利性的认识有关，《小说新报》创立之初，本就是抱着"移风易俗"的宗旨，这种功利性的目的导致部分小说带有说教性。因此在警世小说、劝世小说中作者以人生智慧劝诫世人，在教育小说中以各种优良品德教育世人，在言情小说中表达个人观点，在武侠小说中劝人侠义等。加达默尔说："传统并不只是我们继承得来的一种先决条件，而是我们自己把它生产出来的，因为我们理解这传统的进展并且参与到传统的进展之中，从而也就靠我们自己进一步地规定了传统。"① 在这一新的历史时期，《小说新报》中的短篇小说也参与到传统的进展之中，不仅受到传统的影响，也发展着新的传统。作家们大多富有深厚的文学功底，深受传统文学的影响，体现在作品中则是向传统的深情的回望。

《小说新报》短篇小说一方面受到传统文学的影响，汲取传统文学的营养；另一方面也随着时代的变化，而有创新变革的地方，陈平原曾说"从 1898 到 1927 年这三十年未免太短暂了些，但就其承担的历史重任——完成从古代小说到现代小说的过渡——而言，这短暂的三十年值得充分重视"②。《小说新报》短篇小说在完成从古代小说向现代小说的转变过程中，起着不可忽略的作用。这里所指的向文学"现代性"的转型，主要是《小说新报》短篇小说在古代小说向现代小说的过渡这一阶段中所体现出来的迥异于古代小说的新的特质，主要体现在文言文被白话文逐渐取代的这一趋势上，体现在短篇小说创作的形式技巧上的发展和创新，体现在对历史的反思、对生活的思考上，也体现为作者在新的历史时期所具有的强烈的历史责任感。这种转型不是一蹴而就的，而是经历了一个不断发展完善的过程。

《小说新报》作者们是一群充满着历史责任感的知识分子，他们有着对生存的关注，对历史对生活的反思，对人的价值的悲悯和关爱的热情。很多作品紧扣现实，反映社会生活的各个层面的现状和问题。作者们将当时热点问题写入小说并发表个人见解和看法，作品中

① ［德］加达默尔：《真理与方法》，转引自《哲学译丛》1986 年第 3 期。
② 陈平原：《自序》，《中国小说叙事模式的转变》，上海人民出版社 1988 年版，第 1 页。

渗透着对人们生活和命运的关心。如自由恋爱的问题是当时社会关注的热点，关于这类题材，有些作者在作品中描述男女主角以死抗争的惨烈之状，如悟我的《鸳鸯碑》、轶池和焚庐的《情因恨果》等；有些作品中男女主人公虽不满父母之命却消极接受命运，不做抗争，豁达地认命，然后离别，如明道的《某女士之自述》等；有些作品写男女主人公相爱，却被各自家庭安排了未来的另一半，非常苦闷和伤心，虽然不情愿，但两人都没有去反抗，在结婚当天才知道两人的结婚对象恰好是对方，一场悲剧化为喜剧，如廑父的《不自由的自由婚姻》、枕绿的《原来是你》等；还有些作品写女主人公受到自由解放思想的鼓舞，想要追求自由婚姻恋爱，却被一些不怀好意、别有用心的人利用，而上当受骗，结局悲惨，如贼菌的《可怜侬》、庆霖的《婚误》等。对这一个题材，作者们用一颗热情的心在小说中预演每一种可能，作者们不仅描述社会现实，还着力于启发人们对于事物本质的思考，在社会大潮下，他们提供了现实的不同版本，他们没有一味地去宣传西方的自由、民主、解放等思潮，而是进行了一番辩证的思考，让读者在面对社会热点问题时能多角度、多方面地看待问题。读者从这些故事中，可以更理性地去接受自由解放思想的洗礼，不盲目相信他人，不被人利用，吸取经验教训，能够理性地争取自由。

《小说新报》所载短篇小说是社会生活的缩影，饱含了作者们丰富的人生经验。作者们不仅从传统文学中汲取营养，也从西方文学中学习优秀的技巧，既表达了对传统文化的感情，又完成了短篇小说向现代化的转型，对短篇小说地不断探索和实践丰富了小说创作的经验。大量的短篇小说给读者提供了多样的生活经验和智慧，极具研究价值。

第二节　社会小说和言情小说与平民化嬗变

清末民初的社会小说与明清的世情小说存在关联。"明清的'世情小说'是指描写世态人情为主要内容的一类小说，代表作有《蜃楼志》、《金瓶梅》、《红楼梦》等。晚清民初的'社会小说'是指以社会生活为主要表现对象，披露人生百态，描述衙门官场的各种丑恶现象，提出大众关注的社会问题的一类小说，是对世情小说的继承与发展。"①

一 社会小说从贵族阶层向贫民阶层转化

中国古典小说一般写帝王将相、才子佳人等故事，自《蜃楼志》《金瓶梅》《红楼梦》等世情小说陆续问世，题材便悄然发生变化，转而写普通社会生活，描写芸芸众生。但作品仍然主要描述贵族生活，到晚清社会小说兴起，描述重心开始转移到贫民。代表性作品有《官场现形记》《二十年目睹之怪现状》等。到民初社会小说堕落为黑幕小说。社会小说具有十分重要的题材意义。②

民初社会小说多是叙述社会生活中的某种现象，其内容涉及社会生活的方方面面，和警世类小说不同的是，社会小说更多的是抒发某种情绪，表达某类感情，让人看清社会现状，富有教育意义，但很少发出警醒。如庆霖的《几幕影片》中选取了几个生活片段，感慨人事。第一个为旅社的账房在得知旅客身份的前后对旅客前倨后恭的故事；第二个讲述一个姑娘为了贪图享受和穿戴，出卖色相的故事；第三个讲的是人物关系错乱，因果报应的故事；第四个描述少年跟随女郎被拒后离开，女郎又跟随少年，然后两人开始交往的随意恋爱的故事；第五个讲述的是一个慈善家，从贫穷变富有的故事，暗示出其中的猫腻。作者选取社会问题的片段行文，让人们看清社会的某些真相。一些作品反映了包办婚姻与自由结婚的冲突。1919 年第 5 年第 5 期所载民哀的社会小说《新旧道德》，讲述的是新学女生反抗包办婚

---

① 黄霖主编，付建舟、黄念然、刘再华著：《近现代中国文学的转型》，上海古籍出版社 2015 年版，第 302 页。
② 同上。

姻，追求自由婚姻的故事。实际上，是父与女之间关于婚姻的观念冲突。父亲痛斥女儿的一番话颇有意义。陆超群厉声叱其女曰："汝非智识开通之女学生乎？何以文不掩行，一至于斯，汝年十二，尔母弃养，父抚汝成人，苦心煞费，今幸汝学有成，执教鞭于海上，一乡人士，何等景仰，比闻父母之诫其子女，咸以汝为正鹄，余尝窃喜汝之操持，所冀于汝者甚大。何乃前后未及三年，汝行一变至于若此……离婚之举……汝又不仅为陈陆两氏之罪人，且为一乡之罪人矣。"①我国有"发乎情，止乎礼"的传统，但陆女反抗包办婚姻并非"发乎情"，而是接受了现代自由观念，尤其是恋爱婚姻自由观念，但其父思想观念还比较滞后，还停留于旧道德。这种新旧道德的冲突，是民初旧派文学的一个重要特征，也是旧派文学内容的一个重要特征。

二 《小说新报》所载言情小说的平民化嬗变

在《小说新报》所载的众多的短篇小说中，言情小说数量最多。言情之作，每个作家都可以写写，创作言情小说的作家人数甚众，至少有二十多人。有的作家多，有的作家少，少者一两篇，多者十来篇。如花奴有短篇写情小说《梅花瘦影》（第 2 年第 1 期）、怨情小说《杏花旧梦》（第 2 年第 2 期）、怨情小说《桃花依旧笑春风》（第 2 年第 3 期）、幻情小说《芍药啼声》（第 2 年第 4 期）、写情小说《合欢花》（第 2 年第 5 期）、悲情小说《茉莉簪》（第 2 年第 6 期）、写情小说《凤仙无恙》（第 2 年第 7 期）、言情小说《海棠秋》（第 2 年第 8 期），该年前八期，每期一篇。（朱）剑山有短篇哀情小说《催兰记》（第 2 年第 3 期）、言情小说《金箭缘》（第 2 年第 10 期）、哀情小说《命也天》（第 3 年第 2 期）、侠情小说《侠士情愿》（第 3 年第 9 期）、言情小说《麻香传》（第 4 年第 3 期）。绮缘有短篇写情小说《西湖倩影》（第 2 年第 5 期）、哀情小说《离鸾别凤》（第 2 年第 12

---

① 姚民哀：《新旧道德》，《小说新报》1919 年第 5 年第 5 期，第 1 页。

期）、烈情小说《海烈妇行本事》（第 3 年第 2 期）、艳情小说《洞房花烛夜》（第 3 年第 7 期）、艳情小说《嫁前十日记》（第 4 年第 9 期）。许指严有短篇哀情小说《行不得》（第 3 年第 2 期）、哀情小说《伤哉贫也》（第 3 年第 7 期）、怨情小说《姜何罪》（第 3 年第 11 期）、怨情小说《姜之罪》（第 3 年第 12 期）。碧梧有短篇艳情小说《红窗琐语》（第 5 年第 4 期）、痴情小说《心》（第 5 年第 9 期）、艳情小说《奇缘》（第 6 年第 3 期）、言情小说《月夜》（第 6 年第 4 期）、趣情小说《红轮车》（第 6 年第 5 期）、怨情小说《星期日》（第 6 年第 7 期）、哀情小说《悔有此行》（第 6 年第 9 期）、奇情小说《婚姻的让步》（第 7 年第 12 期）。这是《小说新报》所载的众多短篇言情小说中的一部分。

　　《小说新报》中的短篇言情小说的题材来源于普通人的生活，有着浓厚的生活气息。作者们以关注现实的态度，热衷于对生活细节的描摹，反映现实生活，又从生活中抽象出某些精神理念，传达给读者。作者们笔下的人物大多是具有才情的读书人、大家闺秀、妓女等，即其笔下的人物多为才子佳人。受到时代生活的影响，其笔下的才子佳人染上了时代的特征成为新式的才子佳人，这一时期的女子和男子一样都可以进入学堂学习，他们进入新式学堂，受到西方思想的教育和熏陶。《小说新报》中的短篇言情小说大多取材于新式才子佳人的爱情生活。

　　作者们对这些爱情生活素材进行改造、加工，提出一些具有现实意义的问题，力图表现某些特定的思想内容和感情倾向。如《韵情小传》中提出女子归宿的问题，韵情是个美丽而有才华的女子，韵情父亲在世时对她未来夫婿的挑选异常严格，在其弥留之际仍然不放心她的归属问题，给她留下了"乐天知命"四个字。韵情并没有把握这四个字的含义，却认为是她自己不祥而祸延其父，认为不能得到幸福。最后在母亲的劝说下，韵情答应嫁给书香世泽之家的陈生。不幸的是，在两人结婚前就传来陈生的病耗，韵情因此更加认为自己是福薄之命，为了遵从女子之义，从一而终，她想前往陈家与陈生的神位举行婚礼，并为其守节。被陈家拒绝后韵情决定在家终身不嫁。之后一山西商人某甲看中她的美色，以金钱诱惑其母，其母利心胜过了良心，把女儿卖给了某甲。在此篇中，韵情本应该有一个好的归宿，然而她受到封建思想的贻害，陈生还不是她的丈夫，也还没见过面，本还有改变命运的机会，却选择从一而终，最后却因为所谓的孝道无奈地答应母亲跟随了某甲，造成悲惨的命运。《小说新报》中有很多短篇言情小说都提出了女子归宿这一问题，使人警醒。

碧梧的《月夜》中表达了物质基础是爱情婚姻的保障这一思想。此篇中男女主人公以几年的分别，换来永久的团圆，最终结为夫妻。男子因为家境贫寒，担心女子母亲对他的求亲加以嫌弃和拒绝，于是决定海外留学，希望留学回来后成就一番事业，成为女子未来生活的依靠，让女子母亲同意两人的婚事，女子给予他绝对的支持。两人短暂的分离"虽是分离，却是永久团聚的开场"①。两人分离的这几年各自"死心塌地各人在学术上用些苦工，造成将来远大的幸福"②。男女主人公都认识到了物质基础对爱情的重要性，它能够保障爱情的稳定，提供爱情的养分，保障美好的爱情婚姻生活。

乃丰的《第一路电车》中的吴文哉有一个特别的习惯，去公司上下班他只乘第一路电车，因此认识了只乘第一路电车的伍薇贞，最后两人相爱而结为夫妇。作者通过此篇劝青年们做事要有恒心，也通过伍薇贞之口表达自己的价值观以及对于贫富的认识，作者认为人品比财富更重要。

庆霖的《婚误》中的吴秀娘才貌出众，经常看新书籍，广闻新议论，受新智识的启蒙，便想提倡自由结婚，一洗专制家庭的恶习。然而她遇人不淑，被一个有妻室的男子所欺骗，最后郁闷伤心而死。其实秀娘母亲早已发现男子人品等各方面都有问题，但却把所有的自由

---

①　碧梧：《月夜》，《小说新报》第 6 卷第 4 期。

②　同上。

交给女儿。也有个忏情使者给秀娘写信详细讲述了男子的欺骗行为，但她自作聪明地认为那是妒忌她的人写的信，于是轻信了男子。作者选取这类题材蕴含了作者对西方自由思想的思考，他没有全盘接受西方思想，也没有完全拒绝西方思想，而是批判性地接受，思考它们可能带来的负面意义以及可能出现的一些问题。

《小说新报》中的短篇言情小说的题材来源于生活，又对生活有一定的认识价值和现实意义。既能从中看到世俗爱情生活中的平凡表象，又能从中把握生活中一些深刻道理。《小说新报》短篇言情小说的题材具有写实性，从中透露出浓郁的生活气息，也蕴含了作者的思绪感受。

三 《小说新报》所载言情小说贫民化的悲剧书写

《小说新报》有着非常细致的栏目设置，就言情小说来讲，其栏目就细分为19种以上，有言情、哀情、苦情、怨情、艳情、侠情、忏情、写情、妒情、孽情、幻情、惨情、烈情、爱情、幽情、痴情、趣情、觉情等，这些言情类小说根据栏目的分类讲述不同类型的感情故事，比如哀情讲述的是悲哀的感情故事，抒发的是悲哀的情绪等。通过这些细分的栏目，我们也能大致把握小说的创作内容和创作方向。《小说新报》中有大量的短篇言情小说作品，其中短篇哀情小说占了很大的比重，哀情小说成为当时作家们一时的创作风尚。

哀情小说中的哀情不仅仅表现为爱情中的悲剧，也有亲情中的悲剧。哀情小说讲述的是伤心史，为了渲染"哀"情的气氛，作者有时会加重抒情的笔墨，也往往以景物描写来写情，将情语寄托在景语中。笔者试图通过对《小说新报》中哀情小说的研读来探索悲剧结局的原因以及其中蕴含的价值意义。

一方面自由解放的新思想的传入勾起了人们对自由爱情的渴求；另一方面这种渴求由于种种因素无法成为现实，因此造成了悲剧的形成。哀情小说的悲剧结局主要由外在力量和内在因素造成。外在力量主要是封建家长的阻隔、社会动乱、传统礼教和旧势力、第三者的破坏和干涉等。内在因素主要是男女主角的性格因素。

封建家长有着绝对的权威，儿女婚事向来都是"媒妁之言，父母之命"。小说中的男女主角自由地相恋相爱，反映了当时社会对自由恋爱的渴求，然而封建家长总是将自己的意志强加给他们，阻碍他们的幸福，因此造成爱情悲剧。

悟我的《鸳鸯碑》中周夔生与仪华想要自由恋爱结婚，却被家庭所阻。各自家庭已为他们安排了结婚的对象。自古媒妁之言，父母之命。夔生得到仪华的书信，知道她要嫁给别人，忧思中生病而死，仪华知道后，在其坟前自杀殉情而死，两人以死抗争封建积习。封建家长的意志造成了爱情悲剧。

民哀的《玫瑰花之惨史》中季文和玫瑰花相爱，私底下效仿花底鸳鸯双宿双飞，季文父亲发现他们的恋情，觉得无颜面对玫瑰花的父亲陈豹藏，于是逼迫季文回祖籍故乡，季文恳求父亲让自己留下来，并让父亲向陈家提亲。季文父亲同意他留下来，却不允许他再和陈家女有牵连，并把他关进房间，不让他出门。玫瑰花有了身孕，被父亲陈豹藏发现，他将女儿打了一顿，并要追究季文的责任。季文本来就因为父亲不许他娶玫瑰花而忧思成疾，听到这一消息后更加难受，为了不连累父亲，季文上吊自杀。玫瑰花白天不敢出门，只有晚上才能出门为季文哭泣。季文屈服于封建父权的淫威之下，以死来解决问题，但却徒劳无功，反而给活着的人带来痛苦。季文父亲本应该向陈家提亲，让儿子承担起应该承担的责任，然而却为了自己的颜面问题而成为自私专制的父亲。封建家长往往很难把握好度的问题，滥用权威以自己的意志强加于儿女之上，而儿女们又不懂得如何处理，因此造成悲剧。

社会动乱是《小说新报》中哀情小说的悲剧原因之一。社会作为人们生活的大背景，往往会影响人物的命运。如剑山的《撷兰记》中讲述的一对表兄妹的悲惨爱情遭遇。兰荪和兰英青梅竹马，从小就有婚约，然而时运不济，先是家庭的变故，后是命运的变故，经历洪杨起事，在盗贼四起，动乱的社会里，两人经历了种种磨难，却难以走到一起，最后两人双双死亡，埋在了一起。在这个故事中，孤独渺小的个体在大时代的变乱中无力把握和拯救自己的命运，黑暗动乱的现实摧毁了美好真挚的爱情。

新、旧势力的冲突也是哀情小说的悲剧原因之一，有人说"悲剧是社会发展中新旧势力的矛盾、冲突的结果"①。在新旧交替之际，一方面新思想的传入，使社会得到发展，也让一部分人开始觉醒；另一方面旧势力依然拥有顽固的势力，为了维护自己的权威和地位，而反对和迫害新势力。轶池和焚庐的《情因恨果》中，陆怜影与陈轶群是青梅竹马、两小无猜的表兄妹，两人相爱却被家长反对。陆父属于旧派人物，而陈父属于新派人物，陆父指责陈轶群用外国自由思想欺骗自己的女儿，损坏名声，因此阻止两人来往。陈父让陈轶群到日本留学，于是两人分别。陆怜影在家受到父母训斥，姐姐和丫鬟的讪笑，因此生病而死，死前留书一封，信中引用了罗兰夫人的名言：不自由毋宁死。陈轶群回国之后得知此事，来到了陆怜影墓前，殉情而死。他们有着争取爱情自由的觉悟，然而却以旧式的殉情作为抗争的方式。他们虽然有着新式的思想，但却摆脱不了旧的抗争模式对他们的影响，没有足够的力量与传统礼教和旧势力做斗争，找不到新的出路。这个悲惨的故事反映出新旧文化、自由思想与封建礼教的矛盾与冲突，这种矛盾和冲突无法调和，最后成为以死亡为结局的爱情悲剧。

省声在《情场忆语》中也反映了类似问题，封建顽固势力非常强大，封建家长代表着绝对的权威，尤其在当时情况下，封建势力注重礼教，有着严厉的家教家风，自由恋爱的愿望成为奢侈，自由思想在夹缝中生存，往往要屈服于传统礼教、迂腐的思想和强大的旧势力，

---

① 凌继尧：《美学十五讲》，北京大学出版社 2003 年版，第 189 页。

因而造成悲剧的事实。

哀情小说的悲剧结局有时仅仅来源于第三者的干涉和破坏。如剑痴的《华胥梦影》，余生与女子相遇相爱，度过一段美好快乐的时光之后，有纨绔子弟看上了女子，用卑劣的方法欺骗女子父母将女儿嫁给他，起初在余生朋友的帮助下，纨绔子弟没有得逞，接着纨绔子弟勾结盗匪，将省亲的女子掳掠而去。女子在自杀前找机会给余生写信，在信中说十五年之后的来世将到余生身边与他结为夫妇，让余生认手臂上的红印来辨别她。后余生果真遇到了有红印之女郎，但那女郎才庸貌陋和女子相差甚远，三月不到女郎生病而死，余生最后堪破情网研究佛学度过今生。这篇小说中造成爱情痛苦和爱情悲剧的是第三者的干涉和破坏，女主角只能以死抵抗来维护爱情。

哀情小说中悲剧结局也和人物的性格因素有关。在小说中人物性格的软弱往往导致了悲剧结局。性格的软弱是指他们不敢违抗父母之命，在面对自己的命运时，相信天意，听天由命，不敢抗争不敢争取。他们有着"自由恋爱结婚"的需求，却只限于想法，而不敢跨出实质性的步伐，不敢用实际行动去实现自己恋爱婚姻的自由。他们并不惧怕死亡，甚至以死亡抗争，但这并不是真正勇敢的表现，而是一种懦弱的逃避。

明道的《某女士之自述》中，凤姑和程生相爱。程生虽然贫穷却很有才气，凤姑家里非常富有，从小过着衣食无忧的生活，她希望母亲答应她和程生的婚事，但是母亲怕她受苦给她选择了富家子弟。程生劝诫她要豁达，认为一切都是命，是自己福薄。谈完话之后两人离别。两人都选择了从命，无意于抗争，也无能力抗争，正是性格软弱的体现。

潇郎的《红颜惨劫》中，谢素娥，丽若天人，好读书、击剑、蹴鞠等。邻居张生，灰心于功名，家产颇丰，喜好西湖美景，便在西湖定居下来。素娥父亲谢某和张生经常往来，谢某非常看重张生，于是把女儿许配给了张生,素娥和张生也互相爱慕。然而县令李某垂涎素娥姿色,派人提亲,被拒绝后动用自己的权力威胁谢某一家,素娥挺身而出,同意嫁给李某为妾。素娥告诉张生如果自己有什么三长两短,请他代为照顾父母。素娥在成亲的晚上,乘机杀了李某,又担心世人觉得自己的清白被玷污了,于是以自杀来证明自己的清白。谢某可怜张生没有配偶,将素娥的丫鬟许配给他,他爱屋及乌接受了,并把谢某夫妇当作自己的父母照顾。张生性格懦弱,在面对强权时,没有担当。

有些男女主人公受到传统伦理观念、贞洁观念等封建思想的荼毒,造成悲剧。剑山的《命也天》中赵武奇富有家财,晚年得子取名善生,好友曹广义生女小娥。善生和小娥从小一起读书,两小无猜,如天生一对的金童玉女。经老师的撮合,双方家长给两人订下了婚事。不久后,赵家搬离,善生大变常态,每天到赌场赌博,在父母去世后,把家产输光仍不知悔改。曹广义想悔婚却遭到了小娥的拒绝,她认为"背盟不祥,弃夫不义",她认为丈夫就是她的天,她不能再许配给别人,因为人不可能拥有两片天。无奈之下小娥母亲拿出一笔钱给善生作为迎娶女儿的聘金,没想到善生拿这笔钱去赌博输掉了,于是小娥拿出自己的存款给他。婚后,小娥劝谏丈夫,善生于是改过,不再赌博。两年后善生病逝,小娥本想殉情,但因为怀孕,希望生个儿子为丈夫传续香火,没想到却生了个女儿,小娥认命,于是剃度当了尼姑。小娥是受到封建思想荼毒的传统女性,以丈夫为天,最后让自己的命运变得悲惨坎坷。

哀情小说中往往以死亡来展现人生的悲剧,作品中男女主人公有各种形式的死亡,相思而死、抑郁得病而死、殉情而死等。仿佛生命对他们来讲无足轻重,重要的是死,并死得其所。死亡成为哀情小说中常见的情节有着作者们深刻的用意。有人说"悲剧常常与死亡和痛苦相联系,然而,作为生理规律的死亡和作为心理现象的痛苦,本身并没有悲剧意义。死亡和痛苦的悲剧意义在于,它们以某种方式代表、体现和肯定了某种理想、某种价值"①。作者们希望用死亡来加强读者心中的遗憾，强化主人公所代表的价值观念，小说中主人公追求恋爱婚姻的自由，在现实中有太多东西阻碍了他们追求这种自由的实现，矛盾和冲突不可调和时，作者以死亡作为结局来肯定这种爱情婚姻自由的理想和价值。正如"具有审美价值的人和现象在矛盾和冲突的过程中遭到毁灭或者经受巨大的灾难。同时，毁灭或灾难显示甚至加强这种价值"②。

有人说"悲剧根植于社会的矛盾冲突，它反映了历史的必然性和现实可能性之间的矛盾"③。《小说新报》作者们正是在当时的社会基础上，以知识分子的责任心，写出了一系列的哀情小说作品，以反映历史的必然性和现实可能性之间的矛盾，提出了极具价值意义和思考意义的问题。

民初言情小说贫民化悲剧书写的原因主要有三点：一是当时的时代、社会背景为哀情小说的兴盛提供了土壤。这一时期经历了许多重大的历史事件，比如说1911年的辛亥革命使得中国延续两千年的帝制覆灭；新文化运动引发了一部分人对中国传统文化的否定和怀疑；新式学堂的建立和留学风气的日盛使得西方启蒙思想被介绍到中国等。在社会动荡、革旧变新之际，旧的制度和思想尚未完全破除，新的制度和思想也尚未建立，作家们以高度的历史责任感力图发掘社会弊病，希望通过作品改良风会、启发民智、拯世醒国。在这样的时代里"人们似乎更愿意接受和鉴赏悲苦的故事，《苦社会》几乎有字皆泪，有泪皆血，《湘娥泪》则是一字一泪，一句一血，这种有泪有血的小说在清末民初受到异乎寻常的欢迎"④。因此表现在言情类小说中，就出现了大量以悲剧结局收场的哀情小说。通过对哀情小说的悲

---

① 凌继尧：《美学十五讲》，北京大学出版社2003年版，第192页。
② 斯托络维奇：《审美价值的本质》，中国社会科学出版社2007年版，第136页。
③ 凌继尧：《美学十五讲》，北京大学出版社2003年版，第192页。
④ 陈平原：《陈平原小说史论集》，河北人民出版社1997年版，第874页。

剧探索，我们也能发现其时代与社会背景。

　　二是哀情小说的兴盛受到了翻译文学的影响。陈平原在《20世纪中国小说史》中称："从1896年《时务报》开始译介域外小说，到1916年五四一代作家崛起前夕，新小说作家大约翻译了八百种外国小说。"[①] 大量翻译文学开阔了作家们的眼界，使得作家们受到西方民主自由的进步思想的熏陶，大量翻译小说的出现丰富了小说创作的方法和技巧，作者们加以学习和模仿，使小说的艺术水平得以提升。尤其是林纾的译作对当时文学界有很深的影响，他翻译的《巴黎茶花女遗事》在当时引起了很大的轰动，讲述了一个妓女为了爱人的幸福而牺牲自己的故事，充满了哀婉凄艳的情绪，充满了男女苦恋之情，最终以马克的死亡，亚猛的悲痛为结局。受《巴黎茶花女遗事》的影响，中国出现了以悲剧为结局的哀情小说，如苏曼殊《断魂零雁记》、徐亚枕《玉梨魂》等作品，悲剧结局成为小说创作一时的风尚。《小说新报》中也刊登了一些哀情小说的译作，如仲侠的译作《负情侬》，讲述三角恋情的故事，司列文深深地爱着慕缔恩，然而慕缔恩却和约翰爱列哑脱相恋相爱，约翰爱列哑脱的仇家商讨要杀了约翰爱列哑脱，为了让心爱的人幸福，司列文代替约翰爱列哑脱而死。司列文为爱付出了生命，有高尚的牺牲情感在内，让我们为之震撼。这些翻译小说能给读者带来新奇的价值体验，也刺激了作家们创作哀情小说的热情。

　　三是哀情小说的兴盛与作家有着密切的联系。《〈小说新报〉发刊词三》中说："纵豆棚瓜架小儿女之闲话之资，实警世觉民有心人寄情之作也。"[②] 花奴在其小说《合欢花》的结尾也说道："余近来每著短篇，虽脱不落儿女私情，然篇中必寓有他意。美人香草，大半寓言，古人已开前例，余虽不才，窃愿为之阅者幸毋以言情而忽之。"[③]

---

① 陈平原：《20世纪中国小说史》，北京大学出版社1989年版，第43页。
② 李定夷：《〈小说新报〉发刊词三》，《小说新报》1915年第1卷第1期，第1页。
③ 花奴：《合欢花》，《小说新报》1916年第2卷第5期，第4页。

作者们在小说中寄寓深意，感慨人生，他们大多受过良好的教育，有着很高的文化素质和艺术修养。在传统科举之路受阻，社会动乱之际，迷茫彷徨的他们，试图依靠文字来寻找属于自己的历史舞台，以获得对历史、政治、生活的话语权。作者们借哀情小说来寄托感情，干预现实，思考生活，抒发身世之感，发出"不平之鸣"。哀情即代表着苦难，而苦难往往能激起发泄和纾解的欲望，诉之于文字则成为哀情文学，作家们怀着对人世苦难的悲悯之心，创作出一篇篇精彩的哀情小说。

第三节　武侠类小说与侠义传统

清末民初的武侠类小说与侠文化传统存在密切联系。我国有悠久的侠文化传统，有源远流长的侠文学作品，从《史记·游侠列传》到英雄传奇、历史演义、神魔小说、风月传奇、公案小说等作品。侠义小说是叙述名臣大官总领一切的格局下，侠义之士除盗平叛事情的一种小说类型，该小说中的侠客讲究正义，主持公道，是专制时代人民美好愿望的反映。武侠小说是讲述以武行侠故事的一种小说类型，它更多的是拓展想象的空间，成为普通民众精神生活的重要组成部分。①

一　《小说新报》所载武侠类小说

《小说新报》刊载了不少"武侠类小说"。这里的"武侠类小说"主要包括武侠小说、义侠小说与侠情小说三类。《小说新报》所载的短篇武侠小说，有花奴的《饧萧侠影》（第 3 年第 3 期）、悔初的《绿野侠踪》（第 3 年第 5 期）、明道的《女剑仙》（第 5 年第 5 期）、月僧的《双泉寺僧》（第 5 年第 5 期）、厓父的《徐敏时》（第 7 年第

---

① 黄霖主编，付建舟、黄念然、刘再华著：《近现代中国文学的转型》，上海古籍出版社 2015 年版，第 292 页。

10 期）等。所载的短篇义侠小说有恬予的《雪中丐》（第 1 年第 2
期）、剑山的《女中侠士》（第 2 年第 5 期）与义婢小说《义婢传》
（第 2 年第 9 期）、漱巖的《萍踪别墅》（第 2 年第 7 期）、绮缘的
《侠女儿》（第 3 年第 1 期）、亮时的《美人黄土》（第 3 年第 12 期）、
牖云的《何伶别传》（第 4 年第 2 期）、若渠的《骷髅洞》（第 5 年第
8 期）、君博的《红髯外史》（第 6 年第 3 期）等。所载的短篇侠情小
说有定夷的《女虬髯》（第 2 年第 6 期）、乐聋的《三侠记》（第 2 年
第 9 期）、剑山的《侠士奇缘》（第 3 年第 9 期）、民哀的《哑秀才》
（第 4 年第 2 期）、一明的《七首姻缘》（第 4 年第 3 期）、东园的
《珠玉缘》（第 4 年第 11 期）、今生子的《諗痴生》（第 5 年第 6 期）、
逸民的《女丈夫》（第 6 年第 5 期）等。

　　1919 年第 5 年第 4 期的《小说新报》刊载了"《武侠异闻》名著
出版"广告，"尚武精神，自强基础"。其编纂整容十分强大，有十
六人之多。《武侠异闻》由李定夷主纂，撰者除李定夷外，还有许指
严、许廑父、顾明道、贡少芹、汪剑虹、朱鸿寿、吴绮缘、朱剑山、
黄花奴、张织孙、俞藏园、刘建勋、金愓夫、杨药聋、高献箴等，书
记"古今剑侠轶事，凡二十余万言，计百数十人，廊庙之翊卫，山林
之隐贤，汇奇探异，博采广求，无不一一列入。而于清世宗朝所谓雍
正剑侠者，志之尤详。诸先生笔墨又皆高尚峭洁，生龙活虎，跃跃纸
上，读之真足令人拔剑起舞，登高长啸。即不然，取为酒后茶语之消
遣品，骇闻奇事闻所未闻，亦觉百读不厌"，与市面上流行之本相比，
诚有大巫见小巫之别。其编纂缘由为，"外交风云日益紧急，危亡之
势甚于燃眉。有志之士莫不大声疾呼崛起救国。考我国积弱之故，虽
不止一端，而国民平日无尚武精神实为主因。居今日而言救国，非提
倡尚武部位功"。

　　1919 年第 5 年第 5 期的《小说新报》上，刊载了"李定夷主撰
武侠丛刊之二《尘海英雄传》出版"广告，"外交风云日益紧急，不
国之惨近在目前。凡属国民畴无血气，忍见锦绣神州豆剖瓜分乎？故

本局大声疾呼，提倡尚武救弱，即所以救国强身，即所以强国为惟一之宗旨。《尘海英雄传》乃丛刊之一种，撰述者皆海内名家，毗陵李定夷先生总其成。专纪古今来无名之英雄，计共百数十人，二十余万言、每人一篇，每篇有每篇之精彩，读之生气勃勃，足令人拔剑而起，登高长啸，可为国民之警钟，亦可为国民之模范。本局编辑诸子更恐见闻有限，又广征名家待刊之稿，探异汇奇，不遗余力，以视坊间驳杂无伦之作殆难同日而语"。

1920年第6年第1期的《小说新报》上，同时刊载三部武侠小说广告：朱鸿寿著《技击述闻》、武侠丛刊之一《武侠异闻》、武侠丛刊之二《尘海英雄传》。后二者前面已述，前者广告为："技击为吾国武术之国粹，近年以来，爱国志士见国势之不振，极力提倡尚武，技击之学校衰而复盛。此书为宝山朱鸿寿先生著。先生精于拳术，尚武、中华两家皆有先生所著技击专书，极为风行。今以技击专家而述轶闻，以视门外汉之高谈阔论、隔靴搔痒，殆有霄壤之别。"同期同一杂志上还刊载有"武侠丛刊之三《方外奇谈》"，广告云："世间怪力乱神，奇才异能之轶闻，往往得之于方外。自明清之交及晚近数十年以来，故老流传，江湖称道者，可惊可喜，非独资为谈助，亦藉以存野史，如西域番僧苦行头陀优婆夷女冠子术士剑侠卖解之流，偶露头角，奇妙绝人。此编踵《武侠异闻》《尘海英雄传》而作，广征名家，撰著片麟只爪，具有神威，洵笔记中别开生面之奇书也。由本局编辑部许指严先生编次，包醒独先生校订。书凡十万言，精装两册，定价大洋一元。"

1923年第8年第6期的《小说新报》刊载了"武侠丛刊"之一至之四，前三者为《武侠异闻》《尘海英雄传》《方外奇谈》，第四者为《女中豪杰》。广告云，前三者不及数月，均已再版三版，销售之速殊出意外。"惟是所载侠义事迹类，属于男子者为多。兹特广搜名著，续辑是书，专载奇侠妇女，以见巾帼贤豪原不让须眉，英雄红线隐娘之流，当世固不乏其人。抑且崇尚贞洁、自重、节义，尤为力矫

近今女界道德堕落之弊，洵足有益世道之书。"编辑者为吴兴包醒独
先生。

清末民初的武侠小说并不显赫，但仍有意义，它催生了20世纪
三四十年代的武侠小说热潮，因而不能忽视。

二 武侠类小说内容的演变

武侠类小说内容的演变主要体现在两个方面，一是从尚侠精神向
尚武精神转化。早期侠客注重尚侠精神，"儒以文乱法，侠以武犯
禁"。成为数千年来封建统治者残酷压迫游侠的思想指南。游侠具有
以武行侠、聚徒属、立节操等基本特征。其后逐渐注重尚武，尤其到
了清朝末期，尚武精神进一步被凸显。梁启超再三强调尚武精神，特
意撰写《论尚武》。我国尚武精神的提倡促使武侠小说的兴起。晚清
文坛盛行尚武之风，以民意党人为主要描写对象的虚无党小说特别引
人注目。"鼓吹武德，提振侠风"成为一种时代思潮。二是从尚武精
神向娱乐消遣转化。民初武侠小说以其尚侠的精神向度满足读者的文
化需求，使读者娱乐消遣。民元以后，随着小说的兴盛，武侠小说也
风起云涌，几乎占了小说出版数量的大部分。作家们明确宣称自己的
娱乐文学观念。①

《小说新报》所载的武侠类小说就是在这种背景下产生的。1921年
第7年第1期的《小说新报》上，刊载《明道丛刊》广告，广告云：
"吴县顾明道先生年少多才，善为小说家言。每当校务暇时，频挥生
花之笔。其著作常见《小说新报》被，固已名重鸡林，誉满说界。
本局兹集其最新著作，发印丛刊初集，以饷读者。内分说海小说二十
余篇，文言白话美具难并，无不情节离奇，宗旨纯正，皆属独出心
裁，当行出色之作。谈丛中有技击谈四十余篇，所记虬髯黄衫之流，
飞弹鸣丸之徒，可歌可泣，有色有声，活虎生龙，跃跃纸上，足矣提

---

① 黄霖主编，付建舟、黄念然、刘再华著：《近现代中国文学的转型》，上海古籍出
版社2015年版，第292—296页。

倡尚武，发扬潜德。"廑父的武侠小说《徐敏时》首先对徐敏时作了简要介绍，然后描述其大概的长相特征，体瘦小。介绍其具体的能力，这之后才开始讲故事，徐敏时行走江湖，遇见不平则拔刀相助，这里就讲述他救了先伯父的故事，先伯父遭遇强盗抢劫，性命也将不保，正好徐敏时遇见了，用他的武功打败了强盗，但是他有好生之德，只是使强盗成了不再害人的废人。其中有打斗的叙述，很简短，只是比较粗略地介绍。先伯父想要将一半的财产给他，但是被他拒绝了。侠客助人不求回报。先伯父邀请他来自己家里，用美味佳肴招待他，两人以兄弟相称。最后徐决定离开，他想过闲云野鹤、浪迹天涯的生活，在离别之前，他把身世告诉了先伯父，原来其父本是府尹，但是被人诬陷致死，姐姐带着他为父报仇，报仇之后，有人见姐弟行凶，因此兵来家中捉拿二人，姐姐让他先带母亲离开，她一个人能够把敌人击退，他当时没有多想，带着母亲离开，没想到姐姐自杀而死。他带着母亲以卖艺为生，丢弃了家中的田产，不能回家，母亲也于一年前去世，于是开始了他浪迹天涯的人生。这篇武侠气息不是很浓，但是具有武侠之精神。

李定夷的侠情小说《女虬髯》（载《小说新报》第2卷第6期）叙述女主角慧心侠骨，许配于人，在结婚前，对方却逝世，女主人公倩娘让父亲为自己办了所学校，愿为对方守节。与学校里的王申甫成为灵魂之交，非常投契，王申甫也很喜欢倩娘，倩娘应该也是喜欢申甫的，只不过她一直把这种喜欢只限于非常好的文字灵魂的朋友。倩娘为忙学校的事情生病了，王把她治好了，她非常感激，愿给予结环衔草之报。后王被好友推荐去做事，她劝他去拼事业，于是他去了，后发现在那不快乐，不是自己的追求，所以又回来找她，而她却不知道他对她的心思，只是把他当作知己。他的一个仇家振青找他敲诈，他拒绝给他钱，于是振青用枪把他给杀了，她知道了则伪装成乞丐在庙里发现了仇人，把仇人杀了，为他报仇。

乐聋的侠情小说《三侠记》（载《小说新报》第2卷第9期）叙

述义贼王士豪、菊英、南屏三人的故事。王士豪两次救助菊英，第一次是弟弟病逝之时，王送钱给菊英让其给弟弟治病，然而却晚了一步，弟弟去世，于是菊英按照弟弟的嘱咐女扮男装扮成弟弟去寻找姨母，姨母孀居，她来了之后则教她做针线活，后来被推荐去陪黄似刚的儿子南屏读书，南屏是豪侠之人，讲义气。她是以弟弟的身份去的，两人一起读书，一起玩耍，都有了深厚的感情，她把他当作心上人，他把她当最好的弟弟，后来姨母告诉她真相，才知道南屏的父亲是自己的杀父仇人，于是决定去报仇，趁黄睡着，她动手却被黄抓，这时王士豪出现，帮她杀了黄，并带她离开，她想以身相许，却被王拒绝，王助人不图报，后南屏找到她的居所，觉得她很像一起读书的瑛郎，两人聊天，菊英知道他到处找她，并不记恨杀父之仇，认为是自己父亲杀了她的父亲，冤冤相报何时了，找他只是为了那份情谊。于是菊英告诉南屏始终，两人最后成婚白头偕老。

东园的侠情小说《珠玉缘》（载《小说新报》第 4 卷第 11 期）叙述杨碧珠一日在郊外踏青，遇到一个道士，道士说她有侠骨，让她练武，碧珠本以为女子练武无用，道士认为乱世尚武，并给了她一本关于剑仙法术的秘书，让她回去练习，不到五年就能练好，到时候再到玉泉峰找他学习飞升秘术。其父杨再新多结交江湖豪侠之士，被仇家诬告与盗贼沟通，其父被捕，碧珠通知父亲的豪侠朋友把父亲救回来，举家逃亡，后父母相继病逝，守完三年丧之后，就去找道士，却没有打听到玉泉峰的所在，于是自己在养化川购宅，平日读书、习剑、研究升天之术，也雇了个妇人帮忙打扫房间之类的。不久后，碧珠救下了被盗贼劫财的客仆二人，一聊天才知道两人是同个地方的，碧珠父亲是这位客人的表叔，这位客人是个美男子，叫作虞峰，字玉泉，碧珠这时才悟到玉泉峰为隐语。后碧珠跟随虞生回到故乡，为父母亲扫墓，虞生一直没有娶妻，他有意于碧珠，刚好刚上任的县令是他的朋友，于是他帮碧珠要回了之前失去的财产，碧珠非常感谢他。两人成就了一段美好姻缘。

第四节 家庭伦理小说与伦理传统

《小说新报》所载短篇家庭伦理小说不少,包括哲庐的《朱孝妇》(1916 年第 2 年第 7 期),许廑父的《一年》(1917 年第 3 年第 8 期),民畏的《婉姑娘》(1917 年第 3 年第 10 期),民哀的《刲臂记》(1918 年第 4 年第 3 期),顾明道的《阿母归矣》(1918 年第 4 年第 4 期),贡少芹的《孝子泪》(1919 年第 5 年第 1 期),碧梧的《鸟哺语》(1919 年第 5 年第 2 期),卓呆的《遗言》(1919 年第 5 年第 6 期),小草的《贫女起家记》(1920 年第 6 年第 4 期),桂元的《相依为命》(1920 年第 6 年第 8 期),冷波的《我的生母》(1922 年第 7 年第 8 期)等。剑山的这类小说作品最多,有《纯孝传家》(1916 年第 2 年第 2 期)、《盲孝子》(1916 年第 2 年第 3 期)、《以德报怨》(1916 年第 2 年第 7 期)、《文孝子》(1917 年第 3 年第 6 期)、《妇道》(1918 年第 4 年第 8 期)、《双寻亲》(1919 年第 5 年第 1 期)、《陈氏二难》(1919 年第 5 年第 3 期)、《兄乎……弟乎……》(1920 年第 6 年第 2 期)等。

一 短篇家庭伦理小说与传统伦理文化

"三纲五常""三从四德"是中国儒家传统伦理道德规范,"三纲"是指君为臣纲,父为子纲,夫为妻纲,"五常"即仁、义、礼、智、信,"三从"是指未嫁从父,既嫁从夫,夫死从子,"四德"是指:德、容、言、工。然而近代以来,这些传统伦理道德观念受到了西方自由思想的冲击,开始有所动摇,这是《小说新报》作者创作短篇家庭伦理小说的一个社会背景。

剑山在《妇道》中说"革新以来,平等自由之说宣传于女界,浮薄之子遂谓道德不足缚我,规律不足制我,放恣邪僻,无所不为,竟不知世间尚有名节也,若见规言矩行者,反目之为迂而加以诽笑,长此以往，风化扫地"①。《小说新报》作者们对传统文化有着高度的认同，对传统伦理道德有着天然的亲切感，传统的伦理道德作为维护社会稳定的一个武器受到了西方自由平等思想的破坏，必然会在某一时期造成社会动荡不安，作者们抱着救世的责任感，希望用作品力挽狂澜，继续宣传传统伦理道德，以维护社会安定团结。民哀在《刲臂记》中也说道："余尝谓，礼教之防，当师古人，劝忠教忠之法或能鼓励士心。"② 也是希望在社会道德溃败、礼教衰微之际，写家庭伦理小说以劝世，改良民风。有时为了达到这样的目的，有些作家甚至在作品中大加赞赏传统伦理道德中的糟粕成分。

如民哀的《刲臂记》讲述的是一个割肉疗亲的故事。长庚聪颖好学，成绩优异，父亲供职于钱业公所，收入不丰，但家庭和睦，父慈子孝，父亲老来得子非常宠爱长庚，常常在他放学后和他一起畅谈名人轶事古今掌故，一家人在一起非常快乐，然而父亲却因重病卧床不起，长庚衣不解带地照顾父亲，父亲的病却并无起色，长庚想起了自己曾经读过的割骨疗亲的故事，便加以效仿，割下手臂上的一点肉交给姐姐煎成汤药给父亲服下，姐姐和父亲都不知道实情，父亲的病稍微有了好转，但最终还是病逝了。长庚哭晕数次，誓要身殉，幸而被老师劝回。长庚回到学校读书后，老师知道了事情原委，非常感动，提议要将此事写成文章，传送乡里作为表率，被他拒绝了，因此更成为至孝的典范。割肉疗亲的故事在当时的社会背景下显得不合时宜，但作者却通过小说中的人物之口极力赞赏这种行为，长庚认为割肉疗亲是孝顺，但是不知道他的父亲愿不愿意吃人肉，如果知道了是人肉会不会感到恶心，割肉疗亲既不科学又是一种愚孝。

为了宣传一种绝对的孝，少芹在他的《孝子泪》中刻画了一个叫王七的非常孝顺的人物，王七孝顺的对象是他的继母，尽管他的继母非常泼悍，气死了其父亲，逼死了其姐姐，也经常虐待他，面对这样

① 朱剑山：《妇道》，《小说新报》1918 年第 4 卷第 8 期，第 1 页。
② 民哀：《刲臂记》，《小说新报》1918 年第 4 卷第 3 期，第 1 页。

的继母，王七是绝对的遵从和孝顺。在我们看来王七虽孝，却是愚蠢之孝，是被封建伦理思想控制森严的机器，只知一味地愚孝。

作者们为了达到劝世，改良民风的目的，往往在作品结尾安排"恶"人的悔恨、洗心革面的情节，作者也常常将人物当作自己的代言人，在作品中注入个人的感情色彩，赞扬传统伦理道德的代表人物，而对不遵守传统伦理规范的人加以丑化和批判。

在刘哲庐的《朱孝妇》中，作者赞扬朱孝妇而否定孝妇的姐姐，因为朱孝妇的行为符合传统伦理道德，贤惠、贞洁、遵守"三从四德"。而孝妇姐姐和她形成鲜明的对比。孝妇和姐姐共嫁一田舍郎朱五，姐姐不想嫁村夫，觉得自己能嫁给更好的人。拳兵将至，朱五父亲病瘫在床，朱母听力不好。孝妇和朱五担心朱父、朱母，决定不逃跑，姐姐却说："然而坐以待毙耶，临危而不知权变惟斤斤于礼教，徒见其自戕耳。"① 姐姐认为为了朱家后嗣，应该舍弃朱五父亲而逃命。朱孝妇为安排朱五一家逃走，无奈之下选择和义和团将领吴贵在一起，姐姐却自愿和吴贵在一起。洋兵到来，在混乱中，孝妇把姐姐和吴贵都杀了，理由是姐姐蓄意害翁，吴贵淫秽妇人多，有人质问她一女事二夫，她立马抽出匕首自杀，死前大呼她那么做是为了朱家，自杀是为了让天下人知道她的心。为了表示作者对传统伦理道德的支持，作者赞扬朱孝妇而贬抑孝妇的姐姐，其实孝妇的姐姐说的话有一定的道理，她的行为也体现了女性意识的觉醒，女性开始主动追求自己的幸福，而朱孝妇将亲姐姐杀害却被作者从传统伦理道德的角度加以赞赏，可以说朱孝妇是被传统伦理道德深深毒害而成为愚蠢的机器。但是作者为了改良日益败坏的世俗，完全赞同传统伦理道德，却没有去发现其中存在的漏洞。

作者们为了建立良好的社会秩序而在作品中照搬全收传统伦理道德思想不免有些偏颇，除此之外，另有一些作家也发出个人微弱的声

---

① 刘哲庐：《朱孝妇》，《小说新报》1916 年第 2 卷第 7 期，第 1 页。

音，他们在作品中对传统伦理道德进行着理性的思考。如孤屿的《新婚泪》中，仲富的父亲在他十三岁时就帮他订了一门亲事，然而在报纸中刊登了关于他的未婚妻张爱菊的新闻，报纸上说张爱菊和他的表哥关系不清白。仲富正好以此来拒绝这门亲事。他的父亲认为记者捕风捉影，爱菊父亲也寄来书信表明女儿的清白。仲富和宝莲相爱，他想以此作为拒婚的砝码，宝莲却害怕是她的原因而造成他人的无辜死亡，于是她接近爱菊，发现她纯洁清白，颇有见识，能合新旧道德学识而撷其精华。宝莲认为真正的爱情不一定要婚娶，于是拒绝了仲富。于是仲富和爱菊结婚，但婚后，仲富却总是早出晚归，回家只睡书房，爱菊日夜以泪洗面。仲富受到西方自由思想的教育，想要追求爱情自由，但却在封建势力下败下阵来。孤屿在篇尾对新时代的婚姻爱情自由进行了思考，自古都是父母为儿女选择配偶，孤屿认为婚配应该由儿女自定，然后征得父母同意。只让父母做主则会流于专制，只让儿女自己决定则又可能做出伤风败俗之事。孤屿在当时对儿女婚姻的看法非常开明，非常有先见性，他的思想是具有开创性且富有智慧的。再如剑山的《兄乎……弟乎……》，在传统伦理道德中兄弟之间必须长幼有序，弟弟必须尊敬兄长，剑山在作品中并没有夸张化地塑造一个绝对遵从封建传统伦理道德的弟弟，而是塑造了一个聪慧的懂得变通的弟弟形象。本来兄弟之间具有非常浓厚的手足之情，但是当弟弟看到哥哥沉迷于赌博，劝说无效后要求分财产，这时弟弟遭到世人的指责，分财产之后，哥哥把自己分得的财产输光了，弟弟让哥哥回到家来主持家政，哥哥才醒悟过来。弟弟是担心家里的财产被哥哥耗尽输光，而选择了为传统伦理所不齿的争财产的行为。作者也是认可传统伦理道德的，但是更希望人们能够在遵守伦理道德时随机应变，而不是一味地遵从传统伦理道德做出傻事。

二　家庭伦理小说的三个主题类型及其意义

家庭伦理小说作品的内容主要是讲述某个家庭中的故事或者宣传

某种伦理道德,《小说新报》中的家庭伦理小说主要有三个主题:劝孝主题、悍妇主题、婆媳主题,归结起来,这三个主题的作品主要是劝孝、劝善、劝德。

劝孝主题的作品主要是用寻亲、复仇等故事来劝大家做一个孝顺的人,如朱剑山的《纯孝传家》讲述的是两代人寻亲的故事,在朱念祖未满周岁时,父亲与收租的差役起了争执,误伤差役人命,恐惧之下离开家乡。念祖与刘氏结婚生子后就出门寻父,在外寻父十二年后,其子怀孝也出门寻父亲和祖父,几经波折后,祖孙三人相聚相认。又如他的《盲孝子》写的是盲人桂森为父报仇的故事,桂森父亲和陆大起了争执被其打死,桂森母亲日夜哭父而死。桂森一心一意要找仇人报仇,遇到盲人陈似明后,陈似明把他带到古刹,古刹中多为盲人,以算命为业。两个和尚教他每天摇柳树几百次,也教他算命之术。一年之后,桂森把柳树摇倒了,于是踏上了报仇之路。他一边帮人算命,一边寻找仇人,在算命时还劝人孝亲敬长,陆大改名换姓为了躲避他,最后还是被他找到,被他以摇树之法摇死了。自古以来父仇为不共戴天之仇,为父报仇体现的是传统孝顺的内涵。

悍妇主题的作品中悍妇主要有以妻子形象出现的悍妇和以后母形象出现的悍妇两类,这类作品对人物的刻画比较生动和丰满。天民的《胜芳女子》中陈君有个泼辣悍妒的妻子,她严厉管束陈君,在听到陈君做狭邪游的风声时把陈君锁进了房间,陈君无计可施于是在其妻子面前下跪认错。陈君在外纳赵姓女子为妾,被陈君妻子发现,大闹一场后在陈君朋友的劝说下,把妾接回了家,然而陈妻每天虐待鞭打赵女,不让丈夫和其见面。陈君惧怕妻子,找来丈人帮忙,丈人把陈妻接回娘家后极力地批评和教育她,妻子再回家后就不敢再像以前那样,不久后郁郁而终,小妾生了一子,被陈君扶为正室。在传统文化中,妻子必须贤德,有宽容之心,能够接受和支持丈夫纳妾。作者是站在传统伦理道德的角度来刻画陈君妻子形象的,因为她不能接受丈夫纳妾,作者则在她身上再加上一些恶劣的行为,以丑化她的形象,社会舆论则完全倒向陈君和赵女，作者对陈妻的行为加以批判和否定，以重塑传统文化的权威，但无意中也显现出女性意识的觉醒。

　　《小说新报》中的短篇家庭伦理小说中的后母往往是强悍泼辣、心肠狠毒、凶横不可理喻的，总是对丈夫前妻的儿女加以虐待，如枕绿《呜呼后母》中瑛生的后母总是随意虐待他，鞭打他，让他跪下来向狗磕头等，但是他却一直认为后母是为了他好，才责备他。他总是喜欢笑，他生病了，父亲给他买药后因事匆匆出门，后母在家却一直没给他煎药，父亲回来后给他煎药喂药，他喝完药后，告诉父亲说妈对他很好，辛辛苦苦给他做饭吃。后母听到这之后，反省自己做的那些事，流下了悔恨的泪，悔悟后，后母开始善待瑛生。在悍妇主题中，往往会出现女强男弱的现象，从乐聋的《悍姑》中，可以发现女性强势、男性弱势的一些原因。玉辉的继母强悍泼辣、心肠狠毒。她有自己的儿子女儿，她的女儿对她很顺从，和她是一丘之貉。她虐待丈夫前妻的女儿玉英和儿子玉辉，两人都不敢反抗，她的丈夫慑于其威也不敢出面袒护两人。玉辉娶妻舜英之后，继母经常对她打骂，不许她和玉辉同寝，她生儿子后大骂来看她的人，她的母亲来了也破口大骂，她的母亲不开心地回去再也不愿来看她。面对继母的虐待，舜英总是曲意逢迎笑容可掬，有时还下跪让继母息怒，非常软弱。玉辉不敢反抗，继母要打舜英时只敢带她藏起来，但很快就被继母抓住，只有她的亲儿子敢赶过来劝说、帮忙。玉辉完全失去男子气概，保护不了自己的妻子，"玉辉虽对此爱妻未免有情，亦不过户外慰藉而已"[1]。最后继母诬陷舜英和男子私通，舜英悲痛跳河，玉辉也只能劝说而无法阻止她。正是这些人的软弱才使得继母冯氏越来越嚣张，所有人的懦弱是对她的泼悍的纵容。玉辉的懦弱无能，也显示了一种愚孝，更是一种可悲，传统的孝道让人变得软弱。也许在封建礼教的压制下，他们只能软弱。

---

[1]　乐聋：《悍姑》，《小说新报》1916年第2年第2期，第3页。

　　婆媳主题中也多是劝人为善的作品，如碧梧的《诟谇》中周老婆婆守寡后独自养大儿子并帮他娶了媳妇，儿媳好吃懒做，不孝顺婆婆，反倒总是向婆婆要钱或者教自己的儿子问婆婆要钱，婆婆拿不出来，只好把皮衣拿给儿媳让她去典当，在冬天周老婆婆只能穿棉袄，还要为家计辛苦忙活，只是为了不让儿子受苦。周老婆婆死后，儿媳为自己的儿子小宝娶了媳妇，她自己成为婆婆，她的儿媳非常凶恶，也经常问她要钱，最后搬了屋子，让她一个人生活。读者读后自然能读出其中的因果轮回，因果报应，从而审视自身的行为，于是达到作者劝善的目的。

　　对家庭伦理的反思。发表于1923年第8年第5期上的天台山农的家庭小说《舐犊之惨剧》具有反思性。"凡为人父者，对于子弟之幼时，万不宜徒以舐犊之私，而不为培学术，授职业，以导掖其入于自立之境，否则苟拥千镒百斛之金钱，亦可以立待其涸焉，试观张氏父子之过往陈迹，岂非皆由少年失学所致欤？殆至祸害已成，方悟糊涂昏聩，然尤未知其所以致祸之道耳，聆其弥留缱绻之际，尚谆谆以伯良为遗命，其舐犊之情，始终未悔。若大鹏者，殆昧于爱之深，即是害之切之原理钦，宜其四十余年之惨淡经营，遽于懵懵数月间，皆与其脱离而远去者，其故何耶？余不禁辍笔而叹惜者久之，爱草此篇，以告世人。"

　　《小说新报》中的短篇家庭伦理小说具有一定的教育意义，是对传统伦理道德的呼唤，作家们把它们当作改良世俗的良药，他们的出发点是好的，也能够达到一定的劝孝、劝善、劝德的目的。然而在新旧交替的时期，有些思想早已成为不符合时代要求的糟粕。虽然作者们也有对传统伦理道德的批判性地思考，却仍欠缺些力度。

第三章

《小说新报》与民初小说艺术的
内源性变革

　　民初小说艺术的"内源性"变革是对传统小说艺术继承与变革。这种继承与变革主要体现在长篇小说对"说书人"充当小说叙述者的继承，同时突破这种全知叙事兼顾第一人称"限制叙事"；叙事结构与叙事时间既有对传统的继承又有在西方小说的影响下的新变。比较而言，民初短篇小说结构艺术的新变比较突出，如情节的淡化与模式化、小说的抒情性、小说的艺术真实性等。民初旧派小说人物形象的塑造表现出新的特点，如长篇小说的"戏拟"形象，戏拟"贾宝玉""林黛玉""薛宝钗"等形象，短篇小说的理念式人物形象、重气质轻相貌的人物形象、挣扎于专制与自由之间的女性人物形象等。这些形象源于传统，又试图突破传统。民初旧派小说的语言艺术发生巨大变化，不管长篇小说还是短篇小说，大多以浅近文言为主，辅以白话，使得作品具有古色古香的传统氛围。由于古诗词的大量使用，格言与警句的借用，典故的化用，是作富有传统文化内涵。与此同时，由于民初社会情境的描写与作家心志的抒发，这些传统语汇与语句的采用使传统语境与民初语境相融合而产生新内涵。这是民初旧派小说语言艺术的正统性及其变革。

第一节 《小说新报》与民初长篇小说 叙事艺术的嬗变

《小说新报》创刊、运行于社会过渡期，所载长篇小说具有传统与现代杂糅的特点，但以前者为主。小说家在叙事中延续传统叙事，在文中大量使用说书套语，采用说书人作为小说的叙述者。除此之外，小说语言富有传统文化内涵，那便要归功于大量使用典故、诗词。另外小说的人物形象受传统小说的影响较为明显，特别是《红楼梦》对作品人物形象的塑造的影响。

一 小说叙事方式的承续与新变

民初小说处于传统向现代过渡的时期，这时期的小说在叙事模式上具有两重性，既包含了现代的因素，又继承了传统叙事模式。期刊中长篇小说的叙事受传统小说叙事的影响更为明显，具体的形式便是说书体的频繁使用。

（一）"说书人"充当叙述者的全知叙事

《小说新报》所载长篇小说基本采取回目对称的章回体形式。作者采用"说书人"的口吻来叙述故事。对此陈平原给出这样的解释："中国小说主潮实际是由宋元话本发展起来的章回体小说。白话利于叙事、描写甚至抒情，可章回小说脱不掉说书人外衣，作家只能拟想自己是在对着听众讲故事。以声音而不是文字为传播媒介——即便只是拟想，那么作家只好讲故事，而且只能以说书人口吻连贯讲述以情节为中心的故事。自觉把写作对象定位'读者'而不是'听众'，这是晚清才开始的。"① 晚清小说的一个特点是章回体小说盛行，而且依托说书人讲述故事。"说书人"是从事"说话"这一技艺的人，其

---

① 陈平原：《中国小说叙事模式的转变》，北京大学出版社 2010 年版，第 19 页。

实便是向听众演讲故事，这就要求他必须熟悉所讲的故事内容，具有掌握整个故事的能力。

《小说新报》的作者凭借"说书人"演说故事的方式推动故事情节，其中说书人形象不时闪现。李定夷《芝兰缘》第一回就以说书人的身份向读者介绍故事的内容：

> 看官，小可今天闲着无事，心中不免技痒，少不得重整旧弦，复弹故调，和看官相见一番，就取长安市大家艳说的梅大王重婚来做资料。在咱们中国人眼里，男儿三妻四妾本来不算什么事，像梅兰芳娶一个坤角儿福芝芳做二房，物以类聚，也值得记载吗？哎！倘然照此说来，岂不大煞风景。现在小可先把做书宗旨叙述起来，请看官仔细评量。①

作者说明讲述故事的原因，而后话锋一转，进入故事主题，将事情的始末讲述一番，让读者熟识，做个评判。

另外《无边风月传》第一回"延陵生搜箧得奇书　孝廉公课徒阔别院"，也暗示了故事由"延陵生"这个说书人讲述。故事从开端便交代了延陵生家有藏书楼，因年久失修而墙泥脱落。一旦屋破，积书万卷将毁于一旦，便决定将书移到别的院落中。一日在院中晒书："暴凡三日书始尽，一一整理而藏之。且继祖若父之手泽，书以签而分门别类焉。就予性之所好者而言，得秘本说部十五种，都为抄本，有头尾残缺莫窥全豹者，有字里行间为蠹鱼侵蚀要害者，中有题签曰《无边风月传》者，卷凡三开卷，玩读一二页，风味不减石头记。"②按照第一回所说，《无边风月传》被蠹鱼所侵蚀部分内容有残缺，却是早就存在。现在阅读到的《无边风月传》的内容是延陵生这个说书人演说出来的，这在文本中可以找到依据：

---

① 李定夷：《芝兰缘》，《小说新报》1921 年第 7 卷第 1 期，第 1 页。
② 吴双热：《无边风月传》，《小说新报》1918 年第 4 卷第 1 期，第 2 页。

"今予得醉红生三卷书，其亦足以广而充之，引而伸之。变其体为章回，演成一部新小说，亦使海内抱有小说迷者颠倒梦想于此《无边风月传》中，不亦佳话哉。"① 照这样叙述，其实延陵生便是作者本身。作者借助延陵生说书人全知全能的优势来叙述故事内容，熟悉故事中每一个人的前程往事，对他们的人生经历了如指掌；假若遇到新的人物出场，再向读者介绍他们目前的身份、境遇、社会背景等。如在小说的第二回中便介绍了黄莺的身世、性格及沦落妓女的过程。

有时候，"说书人"并不满足于人物社会背景、生平事迹的介绍，他们还时常发表对人物的看法，这些看法可能与故事情节并没有特别大的关系。如《芝兰缘》，说书人小可说明自己所讲的内容是梅兰芳和福芝芳的婚事，但并没有马上进入故事内容的讲述，而是对社会迷恋梅兰芳发了一篇长篇大论：

> 我还记得两件事真是好笑又好气。第一件，那年上小梅替他祖母做生日，现任的阁员除总揆之外，个个亲临祝嘏，知宾的都是文职在荐任以上，武职在少将以上，寿堂内外悬挂的聊幛和寿屏，窍皇典丽，载颂载祷，不是总长所送便是将军馈赠。有人说像这么样的阔绰只有太上督军做寿可以比拟，其他仰人鼻息的总次长正是望尘莫及。我辈闭目一想，这算什么话来？第二件，小梅那年到日本，日本人非常欢迎，比到欢迎什么人也起劲。小梅怡然受之不愧。日本人说他天纵聪明，人才好，艺术好，仪表好，自顶至踵几乎无一不好，便提倡要替小梅铸铜像以表其崇拜景仰之诚。②

在这一回中，作者借助说书人小可对社会上众人追捧梅兰芳的癫

---

① 吴双热：《无边风月传》，《小说新报》1918 年第 4 卷第 1 期，第 3 页。
② 李定夷：《芝兰缘》，《小说新报》1921 年第 7 卷第 1 期，第 1—2 页。

狂状态进行了描绘。又借助小可之口说出了这一现象的后果："不是小可诅咒国家，如此情形实在是国家将亡的妖孽。"①

总之，作者在《芝兰缘》第一回中便借助"说书人小可"之口发表了自己对社会上追捧梅兰芳的看法。结合梅兰芳和福芝芳的结婚之事点出了这次说书的宗旨，接着以"闲文少叙，当归正传，话说"结束"梅毒"现象的描述和看法，转入叙述故事的轨道。

借助说书人的身份，作者在小说中穿梭自如，能够随心所欲控制小说的节奏，而且随时能够发表某类现象的看法，补充介绍相关的背景资料。除此之外，因连载的小说篇幅过长，作者也会使用说书人的身份来重新开始讲述，以便连接上本小说：

> 看官，在下又登台了。上海是个罪恶的制造厂，每天二十四个钟点里不知要造出几多罪恶，就是在下知道的也可数百十件，那不知道的正不知千千万万哩。前集对着看官讲的，统共只二十件事，就从在下知道的新闻里面，除了这二十件还和一部廿四史一般样，不知从何说起，何况他们制造神速，在下仗着一枝笔，那能赶得上呢。不是在下说海话这部《新上海现形记》，就是做着三百五百回也写不尽恶社会的现状。不过在下无此耐久的精力，看官也嫌麻烦便了，闲话且住，讲入正文。②

作者以说书人的身份先提及上文讲到的上海二十件黑幕，使读者联想到上海丑恶现象横行，而后择取一二上海故事讲述，让读者能够借此来得到借鉴。

面对描述的对象，说书人有时候还会跳出来表明自身的观点跟立场。李定夷在《新上海现形记》中面对上海的游戏场所，以说书人的身份表明了对这种灯红酒绿的厌恶之情：

---

① 李定夷：《芝兰缘》，《小说新报》1921年第7卷第1期，第2页。
② 李定夷：《新上海现形记》，《小说新报》1919年第5卷第2期，第1页。

现在内地有许多地方模仿上海的情形，去造游戏场，口口声声说是振兴市面，发展商务。在下奉劝诸公，就要发财，也要代替子孙想想，这样绝子绝孙的造孽钱还是少要的好。谁无妻妾谁无子女，能留一分余地便是种一分福田。什么振兴市面，发展商务，都是一派欺人之谈。难道除了游戏场，便不能振兴市面，发展商务么？没有游戏场以前，上海的市面商务如何情形？现在的情形又如何？在下敢下断语，只有消耗费一天大于一天，于商业的实在是丝毫没有的。照这样看来，诸公大可不必模仿了。在下上集所说的陆香文君，他虽不能算个正派君子，但对于游戏场也是和在下一般，是极端反对的。①

游戏场举着振兴市面、发展商务的幌子，赚着断子绝孙的昧心钱，实在是不可取。作者借说书人说明了游戏场的危害，劝诫广大男女青年切莫沾染恶风气，使得良好的品行受到污染。而后又以说书套语转入小说情节，开始讲述故事内容。说书人在文中自由出入，随意打断故事的自然进程，造成故事叙述的停滞。当他对自己的问题进行补叙说明后，仍自如连接故事节奏，从前面的例子中我们可以看出，此时期刊中小说受传统小说的影响较为明显，小说常借助说书人口吻来开始故事，推动故事的发展。

短篇小说也是如此。作者们有时借鉴说书体的形式，具体表现为在文中借鉴说书人的语言，常见的说书语言如"欲知后事如何，请听下回分解"等。在传统长篇章回小说中，这类语言也非常常见。传统长篇章回小说往往和说书有着密切的联系，大部分的传统长篇小说从说书人的故事中取材加工而成，因此在文中会带有说书的痕迹。《小说新报》作者们在创作时经历了不断探索的过程，起初他们对小说的认识还停留在传统小说的层面，定然会从传统中汲取所需的营养。在

---

① 李定夷：《新上海现形记》，《小说新报》1919 年第 5 卷第 2 期，第 2—3 页。

裴邨的《堕欢人语》中，作者不时地插入"看官们，一段伤心史说来长得很哩，今且抽个空儿与列位谈谈""看官啊，列位尝过这滋味的自然知道在下的话非虚也"① 等说书人的语言，以此和读者进行对话。在少芹的《丑妇》中，文章开头写完阿红因为长得丑被人讽刺而掉眼泪之后，突然插入"欲知彼女之状态乎？吾将形容其仿佛矣"② 之句，打破了小说以第三人称叙述故事的整体性，作者在小说叙事中突兀现身，和读者对话。这一表达方式对作者来说显得非常自然，作者深受传统说书文学的影响。作者借鉴说书语言和形式承上启下，使文章具有亲切感和真实感。

（二）说书套语的使用

《小说新报》所载长篇小说，许多借助"说书人"这个角色来充当小说的叙述者。然而长篇小说人物众多、事件复杂，这就要求说书人必须具备一定的策略，方能不乱阵脚，有条不紊地将故事讲好，这样说书套语便应运而生。"套语，指的是一些重复使用的习套式词组或短语，出现的时机和表现的形式上具有某种固定的特点，在说书人叙述需求时常以习套式的结构出现。"③ 说书人借助说书套语，任意地穿梭于情节，而不显得杂乱无序。传统章回体小说大量使用说书套语，《小说新报》的作者也使用了很多说书套语，产生了不一样的效果。具体表现为以下几个方面。

第一，"话说""且说"套语的使用，这是最为典型的说书套语。其实这里的"话"不单只是我们理解的语言、话语，而是更注重故事。"话说"一般是被放在故事的开场中，表明讲述活动正式开始了。《狎邪镜》便是以"话说"两字开始讲述故事内容："话说……在下编这部，也为着一个狠（很）有才学的人，因为不能善用其情，把好好儿一条性命送掉，所以这部小说可以当做一本醒世的宝鉴，说

---

① 裴邨：《堕欢人语》，《小说新报》1916 年第 3 期。
② 贡少芹：《丑妇》，《小说新报》1917 年第 11 期。
③ 王凌：《形式与细读：古代白话小说问题研究》，人民出版社 2010 年版，第 54 页。

起来很长哩。"①

作者以"话说"两字先对"情"发表一番言论，内容大概是对情的性质加以区分，以善用、不善用情来加以论述，然后便引导读者进入故事。

第二，"看官""诸位"，这种类型的说书套语往往放在故事的中间，有时候也放在某一回目的开头。这表示作者要开始叙述，或是对事件提出看法，或是指出作文的宗旨。在叙述故事时，作者往往会随时提出自己的看法，或是跳出来对事件展开评论，或对某些事件的缘由进行补充说明。如：

> 看官，论一樵这个人，虽然有些痴傻，却是纨绔出身。他家中陈列品物倒也不少，像那些大小镜儿，似乎不致认不得。无如外间普通用的镜子都是明白清楚，对照起来须眉毕现，不改本来面目。那知新世界这几十面哈哈大镜，将人身体度态度，长的能照成短了，瘦的能照胖了，妍的能照丑了，直的能照跎了？无论男女老幼，走到这镜儿面前，方且惊讶，何以顿改了旧时形容？诧为怪事。何况一樵本有些精神病，到此地步焉有不演出笑话儿来呢？②

作者以"看官"说书套语，解释、说明了一樵在哈哈镜面前做出各种怪异的行为。一般人见到哈哈镜里呈现的图像都会面容变色，更何况还有点痴傻的一樵呢，使得一樵在哈哈镜面前各种荒唐举动似乎是合情合理。有时候作者也会对文中新出现的人物作出一番解释，加入，"看官们在下演到这里当把少年的家世先表明一番"。③

第三，"闲话少叙""言归正传""闲话少说""此是后话暂且不

---

① 绮红：《狎邪镜》，《小说新报》1915年第1期，第1页。
② 贡少芹：《傻儿游沪记》，《小说新报》1917年第3卷第1期，第18页。
③ 李定夷：《新上海现形记》，《小说新报》1918年第10期。

表",这类说话套语的作用主要是将读者的注意力放在下文的故事情节中。作者在对故事情节讲述的过程中,常会以说书人的身份发表对某类事情、人物的看法,这无疑中断了正常的故事叙述的节奏。为了能够回到先前的故事内容,这类说书语就显现了它的作用,暗示读者回到故事情节,加快故事的叙述节奏。如《京华新梦》在第一回目里并没有直接进行故事的讲述,而是将社会上攀龙附凤、认干爹干儿子、攀关系的社会现状描述一番:

> 列位,在下的闲话也说得多了,究竟是讲那一种的正文呢?原来便是复辟之后,小子在京城混了两年,遇着一位知己朋友,虽是官位不高,却狠认识几位阔人。他们里面的花花絮絮,这位朋友都能熟悉。……胡乱记下几段,到如今稿也都失去了。后来小子回南,这位朋友还不相忘,长时以笔代舌给我好些新闻。四年以来,积得多了,小子变想把他凑拢联络起来,做成一大部奇书。①

作者先描述一番社会的怪现,后以"闲话也说得多了"这类说书套语作为转折点,进入故事内容,向读者交代了故事的来源。原来这本小说的成书是源自作者跟友人之间的谈话,故事以友人讲述的各种奇闻逸事为中心内容。

第四,"预知后事如何,且听下回分解",这一类说书套语,往往放在小说回目的后面作为结尾。故事讲述到某个关键情节时,故事内容在此处却被作者掐断,这不难看出是说书人为了吸引听众的注意力、调动读者的阅读兴趣而采取的说书策略。期刊中的很多小说便是以这样的说书套语作为结尾的,有时候在结束之前用可以概括本节章回的俚语故事来作为结语,类似于"走卒可封侯,优伶当作福,谁能挽世风,挣笔应狂哭。预知后事如何,且听下回分解"②。诸如此类

---

① 许指严:《京华新梦》,《小说新报》1919 年第 5 卷第 8 期,第 2—3 页。
② 李定夷:《芝兰缘》,《小说新报》1922 年第 8 期。

的还有很多。

除此之外，"话分两头""放下一头、却说""说时迟，那时快"等也是使用较为频繁的说书套语，这里便不一一举例说明了。可见，中国传统小说的"说书体"对民国时期的小说影响不小。

（三）第一人称"限制叙事"的新变

《小说新报》所载长篇小说，基本采用第三人称的全知视角叙述故事，"说书人"充当了无所不知的叙述者。说书人将故事的来龙去脉向读者一一介绍，甚至还能描述出人物的心理变化过程。读者能够在说书人讲述故事时把握故事大致情节，知晓故事的前因后果，但是这种千篇一律用说书人讲述故事的方式，无论是内容还是形式容易让读者产生审美疲劳，缺乏吸引力，并且让读者对故事内容的真实性产生怀疑。

随着对外之门的"打开"，西方的物质、文化和生活方式开始渗透到上海这个城市。《小说新报》同人在享受西方物质文明带来的崭新生活方式的同时，对西方文化产生了好奇，注重外国小说的文学功能，特别是李定夷在自己求学南洋公学时便重视外国小说。故事大致上是这样的，"顾靖夷与李定夷同读南洋公学之间，一日夜雨敲窗，见定夷低头伏案振笔疾书，劝他就寝时的一番对话：'小说家言，雕虫小技。君用有用之精神，译无为之著作，不亦愚乎？'定夷曰：'兹事虽小，效用实大。遍读吾国旧小说，不为诲淫，即为诲盗；不讲狐鬼，即讲神怪。传播数百年间，社会实被其祸。欲求移风易俗之道，惟在默化潜易之文，则编译新小说以救其弊，庸可缓耶？且小说与文学，实有固结不解之缘。若《莎士比亚》、《鲁滨孙漂流记》等名作，彼邦人士奉为风范，庸非小说耶？'"① 此番对话讲述李定夷重视域外小说的翻译工作，认为外国的小说不同于本国小说，具有移风易俗的功用。虽然说的是小说文学功能性，但是我们可以大胆猜测，

---

① 顾靖夷：《红粉劫·序》，转引自陈平原、夏晓红《二十世纪中国小说理论资料》第一卷，北京大学出版社1989年版，第470页。

期刊中具备传统特质的长篇小说，在大量翻译、借鉴、模仿外国小说的过程中，作品产生了一定变化。

《小说新报》长篇小说的转变，首先体现在叙事角度的转变，通过第一人称"我"进行限制叙述。由于故事是从"我"的观察和亲身经历中得来的，又经过"我"将见闻诉诸读者，无形中增加了作品真实感和生活气息，产生一种独特的艺术效果。

《天作之缘》以"余"为叙述者，讲述了发生在"余"身上的故事："吾之生与忧患俱来世之沉沦苦海未有过于余者，苟不将其事一一自述世之人，其孰知之，余之入世也。"①

作者在第一回中介绍"余"（即严美利）的出身、家庭情况，介绍完个人情况之后，接下来以"余"的口吻讲述了父亲如何发迹，眼巴巴盼望得到一位男婴进入文本，讲述了自己与意中人的悲欢离合："余"年少因是女儿身不受父亲待见，又被姨母虐待，与心爱人麦丁相遇，因被姨母与父亲赶到他国进修学习，被迫与麦丁分离。后来遭遇父亲包办婚姻等种种不公平对待，最终经过"余"与麦丁的努力，有情人终成眷属。

从小说的故事情节来看，《天作之缘》是一部自叙传式的言情小说，作者以"余"作为故事的讲述者，这种叙述手段使得当事人与读者的距离变小，读来仿佛是在与他人闲聊时得到故事梗概的感觉，使得故事更加生动感人，具有真实性。《伉俪福》也同样采用了第一人称限知视角的表达方式，以"余"（蓉华）追述自己与丈夫十年伉俪生活开始小说叙述。作者虽然有意识地采用这种叙述视角，但显得非常生涩与稚嫩。

（四）叙事结构与叙事时间的新变

《小说新报》所载长篇小说，虽然仍以情节中心的叙事结构为主，但是有些作品尝试采用人物中心的叙事结构。作者除了吸收传统小说

① 周之栋、罗榜辰：《天作之缘》，《小说新报》1915年第1期，第1页。

用语言、动作塑造人物形象的方式，还注重通过刻画人物的心理、外貌方式展现人物特征，推动故事发展。其中《傻儿游沪记》便有成功的心理描写，小说写伯鑫见到傻儿一樵时便是一番思索："王三不是图财害命的人。大约他那母舅或者中途失散，傻子便一口咬定他谋害了。听他口气预备出去逛逛，我何必将机就计约他一路同行，无意间细细探他根底来历，遇有什么可以下手的地方落得骗他若干钱文有何不能呢？"① 这一番嘀咕，勾勒出伯鑫游手好闲、爱占人便宜的形象，更暗示了伯鑫等人敲诈傻儿的下文。

作者还采用心理描写与肖像描写相结合来塑造人物形象，《破镜圆》中便有作者记叙沧波独处时的一番心理活动：

> 虽夭桃不足以仿其玉靥，秋水不足以比其美目，泼墨乌云不足以喻其雾鬓，映日朱霞不足以拟其香腮。细腰一握，虽临风杨柳无其婀娜，玉臂双弯即出水冰藕无其洁白。至于姿态之娟秀，举止之大方，言语之爽朗，气息之芬芳，虽大家闺阃，朱门淑贤，恐难拟其万一。况又加以蕙质兰心，风雅流丽，有谢女班姬之聪颖，擅苏蕙左芬之才华，诚可谓无瑕可摘，无美不备者矣。何幸承其青睐不我遐弃，延登妆阁，命题画轴订重来之约，致叮咛之意，似有相爱之情，绝少鄙薄之念，是何异于郑交甫之遇神女，曹子建之逢宓妃哉？殆亦三生石上具有宿因。故能一面相亲即寓深情。余苟需之以时日待之以恩义，然后缓吐衷曲，何患其不盟订白首，偕隐青山乎？虽家中已聘发妻，渠亦当谅余苦衷，愿效英皇之一室，不作尹刑之避面也。余既遂此愿，当择山明水媚之乡，风景幽倩之地，辟园一亩，筑屋数椽，左拥右抱图史满室以乐晨夕，绝不再作尘世间争名夺利之客矣。②

---

① 贡少芹：《傻儿游沪记》，《小说新报》1917 年第 3 卷第 1 期，第 15 页。
② 濑江浊物：《破镜圆》，《小说新报》1915 年第 10 期，第 1—2 页。

　　作者借沧波心理描写极度赞美韵仙美貌，以古代才子佳人一见倾心的缘由点名男女主人公相恋的原因，又从沧波担忧包办婚姻来推动故事的发展。使用心理描写有利于作家淋漓尽致展现人物内心情感，同时，读者品读、感受人物情感，更易被人物感动，使人物形象更为饱满、可信。

　　《小说新报》所载长篇小说，除叙述视角发生转变，人物塑造手法丰富外，叙事时间有了一定变化，还有便是倒叙的运用，这可能是作者有意识学习西方小说的结果。中国传统小说一般惯用的是连贯叙述方法，根据时间前后发展的顺序设计故事情节、人物出场次序；而西方小说，特别是侦探小说就是大量使用倒叙、插叙等叙事模式。刚开始，小说家们从侦探小说中学来的倒装、插叙只是运用到侦探小说中，但随着言情小说的盛行，上述的叙事模式也广泛应用在了其他类型小说中。《小说新报》同人便在作品中使用。如：

　　　　读者诸君，当知沧波为书中重要人物，脱沧波于此，竟厌世而遁迹，或轻身而自戕，则吾书戛然中止，不能得美满之结果矣。是则沧波之杳然而去，绝无踪影，读者可不必别生其疑虑。惟吾书突如其来，东鳞西爪，读者于沧波韵仙之历史，究未能瞭然于心。第知沧波为富室公子，韵仙为花业妓女，未知二人钟情始末，此则著者未能加以特别铺叙之过也。今将乘此余暇，而补叙其梗概。①

　　作者先是介绍沧波的身世，打破文章的线性叙述，原先讲述的故事内容被放置在一边，将叙述中心转移到沧波和韵仙的相识相恋上，推动了故事的发展。

　　作家创作的小说具有传统小说的特点，但是他们也有意识地对小

---

① 瀼江浊物：《破镜圆》，《小说新报》1915 年第 5 期，第 6 页。

说创作模式进行新的尝试，虽然这些变化还处于探索、学习、模仿的阶段，各种叙事方式的运用显得生疏、稚嫩，但也在一定程度上丰富了小说创作的经验。

第二节 《小说新报》与短篇小说结构艺术的嬗变

一 情节的淡化与模式化

短篇言情小说具有情节淡化和情节模式化的特征，表现为行文的模式化和故事情节的模式化，以及因果关系的淡化、情节结构的散文化、情节发展的缓慢。"叙事作品中情节的安排是作品结构中的一个很重要的方面，往往成为整个作品结构的核心。"[①]"情节是作品的事情发展变化的结构。对这些事情的安排和处理是为了获得某种特定的感情和艺术效果。"[②]《小说新报》的短篇言情小说的情节主要体现为两个特点，一是情节淡化，二是情节模式化。

情节淡化主要有三个表现，首先是因果关系的淡化。有学者认为，情节"重点在因果关系上"，[③] 或者说情节"必须包含因果关系"；[④] 也有学者认为，情节"也不一定非要有因果关系不可"。[⑤] 前者体现了重故事的倾向，后者体现了轻故事的倾向。长期以来，因果关系被看作情节中的一个重要的因素，而情节的淡化意味着因果关系的淡化。《小说新报》中因果关系的淡化并不意味着没有因果关系，而是在小说叙事中，因果关系不够明显不够强烈，前面的叙述和后面的叙述有时并没有因果关系，有时因果关系很弱。如明道的《倩影》先写第一次"我"与佳人偶遇的场景，后写"我"在医院偶遇佳人

---

① 童庆炳：《文学概论》，武汉大学出版社 1989 年版，第 196 页。
② ［美］阿伯拉姆：《简明外国文学辞典》，曾忠禄、郑子红、邓建标译，湖南人民出版社 1987 年版，第 256 页。
③ ［英］佛斯特：《小说面面观》，花城出版社 1981 年版，第 70 页。
④ ［英］博尔顿：《英美小说剖析》，林必果译，重庆出版社 1988 年版，第 64 页。
⑤ 胡亚敏：《叙事学》，华中师范大学出版社 2004 年版，第 119 页。

和"我"的表妹,因此和佳人相识。再写"我"和佳人的哥哥一起读书和佳人有更多的交往的场景,然后写在佳人哥哥的帮助下"我"和佳人订下婚约,佳人鼓励"我"和她哥哥一起去国外留洋,最后写两人结为秦晋之好。这几件事情之间没有很强烈的、必然的因果关系。卓呆的《感旧游》写的是在一场聚会中,一个少年和他的旧情人相遇,引发的一些感触。聚会的活动,妓女唱歌,一起拍照片,少年和旧情人两人最后在厕所门口碰面,简短地问候,匆匆告别,这些都是同个场景中的活动,每个活动之间都是独立的,没有因果关系。民哀的《回头》主要写的是王端士和颜华舜的相恋相爱的故事。颜舜华在夜晚听到王端士的读书声,颜家母亲常常夸赞王端士。一次在玩耍时,颜舜华目不转睛地看着王端士,没注意到后面来了一辆车,王端士大声提醒颜舜华,颜舜华躲过一劫,对他非常感激。然后写两人第一次说话的场景,接着写颜舜华开始练字,并拿着练的字在王端士面前一边念一边用纸挡着脸,把王端士逗笑的场景,写两人在外游玩时相遇,写王端士救颜舜华的场景等,最后两人结婚。这篇小说是由很多生活的片段连接起来的,各个片段都是用来强化两人的感情,富有生活情趣,而没有很强的因果联系。

其次是情节结构的散文化。有些短篇言情小说有着情节结构的散文化的特征。这些小说情节大多很简单,甚至没有什么情节,贯穿在小说更多的是某种意绪和感受。这时"故事充满各种议论和感觉,情节变成了花团锦簇的文字间的点缀"①。

如朱剑山的《菻香传》主要写的是考昀老人对妻子的怀念,妻子菻香是具有传统优良美德的妇女形象,知书达理,对公婆孝顺,与丈夫相敬如宾,教育儿子以身作则,是传统的贤妻良母形象,深得丈夫的赞赏和敬重。这篇文章像一篇散文,主要表达对妻子的赞扬、感谢、思念和敬爱。又如黄花奴的《桃花依旧笑春风》,全篇犹如一篇

---

① 胡亚敏:《叙事学》,华中师范大学出版社 2004 年版,第 135 页。

抒情散文，弥漫着一股怨愤之情，抒发对残春的怨恨，对桃花的怨恨，对物是人非的怨恨，将自己的身世遭遇责怪于桃花，全篇反复渲染这种悲哀怨愤之感。情节结构的散文化也意味着作家的情感、感受在作品中占了很大的空间。

再次是情节发展缓慢，少大起大落，少悬念，少高潮，"不以高潮和悬念取胜，叙述的只是故事的自然流程"，①《小说新报》中的短篇言情小说绝大多数是不以设置故事的悬念而取胜的，作者们重在写出生活的质感，设置悬念本可以吸引读者的兴趣，吊起读者的胃口。而作者们更擅长于以故事的曲折性来吸引读者，他们认为一帆风顺的感情故事没有什么叙述的价值，反而是曲径通幽有曲折、有阻碍的故事叙述起来才有韵味和价值。就如画画一样，有间断、有曲折、有遮蔽，因此他们擅长在感情故事中设置阻碍。短篇言情小说中有悬念的故事非常少，可以说寥寥无几。

《小说新报》中有些短篇言情小说有着情节模式化的特点。有些作品在行文上有些模式化，比如说有些作品开头都喜欢风景描写，由此引出男女主人公，然后再叙述故事。情节的模式化则有许多类似情节，常见的有贫家子和富家女的情节，欣之、品丹的《琼珠忆话》是贫家子和富家女坚持爱情，说服家长最后结婚的故事，明道的《某女士之自述》男主人公因为家里贫穷而不被富裕的女方母亲所看好，造成爱情悲剧，言情小说中有很多作品涉及了贫富问题。常见的还有第一次相遇男主人公喜欢上女主人公，第二次相遇后两人相识相爱的这类情节，如裴郏的《堕欢人语》中男女主人公第一次相遇，男主人公就深深地被女主人公所吸引，再相遇后两人相爱。常见的还有男女主人公因感情而犯起相思病的情节，寄尘的《河干双艳》中竺贞因为父亲反对自己和姜生在一起而犯起相思病，松隐《孽缘》中善州爱上蕙姑，而得了相思病，提亲被拒后因相思而病逝，相思病在言

① 胡亚敏：《叙事学》，华中师范大学出版社 2004 年版，第 135 页。

情小说中非常多见。男主人公帮助女主人公的这一类情节也比较常见，念农的《奇楼》中黄莞生救下被贼人抓去的未婚妻叶秋声，最后两人成亲。虽然短篇言情小说中有许多常见的情节，但也有不少作品有着新奇有趣的情节，给读者带来新鲜的愉悦感受。如甘龙的《缧绁鸳鸯》，作者善于调动读者的好奇心，善于制造悬念，讲述了一个非常有趣的故事。《小说新报》的短篇言情小说的题材和情节选择，体现了作者们参与生活的热情，他们寄情于文字，以强烈的责任感，挖掘生活的实质，给读者带来社会人生的启迪和审美享受。

二 短篇小说的抒情性

作者们在创作短篇小说时也受到我国传统抒情文学的影响，陈平原认为："在这诗的国度的诗的历史上，绝大部分名篇都是抒情诗，叙事诗的比例和成就相形之下实在太小。这种异常强大的'诗骚'传统不能不影响其他文学形式的发展，任何一种文学形式，只要想记入文学结构的中心，就不能不借鉴'诗骚'的抒情特征，否则难以得到读者的承认和赞赏。"[1] 我国自古以来就有抒情文学传统，即所谓的"诗言志"，作品注重抒情言志。在《小说新报》短篇小说中，作者们往往穿插抒情的篇幅，表达主观感受。有时作家在开篇时用大量的抒情文字引入要叙述的故事，有时将抒情文字穿插于文章中或抒发主人公强烈的感情或表达作者的看法，有时作者将抒情贯穿于全文中，使得小说在情节上稍显简单而呈现小说散文化的特色。这类受抒情传统影响的短篇小说往往富有文采美，富有古代散文、小说的古典韵味。如黄花奴的《合欢花》，情节非常简单，写顺珠和"我"情投意合，却和刁诈阴险的某某有婚约，"我"和顺珠都很伤心，甚至情绪低落得想自尽。不久后，"我"收到顺珠送来的一盆合欢花，花盆下的纸条带来某某病逝的消息，因此她不用嫁给某某。最后"我"

---

[1] 陈平原：《中国小说叙事模式的转变》，上海人民出版社1988年版，第222页。

和顺珠结为夫妇。这篇小说不以故事情节为主，而主要在于抒发主人公强烈的感情，作者大篇幅地描写主人公在感情受阻时的悲伤情绪，用大量的抒情、大量的心理活动、大量的比喻来写主人公的悲哀心理和情绪。作者受抒情传统的影响，表现在语言上，作者们喜欢引用诗词，运用比喻、典故，运用四六句式，借鉴骈体文、赋体文形式，语言讲求韵调，注重文章的美感。如绮缘的《西湖倩影》中"女郎缟衣绿裳，亭亭若仙，云鬟青螺，共绛霞而争媚，冰肌玉骨，凭绿水以传神"①。以四六句式生动传神地描写出女子的外貌气质之美。在西山的《璇闺怨》中作者用很大的篇幅铺叙智珠和寿山夫妻俩其乐融融的生活，也用赋体语言铺写弹琴的音乐之美妙。借鉴抒情传统的短篇小说不以情节的繁复取胜，淡化故事的含量，更强调淡化的情节和故事背后的人性张力和文化蕴涵。

三 短篇小说的艺术真实

民初作家深受史传传统，尤其野史传统的影响，注重小说作品的艺术真实。他们喜欢在作品中标榜故事的真实性，在开始叙述故事时交代故事的来源，或者直接叙述朋友的故事，如乃丰的《第一路电车》等，或者讲述自己和朋友的见闻，如懵懂的《行箧情书》等，或者道听途说的一些故事，如竞存的《琼岛真人》等。起初在以"实录"为主的观念下，很多作者在叙述故事时，为了表示叙述的真实性，会在文中特意说明事情的真实性，比如在文中明确表明故事是听某某讲述而来的，或者是自己的真实见闻，如心玉的《孝子噀血记》中篇末写道："余曰：忠孝节义兼而有之，足为拳乱中之吉光片羽矣，因为之记。"② 作者在篇末说明叙述故事的原因，"因为之记"即认为小说中的主人公忠孝节义是世间所少有的，因此记录下这件事，作者在字里行间中透露作品虽然穿插了少量的虚构成分，但其讲

① 吴绮缘：《西湖倩影》，《小说新报》1916 年第 2 卷第 5 期，第 1 页。
② 心玉：《孝子噀血记》，《小说新报》1916 年第 2 卷第 1 期，第 4 页。

述的故事有着生活的原型，记叙的是生活当中的人和事。另外，作者
们为了表达故事的真实性，往往非常详细地对人物进行介绍，名、
字、家庭背景，甚至追溯到人物出生时的场面，在朱剑山的作品《命
也天》中，作者本意是要写男女主人公赵善生和小娥之间的命运纠
葛，却从两人出生之时订娃娃亲写起，一直到六七岁时一起读书，青
梅竹马，再到后来的二人分别，善生长大后大变常态，沉迷于赌博，
父母亡故后，输光家产，小娥重情重义坚持要嫁给善生，最后感化善
生，而不久后善生却病逝，最后小娥出家，很有"生活流"的意味，
将生活画面流水般地展现出来。作者将两人各自家庭和出生之类的情
况做详细的说明，增强了故事的真实性。在"实录性"原则的指导
下，这类短篇小说成为生活的翻版。但在作家们积累了一定的写作经
验后，他们逐渐开始由重视实录到重视虚构的转变，对小说创作的认
识也有所改变，更清醒地认识到小说是虚构和想象的艺术，生活是虚
构和想象的基础。他们受西方文学的影响，创作水平也不断得到提
高，小说散发着强烈的艺术魅力，能表达对世界的诗性感知。如吁公
的《灵台幻影》，文章讲述了一个非常有趣的故事，大略是男女主人
公生前相爱却不能在一起，死后两人的心上都有了彼此的影子，这样
的故事情节非常有新意，都是作者的虚构，又表达了作者对人生的看
法，所谓精诚所至，必有幻影萦绕在方寸之间。作者们这种对小说虚
构性的认识也能够反映当时小说创作水平整体性的提高。

第三节　长篇小说与短篇小说人物形象的嬗变

民初旧派作家的长篇小说多言情之作，而我国小说具有言情的传
统，产生于乾隆年间的《红楼梦》更是作家模仿的重要范本。《红楼
梦》因其丰富的思想内容、精湛的艺术手法、经典的人物形象，成为
中国古典小说与长篇章回体小说的巅峰之作。它的丰富、深厚的文学
价值与高超的艺术成就历来受到世人的赞美，而其"白茫茫大地真干

净"的悲剧结局更是给读者带来了别样的审美感受，极大地震撼了因封建礼教桎梏而变得麻木的世人。《红楼梦》问世后，续作和模仿之作开始大量的涌现，有时候甚至达三十多种，"从内容大体上可以分为三类。一是有感于宝黛情真，希望两人已成为眷属。有《红楼梦补》《后红楼梦》等。二是不愿看到贾府衰败，要重振贾府。有《续红楼梦》、《红楼续梦》等。三是宣扬因果报应的作品，如秦子忱的《续红楼梦》、陈少海的《红楼复梦》等"①。续作大多承接高鹗的续书而弥补缺陷，按照自己的主观意愿和审美趣味改写以团圆结尾故事，思想高度和艺术造诣难以与《红楼梦》相媲美。与之相反，晚清时期出现了一些模仿《红楼梦》比较成功的作品，如"尹湛纳希的《一层楼》和《泣红亭》，是现在所知道的最早，也是比较成功的摹仿《红楼梦》的作品之一"②。其他较成功的如陈蝶仙的《泪珠缘》亦是仿红作品中的上乘之作。

一 长篇小说人物形象的特点

《红楼梦》的影响，除了表现在续书、仿作之外，对后世小说的创作也是有影响的。如吴双热的《无边风月传》中大量的情节，人物塑造，甚至主要人物设置与《红楼梦》都非常相似。《红楼梦》中贾宝玉与林黛玉成为文学史上经典的人物形象。《红楼梦》中的主人公贾宝玉出身显赫，风流倜傥，诗赋才能突出，虽然情感上比较博爱，但是作为神交知己的却只有林黛玉一人。在吴双热《无边风月传》中，男主人公镜郎的家世是"吴中贵显者必于孔氏首屈一指"③，且风流倜傥，温柔多情，富有诗词之才，在家世、外貌、文学修养与贾宝玉十分相似。从内心来看也有着几分相似。他与小随园中的姐妹关系融洽，日常相处时时体现温柔。在生活中又像宝玉般时常发出奇

---

① 武润婷：《中国近代小说演变史》，山东人民出版社 2000 年版，第 154—156 页。
② 同上书，第 156 页。
③ 吴双热：《无边风月传》，《小说新报》1918 年第 1 期。

论，如面对月姑婚配于"酸子"时的一番言论：

> 凡我姐妹行，愿终身聚首无分别之一日。又愿各得其所度欢娱之岁月，生则同生死则同死，无伤心之一日。愿一群姊妹永永聚首之一愿，乃必不可遂之事，而内而意珠杜兰，外而柰珍素秋慧鹦翠娟李棠，类皆各得其所，则予之后一愿，居然如愿以偿。何意独我妹妹偏又不然，我亦奈何徒唤矣。继更续发奇论曰：造物何愦愦，何不一炉合冶，使普天下男子一例翩翩不俗，个个多情，恨我不能化百千万亿身，使我能化百千万亿身者，则妹妹之夫婿，当亦不外乎此百千万亿身中之一，使普天下男子一例翩翩不俗者，则妹妹何由为酸子妻乎？①

他考虑死亡问题：

> 在彼之意，一则伤棠棣失其怙恃，一则叹窦夫人竟为同命鸳鸯。彼谓家庭美满之幸福，乃合父母兄弟夫妻姐妹而成之。今棠棣乃不复有亲之爱之之父母矣，不大可怜哉。又谓窦夫人之殉其夫，则可谓生则同生，死则同死，这方是恩爱夫妻。然最好安得父母兄弟夫妻姐妹若而人，要病一齐病，要死一齐死，岂不一生都欢娱岁月，而无痛苦流涕之一日乎？②

镜郎憨态十足，奇文异论无不带有怡红公子的神态。作者更是在文中直接议论道："镜郎议论，亦憨亦奇，较之贾宝玉女儿是水身化飞灰之痴语，盖亦想入非非矣。"③不仅如此，镜郎也有"迷好梦恍逢警幻仙"的遭遇："讵一阵温香，又来鼻观，神志遽为迷惘，如被魔

---

① 吴双热：《无边风月传》，《小说新报》1918 年第 4 卷第 8 期，第 13 页。
② 同上书，第 15 页。
③ 同上。

鬼摄去魂魄者然。遂游神于太虚幻境，恍恍惚惚，真个销魂，不啻宝哥儿遇警幻仙矣。惟镜郎所遇警幻之仙，不可名可卿，而名嫦娥。"①

除了男主人公相似之外，《无边风月传》女主人公的形象与《红楼梦》也是十分相似。小说中的杜兰俨然是林黛玉的化身，寄身在镜郎家，外貌出众且满腹经纶。杜兰与镜郎青梅竹马，两小无猜的情愫在日常的相处中慢慢地发芽。不难看出，作者在很多细节和形象的设计中，都有《红楼梦》的影子，只是将故事发生的场景从大观园搬到了小随园。

但作者并不是一味地模仿，此时的镜郎是生活在小随园中的镜郎，而不是大观园中的宝玉，杜兰也不全是黛玉。作者在描写他们相似的同时也体现出了他们的不同。镜郎与杜兰的爱情并没有成为宝黛的爱情悲剧，他们的爱情得到了家长的支持，最后拥有了比较美满的婚姻生活。此时的杜兰，比黛玉更懂得人情世故，更能妥善处理小随园姐妹的关系，少了黛玉刁钻的口才，在意珠等姐妹拿她开玩笑的时候，她不似黛玉迎风而上，唇枪舌剑般反击，而是淡然处之。在对待爱情的时候，更能体现出她与黛玉之间的不同。黛玉为情不能全而香消玉殒，而杜兰面对镜郎与月姑一晌贪欢、珠胎暗结的风流债，第一反应是频点其首，沉吟良久曰："欲掩一行人耳目，儿自有辞也。"②

不仅丝毫没有妒意，还为周全当事人的情谊，保全两人名声，出谋划策：

> 奇闻趣闻，若曹亦知之否？众曰：何为？杜兰曰：月姑之父迁翁，近致书于予义父，书中云何？奇闻也，趣闻也。众急曰：何如？杜兰曰：迁翁言，某夜得一奇梦，梦一白须叟曰：予即世俗所谓月老，若女月姑，当为孔氏儿镜郎妾，后福乃无量，吉期已迫矣，勿延误。迁翁初不为意，诟月下老人，宵宵入梦，谆谆

---

① 吴双热：《无边风月传》，上海国华书局民国二十年（1931）版，第107页。
② 吴双热：《无边风月传》，《小说新报》1918年第10期。

致辞曰：若女月姑，当为孔氏儿镜郎妾，后福乃无量，吉期已迫矣，勿延误。反复叮咛。惟此数语，迁翁今兹来书，则竟信梦中语，则竟如月老言，则竟毅然请以月姑为镜郎妾……①

　　杜兰以掌管姻缘的月老屡次托梦月姑委以镜郎为妾的说法，向人证明两人的结合是佳缘天赐。杜兰果真是"宰相肚里能撑船"，竟然大度到如此地步，不仅全然接受镜郎背叛情谊的事实，而且还巧妙用托梦的事情堵住悠悠众口。这样看来，此时的杜兰还有薛宝钗的性格特点。由此可以看出，吴双热试图塑造比林黛玉、薛宝钗更完美的形象，而杜兰正是两人合体之后进一步发展的结果。

　　除了镜郎与贾宝玉，杜兰与林黛玉、薛宝钗相似之外，《无边风月传》中的其他人物在《红楼梦》中也能找到对应的角色，包括意珠是探春的影子，慧鹦有湘云的痕迹，这里不一一进行展开论述。总之，《无边风月传》中主要人物，在《红楼梦》中能找到对应的人物。从中可以看出，在人物形象塑造上，小说模仿《红楼梦》的痕迹是比较明显的。

二　短篇小说人物形象的特点

（一）理念式人物

　　《小说新报》所载短篇小说塑造了许多人物形象，有知识分子、官员、平民百姓、乞丐等各色人物，三教九流，不一而足，其中许多人物形象能够给我们留下深刻的印象，而这并不仅是因为人物本身的魅力，而更多的是由作者在人物中赋予的理念所造成的。指严在《本报改良商榷之商榷》中说："说部虽小道，内审学业知识以表旨趣，外度社会众人之心理以寓劝惩。"②《小说新报》向来注重小说的功利性作用，认为"移风易俗者，小说之天职也，欲求移风易俗必褒贬现

---

① 吴双热：《无边风月传》，《小说新报》1918 年第 4 卷第 10 期，第 14 页。
② 许指严：《本报改良商榷之商榷》，《小说新报》1919 年第 7 期。

在之状况而指示未来之方针"①。《小说新报》记者在谈到小说的功用时也说道:"读英雄故事则眉飞色舞、悚然起敬,读游侠之作则悲歌慷慨、豪气飚发。若节义小说之针世砭俗,若社会小说之劝善惩恶,皆足以涵养国民之德性而激发其固有之爱国精神。"② 为了达到这种功利性的目的,作品中的人物往往会带上作者的个人色彩,这类人物也就成了一批理念式的人物。这些人物是根据作者的需要来设置的,用来表达作者的看法和见解,是作者的代言人,用来表现作者们对现实社会的强烈干预的欲望。作者们在创造出理念式的人物时主要有三个特点。

一是人物形象的类型化,作者们塑造了许多形形色色的人物,然而却有类型化的特点。在言情小说中人物多是精通琴棋书画的才子佳人;家庭伦理小说中多孝子孝妇、后母悍妇;侠义小说中多侠客义士;警世小说中多阴险小人等。

二是作者在塑造理念式人物时,往往将次要人物模糊化。如在家庭伦理小说中,主要的男性人物往往缺席。乐声的《悍姑》中写继母虐待前妻的儿女和儿媳妇的种种行径时,这一双儿女的父亲是基本缺席的,也就是不参与继母的任何行动,在文章中只有一句话提到了这位父亲,即"父以摄于淫威莫敢袒"。③ 又如剑山的历史小说《魏给事外传》只在开头简单地介绍了魏给事的妻子,然后就再也没有出现他的妻子的形象。其原因在于作者在塑造人物时将一定的理念贯穿于人物中,在塑造这样的理念式人物时,作者往往主要选取能够表现这些理念的事迹和人物,而忽略了那些无法表现其理念的某些重要人物。在所举的例子中,继母泼悍恶毒,魏给事以德报怨,父亲和妻子这两位人物并不能帮助作者来表现他们的人物理念,因此使这两位主要人物缺席。为了塑造理念式人物,作者容易在创作时淡忘了某些人

---

① 记者:《撰本译本长短比较论》,《小说新报》1920 年第 2 期。

② 记者:《对于本报第六年之三大希望》,《小说新报》1920 年第 1 期。

③ 乐聋:《悍姑》,《小说新报》1920 年第 2 期。

物，对始终关注能表达个人理念的相关人物的命运。

三是作者们往往用某种理念来评断人物形象，对他们作出价值判断。作者们在文中明显地表现出对于人物的态度和倾向，如吴绮缘的《海烈妇行本事》中的烈妇虽艰难度日，却不改初衷，以死对抗想要前来强娶的权贵，后归来的烈妇之夫为其终身不娶。作者赞赏烈妇的行为，以烈妇这一形象来表达贞烈的可贵思想，用以改变世风日下的社会。有时作者将落后的理念贯注于人物，导致其小说的艺术水平不高。如悔初生的《英皇福》，写郑秋农之妻由悍妒向贤惠的转变，接受秋农的小妾月仙，二人情同姐妹。作者津津有味地赞赏二女共事一夫的行为，赞赏郑妻的贤惠，这种不合时代潮流的理念贯穿于人物中，使得作品艺术水平不高。

作者们创作的理念式人物主要用于传达救世劝世的理念，皆为有心人寄情之作，可以说作者是寄褒贬于人物，在人物中多宣传孝、善、仁义道德之类的理念，也将对社会的看法通过人物表现出来，如通过塑造人物对新思想的传入表达了看法。作者们的创作观念多是伦理的，寓教于文，起感化教育作用。

（二）人物刻画的特点

《小说新报》作者们对小说人物的刻画主要有三个特点，首先是模糊的人物面貌，清晰的精神气韵。在刻画人物形象时，作者们主要继承了中国传统小说的写人物之法，非常注重表现人物的精神气韵以及人物内在的精神气质，而不注重对人物的外表做具象描写，有时寥寥几笔的外貌描写也是抽象的，为了表达人物的精神气质而存在。因此，在作品中，我们很难清楚地知道人物具体长什么样子，却可以对人物的气质精神面貌产生深刻的印象。如朱剑山的《金箭缘》中写女主角陈锦英"质性既静，聪颖过人，加之十分勤恳，遂能超出人上，诗词歌赋几无不能，古今书籍，几无不读"，[1] 都是对内在性格

---

① 朱剑山：《金箭缘》，《小说新报》1920 年第 10 期。

气质和人物修养的描写，并不涉及人物外貌描写。作者们写女子的美丽并不注重写眼睛鼻子长什么样，而是注重对女子气韵的描写，如指严的《行不得》中"秾纤得中、修短合度，肌肤骨肉停匀靡腻，秋波流盼，若不胜情而皆出自天然，绝非矫揉造作"①。之句写出了女子出水芙蓉的自然美。又如吴绮缘的《西湖倩影》中"女郎缟衣绿裳，亭亭若仙，云鬟青螺，共绛霞而争媚，冰肌玉骨，凭绿水以传神"②，以四六句式，写女子衣服、头发、皮肤，来展现女子之美。乐聋《悍姑》中写女子外貌"豆蔻年华，姿容妙曼，桃花其面，杨柳其腰，飘飘乎有神仙风度"③。西山的《璇闺怨》中"风姿窈窕、貌异寻常、妙解玲珑、天生智慧"④ 以四字句写女主角的气质、精神、外貌。这些文句写出了女子的美丽，也给我们留下了想象女子美丽容貌的空间，作者笔下的女子之美不是美在眼睛，而是美在眼睛的流盼，美在天然、传神、风度等精神气质上。作者们喜用美丽的词句、美好的比喻来进行人物的外貌描写，形成了注重精神气韵，而忽略了具象外貌的人物刻画特点。

其次是注重表现人物的内在品质。作者们多表现人物所具有的特长、思想等内在品质，在言情小说中多写擅长琴棋书画、能诗词歌赋、知识广博之类的人物，多写具有才能和人品的人，如醒独的《画楼鸳侣》中表兄妹都貌美且具才华。李定夷的《韵情小传》中韵情美丽而有才华，善作诗。顾明道的《某女士之自述》中程生有才气，擅长写小说。瘦梅的《郎之血》书法娟秀，能作文赋诗等。在这类小说中，男子多有才学，女子多有才情，女子在择偶时往往注重男子的人品才学而忽视外在的条件，作者们注重人物的人品才学的重要性。在家庭伦理小说中，多写人仁义孝顺或写人泼悍。如贡少芹《孝

---

① 许指严：《行不得》，《小说新报》1921 年第 2 期。
② 吴绮缘：《西湖倩影》，《小说新报》1920 年第 5 期。
③ 乐聋：《悍姑》，《小说新报》1916 年第 2 期。
④ 西山：《璇闺怨》，《小说新报》1917 年第 1 期。

子泪》写王七对继母的顺从和愚孝，朱剑山《家难》中厚生以德报
怨，宅心仁厚，戢麓《后母泪》写后母冯氏泼悍，虐待前妻的儿女。
武侠小说则多写侠义之人，廛父的《徐敏时》中写徐敏时行走江湖，
遇见不平则拔刀相助等。作者注重人物的内在品质、内在思想的刻
画，如碧梧的讽刺小说《公妻》中写贾凯通抱着公妻主义的思想，
到处宣扬天下人的妻子可以共用的理论，靠这个思想去蛊惑人心，招
摇撞骗，最后其妻子也学他提出公夫主义，和其他男子鬼混，让他哭
笑不得，男主人公想借着公妻达到其自私的目的，其思想品质可见一
斑。作者们注重写人物的内在品质，犹如画出人物的灵魂，使人印象
深刻。

最后是作者刻画人物心理的笔法逐渐成熟。作者们对人物的心理
刻画的手法经历了一个逐渐成熟完善的过程。起初作者们多是借助第
一人称来表达人物的心理，如黄花奴的《桃花依旧笑春风》整篇以
第一人称写个人的思绪和情感，大多数都是作者的心理，许指严的
《妾何罪》以第一人称叙述个人的遭遇，非常细腻的心理描写，使人
物形象饱满且性格多样化，以第一人称写出了妾的好胜，喜欢被赞
美，重感情，软弱，容易被他人所左右等矛盾性的个性特点。另外还
有些小说本来是以第三人称写作的，但是在遇到要写人物心理时则转
变成第一人称，如吴绮缘的《离鸾别凤》在刻画雪梅没有收到丈夫
的信，而产生担心的心理时作者写道："雪梅思潮志忐，辗转枕席，
触起无限愁情窈意，吾夫天涯寄迹，人地生疏，音书无从投递耶？然
邮政通行，信箱林立，吾夫宁有不知之理……吾夫感冒风邪呻吟床席
耶？然何不嘱人代传尺素飞报家乡耶？甚或夫子多情，别圆好梦，将
床头人抛之九霄外耶？然此狗彘之行，吾夫诗礼家声宁无天良？"①
作者本以第三人称来讲述故事，在写人物心理时又转为第一人称，直
接展示了人物的心理活动，这种转换能够方便作者剖析人物心理，但

---

① 药聋：《离鸾别凤》，《小说新报》1916 年第 2 卷第 12 期，第 4 页。

这种手法让人感觉生硬，这一时期的心理描写还处于作者的摸索阶段，手法还不成熟。这一时期，作者们往往要么直接以第一人称叙述展现人物的心理，要么就以第三人称叙述故事，而在需要刻画人物心理的时候直接转换为第一人称。在这之后作者们才逐渐开始用"暗想""想道""思忖"等词导出人物心理的语句，这样就能够自然地转换人称，而不显生硬。作者们有时也借助书信、日记来表达人物心理，这样也能使人物心理表现得更自然。经过一番摸索之后，作者们能够灵活自如地对人物心理进行刻画，手法自然而成熟。如卓呆的《女儿心》中有大量的心理描写，作者生动贴切地刻画出了两姐妹微妙的心理、心态以及思想活动。姐姐因怀孕生病而回家休养，她本来和阮生是有婚约的，阮生去南洋考察时，章逸出现了，姐姐喜欢上了章逸，也知道妹妹很喜欢章逸，但姐姐还是和章逸结婚并去了香港。妹妹认为姐姐本有婚约，还抢走了自己的意中人，心里很痛苦，三年来都没有出嫁。由于这层原因，各人的心理都非常微妙，比如姐姐一面感到对不起妹妹，一面又担心妹妹还没有忘记章逸而产生的嫉妒心理。作者将姐姐在妹妹面前掩饰丈夫回来照顾自己时的喜悦心理，以及对妹妹的担心和嫉妒等心理都写得非常生动。作者也将妹妹听说姐姐要回家时的心理，不愿姐夫回来、不愿意看到姐夫等心理写得非常生动。且摘抄一两段姐妹两人的心理："神经过敏的珠姑猜疑丈夫有意不竭力与妹妹说亲，方才我醒来时，二人样子不对，我向妹妹夺了来不要被他夺回去么，一时胸中妒焰燃烧，默然躺下。"① "玉姑已看破姊姊心理，自知蒙了不白之冤，暗想我本不应到他们夫妇前来的，即忙辞去，珠姑假装睡着，待妹妹去后，觉得是多疑，心倒很不安。"② 作者将两姐妹的心理恰到好处地表现了出来，如姐姐的多疑和妒忌、妹妹的尴尬等，此篇对各人的心理都有贴切的描绘，手法成熟。中国传统小说一向不擅长心理描写，《小说新报》作者们通过自己的摸索

---

① 卓呆：《女儿心》，《小说新报》1918 年第 8 期。
② 同上。

使得心理描绘的手法由生涩走向成熟。

（三）女性形象的新变

《小说新报》作者们在短篇小说中创造了大量的女性形象，随着时代的变化，作者们笔下的女性也染上了时代的气息，从旧式女性转变为新式女性，波伏娃认为女性不是生就的，女性的社会形象是由文明决定的。女性形象不仅是社会的缩影，还反映了作者对社会的态度和看法。

作者们笔下的旧式女性形象主要可以归为两类，第一类是品性柔顺、重情重义、遵守"三从四德"、多擅长琴棋书画的美丽女子，这类女子往往以丈夫为生活的中心，而没有自我或者忽略自我的人生价值，将生命中的一切都寄托在丈夫身上。中国传统非常看重女子的德行，即女子的"三从四德"中的"四德"："妇德、妇言、妇容、妇功"，"妇德"指的是品德贞顺，"妇言"指的是辞令要温柔，"妇容"指的是仪态要婉娩，"妇功"指的是女红手艺要好。中国传统并不注重女子才学，明代曹臣《舌华录》里记录"陈眉公（继儒）入曰：'男子有德便是才，女子无才便是德。'"① 重女子德行而轻女子才能导致了女性很难受到教育，长期以来形成了男尊女卑的局面而很难改变。在新的历史时期，女子有了受教育的机会，但是这类女子依然没有洗脱旧式女子的特点。这类既沿袭了传统优良美德又携带了新时期社会特点的女性承载了作家们心中对美好的女性形象的想象。这类女子在作者笔下有不同的表现形式，也有着不同的人生，但她们大多还没有觉醒，而是男人的附属物，所有生命的意义都投注到丈夫身上，在立中的《薄情郎》中女子竟因男子薄情负心将她忘记而自尽，这个女子在生活中失去了自我，人生的意义只剩下所爱的人，当无法嫁给对方，则失去了生存的意义。第二类是泼悍善妒的女子形象。这类女子心肠狠毒，强悍泼辣，一是

---

① 曹臣编，白岭译：《舌华录》，中州古籍出版社 2007 年版，第 204 页。

性格使然，二是女子身边的人或助纣为虐或委曲求全助长了她们的气焰。作者们在塑造这类女性形象时，往往以弱者的形象来烘托她的泼悍，这些软弱的人物是在传统封建礼教的压制和浸泡下成长起来的，她们受到愚昧落后的封建思想残渣所影响，只能忍气吞声地面对受虐待、受压迫的境遇。

作者们笔下的新式女性则多是寻求自由解放而不得，这些新式女性受到西方思想的影响，追求平等、自由、个性解放，却找不到方向，如庆霖的《婚误》中女主角吴秀娘因提倡自由结婚，一洗专制家庭的恶习，而被有妻室的男人所欺骗，最后当她得知被骗时郁闷伤心而死。涵秋的《解放毒》中王蕙如受新式教育，追求绝对的自由，总是埋怨丈夫是个旧式人物而瞧不起他，与他争吵，最后丈夫开始接触新思想后将她抛弃，慧如自此反省，愧恨从前的作为，因此发疯。这类女性形象体现了作者们对新思想涌入后造成的一系列不良后果的担忧。朱剑山在其小说《妇道》中说："革新以来，平等自由之说宣传于女界，浮薄之子遂谓道德不足缚我，规律不足制我，放恣邪僻，无所不为，竟不知世间尚有名节也，若见规言矩行者，反目之为迂而加以诽笑，长此以往，风化扫地。"① 新思想、新学说给社会带来了一些不良后果，有些人专门利用这些新学说为自己牟取利益，无所不为，坑蒙拐骗，很多女子受到新的自由学说的引导，开始追求自由和解放，但是却往往因为见识浅薄而被人利用欺骗，结局悲惨，不得不引起人们反思。作者们希望借助小说来劝诫青年女子不要误认了自由两个字，断送自己的幸福。作者们的用意是使女子们头脑觉醒而不至于上当受骗。作者们塑造的新式女性形象，多为寻求自由解放而徒劳的女性，这类女性的故事是作家们对新思想所带来的不良后果的反思和担忧，希望新时期的女性能以此作为经验教训，也能体现出作家们对新思想所带来的弊病的清醒认识。

---

① 朱剑山：《妇道》，《小说新报》1918 年第 4 卷第 8 期，第 1 页。

第四节　民初长篇与短篇小说语言艺术
的传承和新变

《小说新报》所载小说，不管长篇小说还是短篇小说，表现出文言与白话共存的特征，在文言与白话之间，还有半文半白的一种语言，而以浅近的文言为主。浅近的文言表现为小说中的语言不再是"之乎者也"的文言表达习惯，读来不再感到古奥艰涩，而是具有一种晓畅的感觉。小说中的白话，也不是指五四时期出现的那种酣畅淋漓、通俗易懂地表达情感的语言，只是较先前的语言更为通俗。总而言之，此时的语言带有一种过渡性质的特点，没有完全褪去传统的外衣，也没有完全继承新时期语言特征。但是，不管此时的语言是文言抑或是白话，可以看到小说作者的一种努力状态。

一　民初长篇与短篇小说的两种基本语体：文言与白话

（一）长篇小说语言之文言与白话的嬗变

旧派作家惯用文言创作，但其文言是浅近文言，比一般意义上的文言显现、易懂，这是他们的自觉追求。记者在《小说新报》发表的《对于本报第六年之三大希望》中就思考了语言问题，他主张融合新旧潮流，克服新旧两派各自之极端，于新旧之际亟宜泯此纷争融合两者之意而造成一种通俗文字。① 作者指出当时社会新旧文学对语言的使用存在着弊端。在此基础上《小说新报》同人应该吸纳优秀的观点来使用文字，力求达到文字的通畅简赅。作家对语言的选用反映在他们的创作中。

在期刊前期小说中，我们可以看到作者除了借用古诗词、典故等优美的语言或抒发内心情感，或刻画人物形象，或者描写风情，

---

① 记者：《对于本报第六年之三大希望》，《小说新报》1920 年第 1 期。

但是在后期小说中我们也看到了作者从小范围运用白话到整篇以白话创作的转变，感受到了白话不同于文言的特点，读来简易明了，像与友人话家常般自然。如李定夷《芝兰缘》中的"汽车马车的点缀""雄赳赳的武夫""煊赫的情形""达官贵人的住宅""辱没了军人的身份"① 等词语。这些词语非常口语化，说的是军队里面的卫士不去保家卫国，却被指使保卫梅兰芳安全，充当他府里卫士。作者虽然没有用一些较为鲜明的字眼表达鄙夷之情，但从他娓娓道来的语言中我们还是可以看到这些浅显的语言无不简单明了地表明作者对社会掌权者的一种责难之情。可见此时的白话小说虽然用的字眼不如文言小说来得典雅，还是具有自己的文化内涵，具有简易通俗、逼真的特点。

但此时的白话小说仍然没有完全脱尽文言的外衣，在小说中仍然可以看到很多语句夹杂着文言的特点，语言也具有感染力。如《一零八》中便有一段阎世宝三问宋江的"忠孝义"：

> 你这厮真是个奸诈小人，平日里只靠一口说话几锭银子，死命装着体面幌子。孝是假孝，忠是假忠，义是假义，哄人家的耳目罢了（骂尽宋江）。我且问你，你入山聚众，打家劫舍，抗拒大兵，杀伤官将忠在那里（著）？你父亲时常提心吊胆，怕你落草上山，教你兄弟假报死信，赚你回家。也曾叮咛嘱咐你来，你只不听。酒楼题诗，蓄心造反，梁山为首，耀武扬威，这分明是个大逆不道的贼子。孝在那里（著）？晁盖被人射死，设誓报仇，你却一百个不理会，义在那里（著）？②

句句戳中宋江要害，用词口语又酣畅淋漓大快人心，而且为了使语句更加突显人物特点作者还使用方言俗语，如"瘟生""拆白党"

---

① 李定夷：《芝兰缘》，《小说新报》1922 年第 8 期。
② 吴双热：《一零八》，《小说新报》1920 年第 6 卷第 9 期，第 3 页。

"白相人""吊膀子"。方言俚语的使用，一方面使小说带有浓郁的地域色彩；另一方面也使人物语言更加自然、不带作者斧凿痕迹、突出人物特殊的身份信息的作用，非常符合形象塑造的原则。如伯鑫作为上海的白相人对一樵说的一句话便鲜明地体现了他的身份："男子们瞧见，标志妇女，没有不想到同他扳个相好的。但是，两个不曾会过面，如何能够合拢的来？少不得彼此吊个膀子，等有了眉目，那便可以成了。"① 此句言简意赅却指明了白相人游手好闲、为非作歹的流氓本性。

（二）短篇小说文学语言之文言与白话的嬗变

《小说新报》所载短篇小说，其语言也有文言、半白半文和白话文三种，主要以文言为主，前六期也有少量白话小说的出现，但是数量极少。从第七期开始则出现了大量的白话小说，这一时期，文言、半白半文的小说仍然存在。总体而言，文言小说在《小说新报》短篇小说中占绝大多数，白话小说在《小说新报》短篇小说总数中所占的比例较小，但在《小说新报》后期形成了一种趋势和潮流。在新的时期内，作家们早已认识到白话语言的实用性，他们在内心也希望用白话小说来启蒙民智，然而传统势力一直认为文言才是文学语言的正宗，他们没有极大的胆量去实现内心的渴望，他们惧怕传统的势力，害怕受到前辈文人的批评。《小说新报》短篇小说中的文言、半白半文的语言是稍有涩味的语言，白话文的语言则简洁流畅，简洁流畅的白话语言最终成为小说创作的趋势。

白话取代文言，是当时小说创作的趋势，也能体现作者们对小说的雅俗关系的处理。《小说新报》的定位是俗文学，其中的短篇小说多是对生活见闻的记录，而文言语言长期属于雅文学使用的范畴，正如在《小说新报》中的文言短篇小说，语言非常雅致，文中充满雅文学的用词，比如偃蹇是现在的困顿之意，克绍箕裘比喻能继承父、

---

① 贡少芹：《傻儿游沪记》，《小说新报》1917 年第 3 期。

祖的事业,旧雨相逢是比喻老朋友相遇,灵台指心等。文中的诗词,
化用典故等,也使作品增添雅趣,使读者能够从中学到知识,提高文
化水平,获得美的感受。这类雅俗结合的文言短篇小说逐渐被白话小
说所取代,最后达到了内容和形式的一致,白话语言促进了俗文学的
发展,扩大了读者队伍,也发掘了越来越多的优秀的通俗小说作者。
在小说创作技巧上,作家们不断进行探索,从古代文学和西方文学中
汲取精华,为我所用,既学习传统文学的形式,也学习西方文学的技
巧,如心理描写手法、设置悬念等。

二 民初长篇与短篇小说富有文化内涵的语言

旧派作家拥有深厚的传统文化功底,他们自觉地把这些文化资源
融入自己的小说创作中,从而使小说充满传统文化内涵,这得益于他
们对文学语言的灵活运用。

《小说新报》中短篇小说语言的文化内涵与作者们所受到的传统
文学教养有关,他们绝大多数是儒家文化在新时期的继承人,儒家文
化影响了他们"为人为文"的主要基调,他们的语言具有丰厚的生
命力,承载着几千年的中国文化的精魂。

(一) 长篇小说富有文化内涵的语言

这些拥有文化内涵的语言具体表现在如下几个方面。

首先便是古诗词的大量使用。作者直接采用古诗词作为情境描
绘,贴切人物内心活动或者是表达某种情丝,如《罗浮梦》,罗敷艳
感念二姑与书生暂居酒家,一生双宿双飞的生活境遇。对照自身情
境,便引用苏轼《西江月·梅花》的诗句:"高情已逐晓云空,不与
梨花同梦。"① 此句引用得甚是巧妙,不仅交代了二姑的生活状态,
也表明了罗敷艳的处境,以梅花作为比喻,表明自身高洁品格。又如
"顿失怜香伴,频添亡国愁,旧京经过处,麦秀更禾油"②,容易让人

---

① 东园:《罗浮梦》,《小说新报》1919 年第 4 期。
② 同上。

想起杜工部《春望》的"国破山河在，城春草木深。感时花溅泪，恨别鸟惊心"这几句话，虽然词句韵味比不上杜甫，但是诗词描绘的景色、意境与杜诗相似。面对眼前的断垣残壁，更是让人怀念旧时的繁华景象，睹物思情，表达了黍离之悲。

作者往往从传统的诗文中汲取营养，其作语言富有魅力。引入故事的时候，有时候会以环境描写作为铺垫，或者穿插一些描写环境的语句，塑造一种身临其境的画面感，别具韵味。如"腰低落，燕齿高排，水光荡漾，中星罗棋"①，四个短句，将一幅落日余晖图呈现在读者的面前，我们仿佛看到这样的一幅画面：一轮落日和即将而来的满天繁星在波光粼粼的水中争相展现自己的光芒，一群飞燕高低不平地在余晖和星光的闪耀处飞翔。而后作者用诗歌这种语言的凝练性来表达桑榆晚景："鸥眠烟影外，犬吠水声中，矮屋双扉白，疏灯一点红"②，作者在描绘事物时对诗词的使用娴熟又恰到好处，使文章增添了一番韵味。

除了借用诗词或者借用诗词意境组成富有个人特色的语言，有些作品更是直接化用诗词作为人物语言的策略来表现语言张力。如《伉俪福》中便有很多古诗词的使用，特别是在男女主人公谈情说爱的时候，往往借助古诗词含蓄而深刻表达内心情感。其中有一段是叙述和哥与蓉妹久未碰面之后的片段，直接化用文学作品中的诗词来表达内心情感："望得人眼欲穿，想得心头愈窄，相思一夜情多少，地久天涯未是长。"③

这几句诗词的运用不仅与人物内心贴切，而且淋漓尽致地表达了相恋男女的相思愁苦之情，读来不得不为之动容，足可见古典诗歌的魅力所在。文中还引用了其他诗歌，如两人成婚之后又时常引用诗词，表达对事物的看法。如和哥亭中乘凉，评价蓉妹的琴音便是引用

---

① 东园：《罗浮梦》，《小说新报》1919 年第 4 期。
② 同上。
③ 李定夷：《伉俪福》，《小说新报》1915 年第 2 期。

西厢成句:"其声壮似铁骑刀铤冗冗,其声幽似落花流水溶溶,其声高似风清月明鹤唳空,其声低似儿女语小窗中。"①

这是《西厢记》莺莺听到张生抚琴之后对他琴音、琴技的评价和赞赏之语。莺莺凭借琴音知晓张生心意,而文中用此句不仅歌颂赞赏蓉妹高超琴技,也从侧面描绘出两人琴瑟和鸣的生活场景。在《破镜圆》中韵仙面对与沧波的分离也化用了《西厢记》中的语句:"猛听得一声去也,松了金钏减了玉肌。"② 借外在事物变化来衬托人物内心的不舍之情,运用得甚为妥帖。

作者借助名著的句子,活用在自己塑造的人物中,使人物用诗歌的语言形成自己的个人特色,语言富有韵味。不止如此,有时候作者还会让自己笔下的人物展现自身的文学功底,往往通过人物创作绝句酬唱来实现。如果诗歌的场景适用于情感表达,作者也会直接让文中的主人公说出来"桂棹兮兰桨击空明兮溯流光,渺渺兮予怀望美人兮天一方"③,直接用苏子瞻《赤壁赋》中的诗歌表达两人对生活的感受和"天长地久有时尽,此爱绵绵无已期"的爱情坚守。此外,我们也可以看到作者直接让文中的人物吟诗作对来增添语言的典雅,如《无边风月传》中便多次出现了小随园弟子诗歌酬唱的片段,这些人物虽然用吟诗作对的方式表现个人才能、文学修养,但是也使文中的语言更有韵味,真是相得益彰。

不管是直接采用还是化用诗歌的方式来表情达意,小说中的语言充满着典雅隽永的气息,让人感受古典文化流光溢彩的魅力,别有一番风味。

除了用诗词,作者们还经常使用一些经历岁月积淀,在传统文化中具有约定俗成含义的词语、格言、警句。如"三军可夺帅也,匹夫不可夺志也"来说明即使是一个普通人,只要下定决心都难以撼动志

---

① 李定夷:《伉俪福》,《小说新报》1915 年第 6 期。
② 濑江浊物:《破镜圆》,《小说新报》1915 年第 11 期。
③ 周之栋、罗榜辰:《天作之缘》,《小说新报》1916 年第 6 期。

向；"牛耳"原说的是诸侯会盟，割牛耳朵于盘中，由主盟者拿着分尝，各个诸侯起誓，来表示信守承诺。后来约定俗成为在某方面处于领导地位的意思；"髫龄"指的是幼年时期，"鱼雁"古人想象鱼、雁能传达音讯，后世便用鱼雁来表达书信的往来之意；"椿庭""家严"指父亲，"椿萱"相对应的是母亲的含义，"小星"原是比喻小人物的悲惨命运，但随着时代演变，逐渐指做妾的女子。这些词语经历了历史的发展，具有特定的文化内涵。有些词语虽然在时代的浪潮中消失了，但是绝大多数的词语经受住岁月的考验延续了下来，而且在当下的社会中作为特定场合的称谓仍旧被使用。

有时候会在文中穿插进一些谚语作为引子来说明世事无常，一朝欢乐，瞬间变为苦果。如小说中以"福无双至，祸不单行，人生如朝露，乃欲与世上风云相竞不亦危乎？"① 说明曼修和素城的生活境遇乃至于个人生命结局的走向。原来曼修原先在杭城风花雪月，宦海失去后台支撑后遭到同僚排挤，仕途沉浮不得志；过久沉迷花业，身躯亏空，元气断丧殆尽，病魔入体。念及素城养育的子嗣却不是"刘氏之胤祠，父祖一脉自他而绝，不出数月便抑郁而亡。这真是宦海花业各有风波，哀乐不常，荣枯靡定昔之高车驷马者，安知一旦门前冷落车马稀如老妓嫁后凄凉乎？"②

另一个语言特色便是大量典故的运用，这在小说中经常看到。如"萍水偶逢，苔岑各异"③，仅八个字却暗含着两个典故。"萍水偶逢"出自清代纪昀的《阅微草堂笔记·滦阳消夏录四》："然数百年来，相遇如君者，不知凡几人，大都萍水偶逢，烟云倏散。"指的是人与人之间相遇就好比浮萍随水漂泊，聚散无间，很多情况都是偶然相逢。"苔岑各异"置换了晋代郭璞《赠温峤》的诗句，"人亦有言，松竹有林，及余臭味，异苔同岑"。原来是指朋友之间深厚感情，志同道合，而作

---

① 蝶衣：《鹦鹉晚歌》，《小说新报》1915 年第 5 期。
② 同上。
③ 东园：《罗浮梦》，《小说新报》1919 年第 5 期。

者将"苔岑"之意巧妙化用,用"苔岑各异"来表达志向不同。

作者用典故增添文字韵味,借助典故巧妙发表自己看法,牵引出故事后续发展。文章中的一段话是这样的:

> 画屏钗影,艳事长留,雾鬓风鬟,系情痦寐。枕妃子于宫中,心悬儿女;别美人于帐下,泪洒英雄。醇酒妇人,信陵君情深一往;东山丝竹,谢太傅韵事千秋。偎红倚翠之中,粉白黛绿之地,盖不知牢笼多少豪杰,消磨几许伟人矣。①

短短的一段话,作者连用四个典故。这四个典故便是"醇酒美人""雾鬓风鬟""东山丝竹""偎红倚翠"。我们可以看到"醇酒美人"出自《史记·魏公子传》:"饮醇酒,多近妇人。日夜为乐饮者四岁,竟病酒而卒。"指的是信陵君中了秦王反间计被魏王免职,只好纵情于醇酒美人的故事。"雾鬓风鬟"出自宋代范成大《新作景亭程咏提刑赋诗次其韵》:"花边雾鬓风鬟满,酒畔云衣月扇香。"指的是女子头发的美,也指头发蓬松散乱。"东山丝竹"讲述东晋时期谢安,出仕之前隐居东山(今浙江上虞县南),朝廷屡次召用都避而不去,整天游山玩水,又把丝竹之声带至游玩的地方。"偎红倚翠"出自元·无名氏《云窗梦》第四折"我则地道北天南,锦营花阵,偎红倚翠,今日个水净鹅飞"。后世指的是狎妓。

作者以历史中名士作为引儿,写名士尚且因为内心苦闷与生活境遇的变更而沉浸于儿女情长,消磨时光,更何况平凡人物沧波,面对包办婚姻,内心苦闷,见到才貌惊人的韵仙不能自已,甘愿沉浸在美妙情感的缘由。此处引经据典,暗示后续故事的发展。

作者借用典故并不是生搬硬套以此炫耀自己斐然文采,而是巧妙化用,使故事内容更显饱满,更为贴切地说明人物举止:

---

① 濒江浊物:《破镜圆》,《小说新报》1915 年第 7 期,第 1 页。

嗟乎！潦倒穷途，英雄失色，凄凉末路，壮士灰心。吴市吹箫，落魄托沿门之钵；淮阴垂钓，飘零进漂母之餐。古今来英贤俊杰，困顿颠蹶，豪情侠骨，消磨于艰难。贫苦之境者，盖不知凡几矣。使非有巨眼之人，赏识于风尘之外，提拔于泥尘之中，安能建惊人之事业，创不世之勋名，功垂竹帛，辉映史册？①

作者借用伍子胥和韩信的故事来说明人生困顿时期如若有人帮助，也可绝境逢生的道理。这段话中暗藏如下几个典故，分别是吴市吹箫、沿门托钵、飘零进漂母之餐。其中"吴市吹箫"出自《史记·范雎蔡泽列传》："伍子胥囊载而出昭关，夜行昼伏，至于陵水，无以糊其口，膝行蒲伏，稽首肉袒，鼓腹吹箫，乞食于吴市。"讲述的是春秋时期楚国的伍子胥逃到吴国，在市上吹箫乞食的故事。"沿门托钵"是出自清·无名氏《杜诗言志》卷一："故读者于此等处最要分别，不然则视少陵为随地薹缘，沿门托钵者流矣。"后代便说的是挨家乞讨。"飘零进漂母之餐"讲述的便是韩信早年未得志忍饥饿垂钓后受漂母饭食恩惠的故事。古代的英雄豪杰受困尚且需要外人给予帮助脱离一时的困顿，为接下来人物的行为做了铺垫。

作家用典信手拈来，运用的典故绝大多数是借鉴于古书的记载，或是民间流传的故事使作品文采斐然。巧妙的是作者并不是简单地套用典故，而是贴切地化用。借助典故，用简短的故事表达深厚意蕴，不仅使小说更有文学韵味，又能借助名士事迹阐发内心的情感。不止于此，典故的运用在一定程度上也能彰显作者的文学水平。这个方面来说，受传统文化浸淫的作家显示了自己独特的品位。

（二）短篇小说富有文化内涵的语言

在《小说新报》中，有些短篇文言小说和半文半白小说，几乎整篇文章都是由富有文化内涵的语言所构成的。这些小说中富有文化内

---

① 瀬江浊物：《破镜圆》，《小说新报》1915年第11期，第6页。

涵的语言主要表现在以下几个方面。首先这种语言往往从传统诗文中汲取营养，富有传统诗文的意境。作者们往往在开篇引入故事时进行景物描写，或者在文中穿插写景的句子，句式优美，富有画面感和古典韵味，给人如临其境之感。如舍我的《婉兰小传》，开头"暮春天气，微雨初晴，淡红之日，自碧纱窗子射入"①。前面三个四字句式，写天气和景色，如诗如画，也很容易让人想到王昌龄的诗《初日》："初日净金闺，先照床前暖。斜光入罗幕，稍稍亲丝管。云发不能梳。杨花更吹满。""淡红之日，自碧纱窗子射入"与"初日净金闺，斜光入罗幕"所描述的景色相近，意境相似。红色的光线透过碧绿色的纱窗，红和碧绿在眼前交织，顿时产生和谐的美感，诗意浓厚，富有意境。又如轶池和焚庐的《情因恨果》中有"况一池春水，干卿底事"②之句，冯延巳词《谒金门》中有"风乍起，吹皱一池春水"之句，南唐中主李璟云"干卿底事"。《情因恨果》中"况一池春水，干卿底事"之句便是从此典故中衍化而来，化用诗词为自己所用，作者们的这种手法总是顺手拈来，篇中写男女主角初遇时的情景"临去那秋波一转，虽燕女工颦，无此倩盼，所谓回头一笑百媚生，六宫粉黛无颜色者，未免有情"③。借《西厢记》和白居易《长恨歌》中的句子，写自己的故事，形成自己的语言特色，自然而不造作，显示出厚重的文化内涵。以上是化用诗词，借用诗词或者借用诗词的意境组成富有个人特色的语言，还有些作品则是直接采用诗词作为个人语言，如瞿蛲的《妾命薄》中引用了许多古典诗词，写到阿斯吉与葛露丹新婚，阿斯吉必须去参战，两人即将离别，作者引用杜甫诗歌《新婚别》中的六句"嫁女与征夫，不如弃路旁。结发为君妻，席不暖君床。暮婚晨告别，无乃太匆忙"。引用这几句诗非常贴切，既能表现女主人公的处境，又能贴切地表达女主人公的心情。文中还引用

---

① 舍我：《婉兰小传》，《小说新报》1917 年第 1 期。
② 轶池、焚庐：《情因恨果》，《小说新报》1916 年第 5 期。
③ 同上。

了其他的诗歌，其中的对话也富有文化内涵，葛露丹问阿斯吉归期，阿斯吉说如果无再见之日，那么他的魂魄会化作花朵化作蝴蝶来到她的身边，在凄凉中带着美感，让人充满浪漫的幻想，使人感动。此外，作者喜欢以亲朋好友所作的诗歌引出故事，或以男女主角题诗为小说情节，或在文中将人物吟诗作诗作为人物的才能而加以描绘。

化用诗词和直接引用诗词来表情达意在《小说新报》中成为作者使用语言的普遍性特色。雅致优美的语言，含有优秀的古典文化的影子，富有丰韵的文化内涵，读来令人唇齿生香。

作者们经常使用从传统文化中流传下来的具有约定俗成的含义的词语，如"旧雨重逢"指的是老朋友重逢相见，"执柯"指的是为人做媒，"金乌"指的是太阳，"一佛出世，二佛涅槃"指死去活来，"年已花信"指女子二十四岁，"及笄之年"指的是女子十五岁，"偃蹇"是困顿之意，"克绍箕裘"是比喻能继承父、祖的事业等，这些都是长久积累下来的，具有特定的文化含义的词语，这些词语是一种文化符号，有些词语现在已经失传，不再使用，而有些词语仍然沿用至今。

作者们喜欢运用比喻和典故来丰富小说内涵，这沿袭了传统诗文多用比喻和典故的传统，徐吁公《裙边人语》中"一灯如豆，莹莹照案"①，"浅草如茵，好花若锦"②，黄花奴《凤仙无恙》中"似蜡自煎，如茧自缚"③，"郎貌似花，妾颜如玉"④ 等都是运用比喻，比喻能使形象生动，使画面栩栩如生，如在眼前。有些比喻只是老生常谈，没有什么新意，只成为一种用语习惯；而有些比喻能够超出前人范围，具有新意，如顾明道的《倩影》中"忽见翠珍似花枝摇曳，循径而来"⑤，历来把女人比作花朵，是一种静态美，明道句中将翠

① 徐吁公：《裙边人语》，《小说新报》1916 年第 7 期。
② 同上。
③ 花奴：《凤仙无恙》，《小说新报》1916 年第 7 期。
④ 同上。
⑤ 顾明道：《倩影》，《小说新报》1917 年第 9 期。

珍比喻成摇曳的花枝，具有新意，不仅写出了女性的美丽，还写出了动态之美，巧用比喻将少女的体态和欢快写得形象而动人，如在眼前，使人印象深刻。典故的运用也很普遍，如励生《伶官别传》中"荣华变幻如昙花露影，不知其为庄生之蝶，为蕉下之鹿"①。这里有两个典故，一个出自《庄子·齐物论》，庄子做梦，醒来之后不知是做梦为蝴蝶，还是蝴蝶做了梦为庄子；一个出自《列子·周穆王》，一个打了鹿并藏在干草之下的郑国人，找鹿时忘记把鹿藏哪儿了，以为自己是在做梦。两个典故用来指梦幻，分不清现实。忏红的《折柳飞花记》中引用沙咤利的典故，许尧佐《柳氏传》载有唐代蕃将沙咤利恃势劫占韩翊美姬柳氏的故事，因此以"沙咤利"指霸占他人妻室或强娶民妇的权贵。又有"纵无令威化鹤之悲而人面桃花之感兜上心来"② 之句，引用两个典故，令威化鹤之悲喻指世事的变迁，人面桃花用来形容想念故人的心情，多用于男子忆念女子。

运用典故是《小说新报》的一大语言特色，有诸如"咏絮之才""黄衫客""梁上君子""潘车掷果""坦腹东床""北宫婴儿""韩凭化蝶之时即倩女离魂之日""贾午之私赠异香，文君之夜奔邸舍"等典故，这些典故都是从过去的故事和书籍中化用而来，他们没有简单地照搬典故，而是巧妙地将典故运用到文字中，使之既能贴合故事，又能抒发情绪，文采斐然。用典体现他们的文化水平和文化层次，在作品中这类典故非常多，几乎成为作家们使用语言的习惯，这得益于他们渊博的知识文化，这些典故对他们而言耳熟能详，因此在小说创作中，他们能运用得得心应手。运用典故沟通了文字与故事之间的关系，借助典故，既能方便作者表达情感思绪，又能使读者在阅读中获得多重收获。典故使得作者能够用最简洁的文字传达无限丰厚的意蕴，使得文字简洁而表达到位。

作家们有时借用四六句式写人写景，如吴绮缘的《西湖倩影》中

① 励生：《伶官别传》，《小说新报》1916 年第 2 期。
② 忏红：《折柳飞花记》，《小说新报》1917 年第 8 期。

对女子外貌的描写"女郎缟衣绿裳，亭亭若仙，云鬟青螺，共绛霞而争媚，冰肌玉骨，凭绿水以传神"①。运用骈文的句式，词采华美，音韵和谐。

语言的文化蕴涵也往往表现在作品的整体气韵之中，如傲庐的《血花泪果》，开头作者介绍女主人公的名字"鹃娘，原名爱娟，人以其工愁善泣类鹃，乃易之以鹃云云"②。接着又写道："嗟乎，鹃耶，尔诚不祥物哉，落花飘泊骚人恨，残月凄凉嫠妇悲。"③ 这几句话奠定了主人公命运的基调，文章通过杜鹃鸟所具有的文化内涵来写主人公悲惨的命运，杜鹃和鹃娘，物和人统一，以杜鹃的不祥和其文化含义来写鹃娘的工愁善泣和她的软弱性格，鹃娘不懂反抗，最后以自尽来结束悲惨的人生。在这里语言的文化内涵是为了注解人物命运、衬托人物遭遇而存在。

《小说新报》中的短篇文言小说故事发展缓慢，重视细节的描摹，而对情节稍有所忽略，语言富有抒情传统，在文章开始部分，常常会通过抒情议论或者描写风景来引出故事。而白话小说的语言具有简洁流畅的特点，更擅长于说故事，重视情节，故事发展流畅自然，几乎没有铺垫性的抒情、议论之类的句子。白话小说语言有口语化的特点，读来感觉非常亲切，这一时期的白话主张怎么说话就怎么写文章，以少芹的讽刺小说《三嫁》中的语言为例："林宇生和陈阿娇做了三年多的夫妇，两下里感情非常融洽。说也奇怪，近来阿娇忽然向宇声（生）发生离婚交涉，不但那一般亲友们甚为诧异，便是宇声（生）自己也猜度不出为的是何原故。"④ 文章口语化，仿佛和读者亲切交谈。一般而言，白话更有利于俗文学的创作，在文言小说中，作家们在写文的时候会追求自古流传下来的散文、小说的古典韵味，富

---

① 吴绮缘：《西湖倩影》，《小说新报》1916 年第 2 卷第 5 期，第 1 页。
② 王傲庐：《血花泪果》，《小说新报》1916 年第 2 卷第 1 期，第 1 页。
③ 同上。
④ 贡少芹：《三嫁》，《小说新报》1921 年第 10 期。

有文采美，但随着时间的变化，作者们开始意识到在创作通俗小说时说故事的重要性，白话能更好地讲故事，因此白话小说的写作成为作家们写作的潮流。白话小说的语言仍然富有文化内涵，这是由作者们所具有的古典文学修养所决定的，他们一时难以舍弃过去的语言习惯。在他们的小说中白话语言的文化内涵主要有两个表现。首先，作者们在创作白话小说时，大量的白话语言中夹杂着少许的文言，文辞优美，如庆霖的《婚误》以白话语言为主，夹杂着文言，其中"绿窗人静""长生殿上七月七日私语"等句化用诗词，文章开头写景，文采斐然，富有意境，其开头写道："纱窗阴暗，春雨恼人，看墙角海棠都恹恹的垂着头儿，吾侪对此景色不免沉沉欲睡。一旦云褪天清，风和日丽，不觉脑筋为之一舒，胸襟为之一畅，个个披春衣沽春酒，准备踏青斗草去。及至到了郊原，见几处杏花已开到盛极而衰的地位，满塘春水一阵阵皱起极细的波纹，含着浅绿色，恍同新染的绫縠。"① 用白话写春雨恼人和风和日丽之景，两种景色和两种心情的对比，文字简洁，却非常生动传神，又写出了踏春斗草的生活趣味。其次是词语的运用方面富有文化内涵，虽然白话小说的作家们不再使用大量的典故和比喻，但是其词语的运用仍然是富有魅力和感染力的，以个侬《兄弟俩的觉悟》中的句子为例："此时，他兄弟俩的遭际正和'四面楚歌'一般，环境风云愈形险恶，族中的人此时方悟从前不问他俩闲事的谬误，深恐唇亡齿寒，于是便提议'自决'。"② 运用四面楚歌的典故，贴切地形容了兄弟俩的遭际，环境风云、唇亡齿寒等词语的运用，使文笔简约，而能恰当地表情达意。

---

① 庆霖：《婚误》，《小说新报》1921 年第 10 期，第 3 页。
② 个侬：《兄弟俩的觉悟》，《小说新报》1921 年第 10 期，第 2 页。

第四章
《小说新报》与传统诗文之延续

    《小说新报》除了刊载大量的小说作品外，还刊载大量的散文与骈文，这与我国以"诗文"为正宗的传统文学体系相关，也与民初旧派作家的传统知识结构相关。他们一般深受传统文化的熏陶，且注重辞章之学。不仅清末民初的文人如此，当时的学人也特别擅长散文，甚至骈文。以学人散文为参照，文人散文的特点就显得更加鲜明。这是两种不同类型的散文，学人散文诉诸民族国家，文人散文诉诸市民社会，前者一般言政、言学、论辩，而后者一般写景抒情、叙事说理。散文是对骈文而言的，论其本体，是指不受一切句调声律的约束而散行以达意的文章。前有浮生，后不一定切响；一简之内，音韵不必尽殊；两句之中，轻重不必悉异；更不必骈四俪六。散文运动之源起，正是针对骈文而生的，散文运动即是唐宋以来所谓古文运动。清姚鼐《古文辞类纂》综合唐宋以来的诸古文家所讲求的古文之学；与此同时，李兆洛《骈体文钞》集骈文之大成，以与姚鼐《古文辞类纂》相对抗，即骈文之学与古文之学的对抗。因此，骈文与散文的对立也就是骈文与古文的对立，"这是自来一般普通的观念"。① 骈散之争由来已久。朱希祖在《文学论》中从学科的角度来批评传统的文学观念说："吾国之论文学者，往往以文字为准，骈散有争，文辞有争，皆不离乎此域；而文学之所以与其他学科并立，具

---

①   朱希祖：《文学论》，《北京大学月刊》1919 年第 1 号。

有独立之资格，极深之基础，与其巨大之作用，美妙之精神，则置而不论。故文学之观念，往往浑而不析，偏而不全。"① 朱氏的论述只突出了一个方面，古文讲求义理、考据和辞章，并非缺乏巨大之作用，美妙之精神。清末桐城派中兴的帅主曾国藩曾指出："古文者，韩退之氏厌弃魏晋六朝骈丽之文而返之《六经》《两汉》从而名焉者也。名号虽殊，而其识字而为句，积句而为段，而为篇，则天下之凡名为文者一也。欲著字之古，宜研究《尔雅》《说文》小学训诂之书；欲造句之古，宜仿效《汉书》《文选》而后可砭俗而裁伪；欲分段之古，宜熟读班、马、韩、欧之作，审其行气之短长，自然之节奏；欲谋篇之古，则群经诸子以至近世名家，莫不各有匠心，各具章法，如人之有肢体，室之有结构，衣之有要领。大抵以力去陈言戛戛独造为始事，以声调铿锵包蕴不尽为终事。"② 曾氏分古文为太阳、太阴、少阳、少阴四家，"气势"属太阳，"识度"属太阴，"趣味"属少阳，"情韵"属少阴。姚鼐《古文辞类纂》是比较权威的古文辞选本，其编次十三类：论辨类、序跋类、奏议类、书说类、赠序类、诏令类、传状类、碑志类、杂记类、箴铭类、颂赞类、辞赋类、哀祭类。以此看来，《小说新报》所载古文辞，数量最多的是序跋类，其次是传状类、论辨类、杂记类、赠序类等。这十三类之外，小说中尚有大量的古文辞。

第一节　《小说新报》与传统诗歌之延续

清末民初，尽管小说被视为文学之正宗，处于主导地位，但诗文并没有退出历史舞台，仍然占有一定市场。从诗歌变革的内在理论来看，清末民初的诗歌存在两条发展线路，一是古体诗的延续，二是新

---

① 朱希祖：《文学论》，《北京大学月刊》1919 年第 1 号。
② 曾国藩：《复许孝廉振祎书》，牛仰山：《中国近代文学论文集 1919—1949 概论·诗文卷》，中国社会科学出版社 1988 年版，第 100 页。

体诗的变革。当时古体诗在诗坛仍然处于主导地位，主要有以陈三立、陈衍、郑孝胥、沈曾植等为代表的"同光体"诗派，以王闿运、邓辅纶为代表的汉魏六朝诗派，以樊增祥、易顺鼎为首的中晚唐诗派。这些诗人是比较典型的士大夫，政治上比较保守，内容上缺乏广泛的社会生活，艺术上倾向"复古"，因而其诗作流传范围有限，基本上局限于各自的文人圈子内。由于社会的剧变，以梁启超为首的维新派掀起的"诗界革命"，新体诗不断涌现。

一 新体诗一脉

新体诗是对古体诗的反动。1899 年梁启超在《夏威夷游记》中就提出"诗界革命"的口号，他说："……故今日不作诗则已，若作诗，必为诗歌界之哥伦布、玛赛郎然后可。……欲为诗界之哥伦布、玛赛郎，不可不备三长：第一要新意境，第二要新语句，而又须以古人风格入之，然后成其为诗。……吾虽不能诗，惟将竭力输入欧洲之精神思想，以供来者之料可乎？要之，支那非有诗界革命，则诗运殆将绝，虽然，诗运无绝之时也。今日者革命之机渐熟，而哥伦布、玛赛郎之出世，必不远矣。"[1] 在《饮冰室诗话》中，他还说："过渡时代，必有革命。然革命者，当革其精神，非革其形式。吾党近好言诗界革命，虽然，若以此堆积满纸新名词为革命，是又满洲政府变法维新之类也。能以旧风格含新意境，斯可以举革命之实矣。"[2] 由于自身的文学素养、中国诗歌发展的历史进程以及当时读者的阅读习惯，梁启超等新体诗的倡导者量体裁衣，提出了比较温和的诗歌革新主张，"新意境""新语句"与"旧风格"成为新体诗最突出的特点。黄遵宪是诗界革命的先驱，如高旭所言："世界日新，文界、诗界当造出一新天地，此一定公例也。黄公度诗独辟异境，不愧中国诗界之

---

[1] 梁启超：《夏威夷游记》，《饮冰室合集》专集之二十二，中华书局 1989 年版，第 189—191 页。
[2] 梁启超：《饮冰室诗话》，人民文学出版社 1959 年版，第 51 页。

哥伦布矣,近世洵无第二人。"① 他对诗界革命作出了巨大贡献。第
一,他主张诗歌言文合一,这样有利于被大众所接受。"语言者,文
字之所从出也。语言与文字合,则通文者多;语言与文字离,则通文
者少。……盖语言文字扞格不相入,无怪乎通文字之难也。"② 要把
俗语纳入诗歌创作之中,破除雅俗之间的界限。"以俗语通小学,以
今言通古语,又可通古今之驿,去雅俗之界,俾学者易以为力。"③
第二,他提倡诗歌要言之有物,要做到"诗之外有事,诗之中有
人"。他认为:"今之世异于古,今之人亦何必与古人同。"诗人设想
诗境,不拘于比兴体、排偶体、骚体、乐府体、古文体;取材不拘于
群经三史;述事不拘于官书会典,侧重古人未有之物,未辟之境,耳
闻目睹之事;炼格则"不名一格,不专一体"④。总之,作诗要从传
统中出,注重今人今事,要突出诗人的主体意识。第三,诗歌所言之
物,不排除经史子集之所载,但更强调社会现实。他反对模仿古人,
主张把诗人的所见所闻融入诗中,"诗固无古今也,苟能即身之所遇,
目之所见,耳之所闻,而笔之于诗,何必古人?我自有我之诗者在
矣。夫声成文谓之诗,天地之间,无有声皆诗也,即市井之谩骂,儿
女之嬉戏,妇姑之勃豀,皆有真意以行其间者,皆天地之至文也"。
他强调作诗要"率真",不拘泥于古,尽可能把"吾身之所遇,吾目
之所见,吾耳之所闻"⑤,笔之于诗。新体诗促进了中国诗歌由古典
向现代的转化,并为五四新诗的诞生奠定了重要的基础。

南社成员早期的部分诗歌,由于受到诗界革命的影响,属于新体

---

① 高旭:《愿无尽庐诗话》,郭长海、金菊贞编:《高旭集》,社会科学文献出版社
2003 年版,第 544 页。
② 黄遵宪:《梅水诗传序》,《黄遵宪集》下卷,吴振清等编校,天津人民出版社
2003 年版,第 390 页。
③ 黄遵宪:《与胡晓岑书》,《黄遵宪集》下卷,吴振清等编校,天津人民出版社
2003 年版,第 449 页。
④ 黄遵宪:《人境庐诗草·自序》,《黄遵宪集》下卷,吴振清等编校,天津人民出版
社 2003 年版,第 79 页。
⑤ 黄遵宪:《与朗山论诗书》,《黄遵宪集》下卷,吴振清等编校,天津人民出版社
2003 年版,第 412 页。

诗范围。南社既是文学社团，又是同盟会重要的外部组织。它成立就已经有鲜明的结社倾向，主张文学为革命服务。南社文人具有比较深厚的传统文化功底，他们受到传统的文以载道思想的熏陶，在开展的文学活动，从事文学创作时，自觉地接受和贯彻这种文学传统。南社诗歌有两个重要主题：其一，宣传西方现代民主思想，主张平等、自由、民主，反对封建专制。其二，召唤国魂，提倡民族精神，救国保种。这种思想与时运密切相关，与当时的社会实际相吻合，诗人们自觉地配合政治革命和思想革命，加上作品在形式上采用传统的诗歌形式，用旧形式装新内容，很容易为广大读者所接受。这是不同于古体诗的地方。除内容外，南社诗歌采用歌行体，与五言诗、七言诗相比，形式比较自由灵活。例如，高旭的《爱祖国歌》抒发了诗人矢志不渝的炽烈的爱国情怀。全诗采用活泼的骚体诗形式，语言平易，格调高昂，错落有致，以新理想入旧风格。他的《新少年歌》勉励新生一代刻苦勤学，勇于探索，努力成为少年中国的新少年。高旭作诗，"主张人权，排斥专制，唤起人民独立思想，增进人民种族观念"（《愿无尽庐诗话》），如《大汉纪念歌》《逐满歌》《光复歌》等通俗歌谣，向民众宣传共和，号召民众"鞭策睡狮起"。《海上大风潮起放歌》是一首反清的檄文和革命的战歌，指斥清政府出卖国家主权，号召人民奋起推翻。诗人敏感地捕捉到当时风起云涌的革命思潮，全诗洋溢着浓厚的革命英雄主义精神。高旭受到晚清诗界革命的影响，有些诗作试图寻求格律诗的新突破，采用新名词，运用长短不一的语句创作歌行体。他呼吁诗界造出一个新天地，主张新体诗要有"新意境、新理想、新感情"，然而又认为"若守国粹的用陈旧语句"更有味。（《愿无尽庐诗话》）他的一些诗不受五言、七言束缚，可以配谱歌唱，如《女子唱歌》《爱祖国歌》《军国民歌》《光复歌》等，诗作汪洋恣肆，气势磅礴，鼓舞人心。然而，南社诗歌的绝大多数诗歌是五言诗、七言诗，脱不了传统的形式，对诗歌的发展变化贡献甚微。

二 古体诗一脉

清末尽管发生诗界革命，产生影响一时的新体诗，但其势力不及古体诗。古体诗一脉仍然兴旺。

清末民初的诗坛旧体诗依旧盛行，主要有汉魏六朝诗派、中晚唐诗派以及"同光体"诗派，其中"同光体"诗派的势力最大，持续的时间最久。

汉魏六朝诗派是近代以汉魏六朝诗为标榜的拟古诗歌流派。代表人物为王闿运、邓辅纶，此外还有陈锐、程颂万、高心夔等人。这一派诗人，往往功力较深，能够摹六朝诗形貌，得其神理，在诗界颇有影响。王闿运墨守古法，提倡"摹拟"，其诗作多为摹汉魏六朝之诗，缺乏时代气息。作为一代诗文大家，王闿运诗作的突出特点是拟古，其五言长诗宗魏晋，七言长诗及近体诗兼宗盛唐，并自成一家。《拟焦仲卿妻》可谓其拟古诗的代表作，《泰安岱祠》《圆明园词》等也无不绮丽华美。此外，王闿运有的诗作反映重大事变，如《独行谣三十章赠示邓辅纶》与《圆明园词》，诗篇古朴、凝重，有汉魏风骨，曾传诵一时，堪称史诗；有的诗作写景状物，如《入彭蠡望庐山作》《雪霁登玉皇顶》；有的诗作描绘战乱与社会动乱，如《战城南》《从军行》等。邓辅纶以诗文名世，其文追汉魏，诗学选体，其和陶诗，颇得渊明神韵。著有《白香亭诗文集》。陈衍《近代诗钞》评其诗云："弥之诗全学选体，多拟古之作。湘潭王壬秋以为一时罕有其匹，盖与之笙磬同音也，但微觉千篇一律耳。"他的诗作辞藻华美，色彩绚丽，淳朴雅致而不深奥艰涩，如《听雨轩坐秋》诗："阴连荷气润，梦坠叶声惊。晚照多为影，闲夜过一香。"由此可见一斑。

中晚唐诗派是近代重要的诗派之一，该派诗人师法白居易、元稹、李贺、李商隐、温庭筠等中晚唐诗人，不拘泥于义理学问，而以才气见称。代表人物有樊增祥、易顺鼎。樊增祥好为艳体诗，且富盛名。其长篇叙事诗《彩云曲》《后彩云曲》享誉诗坛。其艳体诗语言富丽，色彩斑斓，浓腻如膏。此外，其不少诗作隶事用典，清晰如画。正如王闿所云："近代诗人其隶事之精，致力之久，益以过人之天才，盖无愈于樊山者。"（《今传是楼诗话》）其诗《庚子五月都门纪事》："欲去徘徊端正树，忧来吟讽董逃行……不虞建业金瓯缺，更比澶渊瓦注轻。鳌禁月明闻鬼哭，风城白日断人行。宫奴不念家山破，犹道如今是太平。"作者对现实社会颇为不满，借助典故讽刺现实。易顺鼎喜欢游历名山大川，足迹遍布十数行省。其为诗，山水诗居多，次为咏物诗、艳情诗。陈衍《近代诗钞》称其诗："屡变其面目，为大小谢，为长庆体，为皮、陆，为李贺，为卢仝，而风流自赏近于温、李者居多。虽放言自恣，不免为世所訾謷，要亦末易才也。"① 山水诗《三峡竹枝词（其八）》："山远水长思若何？竹枝声里断魂多。千重巫峡连巴峡，一片渝歌接楚歌。"他善于用夸张、比喻、拟人等手法，使才思如泉喷涌，无所抑止。

清末，神韵、性灵、格调等诗派早已衰落，学宋诗风的"同光体"令人耳目一新。一般把后期宋诗派称为"同光体"，这是近代一个学古诗派，是指"同、光以来诗人不墨守盛唐者"。他们主体学宋，同时学唐，但趋向于中唐的韩愈、孟郊、柳宗元，而不是盛唐的李白、杜甫。同光体分为赣派、闽派、浙派三大支。赣派以陈三立、夏敬观等为代表，闽派以陈衍、郑孝胥等为代表，浙派以沈曾植、袁昶等为代表，各有侧重。赣派陈三立的诗作多感怀之情，愤悱之音。他虽然是推行新政的官员，但没有忘怀时世，没有一味沉浸在自己的小天地里，仅仅抒发个人的情感。如《人日》"寻常节物已心惊，渐乱春愁不可名。煮茗焚香数人日，断笳哀角满江城。江湖意绪兼衰病，墙壁公卿问死生。倦触屏风梦乡国，逢迎千里鹧鸪声"。这首诗是作者对庚子国难忧愤心情的抒发。陈三立善于用诗歌反映重大时事与民间疾苦。其诗作随时代的变化而变化，尤其是善于采用新词语，

---

① 陈衍编：《近代诗钞》中册，商务印书馆1923年版，第664页。

力求创新。闽派郑孝胥诗作的最突出特点就是"清苍幽峭","洗炼而熔铸之,体会渊微,出以精思健笔"。以陈沆为标志、魏源为羽翼,此派"近日以郑海藏为魁垒"①。郑孝胥之诗作更多地表达了迷惘、忧愁、愤懑等心绪。如《送柽弟入都》有云:"事业那可说?所忧寒与饥。我如风中帆,奔涛猛相持。不怨漂流苦,但恨常乖离。何时得停泊?甘心趋路歧。向来负盛气,不自谓我非。"这类诗作既反映了诗人心情的巨大变化,也透射出时代的巨大变化。浙派沈曾植的诗为学人之诗,"融通经学、玄学、佛学等思想内容以入诗","腹笥便便,取材于经史百子、佛道二藏、西北地理、辽金史籍、医药、金石篆刻的奥语奇词以入诗","从而形成了自己奥僻奇伟、沉郁盘硬的风格"。② 曾植以学问为诗,广泛运用佛典、僻典,奇峭博丽,容量极大,然而语言简洁洗练,具有很好的表现力。③

从影响上看,当时新体诗产生的影响比较大,广为社会所欢迎,它表明潮流所向;而从地位来看,旧体诗仍然处于主导地位,这与当时旧式读书人居多紧密相关。

三 作为古体诗一脉的《小说新报》同人诗作

《小说新报》同人诗作属于古体诗。古体诗的作者与读者主要局限于旧式文人,以及以旧学为主要知识结构的读者。民初旧派文人的古体诗是传统诗歌之延续,也预示传统诗歌走向末路。

《小说新报》开辟"文苑"或"艺苑"栏目,其中刊登不少诗作,诗作基本上都有旧体诗。如1915年第1期刊载的《山渊诗稿》,旧体诗七首;《墨隐庐诗选》,选诗吴东园的诗作五首,浣仙女士的诗作四首,沁涵的诗作五首,徐吁公的感怀诗四首,澹素的咏雪诗八首,倪

---

① 陈衍:《石遗室诗话》卷三,则四,《民国诗话丛编》第1册,上海书店出版社2002年版,第47—48页。

② 钱仲联:《前言》,《沈曾植集校注》,中华书局2001年版,第4页。

③ 参见马亚中《中国近代诗歌史》,复旦大学出版社2011年版,第368页。

轶池的诗作六首。又如同年第 7 期的《墨隐庐诗选》，刊载吴东园的诗作三题十一首，诗圃的诗作六题九首，郁华的诗作二首，潜叟的诗作一首。同年第 8 期的《墨隐庐诗选》，刊载吴东园的诗作十题三十六首，选青、绛珠、误我的诗作各一首。总之，1915—1917 年，每期一般刊载诗作十至二十首。自 1918 年起，"文苑"或"艺苑"撤销，旧体诗很少，混杂在"艳藻"栏目中，诗作也注重香艳类的。总体来说，《小说新报》所刊载的旧体诗并不多，处于边缘状况。

《小说新报》所载诗作有以下几个特点。

特点一，是吴东园的诗作较多，而这些诗作不管内容上还是艺术形式上基本囿于传统之中，对诗歌的现代演进没有发挥很大的历史作用，只是旧体诗的延续而已。吴东园秀才出身，安徽歙县人。他是一位传统文学功底比较少深厚的文人，擅长词曲，亦工骈文。其骈文创作和骈文辑本在清末民初有一定影响。其传奇创作为现代戏曲大师吴梅所首肯，并尊之为前辈。其诗歌作品相对较多，除《小说新报》所载诗作外，他寓居扬州期间所编的《邗江杂志》上刊登较多关于扬州的诗词。综而览之，其诗作多宴集、应酬之作，如《和张梦兰辘轳体艳诗次韵》《消夏五咏仿汪诗圃体》《奉和刘足宾传福太守七十寿诗》《上巳宴集也园即席分赋》《和沈乐宾柳絮之作次韵十一首》《赠王绥青先生并和其韵》《赠陈章甫六十寿诗》《题舒老问梅之问梅图上下平韵三十首》等。尽管这些诗存在内容的严重局限性，但诗意还是比较浓厚的，如《赠陈章甫六十寿诗》，诗云："忽忽十年别，元龙交有神，寿星今大老，旧雨几文人。涉世肝肠热，匡庐面目真。路遥还祝福，诗寄无言新。花朝前二日，瑞气郁淮滨。红杏一坛雨，绿杨三径春。芹莺寻旧好，苹鹿集嘉宾。海屋深深处，添筹正六旬。岁序逼迟暮，长余今九龄。迩来头忽白，相待眼犹青。五百里星聚，一千年睡醒。何时铠樽共，鼓箧与谈经。"诗人主要描述了陈章甫以为会有，文友集散的境况，融写景和抒情于一体，还表达了期盼一起谈经论道的意愿。吴东园也有一些或在内容上，或在形式上给人耳目一新的诗作。如《广陵秋感（用杜少陵秋兴韵八首）》（载 1915 年第 11 期），全诗凡八首，其一为："秋雨秋烟桂树林，江城日暮气萧森。几家池馆飞红叶，两岸楼台灭绿荫。鍼线压残贫女指，管弦凄入旅人心。征途莫道罗衫薄，夜夜空闺累薰砧。"这是一首吟咏征夫与闺妇的诗作，颇有意境。肃杀的秋景增添无尽的凄凉之感。吴东园的"新乐府"也给读者清新之感，如刊载于 1915 年第 8 期上的一组新乐府《青纱帐》《红绣鞋》《黄棉袄》《白练裙》与《皂罗袍》。《青纱帐》云："青纱帐，远浮烟雾。下席地，上幕天。中间多少健儿眠。"这首不仅描绘了青纱帐的辽阔景象，更描述了活跃于其间的健儿，表达了诗人对健儿赞美之情，有汉诗言侠之遗风。《红绣鞋》云："红绣鞋，鞋新绣，新未几时成故旧。厌旧喜新今古同，新鞋自比旧鞋红。"这首新乐府以新旧红绣鞋为喻，表达了厌旧喜新的人生哲理，有宋诗谈哲理的遗风。这些气象一新之诗是不可多得之作。

特点二，是刊载一些女诗人的诗歌作品。如 1915 年第 3 期《学潜庐诗选》选刊了毗陵钱梦钿女士浣青的《潼关怀古》、吴江沈箧纫女士蘋贞的《咏月华裙》、古吴董德芬女士端人的《帘影》、何玉瑛女士的《晶儿》、香山陈仁娇女士的《咏桂兰》、如皋熊淡仙女士的《感旧》、上虞张淑莲女士品香的《九十自寿四律》、贵筑陈淑秀女士玉芳的《灯笼》与《花月吟》。又如 1915 年第 9 期所载吴绛珠女士的《人日》与《梅花》、陈琴仙女士的《酬东园》与《明妃》、包者香女士的《秋夜酒后漫成》等。这些女性诗歌主要吟景咏物和抒怀，与传统女性诗歌一脉相承。有的诗作表现出女性的细腻和孤寂的内心世界，如《咏月华裙》，诗云："轻薄冰绡六幅宽，空留闲步玉姗姗。素娥应是嫌孤寂，百道云华护广寒。"由于受到生活空间的影响，闺阁之咏仍是女诗人的重点。浣仙女士的辛亥时的旧作《闺中杂咏》（载 1915 年第 1 期）比较有代表性，这组诗包括《对镜簪花》《剪烛听雨》《倚栏垂钓》《卷帘待燕》四首。《剪烛听雨》云："刻漏迟迟倍寂寥，纱窗紧闭影萧萧。一帘细雨人难寐，半壁疏灯手自挑。蕉叶滴残诗思淡，杏花飘落梦魂销。炉香烟袅春寒重，倦向妆台卸翠翘。"闺中寂寞是女诗人经常抒发的感慨，这首诗作描述了女诗人在杏花飘落时节剪烛听雨的情景，表达了诗人寂寞的心情。澹素的咏雪诗八首，是吟咏雪景的，包括《雪山》《雪塔》《雪屏》《雪灯》《雪狮》《雪猫》《雪罗汉》《雪美人》。《雪山》云："此峰真个是飞来，白玉芙蓉一朵开。著屐好吟亭畔絮，骑驴难觅岭头梅。乍看似滴非苍翠，便使多残岂劫灰？云雨夜深寒冻合，那堪仙女下阳台。"这是一首写景诗，出自女性的自然之笔，清晰自然，不矫揉造作。另一些女诗作则突破闺阁，也突破一般的写景抒情，表达女诗人的理想与抱负。如《潼关怀古》则表现出一股浓厚的阳刚之气和英雄之情，诗云："潼关天险郁嵯峨，天外三峰俯大河。六国笙歌明月在，五陵冠剑夕阳多。时来杰士能扪虱，事去将军竟倒戈。终古丸泥凭善守，英雄成败感如何？"诗人羡慕英雄的壮举，流露出建功立业的愿望。这首诗延续了渴望走出闺阁，成就一番事业的古代才女的远大胸襟。

特点三，是刊载一些吟咏《红楼梦》与《西厢记》的诗作，其数量不少，阵势可观，有强烈的冲击力，给读者以很大的震撼。如刊载于1915年第11期上的作为维摩旧色身雨苍朱作霖外编的《红楼文库》之《题红楼梦十二律》，包括《宝玉续庄》《妙玉走魔》《李纨训子》《刘姥存孤》《可卿入梦》《熙凤离尘》《宝钗扑蝶》《黛玉焚稿》《湘云眠芍》《宝琴探梅》《平儿理妆》《香菱学咏》。《宝玉续庄》云："自有妍媸判，凡情乱似麻。言看硎北梦，语妙续南华。物以齐为贵，容憎众所夸。倘皆归一致，爱海涨尘沙。"《妙玉走魔》云："通盘轮一着，参到有情禅。不解真能解，其然尚未然。梦醒孤月冷，梅绽妙香传。毕竟难超脱，名空槛外言。"宝玉多情，妙玉寡欲，可两人有剪不断理还乱的情愫。诗人表达了多情公子的嘉许，也表达对清高的妙玉的同情。古箸山人认为，《红楼文库》有北宋之艳，班马之香，实际上是无聊之作，同时也是有为而作。诗人借题发挥，惟妙惟肖，"才人之用心可爱亦可怜也。与岭南梅孝廉红楼梦赞其曲同工，更足补其所未备"。古箸山人自言"向欲细品红楼，加以论赞，匆匆未果。今读是编，实切我心，后又暇日，当更补偏篇中所未备焉。嗟乎！天下何一非梦？知其为梦，固不妨梦中说梦也"（见1915年第12期《红楼文库》之末的"总评"）。这些诗作与其说作诗，不如说在欣赏《红楼梦》。《西厢诗库》可谓洋洋大观。1916年第1期，刊载红藕花馆主哲庐所著的《西厢诗库》，录咏西厢之诗十八首，第2期录咏西厢之诗二十首，第3期录咏西厢之诗十八首，第4期录咏西厢之诗十六首，第5期录咏西厢之诗十三首，第6期录咏西厢之诗十六首，第9期录咏西厢之诗三十九首，合计一百四十首。诗作刊载完毕后，哲庐说："余检旧箧，得抄本西厢诗百首，俨然先王父手笔也。欣然以寄定夷，付之剞劂，以公同好。夏五，黄君花奴为言，此诗旧本西厢有之，余惟不敢略人之美，谨志数语于此。"（见诸1916年第9期《西厢诗库》之末）品评《红楼梦》《西厢记》，是文人学士的一大嗜好，有的是以古文或骈文的形式表达，这里的品评之作是以诗歌的形式表达，实际上就是文人的文化生活，难以称为真正意义上的诗歌创作。

从已刊载的诗作来看，有的作者偏重诗歌，如《西厢诗库》的作者，更多是兼作一些诗歌作品，如吴东园擅长词曲与骈文，作诗只是聊备诗体而已。总之，《小说新报》所载诗作只是旧体诗的延续，对诗歌的发展并没有多大贡献。

第二节 《小说新报》与传统散文之延续

清末民初的旧派文人，一般拥有良好的传统文化的素养，更注重辞章之学，其作品也表现出浓厚的古文色彩。这样的文人很多，如吴东园、程善之、徐吁公、王钝根、姚鹓雏、朱鸳雏、许厪父、吴绮缘、固修等，他们的散文成就集中体现在古文和骈文两个方面。

一　程善之的古文成就

程善之是近代著名的报人小说家，他主笔的报刊和创作的小说不是很多，但很有影响。论者谓琴南翁下，罕与抗手。

程善之（1880—1942），名庆余，安徽歙县人。幼年随父居江苏扬州；16 岁补博士弟子员，后相继加入中国同盟会、南社。1911 年，辛亥革命爆发，程善之执笔于《中华民报》；1913 年参与讨伐袁世凯之役，任孙中山秘书；嗣归扬州，在美汉中学任教，倡导成立扬州学生会。1928 年与弟子包明叔在镇江创刊《新江苏报》，任主笔；1931 年九一八事变后，参加抗日活动，被聘为国难会参议员。1937 年，抗日战争爆发，随报社迁泰县；后转至上海租界出版地下油印报。1942 年，上海租界沦陷，随《新江苏报》迁移至常州，途中因脑溢血突发病逝。其著作有《沤和室诗存》《残水浒》《宋金战纪》《四十年闻见录》《清代割地谈》等。其小说创作《骈枝余话》为笔记小说，可与《聊斋》颉颃。还有《小说丛刊》，短篇小说凡十八篇。

关于程善之的生平，1922 年《游戏世界》第 18 期署名蓬壶的《续小说家别传》记载最早。《别传》称：

> 程善之先生，先生以字行，不知何名。民国二、三年在上海《中华民报》主笔政，为小说可与《聊斋》颉颃。成《骈枝余话》一书，名重一时。又尝撰《倦云忆语》一书自述生平悲欢事，其佳不减于冒辟疆之《影梅庵忆语》也。君于小说外精于舆地、历史之学，又通东文，知算术。近则研究佛学，六、七年来，闭门诵经，不复与闻世事矣。本皖南人，世居扬州，故人多以为扬州人云。①

---

① 蓬壶：《续小说家别传》，《游戏世界》1922 年第 18 期。

1943 年《永安月刊》第 52 期署名纸帐铜瓶室主（即郑逸梅）的《说林凋谢录》（三）亦有记述道：

> 善之，皖之歙县人，为南社巨子，擅稗官家言。论者谓琴南翁下，罕与抗手。后结束风华，皈依禅悦，乃慎守绮语之戒，不再撰著小说矣。曾刊有《骈枝余话》、《倦云忆语》、《小说丛刊》三书。①

这两则关于程善之的资料十分重要，使我们知道程善之诸多成就，尤其是他的文学成就。

程善之的叙事性的古文，颇有神韵，如《倦云意语·趋庭》开始一段："余生时在金陵陈姓古屋中，窗前垂丝海棠一株，扶疏披拂。余幼时不惟善哭，亦善笑，见花及光或红绿炫目之物，仰卧摇篮中辄笑不止，有时梦中亦作微笑。先君宦维扬，余母时或心事抑郁，无可告语，辄抱余行花下，观余笑以为常。余幼时极弱多病，余母辄含药哺余，当时不识不知，去草木一间耳！惟不识不知，乃得从容受之。今自谓已识已知，而曩者如云烟矣！"② 其议论抒情性古文，情感四溢，如《倦云意语》中的一段："然而偶一回忆，有生以来，父母之训诲也，师友之箴规也，家庭之教养也，所哕称许者，所期望者，安在乎！入世以后，则有悲欢聚散之慨焉，有死生之歌哭之场焉，有久暂短长之感触（焉），有瑕瑜离合之心情焉。悲哉！一去一来，杳无踪迹，不独求过去之人之事而不可得，即求过去之我之身，亦不可得矣！哀哉！仅以岁月二字了之也。且我在今日，故俨然有我矣，固俨然接人接物矣。究之现在之我之人之物，亦复如流水，如行云，如飘风，如斜日，欲留不住，欲觅无踪，后者推前，继者催后，即欲一时撰一依稀隐约之痕以为纪念，究之，时过境迁，我且非我，又乌可所

---

① 纸帐铜瓶室主（即郑逸梅）：《说林凋谢录》（三），《永安月刊》1943 年第 52 期。
② 程善之：《倦云意语》，广益书局 1933 年版，第 1—2 页。

谓纪念也！……岁月一催命之符也，世界一规定之谱也，大而国家种族，小儿草木虫鱼，凡有生气，孰不夸为自主，究之，孰能留须臾？孰能外此先例？千奇百变，仍然堕此尘寰中，拙哉！何其智之短乎！呜呼！夫岂惟吾，彼日月星辰，神仙鬼怪，人或震而惊之，或疑而辨之，究之，能脱定质，或不能脱流质，能脱流质，不能脱气质，能脱气质，或不能性质。哀哉！彼即长生，而不能暂流，即能不死，而不能不逝，以视人类，亦相去一间耳，欲无生气，安可得耶！"①　又如："先君在日，有以异物献者，一巨龟也。壳径三尺许，遍体青黄斑如掌，错落相间，类玑瑶。置之地，蹒跚半日，不及一步。予以生肉立啖之，时以其体巨，不便于畜，乃置中庭，而以水浇之。猫犬望之，皆不敢近。渔者云：'得之金山下江中。'先君命，仍放之。龟入江，平行如陆地，百步以外，犹返原来舟者数四，乃没于水。闻渔人云：'其在水中，盖猛及虎豹也。'"②

二　徐吁公的古文成就

《小说新报》所在徐吁公的作品有短篇纪念小说《啐》（载1916年第2年第1期），短篇写情小说《裙边人语》（载1916年第2年第7期），短篇革命外史《帷灯匣剑》（载1916年第2年第10期），短篇奇情小说《灵台幻影》（载1916年第2年第12期），短篇民国艳史《邯郸倩影》（载1917年第3年第3期）。此外，他还有著名的章回小说《双城女子》〔上海小说丛报社，丙辰年（1916）阳历二月初版〕。

徐吁公是崇明才士，浪游南北，所至有诗文纪述，民元之际，散见于杂志报章者殊多。闻人谈北地红颜艳侠事，乃穷五夜之力，写成《双城女子》一书，笔墨之诡丽，思想之高洁，予爱诵之，先后凡十余遍不厌。共十二章，回目悉为四字句，且统体协韵，尤为别致。书

---

①　程善之：《倦云意语·自叙》，程善之：《倦云意语》，广益书局1933年第2版，第1—2页。

②　同上书，第69—70页。

中妙语络绎,如云:"眼中无剑仙,意中须有《红拂传》,眼中无佳人,意中须有《洛神赋》,斯世茫茫,男子多误于儒冠,女子再伏于巾帼,则天下事尚可为乎?"又云:"聊忏宿业愿生生世世,为蠢妇,为顽夫,饱食酣眠,胸无别念。"又云:"三寸毛锥子,岂大丈夫建功立业之具哉?盖吁公困守莲幕,郁郁不得志,有激于中而言也。"①

徐吁公的序跋颇能反映他的古文水准。其《双城女子·自序》云:

> 往读郑卫之诗,慨乎其俗之散也。今之文人,好逞绮思,采兰赠芍之词如,三峡之倒流,滔滔满地。艳语固不足以诲淫耶?则余将何辞焉。不然者,登徒好色,洛妃伤春。观兹男女众生,衍为罪恶,宋玉、曹植辈恐不得辞其咎也。余少而痴顽,好为艳语,妃黄俪白,人争爱之。每读少作,殊添恐怖,以无赖游戏之辞,已多半流落人间,惝煞苍生矣。年来失意,万缘枯寂,耿耿于怀,靡穷追悔者,唯此一椿孽案。《双城女子》之作,聊当忏悔已耳。②

这是一篇古色古香的古文,它直言《双城女子》承继我国吟咏美女的传统,以寄托作家的情怀。吁公既不得志于江南,郁郁走京师,思有所建树,乃频年失意,困守莲幕。其遭逢之不偶,与双城相仿佛。而《双城女子》这篇小说本身就是采用古文,运用多种笔调,"写女郎,写来美,是俗笔。写来淫,是恶笔。必要写来憨,方是妙笔。于是乎古今来多少深颦浅笑如怯多娇之女郎,都不若人才笔下之女郎。乃才人狡诡,逞其一枝笔锋,化古今来独一无二之娇女,为贫女,为才女,为贤淑贞静女,郎为颠连困苦之女郎。合古今来神女、

---

① 魏绍昌等:《鸳鸯蝴蝶派研究资料》(上册),上海文艺出版社 1984 年版,第559 页。

② 徐吁公:《自序》,《双城女子》,小说丛报社 1916 年版,第 1 页。

洛妃、班姑、道韫、蔡文姬、梁孟光，冶为一炉，铸此笔下之女郎。而匣剑帏灯，青磷古塞，尤复生色不少。则人才笔下之女郎，当为宇宙间唯一无双之女郎。既宇宙间唯一无双之女郎也，胡为乎偏要写其薄命？则作者怆怀身世亶屯，想宇宙间既有独一无二之才人，半生潦倒，宇宙间必有独一无二之女郎，终身薄命也"①。

徐吁公的古文之作，采用古文创作的小说之作，均体现了纯正的文学思想，有利于世道人心，对促进良好的社会风气大有裨益。尊闻阁主人说："吾友吁公，能时诗善文，富于绮思，喜作小说家言，短什宏篇，风行于世者，不知凡几矣。同居京邸，相与顾从，辄以所著小说见示。不佞尝谓之曰：'居欲藉文章以鸣于时，易易耳。思欲附于小说家数，为文人末路之生活，殊不易也。夫小说者，虽托文章之恣肆，亦须道德为准则，岂徒游嬉之笔墨已哉，亦万世不磨之业也。苟逞一时之想，鸦涂墨泼，信口开河，不独贬文章之价值，且为文章造无穷罪孽。君其有心于作者乎？当亦乐受我言也。苟能深思淬虑，慎重将事，虽不及为家国进益，亦当为世道人心计也。中流砥柱，末世明星，微君其谁与归乎？'"② 有利于世道人心是民初旧派作家的共同追求。

三 王钝根的古文成就

王钝根（1888—1951），名晦，又名永甲，字耕培，号钝根，别署根盘，江苏青浦（今属上海市）人。为古文家王鸿钧之孙，家富藏书。幼承父命，习八股文和策论；喜欢小说，私下旧小说几无不览。受同乡席子佩之聘，任《申报》编辑，首创该报副刊《自由谈》，为各报纷纷仿效。1913 年起先后主编《游戏杂志》《礼拜六》《心声》《社会之花》《说部精英》等刊物。有识人之明，助人之德，受人尊重。倾心于文学编辑工作，君生平编辑工夫多而著述工夫少，

---

① 四忏词人：《双城女子·跋》，《双城女子》，小说丛报社 1916 年版，第 1 页。
② 徐吁公：《序六》，《双城女子》，小说丛报社 1916 年版，第 1 页。

然暗中为人润色，所费工夫，无人能知道。所著短篇小说、序跋文、杂文，散见各报刊，迄未成集。其中著名者又小说《工人之妻》《劫后缘》及《聂惠娘弹词》等。①

其《甲子花序》是一篇用古文所作的序文。作者首先介绍了《甲子花》与《说部精英》合二为一的原因。藜青社同人推举钝根编求名家小说，单行巨集，以飨读者。然而，他十分繁忙，与小说名家接触有限，一时难以组稿。适值刘豁公亦有《说部精英》之作，费时三月，竟求得名家作品数十篇，遂介绍给藜青社同人，建议二者合并，一个免除求稿之累，一个免除印刷之繁，可谓两全其美。作者还抒发了同人的理想与抱负，其文笔优美，兹录一段，以窥一斑：

金以先生为文艺界之花，而今年适值甲子，万象更新，小说界亦当大放异彩。是其所开之花鲜美芬馥，迥非旧时可比。吾侪不可不为之特质一集，以留纪念。更望从此以后，吾国小说事业突飞猛进，与英法美日各国并驾齐驱，则后之作小说史者，直可以《甲子花》为小说界新纪元之标识，而乙丑花、丙寅花、丁卯花，或将继此而源源不绝，以至无穷，亦未可知也。②

作于1919年的《百弊放言·序》，不仅体现了其古文能力，而且还反映了他清新的现实批判精神。他把《百弊放言》与《春秋》相提并论，突出二者铸奸、烛怪，是奸怪无处可逃的暴露精神。他指出：

所谓物质文明日进，而道德日益坠落者，非与。往者坊肆有黑幕之辑，老成明达者忧之，谓：非以防奸，实导人作恶。予亦

① 梁淑安：《中国文学大辞典·近代卷》，中华书局1997年版，第23页。魏绍昌等编：《鸳鸯蝴蝶派研究资料》（上册），上海文艺出版社1984年版，第535页。
② 刘豁公、王钝根：《说部精英甲子花第1集》，五洲书社1924年版，第2页。

云然。方思托诸篇章，有以止沸。及读《百弊丛书》，乃复爽然。所征引皆实事，所指摘皆大论，无秽口茫森之说。而其旨，则在使贤者得防奸之具，不肖者又悚然生其悔愧之心，以勉趋乎上流。然则是书之作，匪唯防奸，实以化俗视。世之假善名欺流俗，射口货利。怀才者需求资本而人不信较，不若矫作富商，吸取人财之易。于是乎集资者作弊，如社会之盲视。质朴者为人所不齿，必盗窃虚名姓，得立足。于是乎建名者作弊。古人言："时势造英雄。"作弊之时势，乃造成作弊之英雄，理固宜然，无足怪也。①

他指出，作弊的根源在于虚荣心，在于色欲心，在于享乐观念。"夫贵贱之分，庸耳俗目中事，贤者所不屑道。则贵有何荣，贱有何损？美丑之分，不分衣貌衣饰，而在性情。平日所见淫娃荡女，虽妖冶夺目娶之适以伤廉。竭汗血以供其挥霍，而结果买得精神之上痛苦，则亦何取？"② 明白了这个道理，则居陋巷厌藜藿，拥无盐亦自乐。他开的救弊良方为"以劳力易工资""不以智术戈大利"，爱国君子当引以自勉。近百年后的今天，其观点依然有价值。

四 姚鹓雏的古文成就

姚鹓雏（1892—1954），近现代著名文学家，南社"四才子"之一。名锡钧，字雄伯，号鹓雏，别署宛若、龙公、红豆词人等。江苏松江（今属上海市）人。曾在京师大学堂学习，师事林纾（琴南），为文婉约风华。后南归，与陈匪石组织"七襄社"，编《七襄》刊物；还编辑《国学丛选》《太平洋报》《申报》《江东》《春声》《民国日报》（新加坡）等。他于诗、词、散文、戏曲、小说均有很高造诣，还兼及书法。著述甚多，涉及小说（包括译作）、散文、诗词等

---

① 王钝根：《百弊放言》（插图本），大众文艺出版社 2003 年版，第 1 页。
② 同上。

体裁。作品有《榆眉室文存》（5 卷）、《鹓雏杂著》《止观室诗话》《桐花萝月馆随笔》《檐曝余闻录》《大乘起信论参注》《春奁艳影》《燕蹴筝弦录》《沈家园传奇》《鸿雪影》《珠箔飘灯录》《鸳泪鲸波录》《宾河鹣影》《檐曝馀闻录》《絮影萍痕》《海鸥秋语》《断雁沉弦》《恨海孤舟记》《夕阳红槛录》《龙套人语》（即《江左十年目睹记》）、《恬养簃诗》（5 卷）、《苍雪词》（3 卷）、《二雏余墨》（与朱鸳雏合著）等。小说代表作有《燕蹴筝弦录》《恨海孤舟记》《龙套人语》等，主要是言情小说与社会小说。

叶小凤曾说："鹓雏为文，于小说家言，绝似畏庐老人。此章中如'村医虽知医，特其为医，医牛多于医人，值医人亦一出以医牛之法。幸此村人之蠢，初不下牛，不然将尽为此医所尽。'语如贯珠，新颖特甚，皆林门宗法也。"[①]

姚鹓雏的序文颇有古文特色，兹录他分别为《风飐芙蓉记》与《燕蹴筝弦录》所撰写的序文，前者为："风飐芙蓉记者，该尝闻之某某云，一弱女子，翩如惊鸿，出没烽火中，卒偿其志以去，事亦奇矣。乃双剑、延津，离而复合，青梅绕床之伴，即为红闺待字之人，穹穹者气，颠之倒之，所宜扣阊阖而呼，索杯珓而卜者也。卒归合并，离恨都泯，美眷如花，人天胶手。我友瘦鹃尝自谓善道哀情，一书之成，辄博人雪涕无数。顾哀弦既数，恬管宜张。某之为此，自顾与阅者结一重喜欢缘也。以刺虎一章，事隶桂林，因取柳州语题之以隰全书云。"[②] 后者为："情有所独至者，天必靳之其靳之也，乃所以福之也，如水然，洪流瀚漫，一泻千里，至于决堤败筑，不可捍御，则往往为患矣！天下至情之人，每于缱绻缠绵不可卒解之际，乃为礼防所迫，终自束约。当是之时，未尝不憾天之靳我，区区而不余畀，至于斯极。然而终以自好，两不致败名堕行，而情之一字亦弥永至于无既。盖情者，形上之物，固不以浊世区区之遂否而为消长。吾人解此意以言情，即亦自趋于纯粹洁白之境。此书所言，即为实征，书中事迹大类胜朝之初，秀水某钜公早年影事。要之寓言十九，无足深考，惟在著者之意，固不欲矫前人细行，指陈其事，以为后生口实，实则今日言情之书夥矣。旖旎风光，固已为载笔诸君发泄以尽，成此书后，亦欲使读者发情止义，知名辈风流固自有别，则区区之意也。"① 姚鹓雏的古文成就大体如此，不必一一列举。

五　其他旧派文人的古文成就

除上述诸文人外，吴东园、胡寄尘、倪轶池、许廑父、子毅、周天麟、靑民、烂柯、固修等人的古文也很有成就。

吴东园的古文比较纯正，被视为"正始之音"。锡侯《题东园文集》云："绝世文章尽值钱，不逢知己也徒然。卞和献璧曾遭刖，独卧空山涕泪涟。欧潮倾洞日东侵，谁识中原正始音。著述等身藏石室，须知大雅未消沉。去岁文旌海上来，骚坛场合惬情怀。会迟别速缘何浅？一曲骊歌动地哀。淡泊端应夙志盟，浮云富贵等忘情。吾侪自有千秋业，努力同垂不朽名。"② "正始"有两种理解，一方面，"正始"表示年号，"之音"代表"妙语清音"；另一方面，"正始"又表示"雅正、纯正"，"之音"代表"音乐、诗文"。因而，"正始之音"既指魏晋年间的清谈风度，又指"雅正之乐、雅正之诗文"。陆、王之后的元明清时期，除了以"正始之音"表示"魏晋清谈"、文采风度之外，也用来表示雅正之乐、雅正之诗文。③ 作为清末民初的传统文人，吴东园谙熟诗古文辞，乃至传奇杂剧，思想正统，因而锡侯称颂吴氏的"中原正始音"是指"雅正之音"。

胡寄尘（1886—1938），名怀琛，字季仁，一字季尘，别署有怀、

---

① 姚鹓雏：《燕蹴筝弦录》，小说丛报社 1915 年版，第 1 页。
② 锡侯：《题东园文集》，《小说新报》1917 年第 8 期。
③ 刘小兵、周丙华：《"正始"与"正始之音"含义初探》，《东方论坛》2008 年第4 期。

秋山，号寄尘。安徽泾县人。少负才，狂放不羁。南社社员。喜读徐光启等译撰之书，思想新颖，有排满革命之志。辛亥革命起，助柳亚子编《警报》，又与之结金兰交。曾任上海南方大学、上海大学、沪江大学教授。数流转报馆书局间，任《神州日报》《太平洋报》《中华民报》等笔政，编辑《小说世界》。所作诗新奇可喜，所作小说颇受欢迎。著有《胡寄尘小说集》《寄尘小说新集》《寄尘小说剩稿》《胡怀操诗歌丛稿》《秋山文存》《海天诗话》《中国小说研究》《新诗概说》《中国诗学通评》等，其他尚多。① 胡寄尘作为近代报人文学家、学者，在新闻界、小说界和学界很有名声。"作短篇小说以一二千言状社会人物尽其致，读之舒畅纡余，不觉其急促者，斯为难能。然此中有圣手焉，曰胡君寄尘是。……治古文辞，而于老庄释道之书，无所不窥其奥，故其为小说也，往往有玄机禅理之发择。尤善为滑稽之文，西贤萧伯讷之所谓幽默者，君之作风庶乎近之。……服务商务印书馆编译所有年，曾继叶劲风后，辑《小说世界》，冶新旧于一炉，颇获社会佳誉。……君擅韵语，胡适之以新诗名，而君削之揭于报上，适之为之首肯。"②

许廑父（1891—1953），名与澂，字弃疾，又字一厂，别署颜五郎，忏情室主，浙江萧山人。曾襄助徐枕亚编辑《小说日报》，常为徐代笔，如仿《花月痕》的《刻骨相思记》下集、《燕雁离魂记》。他性子很急，文笔快捷。每晚五六个小时内，能成文言小说一万字，被同人雅称"许一万"。"精于古文，对于小说，不论何种体裁，均能不假思索，一挥而就，生平所著之单行本有二十多种，以清华书局发行之《沪江风月传》销数最广。"③ 其作品多以言情为主。难能可贵的是，他于民初在军政界就职时，曾到兰州公干二月，公余之际撰

---

① 郑逸梅：《南社丛谈》，上海人民出版社1981年版，第227—228页。
② 魏绍昌等编：《鸳鸯蝴蝶派研究资料》（上册），上海文艺出版社1984年版，第557页。
③ 同上书，第549页。

写了颇有价值的文言游记《皋兰客话》。作者曾说："公余之暇，辄援笔而记之，凡成万数千言。即成书，命曰《皋兰客话》，将以供有志社会者，得所考察焉。"由此看来，刊载于《小说新报》第7年第3期上者，则为其一部分矣。其文献价值在于"粗知其地之风俗人情、政治习俗"，而其文学价值在于通过文言叙事达意，使传统古文重现幽光。该游记开端云：

> 皋兰旧名兰州，古为金城。北控黄河之险，南凭昆仑之脉。秦汉以还，为西北重镇，昔赵充国屯田于此，尽平诸羌。虽其用兵之能，亦由地势便利，足资战守也。民国成立，改府为县，仍为甘肃省会，军民最高机关均在焉。近十年间，中原多故，兵革相寻，皋兰一隅，特以僻处边陲，罕与其役。然内部汉回杂处，互相水火若仇雠，而地方官长又不能为之感化而调剂之，时见冲突之患，隐祸所伏，皋兰之人未易高枕卧也。……

这段简要的文字把皋兰的地理位置、历史沿革、汉回相处的复杂状况勾勒得清清楚楚，非擅长古文笔法难以致之。其后从六个方面展开描述与介绍：皋兰之民情，外省人之势力，教育之概况，路政及商况，交通之不便，回汉之比较。

此外，值得注意的是赠序与游记。固修的《中华编译社函授部同学录序》（载《小说新报》第3年第2期）是一篇赠序。赠序很有价值。老子曰："君子赠人以言。"颜渊、子路之相违，则以言相赠处。"梁王觞诸侯于范台，鲁君择言而进，所以致敬爱、陈忠告之谊也。唐初赠人，始以序名，作者亦众。至于昌黎，乃得古人之意，其文冠绝前后作者。苏明允之考名序，故苏氏讳序，或曰引，或曰说。"赠序一般是师辈写给生辈的寄语，往往是勉励学生继承和发扬某种学术传统，如宋濂的《送东阳马生序》、林纾的《送五城学生入天津大学堂序》与《送大学文科毕业诸学士序》等。林纾在《送大学文科毕业诸学士序》勉励学生继续学好古文，他说：俗士以古文为朽败，后生争袭其说，"遂轻蔑左、马、韩、欧之作，谓之陈秽文，始辗转日趣于敝，遂使中华数千年文字光气一旦暗然而爝，斯则事之至可悲者也"。他呼吁同学们要"力延古文之一线，使不至于颠坠"。①《中华编译社函授部同学录序》的作者称，"自己年二十五有五，越五年而三十，三十为一世，人事亦一变也。少年时代的形体与内心皆改变，即烦恼、愚劣皆改变。隶函授学问，亦为之一变。然而，抛儒就贾，投笔从戎，非其志也；尽管徒有四壁，但是数仞之堂，万种之禄，声色之娱，婢妾之奉，亦非其志也"。"自顾生平，或失之骄，布或失之纵，或失之狂。今则柔以济刚，刚以济柔。"今可补昔，"昔之日智短而不足，今则恃师长以补其短；昔之日文俗而不雅，今则恃良朋以求其雅；诸凡少时之作，斐然亦成章矣"②。赠序的师承学术传统的内核从唐宋一直延续至民初，这是民初旧派文人自觉文学追求。

　　游记是民初旧派作家为了解决创作素材枯竭的一项重要举措。时任《小说新报》主任的包醒独以"记者"的名义于 1920 年发表了《论小说家宜注重游历》一文，1922 年郎醒石也发表了《旅行与文章的关系》一文，他们积极提倡作家要开阔视野，在游历中去发掘创作素材。其实，在他们没有提倡之前，一些作家就喜欢游历，也创作了一些游记文，一经提倡，作家们更加重视，《小说新报》上的游记文章也越来越多，如周天麟的《吴越纪游》（载 1915 年第 9 期）、觐民《观音柳记》（载 1915 年第 10 期）、子毅的《粤湘道中琐记》（载第 7 年第 3 期）、林第一郎的《三山游记》（载《小说新报》第 7 年第 3 期）等。《三山游记》之《普陀游记》，二千七百多字。篇末有吴东园评语："按部就班，曲笔而达，描摹尽致，如指上螺纹，一一可辨。"李定夷评阅道："用笔遣词，若纲在纲，有条不紊。"《雁荡游记》，三千余字。其篇末，吴东园评阅道："熟精选理，才气横生，

---

① 林琴南：《林琴南文集畏庐续集》，中国书店 1985 年影印本，第 20 页。
② 固修：《中华编译社函授部同学录序》，《小说新报》1917 年第 2 期。

如游雁山神摇目眩。"李定夷评阅道:"好奇流转,善于写景,纵横
排荡,黎然粲然,爽若列眉。"《天台游记》,三千一百六十多字。其
篇末,吴东园评阅道:"合观三记,如逢三绝,曲折纡徐,各极其
妙。"李定夷评阅道:"笔大于椽,三复读者,当为浮百。"游记是民
初文学的新开拓,意在弥补文人创作素材的不足。我国本来有游记文
学传统,民初作家既受传统的熏陶,又面临创作困境,他们重视游
历,创作游记文是发自内心,这是典型的内源性变革。

第三节 《小说新报》与传统骈文之延续

《小说新报》尤重骈文,其骈文成就在诸多报刊中可谓佼佼者,
如吴东园、李定夷、刘铁冷、徐枕亚和吴双热等人,他们具有比较深
厚的词章之学,善用骈体,这可谓是民初文学一道亮丽的风景。

骈文追求俪偶,更追求沉思翰藻。《说文》云:"骈,驾二马也,
从马并声。"本意为二马并驾一车,引申为对偶。骈体文一般采用对
偶句式,两两相对,像两马并驾而驰。对偶又称为丽辞、对仗。这种
文体,唐朝以后有人称之为"骈俪",宋人则称之为"四六文",清
朝大兴。清人曾燠编有《国朝骈体正宗》,李兆洛编纂有《骈体文
钞》,王先谦编有《骈文类纂》等,论著则有谢无量的《骈文指南》、
钱基博的《骈文通义》、霍兑之的《中国骈文概论》等。[①] 萧统《文
选》自有其选文标准,萧氏云:"若夫姬公之籍,孔父之书,与日月
俱悬,鬼神争奥,教敬之准式,人伦之师友,岂可重以芟夷,加之剪
裁? 老庄之作,管孟之流,盖以立意为宗,不以能文为本,今之所
撰,又以略诸。若贤人之美辞,忠臣之抗直,谋夫之语,辨士之端,
冰释泉涌,金相玉振。所谓坐狙丘,议稷下仲连之却秦军,食其之下
齐国,留侯之发八难,曲逆之吐六奇,盖乃事美一时,语流千载,概

---

① 尹恭弘:《骈文》,人民文学出版社 1994 年版,第 3 页。

见坟籍，旁出子史。若斯之流，又亦繁博，虽传之简牍，而事异篇章，今之所集，亦所不取。至于记事之史，系年之书，所以褒贬是非，纪别异同，方之篇翰，亦已不同。若其赞论之综缉辞采，序述之错比文华，事出于沈思，义归于翰藻，故与夫篇什，杂而集之。"①《文心雕龙·丽辞篇》："自杨马张蔡，崇盛丽辞，如宋画吴冶，刻形镂法，丽句与深采并流，偶意共逸韵俱发。至魏晋群才，析句弥密，联字合趣，剖毫析理。"唐代柳宗元在《乞巧文》里又运用"骈四俪六"来形容骈体文："眩耀为文，琐碎排偶；抽黄对白，噂唭飞走；骈四俪六，锦心绣口；宫沉羽振，笙簧触手。"俪、丽相通。《广雅·释诂》曰："俪，耦也。"② 李商隐有本骈体文的集子《樊南四六》，他在《樊南甲集序》中说"四六之名，六博、格五、四数、六甲之取也。未足矜"。其"六博"是指两人对博，六黑六白，每人六棋，取"六"字。"五格"是指有一种棋，遇五不能前进，受到阻格。"四数"是指古代启蒙教育六岁孩童时，先教东南西北四方，取"四"字。"六甲"是指教育九岁孩童以干支记日，因干支有六十个，其中有六个甲字。③ 这说明"四""六"的重要性，骈文采用"四六"句式的优越性，这种优越性与其他许多相关事物具有相通性。日本学者儿岛献吉郎《中国文学概论》指出："四六文以对偶为第一条件，惯用'隔句对'、'当句对'，且句法有四字句六字句的限制。不持此也，复加增一种平仄法，既非纯粹之散文，又非完全之韵文，乃似文非文，似诗非诗，介于韵文散文之间，有不离不即之关系者，谓称之为律语或骈文，亦无不可。律语云者，文有声律之谓。骈文云者，句有对偶之谓。然则四六文者，乃文学两性两属之中间性，比之散文，则多韵文之价值，比之韵文，则又有散文之形式。故于韵文散

① 吴云：《历代骈文名篇校注》，天津古籍出版社 2008 年版，第 252 页。
② 尹恭弘：《骈文》，人民文学出版社 1994 年版，第 5 页。
③ 同上书，第 7 页。

文之外，令骈文独立，称为律语，亦出于不得已耳。"①

　　民初，旧派文人的骈文成就重要体现在两个方面，一是纯粹骈体文，代表人物如吴东园、刘铁冷、徐吁公、李定夷等；二是骈文小说，代表人物如徐枕亚、吴双热等。

　　《小说新报》刊载许多骈文，其重要作家吴东园可谓骈文的继承者。他不仅用骈文写作，而且还编纂骈文选本。1916 年第 2 年第11 期《小说新报》刊载了一份国华书局关于骈文的新书广告，吴东园先生详注之《六朝文絜》，题"骈文之正宗，词章之矩矱"，"读定夷先生之序，即可知是书之内容与价值"。广告由李定夷撰，他说："前清道光初，海昌许氏辑《六朝文絜》，寻章摘句，订谬正伪，积数年之久始得七十二编。编中与萧选雷同者，止十之一二，皆脍炙人口，惬心贵当之文也。迨光绪年间，浔阳黎氏，为之笺注，虽云善本，惜失之繁。今年春，本局主任以重注是书就商，老友东园当代硕儒，因以为荐，走函者屡，幸获允可。阅七月而稿成。去太去甚，损过就中，应有尽有，简明注脚，三复阅之，诚驾浔阳黎氏而上之也。"1920 年第 6 年第 11 期《小说新报》刊载了两份国华书局关于骈文的新书广告，一为《当代骈文类纂》，广告云："骈俪文字为文学之一种，自欧化东侵以来，新学风行，后起之辈声调不辨，韵律鲜知。本局有鉴于此，特选纂《当代骈文类纂》，分类凡十二，曰赋，曰颂，曰呈，曰启，曰笺，曰书，曰序，曰跋，曰记，曰铭，曰诔，曰祭文，作者五十余人，悉系时卜名流，如王任秋、黎元洪、樊樊山、易实甫、郑太夷、阮中枢、饶汉祥、胡朴庵、吴东园、许指严、王睫庵、包醒独、倪铁池、李定夷诸君，其尤著者也。全书计百五十篇，沉醇秾郁，含英咀华，足以上继骈体正宗，下开房间新元。置身交际场中者，人人宜手此编。"二为，《当代骈文类纂续编》，广告云："是书为包醒独先生编辑，内容丰富，选材尤精，于初编著大文豪外，

---

① 尹恭弘：《骈文》，人民文学出版社 1994 年版，第 7—8 页。

复增载汤芗铭、林绍楷、王祖畲、孙宝琦、李稷勋、蒋箸超、郑渔父等诸名人之佳著，体格完备，无美不收。全书分上下两册，合诸初辑共得文二百余篇，洵属洋洋大观。凡购《当代骈文类纂》者，一律奉赠。"

吴东园、徐吁公与李定夷的一些序跋、发刊词均是优秀的骈体文。吴东园的《小说新报·发刊词一》云："郁东璧图书之府，别户分门；森西园翰墨之林，同条共贯。是以细流不择，遂成沧海之深；拾遗而登，如揽泰山之大。故巨浸无嫌蠡测，高峰不阻鹏搏。井底鸣蛙，仍分两部；管中窥豹，亦见一斑。取义蚑肝，寓言蚊睫。舟轻一芥，钵散千花。酒国壶天，画家袖海。翳虞初九百，即为小说之滥觞；招知己两三，且辑新闻之杂志。昭明再见，操选政于萧楼；侯相重逢，萃签题于郿架，此同人所以有小说新报之刊也。"称赞《大学》《中庸》之旨，汇集注重门类，"征文考献，兰臭一堂；订缀拾遗，枌连千里。……品评月旦，弘奖风流。案有玉而皆青，笼无纱而不碧。务陈言之尽去，启雅化于将来"。"针砭薄俗，搜街谈巷议；不废说铃，存里谚衢谣。亦资话柄，劝善于焉惩恶，砭愚因以订顽，果世宇之大同，岂化神之小补？""星云纠缦，新民国之典章；日月升恒，新中华之气象，此又小说新报之所以为新也。"① 徐吁公的《美人福说部序》刊载于 1915 年第 1 期上，这是一篇用古文撰写的序文，开篇用骈体，"真真假假演出红楼梦，空空色色幻成碧落奇缘。诵王建之宫词，当为情死；读徐陵之艳体，每觉魂飞。当其写怨鸟丝，寄情红豆，珠玑落纸，歌哭当场，犹李学士之清狂，借咏名花倾国，屈大夫之孤愤，聊吟香草美人耳"。其实骈体是更高要求的古文，句式讲究骈偶，讲究四六。徐氏评论李定夷的哀情小说《美人福》说，读其书，知其情怀别抱，待人写照。"观其描来仙境，比宋玉之寓言，话到闺情；写韩陵之变相，缠绵芬馥，艳丽庄

---

① 吴东园：《小说新报·发刊词一》，《小说新报》1915 年第 1 期。

谐，意欲使普天下有情人都成眷属，全世界好儿女各庆团圆。其殆补情天之缺陷，开香国之别蹊径乎？独不年春花春草，梦冷红楼，拜雨秋风，露零小院。倚梧桐而吊影，对纨扇而嘶风。落月杜鹃有血，空梁燕子无言。……"① 这两篇发刊词与一篇序言，语言雅洁，注重骈偶，深得古韵。

刘铁冷（1881—1961），名绮，又名文樾，字汉声，别署松涛，笔名铁冷。江苏宝应人。出身于书香门第，其家世以经学、理学、词章相传。他毕业于上海龙门师范学校，民初任《民权报》编辑。围绕该刊及其后续刊物，如《民权素》《小说丛报》《小说新报》，聚结了一大批文人，如徐枕亚、李定夷、吴双热、胡仪鄌、沈东讷、韦秋梦、杨南村、刘铁冷等。"铁冷君尤喜为骈四俪六之文，笔墨以秾厚绮丽胜"，单行本有《铁冷丛谈》《铁冷碎墨》《野草花》《斗艳记》《求婚小史》《惧内日记》《官眷风流史》等，固皆脍炙人口者也。《小说丛报》辍止后，他不载为稗官家言，虽担任某中学高中部国文教授。他对新派诋毁旧派耿耿于怀，认为"一时代有一时代之思想，一时代有一时代之作品，过程如此，不得勉强，彼妄加诋毁者，徒见其不达于事理耳"②。民初旧派文人大多是贫困潦倒的失意者，他们往往通过著述或抒发孤愤，或淡泊明志，或自娱自乐。刘铁冷也是如此，他曾说："天既靳我以不朽之事业，更何有此无谓之文章？虽然，人之生于世也，营营扰扰，皆有荣趣可寻。彼之所谓乐者，我之所谓苦也。我虽无求于世，不能不有求于己。不为无益之事，何以遣有涯之生？举世之所谓富贵利达、金钱权势尽人皆好者，胥不足以娱我，则我所借以自娱者，舍此无谓之文章，更少可为之生活。尝谓美人之镜，侠士之剑，伶人之琵琶，以及文人之一枝秃管，在失意无聊时得之，亦可抵得一知己。故文王被囚而作

---

① 徐吁公：《美人福说部序》，《小说新报》1915 年第 1 期。
② 魏绍昌等：《鸳鸯蝴蝶派研究资料》（上册），上海文艺出版社 1984 年版，第 566 页。

《周易》，屈原见放而著《离骚》，马迁受刑而成《史记》，陶靖节罢官归去，亦云著文章以自娱。夫诸人之志，初岂在此区区文字哉！古之著作家，殆无一非伤心人。文人而以文自见，已为末路之生涯矣。我不敢企夫贤圣之发愤著书，而穷慕夫渊明之淡泊明志。《碎墨》之作亦聊以自娱而已。"①

刘铁冷为《燕蹴筝弦录》所撰之序云："龟蒙有诧，侍儿录名，宋玉无聊，高唐作赋，虽藻思绮合，语尽珠玑，然娀女宓妃，事多虚诞。娄东名士，姚子鹓雏，广竹垞《风怀》之诗，仿微之《会真》之记，探源秘笈，挥翰成篇，凄若繁弦，炳若缛绣，夺兰成之丽藻，写屈子之愁怀，敻乎尚已。向使多情欧九，喜赓新婿之章，慧眼刘公，遂娶九姨之愿，亦或登车崔妹，能代女兄，来嫔娥英，同居贰室，又何必作闲情之赋，续断肠之词也哉！嗟嗟！崔浩求妻，莫逢少女，季妃有志，竟遇庸人，同梦难期，挽歌先唱，君刊钟石，碧血常留，我类江州，青衫尽湿已。"②

民初，以骈俪文写小说的徐枕亚和吴双热两人为此中巨擘。徐枕亚的弟子皋山鉏农说："在科举乍废，新政方张之时，骈语说部，最为珍贵。壬癸之交，尚未减其锐利。如吾师枕亚所著之《玉梨魂》等书……凉其时旧法虽废，古书未忘，犹故家子弟，虽家已中落，而耳阅目见，居处陈设，服食装束，起居动作，咸为伧荒所不能梦见。""频年以来，新学澎湃，风靡全国，稗官家言，亦随之转移，不独骈四俪六之体，见弃于时，即普通简洁之文言，于时亦为无用。新体白话之作，盛行矣。遍阅近日小说界之作品，无论杂志小报，以及单行刊本，文言之作，渐成罕睹。或系因读者厌弃，故编者以文言之作濒于淘汰，遂小复注意云尔，抑作文言者寡，佳稿小易得……""平心论之，当今之世，学风日颓，佶屈聱牙之骈俪文字，能了解者，十不得一。即能解之，而以叙事述情之言，强凑字韵，拼成对偶，引经据

① 徐枕亚：《铁冷碎墨·序》，刘铁冷《铁冷碎墨》，小说丛报社1914年版，第1页。
② 刘铁冷：《序三》，姚鹓雏《燕蹴筝弦录》，小说丛报社1915年版，第1页。

典，插列浮文，不仅不能雅俗共商，即识者亦女有趣味可寻。故为说部者，自贵明晰而简洁，若过求深高，则解人难索。骈语不能行于世，势使然也。"① 由此可见，骈文在民初十分风行，与白话文的兴起有关。

---

① 李文倩：《李定夷及其文学研究》，博士论文，苏州大学，2008 年，第 130 页。

第五章

《小说新报》与民初讲唱
文学及其传统

　　《小说新报》刊载了一定数量的"时调"与"弹词"。"时调"有四十七篇，在清末民初文学期刊中可谓多矣。其刊载集中于1915年第1卷第1—12期，每期刊登3—6篇不等，视稿源而定。"弹词"有六部，数量尽管偏少，前后连载的时间却长达数年。清末民初，由于晚晴文学界革命与五四新文学运动的兴起与发展，以小说为主导地位的新的文学体系逐渐建立。然而，传统文学样式并未完全退出历史舞台，这一时期报刊中许多"时调"作品的刊载就是最好的明证。这一现象表明，尽管西学东渐，域外文学观念和文学作品不断输入，我国文学的发展仍然有自己的节奏，仍然有意无意地在延续某些传统文学样式。

　　"时调"与"弹词"属于讲唱文学。我国的讲唱文学源远流长，从上古歌谣、神话和传说，再经漫长的发展演变，至唐代成为与传统的诗、文并峙而三的新型文艺形式，影响到后世小说、戏曲、各类说唱技艺。唐代敦煌讲唱作品，有近两百个抄本，八十多种作品（包括残篇）。其种类繁多，根据它们的自身标名、体制特点、渊源流变、题材内容、艺术特点等，大体可以分为词文、故事赋、话本、变文、讲经文五类。"它们都是在唐代商业经济的发达、都市的繁荣以及市民阶层兴起的社会条件下，成长和发展起来的。虽然并不是真正劳动者（在封建社会，主要指农民和手工业劳动者）的创作，更多的是城镇市民阶层的文艺，但他们的政治、经济和社会地位，使他们构思想感情能与广大农民、手工业劳动者息息相通。他们以人民群众喜闻乐见的艺术形式，唱出人民的痛苦与欢乐，理想和战斗，真实地展示出那个时代广阔的社会面貌。"词文从古代民间叙事歌谣发展而来的一种纯韵文演唱作品，其体制特点是：全篇由韵文唱词构成，没有说白（或仅有几句演唱前的交代），唱词以七字句为基本句式，个别句或稍做变化为三三句的六言，或杂以五言；用韵上，或通篇一韵到底，或一篇转若干韵；用韵方式，一般为偶句押韵，个别篇有部分句句用韵的；用韵宽泛，灵活，不避重韵。① 时调属于讲唱文学中的"词文"一类。弹词是一种说唱艺术，说唱艺术是一个独立的艺术门类。弹词既有类似小说的地方，又有音乐和表演的因素，但弹词不是小说，不是音乐，不是戏剧。"说唱艺术应该作为一个独立的艺术门类来研究，它和造型艺术、音乐艺术、戏剧艺术、电影艺术、语言艺术并列而毫不逊色。""曲艺研究没有为文艺理论研究工作者提供必要的资料和概括对象，所以文艺理论著作就讲不到说唱艺术。另一方面，过去的艺术论著受外来的现成模式的限制，也未将说唱艺术列入研究的视野之内。"② 讲唱文学属于"俗文学"。文学史家给予"中国俗文学"以高度评价，认为读了一部不相干的诗集或文集，往往一无所得，而为大众写作、表现最大多数人民的痛苦和呼吁、欢愉和烦闷，恋爱的享受和别离的愁叹等许多俗文学的作品则不然，它让我们看出当时人民的发展、生活和情绪。③ 因此，《小说新报》所载的"时调"与"弹词"作品不容忽视。

---

① 张鸿勋：《敦煌讲唱文学作品选注》，甘肃人民出版社1987年版，第1—3页前言。
② 周良：《70年来的弹词研究》，吴同瑞等：《中国俗文学七十年纪念北京大学〈歌谣〉周刊创刊七十周年暨俗文学学术研讨会文集》，北京大学出版社1994年版，第101页。
③ 郑振铎：《中国俗文学史》，东方出版社1996年版，第13页。

第一节 《小说新报》所载时调与时调小传统

《小说新报》所载"时调"有四十七篇，刊载集中于 1915 年第 1 卷第 1—12 期，每期刊登 3—6 篇不等，视稿源而定。清末民初，由于晚清文学界革命与五四新文学运动的兴起与发展，以小说为主导地位的新的文学体系逐渐建立。然而，传统文学样式并未完全退出历史舞台，这一时期报刊中许多"时调"作品的刊载就是最好的明证之一。这一现象表明，尽管西学东渐，域外文学观念和文学作品不断输入，我国文学的发展仍然有自己的节奏，仍然有意无意地在延续某些传统文学样式。由于时调难以与处于主导地位的诗文乃至小说戏剧匹敌，故称之为"小传统"。民初期刊时调完全被忽视，缺乏研究，这种现状必须改变。

《小说新报》所载的四十七篇"时调"，基本上采用传统的体式与曲调，是对传统的直接延续。相对而言，体式比较少，而曲调则比较多。这四十七篇"时调"涉及的体式七八种，涉及的曲调则有十几种，而曲调比体式更重要、更基本，它直接决定一首时调的吟唱。

一 《小说新报》所载"时调"的主要体式

《小说新报》所载的四十多篇时调，根据体式大致可以分为两大类：一曰时序体；一曰诸事体。时序体是以季、月、更等时间单位分节的时调体式，其代表性体式有根据"季"分节的"四季体"，根据"月令"分节的"十二月体"，根据"更"分节的"五更体"。诸事体是根据某事的不同方面为事项单位分节的体式，代表性体式有"十事体""十二事体"与"十八摸"。此外，还有"开篇体"。

"四季体"见于汉魏六朝的"乐府"，"南朝乐府"中的"吴声歌曲"有"子夜四时歌"。宋代郭茂传编的《乐府诗集》，共收录 75 首"子夜四时歌"，其中"春歌"20 首，"夏歌"20 首，"秋歌"18 首，

"冬歌"17首。① "子夜四时歌"充满了浓重的抒情之风，其体式基本为五言四句。"春歌""夏歌""秋歌""冬歌"各具相对的独立性。《子夜四时歌》源自《子夜歌》，是其变曲，又称《四时歌》《吴声四时歌》。"春歌：光风流月初，新林锦花舒。情人戏春月，窈窕曳罗裙。/夏歌：田蚕事已毕，思归犹苦身。当暑理缔服，持寄与行人。/秋歌：白露朝夕生，秋风凄长夜。忆郎须寒服，乘月捣白素。/冬歌：渊冰厚三尺，素雪覆千里。我心如松柏，君情复何似？"② 这组时调颇有代表性，是后世的范本。

《小说新报》所载时调只有两首属于"四季体"，即署名"笑余"的《新四季相思（银纽丝调）》（载1915年第1期），署名"我"的《四季花儿哥（九连环调）》（载1915年第1期）。

"十二月体"是根据月令分节，每月一节，凡十二节。这种结构形式载容量上比"四季体""五更体"要大得多，一般运用于内容比较丰富的叙事或抒情对象。《小说新报》所载"十二月体"时调有八首，具体为：鸿卓的《学生恨（调寄梳妆台）》（1915年第1期），阿呆的《小学生上学山歌》（1915年第2期），痴郎的《新十二月相思》（1915年第3期），寄恨的《花名山歌》（1915年第4期）、《时事恨（变体漂白纱）》（1915年第6期）、《十二个月女学生（调寄梳妆台）》（1915年第11期），埜庐的《劝我郎（调寄想我郎）》（1915年第7期）与《新十二月相思》（1915年第7期）。

"五更体"见于晚唐时期。罗振玉编的《敦煌零拾》载有"俚曲三种"，其中有一台《叹五更》。全首共五段，各段以"一更初""二更深""三更半""四更长""五更晓"作起兴之句，然后是一句七言唱词。全首为："一更初，自恨长养枉身躯，耶娘小来不教授，如今争识文与书。/二更深，孝经一卷不曾寻，之乎者也都不识，如今

---

① （宋）郭茂倩：《乐府诗集》第45卷，中华书局1979年版。
② 王运熙、王国安编：《乐府诗集导读》，中国国际广播出版社2009年版，第274—279页。

嗟叹始悲吟。/三更半，到处被他笔头算。纵然身达得官职，公事文书争处断。/四更长，昼夜常如面向墙。男儿到此屈折地，悔不孝经读一行。/五更晓，作人已来都末了。东西南北被驱使，恰如盲人不见道。"① 这首时调产生较早，也很典型，往往为后世所仿效。

《小说新报》所载"五更体"时调有十五首，具体为：豫立的《戒赌新曲（改良五更调）》（1915 年第 1 期），佚名的《酒鬼（五更调）》（1915 年第 2 期），诗隐的《五更调》（1915 年第 3 期），寄恨的《改良叹五更（秋闺怨仿弹词体）》（1915 年第 4 期）、《近体小调》（1915 年第 4 期）、《叹五更（调寄银钮丝）》（1915 年第 4 期）、《改良五更调（戒嫖新曲）》（1915 年第 5 期）、《烟花叹（调寄俏尼偿）》（1915 年第 6 期）、《学究叹五更》（1915 年第 8 期），垫庐的《改良哭小郎》（1915 年第 9 期），颍川秋水的《劝戒烟五更调》（1915 年第 10 期）与《改良五更调（戒赌曲）》（1915 年第 12 期），寄沧的《扬调叹五更（本调）》（1915 年第 12 期），郑逸梅的《小说新报五更调》（1919 年第 1 期）与《小说新报五更调》（1919 年第 7 期）。

诸事体是根据诸多事件来分节的时调体式，其代表性体式有"十事体""十二事体"与"十八摸"等。《小说新报》所载"十事体"与"十二事体"时调为：笑余的《新十杯酒（与梳妆台同谱不同调）》（1915 年第 1 期），诗隐的《用烟花女子叹十声调》（1915 年第 3 期），寄恨的《新十杯酒（送郎留学）》（1915 年第 5 期）、《烟花女子叹十声（分咏格）》（1915 年第 7 期）、《改良十劝词》（1915 年第 7 期），玩物的《十块香帕时调》（1915 年第 5 期），垫庐的《新十杯酒》（1915 年第 9 期），署名"我"的《十二朵绣花（花鼓调）》（1915 年第 1 期）。

《小说新报》所载其他诸体时调有：诗隐的《上海滩道情》（1915 年第 2 期），寄沧的《璇闺怨（虞美人调）》（1915 年第 6

---

① 罗振玉：《罗雪堂先生全集三编七》，大通书局有限公司 1989 年版，第 2505 页。

期)、《栽黄瓜（本调）》（1915 年第 6 期），病瞻的《劝戒香烟新开片》（1915 年第 3 期），遁庐的《新闺叹开篇（仿马调）》（1915 年第 5 期），绮禅的《闺怨开篇》（1915 年第 10 期），痴郎的《上海滑头》（1915 年第 2 期），寄恨的《时事恨（变体漂白纱）》（1915 年第 6 期）、《醒嫖曲（调寄黄鸳儿)》（1915 年第 8 期）、《王熙凤词（仿弹词体)》（1915 年第 9 期）、《拟缪莲仙嫖赌吃着四戒（调寄驻云飞)》（1915 年第 10 期），吴君益的《鲜花调》（1915 年第 8 期）。

《小说新报》所载"时调"的主要体式基本上是沿袭传统的，自创的体式几乎未见。由此可以得出三个结论，其一，这些体式很成熟很固定，难以获得新的突破；其二，旧派作家缺乏创新的能力；其三，这种体式沿袭表明了旧派作家借鉴传统讲唱文学样式可谓回光返照，苟延残喘。

二 《小说新报》所载"时调"的主要曲调

体式是时调的结构形式，而其吟唱则体现在曲调上。《小说新报》所载四十多篇时调涉及 15 种曲调，如五更调、银钮丝、俏尼偿、梳妆台、想我郎、叹十声、花鼓调、虞美人、仿马调、九连环调、黄鸳儿、十块香帕时调、鲜花调、驻云飞、栽黄瓜等，现把主要的曲调剖析如下。

"五更调"是"以五更分段的曲调中之一种"，"以五更分段的曲调，并不全叫做五更调，而叫做五更调的，却全是以五更分段的。以五更分段的曲调，吴立模以为自古有之，曾举《乐府·从军五更转》为例，刘半农又抄敦煌写本中《太子五更转》等例以补之，《永乐大典》戏文《张协状元》及《缀白裘·翡翠园·脱逃》中，也都有《五更转》曲，可见来源很古。"① 兹录一首代表性的"五更调"："一更初。太子欲发坐心思。奈知耶娘防守到。何时度得雪山川。/二

---

① 李家瑞：《北平俗曲略》，上海文艺出版社 1990 年版，第 92 页。

更深。五百个力士睡昏晓。遮取黄羊及车匿。朱鬃白马同一心。/三
更满。太子腾空无人见。宫里传闻悉达无。耶娘肝肠寸寸断。/四更
长。太子苦行万里香。一乐菩提修佛道。不藉你世上作公王。/五更
晓。大地上众生行道了。忽见城头白马踪。则知太子成佛了。"① 这
首"五更调"颇受研究者所重视。

《小说新报》所载"时调"中"五更调"不少，例如豫立的《戒
赌新曲（改良五更调）》（载 1915 年第 1 期），第一节为："一更一点
夜未央，牌九上场，呀呀笃唉，看想庄洋。几回摆过梢欠长，怎商
量，将家伙呀东押西当，呀呀笃唉，弄得精光。"

"叹十声"亦分十段，"每一段叹一声，故名叹十声。苏州一带
也有用每段叹一声共十声的小曲（名唱春曲），不过和北平的有些不
同。苏州十叹的形式是'第一声叹来……'北平十叹的形式是
'……叹了头一声'。北平俗曲集，用这种形式互相摹仿，产生了很
多小曲。车王府去本里有《王三公子叹十声》，《小相公十叹》，《笔
帖式十叹》等本。戊戌政变以后，北平市面上有仿叹十声的体裁作成
《康有为人人乐十声》（俗称笑曰乐），《康有为天下恨十声》，打开是
返利拂去，随便仿造，所以有《洋车夫叹十声》，也有《洋车夫乐十
声》。叹十声是正体，乐十声，恨十声，都是变体"②。《小说新报》
所载诗隐的《用烟花女子叹十声调》共十节，每节一叹，其第一节
为："中华民国谈革民叹一声，第二次起风潮好不惊心。南京城断送
了多少财和产，可怜他妇女们半走了枉死城。吴淞口，各屯营，老百
姓入地叹无门。战伤中尸首如山积，不过是为权利动刀兵。"（载
1915 年第 3 期）

"银纽丝"出自南方，"在北平有称为探亲调，因为《探亲家》
一剧，完全用银纽丝歌唱，银纽丝曲本里，亦即以《探亲家》一剧
为最著名；所以称银纽丝，也许有人不解，称探亲调，则无人不知

---

① 任二北：《敦煌曲校录》，上海文艺联合出版社 1955 年版，第 118—119 页。
② 李家瑞：《北平俗曲略》，上海文艺出版社 1990 年版，第 122 页。

也"。《探亲家》一剧初见于《缀白裘》，名《探亲相属》，其后二簧
里也有《探亲家》。昆曲里的探亲是从南方传来的，故名南探亲；二
簧的探亲是北平仿作的，故名北探亲，亦称新探亲。① 《小说新报》
所载寄恨的《叹五更（调寄银钮丝）》共五节，其第一节为："五更
天相思月斜西，朦胧曙色透进碧玻璃，最沉迷。无限柔肠绞乱了一点
灵犀。远寺霜钟声起，树梢乳莺啼。叹一声手托香腮强自持，无心对
镜着甚罗衣。相思深入骨究竟情谁医？我的老天爷，难道奴苦情独自
缠到底？"（载 1915 年第 4 期）又如《小说新报》所载笑余的《新四
季相思（银纽丝调）》，共四节，第一节为"春季里，害相思，春归
在客先。伤春……人儿……闷坐小楼前，恨难言。伊人一去经岁又经
年，懒把眉峰描，徒将眼角悬。可怜侬……梦魂颠倒……将他念。莫
不是……在外面……有什么巧姻缘。侬呀侬的天……天儿吓。他不是
负心人，为何陡把心肠变。"（载 1915 年第 1 期）

　　"梳妆台"是五更体的一种，"以'一更里来梳妆台'一句起首，
故名。仿这调子的有《小尼姑自叹》等"。"每段四句，每句七字。音
乐是一板一眼，三十板为一阕。"其曲本，"有在五更之后，附加一段
或两段的，都是《送情郎》调的曲词。这是唱的人随便拿《送情郎》
的词句，补充在后面，以便延长时间，实际和梳妆台没有什么关
系"②。《小说新报》所载鸿卓的《学生恨（调寄梳妆台）》，共十二
节，每月一节，第一节为"正月里，水仙花儿鲜，思想起做学生好不
惨然。误光阴荒功课又去了数十日。破皮靴旧校服，怎样去贺新年。
说甚西装每，不及服翩翩，讲几句文明话，免得去周旋，羡若辈五花
马千金裘美，闷瞧戏闲打牌，随意洒金钱。"（载 1915 年第 1 期）

　　"道情"在《啸馀谱》里成为《黄冠体》，"因为原是道士化缘时
所唱的一种歌曲，其词意以离尘绝俗为主。唐代末年，就有此种歌
曲，《续仙传》记蓝采和尝穿一身破衣，手持三尺余长的大拍板，行

---

① 李家瑞：《北平俗曲略》，上海文艺出版社 1990 年版，第 131 页。
② 同上书，第 135 页。

乞于城市……""靖康初，民间以竹，径二寸，长五尺许，冒皮为首，鼓成节奏，其声似曰《通同诈》。""无业游民，略熟《西游记》，即挟渔鼓，诣诸姬家，探其睡罢浴余，演说一二回，藉消清倦。""现在唱道情的所用的渔鼓，是三尺余长的竹筒，以薄膜蒙其一端，简子则为两根长竹片，屈其上端。唱的时候，左手报渔鼓，击简子；右手拍渔鼓。简子用节音（打拍子），渔鼓则唱完一句，或一段，才拍一通。"①《小说新报》所载诗隐的《上海滩道情》，共十二节，第一节为"响咚咚，毛竹筒，叹人情，慨世风。看来事事多心痛，热肠公理分明说，牛鬼蛇神变幻工。共和国里称同种，谁知道江河日下，仍旧是一味痴聋"（载1915年第2期）。

　　"鲜花调"又名"宜化调""茉莉花"等，是清及近现代流传最广的小调之一。当代南北各地均有流传，有不同的变曲。流传最广的唱词即以"好一朵茉莉花"起兴的唱段，内容系演唱元杂剧《西厢记》中男女主角张生和崔莺莺私自结合的故事，故又称《张生戏莺莺》，当代有记录自河北南皮县的传唱歌词。②《小说新报》所载吴君益的《鲜花调》，共十六节，第一节为："送客在浔阳，重一句，芦花枫叶，月侵空江。钱筵开，不成欢，相对西风惆怅。"（载1915年第8期）

　　"九连环"又称"福建调"，可能来自福建。乾隆后期已流传南北。嘉庆年间得硕亭《京都竹枝词》："更爱舌尖声韵碎，上场先点［九连环］。"原注："此曲每折将终，必作滚舌音以擅长。"滚舌音俗称"花腔"，乃以卷舌作"嘟噜"之和声词，是本曲演唱的特点。③《小说新报》所载"我"的《四季花儿歌（九连环调）》，共四节，第一节为"春日暖洋洋，盆中供养兰为花中王。山茶红白镶，玉簪花

　　① 李家瑞：《北平俗曲略》，上海文艺出版社1990年版，第173—174页。
　　② 车锡伦：《清同治江苏查禁"小本唱片目"中的曲调》，《扬州师范学院》（社会科学版）1992年第4期。
　　③ 同上。

儿远望白如霜。牡丹色飞扬，红缨白杏飘两旁。茉莉透清芳。桃和李，带着采花黄，荼蘼香"（载 1915 年第 1 期）。

"十二杯酒"即"十杯酒"。源于江苏淮阴一带的俗曲，大运河流域均有流传，并沿长江流传到西南诸省。以"杯酒"为序，用女子的口吻，抒写对情郎的深情蜜意。最初为"十杯酒"，后来有的唱"十二杯酒"，又成为曲调名。① 《小说新报》所载垫庐的《新十杯酒》共十节，第一节为："一杯酒，触我忧，叹一声好夫婿阔别近三秋。凄风苦雨空闺冷，何况虫声四壁名啁啾。箧中棉，手中线，寒到君边衣到也不？望断那山高水悠悠，欲往从之道阻修。"（载 1915 年第 9 期）

有的时调不尽遵守原谱原调，而有所创新，如刊发在《小说新报》1915 年第 1 期上的《新十杯酒》，它就与梳妆台同谱不同调，作者"笑余"在该篇之末的按语云："此曲乃堆字调情，扬州人唱之最佳。予已唱过，内中有抢字，唱法飞定须按旧调唱也。"② 不过，总体来看，民初时调的曲调创新基本上没有，因为时调遵循原调而作，若要创造新的曲调比较困难。

三　《小说新报》所载时调的主要内容

《小说新报》所载时调的内容主要分为三类，一是关于社会现实的时调，二是关于移风易俗的时调，三是关于消解猥亵的时调。

关于社会现实的时调。《小说新报》所载时调具有浓厚的现实色彩。有的从多个侧面描绘当时的政治、社会情状，如诗隐的《用烟花女子叹十声调》。有的描绘某个方面的情况，如鸿卓的《学生恨（调寄梳妆台）》描绘学生的多种状况。有的描绘某地的不同方面，如诗隐的《上海滩道情》。时调作者有意通过这种传统的通俗小调来表达

---

① 车锡伦：《清同治江苏查禁"小本唱片目"中的曲调》，《扬州师范学院》（社会科学版）1992 年第 4 期。

② 笑余：《新十杯酒（与梳妆台同谱不同调）》，《小说新报》1915 年第 1 期。

他们对当时政治、社会诸多方面的认识与看法。

贡少芹的《时事五更调》集中描绘了民初的政治，共五节，前四节每节描绘一个重大政治事件。

一更一点月光洁，山东起交涉，咦呀得而唅，闹得真激烈，矮子真够无道德，实可恨呀，举动太奇特，咦呀得而唅，一味行强迫。

二更二点月正高，五四起风潮，咦呀得而唅，学生出了校，文明抵制呼声高，来检查呀，又把劣货烧，咦呀得而唅，与他绝了交。

三更三点月当头，矮子闹福州，咦呀得而唅，这事怎甘休，枪毙学警把命丢，不算数呀，兵舰来五艘，咦呀得而唅，军队进城游。

四更四点月光皎，学生派代表，咦呀得而唅，一齐上京兆，请愿奔走又呼号，联盟会呀，为的是青岛，咦呀得而唅，切莫直接交。

五更五点月光沈，大声呼国民，咦呀得而唅，同胞快快醒，中国主权莫让人，要实行呀，誓以死力争，咦呀得而唅，民气为后盾。

第一节描绘的是义和团运动，第二节描绘的是"五四运动"，第三节描绘的是矮子闹福州，第四节描绘的是学生为青岛请愿，第五节向国民发出强烈的呼吁，呼吁民众快快觉悟，争我主权，保家卫国。由此可见，民初旧派作家饱满的政治热情，以及为国为民的呐喊。

诗隐的《用烟花女子叹十声调》描绘了谈革民、开议院、考知事、借外债、争选举、出白狼、爱自由、新演剧、失青岛、排日货，几十项内容。谈革民、开议院、借外债、争选举、失青岛、排日货、考知事、出白狼，都是民初重大或重要的政治问题。其第二节为：

"中华民国谈开议院叹二声,廿一省派代表总是虚名。想议院掷墨盒甚至挥拳打,为只为三两言拼了性命争。领薪水,数百金,逛窑子花酒闹纷纷。论人格各省公推定,谁想到都是些假斯文。"(载 1915 年第 3 期)爱自由、新演剧两节则事关社会进步。"爱自由"一节为:"中华民国爱自由叹七声,一个个说平等做公民,满口是数不尽文明话,却专心嫖赌与金银。最自由,是结婚,两方面情和意正殷勤。说不定相公两三月,生恶感使控诉在公庭。"(载 1915 年第 3 期)作者谈政治极尽讽刺之能事,谈自由也如此。读者由此可以对民初的政治与社会乱象略见一斑。

《小说新报》所载诗隐的《上海滩道情》描绘了上海社会奇奇怪怪的情状。篇首有作者的小序,序中称,最繁华的上海滩,真实稀奇古怪不胜谈。因为二次革命,作者在金陵开设一所学堂,当时烽火频起,生徒星散,家业被劫,无以为生。于是来到春申江上,靠卖文为生。然而,作为通商巨埠、人烟稠密、车水马龙的上海繁华不尽,热闹不尽,更无奇不有,作者感慨系之,遂作《上海滩道情》。《上海滩道情》共十二节。第一节是概括上海的世风,"响咚咚,毛竹筒,叹人情,慨世风。看来事事多心痛,热肠公理分明说,牛鬼蛇神变幻工。共和国里称同种,谁知道江河日下,仍旧是一味痴聋"(载 1915 年第 2 期)。第十二节是总括全文。第二节至第十一节,每节描绘一种怪现象,如专门帮助杨若男欺压同胞的洋奴、诈骗的商界、移居上海的军阀富豪、新剧场的丑恶行径、惯于拆梢的小流氓等。

关于移风易俗的时调。民初旧派作家十分关注社会风化,并以开通社会为己任。其时调作品也包括这方面的内容,有的是关于戒烟戒赌戒嫖的,如病瞻的《劝戒香烟新开片》、豫立的《戒赌新曲(改良五更调)》、寄恨的《醒嫖曲(调寄黄鸳儿)》与《拟缪莲仙嫖赌吃着四戒(调寄驻云飞)》,有的是抨击酒鬼的,如佚名的《酒鬼(五更调)》,有的是感叹妓女的,如寄恨的《烟花叹(调寄俏尼偿)》(五更)与诗隐的《用烟花女子叹十声调》。

豫立的《戒赌新曲（改良五更调）》（载 1915 年第 1 期），兹录如下：

一更一点夜未央，牌九上场，呀呀笃唅，看想庄洋。几回摆过梢欠长，怎商量，将家伙呀东押西当，呀呀笃唅，弄得精光。

二更二点月初高，要想反梢，呀呀笃唅，走路如跑。横唐撒角越吃冒，运不好，为什么呀辟十长捞，呀呀笃唅，心中懊恼。

三更三点夜正长，就是码帐，呀呀笃唅，四赌八相。囊剩余钱手还痒，将半边，四开头呀挖到天亮，呀呀笃唅，精神硬撑。

四更四点月已斜，轮燥还家，呀呀笃唅，心像蟹抓。老婆反脸来相骂，你为啥，偏好赌呀不管儿娜，呀呀笃唅，只装聋哑。

五更五点天将明，我劝诸君，呀呀笃唅，戏场勿亲。士农工商为赌因，伤精神，失事业呀做家不成，呀呀笃唅，快去营生。①

这首时调描绘了赌博场上的四种情景，赌徒的神情活灵活现，第五节是作者的劝诫。劝善是旧派作家最基本的社会职责，"时调"作品也不例外。

三是关于消解猥亵的时调。歌谣出自民间，不免流露猥亵的成分，这些成分反映民间所受的性压抑，涉及猥亵成分的时调有助于民间压抑的性能量的释放。《小说新报》所载时调涉及猥亵成分的有公羽的《老十八摸》（载 1915 年第 11 期）与寄沧的《栽黄瓜（本调）》（载 1915 年第 6 期）。五四新文学家比较重视歌谣，即使是涉及猥亵的歌谣也不放过，认为这类歌谣仍然具有研究价值。五四时期，周作人、刘半农、沈尹默等新文学家注重歌谣的征集与研究，并创办《歌谣》周刊。周氏所言的"歌谣"包括时调在内。1919 年9 月，他在《中国民歌的价值》中论述"民歌"时突出抒情民歌

---

① 豫立：《戒赌新曲（改良五更调）》，《小说新报》1915 年第 1 期。

《子夜歌》与《山歌》。1923 年 12 月，他在《猥亵的歌谣》中并不完全否定"猥亵的歌谣"，如《老十八摸》，他认为："猥亵的分子在文艺上极是常见，未必值得大惊小怪，只有描写性交措词拙劣者平常在被摈斥之列，——不过这也只是被摈于公刊，在研究者还是一样的珍重的，所以我们对于猥亵的歌谣也是很想搜求，而且因为难得似乎又特别欢迎。"① 周作人所言的《子夜歌》与《山歌》是一些是时调曲调的来源，《老十八摸》是一种包含猥亵内容的时调，在民间颇有影响。

《老十八摸》篇首语云："老夫少妻，锦帐双栖。一树梨花压海棠，风致正复不浅。暗中摸索，当亦互表同情。旧有小调十八摸，仅属一面之辞，戏为拟之，亦一段老人趣事也。"② 此十八摸总体而言比较纯正，前十七摸分别是摸老人头发、眉毛、眼睛、鼻头、耳朵、面孔、嘴唇、肩胛、臂膊、手掌、奶奶、肚皮、肚脐、屁股、脚、小腿、大腿。前二摸摘录如下：

> 摸到老人头发边呀，老人头发白如雪。唷咯龙冬祥，嗳嗳唷，哎哎唷，嗳唷嗳唷嗳嗳唷，一片羊毛毡，嗳嗳唷。
> 摸到老眉毛发边呀，一半花白一般褪。唷咯龙冬祥，嗳嗳唷，哎哎唷，嗳唷嗳唷嗳嗳唷，用旧擦牙刷，嗳嗳唷。③

最后一摸略微猥亵："两头摸过摸中间呀，扯扯就长弗扯就短。唷咯龙冬祥，嗳嗳唷，哎哎唷，嗳唷嗳唷嗳嗳唷，一段萝葡干，嗳嗳唷。"

《老十八摸》突出了老夫少妻的恩爱情谊，削弱了猥亵成分。顾颉刚《苏州唱本徐录》中关于"十八摸"云："凡十八段，是玩笑戏

---

① 吴平、邱明一编：《周作人民俗学论集》，上海文艺出版社 1999 年版，第 121 页。
② 公羽：《老十八摸》，《小说新报》1915 年第 11 期。
③ 同上。

'荡湖船'里头的一节。——李君甫上了船，同船姑顽闹，周摸她的全身，一头摸一头唱的唱句。此歌有特殊的调谱，自成一格，流行得很广的。不过歌里头有几段很秽亵，所以有几种刻本里把它删了，另填选别的几段。"① 顾氏所提到的玩笑戏《荡湖船》中的"十八摸"是客人与船姑的调情，男客人摸遍船姑全身，其中摸到船姑身体敏感或隐秘的部位。《荡湖船》的猥亵成分很浓厚，而《老十八摸》则不然，大大改进了。

时调《栽黄瓜》本为淫秽之词曲，朱自清在《中国歌谣》中提及"猥亵的时调"，关于性交的歌有《民歌研究的片面》中所举的《打牙牌》《洗菜心》《摘黄瓜》《姑娘卖花娃》等，关于肢体的歌有《老十八摸》，关于排泄的歌有《民歌研究中的片面》里所举的《踏蹋五更调》。② 民初有的文人仍听到有人在沿街度曲，恶之，乃依原曲反其意而用之，作爱国之时调，如寄沧的《栽黄瓜（本调）》。其篇末按语云："栽黄瓜原曲为极淫秽之词，迄今尚有人沿街度曲。予每一闻之，则怒然心悸，乃依原调但改其内容，为爱国时调，以警惕人心。愿吾人人人熟读，举国歌之，勿负作者之深心，国家幸甚，社会幸甚。"③ 该时调共十二节，内容从播种到护瓜，不涉及淫秽。其前二节与最后二节如下：

> 姐在哟啊啊后园哟呵栽黄瓜哟，（噎呵呀呵呀），手拿着瓜子泪如麻，思想起真真害怕，（噎呵呀呵呀）。
> 朝芰哟呵呵野草哟呵呵暮搭架哟，（噎呵呀呵呀），费多少工夫服伺瓜，望到他发了芽，（噎呵呀呵呀）。
> 是我哟呵呵地土哟呵呵种我的瓜哟，（噎呵呀呵呀），拼着我的性命保护着瓜，那怕你拿刀杀，（噎呵呀呵呀）。

---

① 顾颉刚：《顾颉刚全集 14 顾颉刚民俗论文集卷 1》，中华书局 2010 年版，第 291 页。
② 朱自清：《中国歌谣》，复旦大学出版社 2004 年版，第 152 页。
③ 寄沧：《栽黄瓜（本调）》，《小说新报》1915 年第 6 期。

强权哟呵呵难把哟呵公理压哟，（喤呵呀呵呀），尽我的职守不让他，预备着血肉开花，（喤呵呀呵呀）。①

公羽的《老十八摸》与寄沧的《栽黄瓜（本调）》很有代表性，他们把原本十分猥亵的时调进行改造，消解猥亵内容，以积极进步的内容取而代之，这是民初时调的新变化。这种变化实质上是时调的"时代变化"，即由传统社会向现代社会的变化；也是时调的"形态变化"，即由民间形态向文人形态的变化，体现了与"西为中用"不同的"古为今用"。

总之，以《小说新报》所载"时调"为民初报刊时调代表，作为讲唱文学，"时调"进入民初报刊，由传统的"听"时调发展到民初的"读"时调，这是一个新变化，是民初旧派作家对传统自觉承续的结果，也是他们通过传统文学样式表现新的时代内容的文学追求。"读"时调与"听"时调最大的差别不仅仅在于消费时调时感觉器官的转换，而且更在于消费主体的转换，有文化水平甚低的"听众"转变为文化水平较高的"读者"，由时调的"语言"媒介转换成时调的"文字媒介"。语言媒介是临时性的，文字媒介是长久性，因此临时性的语言媒介往往夹杂更多的低级趣味，包括猥劣的成分，而文字媒介就会有所顾虑。当然，传统的时调也存在诸多"唱本"，这些唱本属于文字媒介，也诉诸"读"而非"听"，但尽管同样作为文字媒介，但报刊形态的"时调"与唱本形态的"时调"存在很大差别。唱本"时调"一般在民间"秘密"流传，被民众"秘密"阅读，低级趣味包括猥劣的、情色的内容被饱受压抑的读者所"秘密"消费，而报刊"时调"则公开消费，在阳光之下，低级趣味包括猥劣的、情色的内容自然就会大大节制。尤其是，唱本"时调"往往不知作者，而报刊"时调"则一般署名作者，为责

————————

① 寄沧：《栽黄瓜（本调）》，《小说新报》1915 年第 6 期。

自负，报刊"时调"的作者会提供"时调"作品的品位，或抨击时弊，或反映广阔的社会现实，大大压缩猥亵劣情色的空间，逐渐摆脱低级趣味，从而使报刊时调发生巨大的变化。总之，报刊时调体现了时调由传统向现代迈进的步伐，由民间意识到换成文人意识的深刻变迁。

第二节 《小说新报》所载弹词与弹词传统

一 《小说新报》所载"弹词"及其渊源

《小说新报》所载"弹词"包醒（独）的《芙蓉泪弹词》（载1915年第1年第1—12期，1916年第2年第1—12期）、醒独的《林婉娘弹词》（载1917年第3年第1—3、5—12期）、绛珠的《苏小小弹词》（载1918年第4年第12期）、高洁的《梨棠影弹词》（载1923年第8年第1—6期）、（吴）东园的《五女全贞记弹词》（载1923年第8年第8、9期）、高洁的《民国十三年新开篇》（载1923年第8年第8期），凡六部。作家包醒独、吴东园、高洁、绛珠对弹词情有独钟。

与时调相比，弹词的历史则短得多。弹词可以追溯到明代中叶成化年间的《明成化说唱词话丛刊》，这些说唱词话是后来弹词的滥觞，也可以说是现在所见最早的弹词刻本。原书共装十一册，收说唱词话十三种，可分三类：讲史类、公案类和神怪类。讲史类有《花关索传》《石郎驸马传》与《薛仁贵跨海征辽故事》三种。公案类有《包待制出身传》《包龙图陈州粜米记》与《师官受妻刘都赛上元十五夜看灯传》等八种。神怪类有《莺哥行孝义传》与《开宗义富贵孝义传》两种。[①]"弹词"之称谓则始见于明代。明田汝成《西湖游览志余》第二十卷《熙朝乐事》："其时优人百戏：击球、关扑、鱼

----

① 朱一玄：《校点说明》，《明成化说唱词话丛刊》，中州古籍出版社1997年版，第1—2页。

鼓、弹向，声音鼎沸。"从乾隆年间的刻本看，明代弹词作品均散韵相间，韵文以七言为主，而早期称谓不一，词话、陶真、说唱、弹词、盲词，且与小说、传奇、说部等称谓相混淆。乾隆以后，弹词有很大发展，其趋势是迅速与各地方言结合，演变为用各地方言说唱的弹词，其中比较兴盛的有苏州弹词、扬州弹词。稍后还有四明南词、长沙弹词、贵州弹词。①

弹词可以分为"文词"与"唱词"两种。赵景深在《弹词选导言》一文中把弹词分为文词与唱词两类："弹词分为叙事、代言两种。大约先有叙事，后有代言。叙事的可以称为'文词'，只能放在书斋里看。完全是用第三人称作客观叙述的。代言的可以称为'唱词'，其中一部分是在茶馆里唱给大众听的。"② 作为俗文学，弹词在下层社会影响甚大。1920 年出版的张静庐《中国小说史大纲》中提到了弹词。他说："弹词似小说而又近传奇的变态。其势力在下流社会实比较小说，一般的通俗小说尤大。"③

《小说新报》所载弹词六部，即（包）醒（独）的《芙蓉泪》与《林婉娘》、绛珠的《苏小小弹词》、高洁的《梨棠影弹词》与《民国十三年新开篇》、（吴）东园的《五女全贞记弹词》。

弹词的突出特点是容量大，像长篇小说。因而，"情节的开展，人物的描述，从小到老，事件从发生到结局，矛盾从形成、发展到冲突，到矛盾的解决，结束。故事有头有尾，有始有终，人物形象，可以成为传记"④。

二　《小说新报》所载弹词的主要内容

《小说新报》所载包醒（独）的《芙蓉泪弹词》具有代表性，

① 车锡伦、周良：《宝卷·弹词》，春风文艺出版社 1999 年版，第 56—57 页。
② 周良：《70 年来的弹词研究》，吴同瑞等《中国俗文学七十年 纪念北京大学〈歌谣〉周刊创刊七十周年暨俗文学学术研讨会文集》，北京大学出版社 1994 年版，第 99 页。
③ 同上书，第 102 页。
④ 车锡伦、周良：《宝卷·弹词》，春风文艺出版社 1999 年版，第 108 页。

讲述的是一桩凤随雅式的婚姻悲剧。共三十六回，刊载完毕后，由上海国华书局出版单行本，易名为《鸦凤缘弹词》。回目依次为：闺况、亲情、贺魁、闻喜、离家、随宦、意母、求婚、接回、迓嫂、欢聚、相攸、允亲、纳聘、讶癖、丧母、依舅、于归、怨诳、恋嗜、典钗、产子、徙居、愁叹、操劳、归娶、诉愁、旁动、遣旋、邂友、受始、羁愁、荡产、后悔、警疾、泣嫠。包醒独的弹词作品很重要，早就引起学者的重视。赵景深《弹词研究》的"导言"中有"弹词的总目"，收录有包醒独做撰的《鸦凤缘》（上海国华书局铅印本，一本）。

　　女郎姜云岫"生在金昌世族家，诗书门第最清华。幼承母教娴闺则，贞静幽闲德自嘉"。其父出宰湘南，其母鸣鸡叫旦伴官衙。云岫误于媒妁，适非所人，其夫鲍郎沉湎于赌窟，二人同床异梦，云岫痛苦不已。旧派作家通过鸦凤缘的婚姻故事，表达了既反对婚姻专制，又反对婚姻自由的观念。民初，专制体制已经废除，共和体制已经建立，旧派作家的思想观念也发生巨大变化。但是，这种变化远远落后于激进的五四新文学家，但自有其价值和意义。他们是保守主义者，不是激进主义者。他们反对婚姻专制所造成男女悲剧，也反对婚姻自由所带来的男女痛苦，但他们没有找到婚姻专制与婚姻自由之间的平衡点，这个平衡点是他们的婚姻理想。徐枕亚在为《鸦凤缘弹词》撰写的"序言"中指出，"欧风东渐，崇尚自由，婚姻之礼废，而夫妇之道苦矣。眩之以金帛，挟之以势焰，托之以恋爱，要之以盟诅，自由自由，不待华落色衰，即相背矣。今有识之士，莫不曰婚姻宜专制，宜强迫，非敢好为矫异也。亦目睹夫世之好自由者，辄受自由之害，中自由之毒，激而言之也"。包醒独有鉴于此，乃作《鸦凤缘弹词》，有深意在焉。"彼鲍郎姜女，非世之所谓爱自由之男子，爱自由之女子乎？其结朱陈之好，非世之所谓自由结婚也。酝酿乎媒妁，沉浸乎门户，一言以蔽之曰专制强迫耳。夫既出于专制强迫矣，则其幸福遭际，倡随之乐，当大倍于自由结婚者，何以鲍郎则日陷于蓉城赌窟，姜女则日锢于愁叹哭泣?"①《鸦凤缘弹词》通过鸦凤之缘的故事，试图让人知道自由恋爱、自由结婚之真谛，祝愿天地间不复有薄幸之惨，而后婚姻以正夫妇之道莫不相得，且使好谈自由者不敢置喙，为父母者当深知此义，务使其子女贻悔于无极。1919 年第 5 年第 6 期的《小说新报》上，刊载《鸦凤缘弹词》广告，次年第 1 期上重载。广告为："弹词本多矣，然非说白近俚，即韵文失调，欲求无此二病者实属罕见。吴兴包醒独先生才识不凡，夙长音韵之学，前主《民权报》笔政，每日必有撰著，骈散兼擅，亦庄亦谐，阅报者靡不交口称誉。盖以先生有根柢而又富新思想，故其所撰文字迥非寻常小说家所可比拟。是书为先生得意之作，中述巨姓女郎因误于媒妁，致有凤随雅之叹。全书三十六回，计八万余言，描写旧家庭情形曲折细微，惟妙惟肖。说白则浅显而不俗，韵文则清丽而不佻，声调铿锵，意义纯正，洵弹词之善本，道世之良箴。凡注重儿女婚嫁者，不可不读。"②

　　文学史家郑振铎对弹词给予高度评价，他曾指出："弹词在今日，在民间占的势力还极大。一般的妇女们和不大识字的男人们，他们不会知道秦皇、汉武，不会知道魏征、宋濂，不会知道杜甫、李白，但他们没有不知道方卿、唐伯虎，没有不知道左仪贞、孟丽君的。那些弹词作家们所创造的人物已在民间留极大深刻的印象和影响了。"③ 不过，有论者认为，旧弹词格调相对低下，"所流行的旧有弹词，其所记大半还是荡子淫娃的苟合，所谓前楼送花，后园赠珠，衣锦荣归，夫妻团圆。其思想之卑陋，文词之恶劣，令人脑晕心呕"④。格调低下的弹词只是一部分，不是全部，不能以偏概全。作为广泛流传于中下层社会的俗文学，弹词对社会的教化作用无不

---

① 徐枕亚:《徐序》，包醒独:《鸦凤缘弹词》，国华书局 1916 年版，第 1—2 页。
② 《鸦凤缘弹词》广告，《小说新报》1919 年第 6 期。
③ 郑振铎:《中国俗文学史》，东方出版社 1996 年版，第 514 页。
④ 周良:《70 年来的弹词研究》，吴同瑞等《中国俗文学七十年 纪念北京大学〈歌谣〉周刊创刊七十周年暨俗文学学术研讨会文集》，北京大学出版社 1994 年版，第 102 页。

裨益。随着时代的发展,这种讲唱形式的俗文学因缺少讲唱者而不再以口头形式广泛地流传,在近现代报刊业的繁荣下通过一些小说杂志以书面形式在一定范围内流传。

第六章
《小说新报》与传统戏曲的变革

清末民初，戏剧界呈现传奇杂剧、地方戏与新演剧三足鼎立之势。《小说新报》仅载新传奇与新演剧，未载地域局限性很强的地方戏。

学界在研究近现代戏剧时，往往把"话剧""新剧""新戏""文明戏""戏剧"混为一谈，其实这几个概念不管是在外延上还是在内涵上都是有区别的，如果不加区分，我们很难理清中国早期戏剧发展的真实状况。"话剧"一词是最为流行的概念，学界已经达成共识，用这一概念来指称中国近现代以对话为主的戏剧。其实，这一概念直到 1928 年才正式使用。该年 4 月，洪深鉴于中国早期话剧有"新剧""新戏""文明戏""戏剧"等多种称谓，在一次上海戏剧同人的聚会上，他提议，将英文 drama 译为"话剧"，以取代其他各种不同称谓，并使这种新的戏剧形式区别于中国传统戏曲。洪深对话剧作了简单界定，他说："话剧是用那成片段的，剧中人的谈话所组成的戏剧"，并强调"对话"的重要性，突出对话在话剧中的核心地位，他说，"话剧的生命就是对话"。其提议得到欧阳予倩、田汉等人的一致赞同，并逐渐流行开来。如果我们以"话剧"为核心，去检视中国近现代戏剧发展史，就会发现复杂的戏剧演变过程被人为地简化了，以至于难以看到其清晰脉络。于是我们使用"新剧"或"新潮演剧"一词。

晚清戏剧界革命运动，一方面在启蒙思想家的倡导下，一些戏曲家开始创作新传奇,这些剧作不适合舞台演出,比较适合阅读。从演出实践来看,当时剧评家都认识到剧坛存在两种不同的"新戏"或"新剧",即旧派新剧与新派新剧,前者根据旧戏改良的新剧;后者根据外国小说与戏剧改编以及自创的新剧。秋风认为,流行的新剧剧本"一为新旧参合,一为纯粹新剧";涛痕认为,"新戏"分两种,"一为无唱之新戏,一为有唱之新戏"。钱香如在《繁华杂志》发表文章称,"从前之新剧登场人物,左人右出,亦用锣鼓,谓之旧派新剧;现在之新剧用幕布围遮,幕开则人物已在……谓之新派新剧"①。旧派新剧以改良京戏为代表,新派新剧以所谓的话剧为代表。改良京戏的两位重要人物是早期的汪笑侬与后期的梅兰芳。在戏剧改良的浪潮中,为了适应时代和观众的需要,汪笑侬、夏月润、潘月樵等一批职业演员亲自对旧戏进行改造。被改良的旧戏通常被称为"时事新戏""时装新戏"或"洋装戏",但其始终未能脱离旧剧的固有范围。新剧家徐半梅认为,伶人的京戏改良不可能使京戏完全走上话剧之道,只是使京戏适应时代的需要、观众的要求。对京戏"外行"的那些人,即具有西方现代戏剧修养的新剧家则很有可能使新派新剧完全走上话剧之道。在徐半梅看来,参与演新剧的人可以分为三类:一是从日本归国的留学生,如欧阳予倩、黄喃喃等;二是从外埠赴沪的,如王钟声、任天知、刘艺舟等;三是上海本地的戏剧爱好者。②后来中国话剧进一步发展乃至成熟,这些人功不可没。

第一节 清末新传奇的产生

传奇杂剧是以曲为中心的,从宋代的戏文、傀儡话本、影戏话本等演变为金、元的杂剧、传奇。从清末的杂剧、传奇进步到话剧,其历程可以概括为:衰落期的杂剧传奇—解放期的杂剧传奇—新

---

① 钱香如:《新剧百话》,《繁华杂志》1915 年第 2 期。
② 徐半梅:《话剧创始期回忆录》,中国戏剧出版社 1957 年版,第 28 页。

戏—改良新戏剧—话剧。戏曲的衰落并不自清末开始,乾、嘉两朝
显示征兆。道、咸以后,戏剧着重曲律,忽略了本身的价值和内容,
题材老套,且千篇一律。至光、宣之标,因为时代的剧烈变动,戏
剧的内容体例,也不得不发生更大的蜕化。① 清末,最早有意提倡新
戏曲的人为梁启超,他率先创作了《劫灰梦》《新罗马》《侠情记》
传奇三种。虽然都是未完之作,但影响很大。此外还有军国民的
《爱国女儿》传奇一出、玉瑟斋主人的《血海花》传奇一出、春梦生
的《学海潮》传奇二出(三者均载《新民丛报》),祈黄楼主人的
《警黄钟》(十出,载《新小说》)与《悬岙猿》(五出,载《月月
小说》)传奇二种,蒋鹿山的《冥闹》传奇一出与南荃外史的《叹
老》传奇一出(二者均载《新小说》),惜秋、鞠士、旅生、遁庐四
人合著的《维新梦》传奇十六出(载《绣像小说》),遁庐的《童子
军》传奇二十四出,未完(载《绣像小说》),玉桥的《云萍影》传
奇二出(载《绣像小说》),啸庐的《轩亭血》传奇四出(载《小说
林》),林纾的《天妃庙》(十出)、《合浦珠》(十二出)、《蜀鹃啼》
(二十出)传奇三种,吴沃尧的《曾芳四传奇》四出(载《月月小
说》)等。

作为晚清思想启蒙运动重要组成部分的戏剧界革命开展得如火如
荼、有声有色。在梁启超等思想家的倡导下,一些仁人志士纷纷加
入,踊跃撰文。他们倡导社会变革,这场具有资产阶级性质的变革,
把小说、戏剧等作为利器,以宣传资产阶级革命主张。在这样的背景
下,一些戏剧理论家与创作家积极撰写戏剧理论文章与剧本,一些戏
曲作家纷纷上演抨击时政、宣扬政治革命的新戏、新剧,大力进行戏
剧革新。

这里所谓的"传奇"不是小说文体,而是戏曲文体,是指"明
清两代南曲系统中以文人创作为主体、文学上规范化、音乐上格律

---

① 杨世骥:《戏曲的更新》,梁淑安:《中国近代文学论文集 1919—1949 戏剧卷》,中
国社会科学出版社 1988 年版,第 54—55 页。

化的长篇体制的戏曲剧本"①。到了清代前中期，传奇文体为之一变，如李渔所言，"然遇情事变更，势难仍旧，不得不通融兑换而用之……近日传奇，一味趋新，无论可变者变，即断断当仍者，亦加改窜以示新奇"②。到晚清，随着戏剧界革命的兴起，由于启蒙与救亡重任的需要，传奇文体又为之一变，这种传奇，笔者称为"新传奇"。

晚清戏剧界革命既重视理论倡导，又重视剧本创作。为了促进戏剧变革，梁启超身体力行，亲自创作新传奇。在他的启发下，一些文人也纷纷发表传奇作品，影响较大的有数十种，根据阿英《晚清小说戏剧目》的统计，从 1901—1912 年间，在各种报刊上发表的传奇、杂剧作品大约有 150 种。从题材上，这些新传奇可以分为三类，一是关于外国历史题材的，如梁启超的三部传奇《劫灰梦》《新罗马》《侠情记》，谈善吾的《亡国奴传奇》，就是"以中国戏演外国事"；二是关于中国历史题材的，即演述中国人与中国事，如杨与玲的《乌江恨传奇》与《岳家军传奇》、洪炳文的《悬嶴猿传奇》等；三是现实题材的，如黄世仲的《南北夫人传奇》、无名氏的《烈士魂》、贡少芹的《川民泪》、遁庐的《童子军传奇》、陈啸庐的《轩血亭传奇》、蒋景缄的《侠女魂》等。这里以梁启超的三部新传奇《劫灰梦》《新罗马》《侠情记》为例略作阐述。

1902 年 11 月，梁启超在日本横滨创办《新小说》杂志，特意开辟"传奇体小说"和"粤讴及广东戏本"，以提倡戏剧，前者刊发为读者所喜闻乐见的新传奇，"本社员有深通此道、酷嗜此业者一、二人，欲继索士比亚、福禄特尔之风，为中国剧坛革命军，其结构词藻决不在《新罗马传奇》下也"③。后者则"专为广东人而设，纯用粤

---

① 左鹏军：《晚清民国传奇杂志文献与史实研究》，人民文学出版社 2011 年版，第 2 页。

② 同上书，第 13 页。

③ 邬国平、黄霖：《中国文论选》近代卷下，江苏文艺出版社 1996 年版，第 345 页。

语"。并发表《侠情记》，而此前梁氏已在《新民丛报》上发表了自己的新传奇《劫灰梦》《新罗马》。这三部传奇长短不一，《劫灰梦》与《侠情记》均仅一出；《新罗马》七出。

新传奇创作的目的在于启蒙，1902 年，在《新民丛报》创刊号发表的《劫灰梦传奇·楔子》中，大梦初醒的书生杜撰充满激情地说："我想歌也无益，哭也无益，笑也无益，骂也无益。你看从前法国路易第十四的时候，那人心风俗不是和中国今日一样吗？幸亏有一个文人叫福禄特尔，做了许多小说戏本，竟把一国的人从睡梦中唤起来了。想俺一介书生，无权无勇，又无学问可以著书传世，不如把俺眼中所看着的那几桩事情，俺心中所想着的那几片道理，编成一部小小传奇，等那大人先生、儿童走卒茶前饭后，作一消遣，总比读那《西厢记》、《牡丹亭》强得些，这就算我尽我自己面分的国民责任罢了。"① 梁启超期望中国也出现许多伏尔泰式的人物，在民族危难之际唤醒民众。在《新罗马》传奇中，梁启超依然借作品中人物意大利诗人但丁说："我闻得支那有位青年，叫做什么饮冰室主人，编了一部《新罗马传奇》，现在上海爱国戏院园开演。这套传奇，就系那俺意大利建国事情逐段描写，绘声绘影，可歌可泣……我想这位青年，漂流异域，临睨旧乡，有国如焚，回天无术，借雕虫之小技，寓遒铎自微言。"② 戏剧被用作对国民进行政治启蒙的工具。王钟麒在《剧场之教育》一文中，注意到西方戏剧用重大的政治事件来启迪本国民众。"昔者法之败于德也，法人设剧场于巴黎，演德兵入都惨状，观者感泣，而法以复兴。美之与英战也，摄英人暴状于影戏，随到传观，而美以独立。演剧之效如此。"③ 这是新戏剧与传统戏剧在内容上的根本差异，也是中国近代戏剧反映重大政治事件的突出

---

① 梁启超：《劫灰梦》，阿英：《晚清文学丛钞·传奇杂剧卷》卷下，中华书局 1960 年版，第 688 页。

② 梁启超：《新罗马·楔子》，阿英：《晚清文学丛钞·传奇杂剧卷》，中华书局 1960 年版，第 519 页。

③ 王钟麒：《剧场之教育》，《月月小说》1908 年第 1 期。

特征。

　　新传奇除注重思想启蒙外还有一些新变化，其一，是"戏中加演说"，作者常常借剧中人物之口，发表自己的政治或其他见解。梁启超的传奇《新罗马》一开篇，主人公就来了一段一千八百多字的独白，从介绍"俺乃意大利一个诗家但丁的灵魂是也"，说到意大利的历史和现今的情况；从"东方一个病国"的病状讲到如何拯救，从中还穿插关于戏剧有如何高明的感化作用的描述。其二，是出数和角色数进一步减少。一些新传奇很随意，长的不过十来出，短的甚至一两出；剧中人物少的只有一两人。其三，角色安排与出场次序随意化。一些新传奇的主角与次角的安排随意自由，甚至缺乏某类主要角色，人物出场也不顾固有程序，时间也不固定。①

第二节　《小说新报》与民初新传奇的产生

　　民初，作为旧体文学的"传奇"作品越来越少，只有少数旧派作家还不肯放弃。"传奇弹词之作，近日鲜矣，盖填词按拍，非于词章学研究有素者，决不易动笔也，自新剧兴，作者遂从事于此。故本栏年刊传奇弹词，今则完全改刊新剧，新剧以白描胜，有裨于社会者甚深，不若传奇弹词之以声调铿锵，文词华丽相尚也。近日各地之热心国事者，多有谋救国藉演剧储金者，兼以唤醒国民爱国心，洵一举两得也。予所商于主任者，此后当多编爱国等剧，或可供近日演剧之采取。是实有惠于社会不浅矣。"②

一　《小说新报》所载"新传奇"概略
　　《小说新报》所载"新传奇"有濑江浊物的《金凤钗传奇》（载

---

　　① 左鹏军：《晚清民国传奇杂志文献与史实研究》，人民文学出版社 2011 年版，第14 页。

　　② 俞静岚女士：《〈小说新报〉评论》，《小说新报》1919 年第 6 期。

1915 年第 1 年第 1—3、5、7、9、11、12 期)、(吴) 东园的《星剑侠传奇》[载 1915 年第 1 年第 1、2、4、6、8、10、12 期，1916 年第 2 年第 1—12 期，1917 年第 3 年第 1—12 期，1919 年第 5 年第 8—12 期 (续旧作，完)]、西神残客 (王蕴章) 的《苏台雪传奇》[载 1915 年第 1 年第 2—12 期 (自第 3 期起，加署秋江居士)]、(吴) 东园的《花茵侠传奇》(完) (1920 年第 6 年第 1—12 期)，凡四部。尽管《小说新报》所载传奇只有四部，但前后延续六年时间，他表明该刊对传奇的重视。若传奇的篇幅过多，对小说而言，可能会产生喧宾夺主之嫌。它可谓一个小小的窗口，通过这一窗口，我们看到这种现象比较普遍，清末民初小说刊物或文艺刊物大抵如此。因而，其意义就得以显现。另外，1923 年香港中华圣教总会刊行《慧镜智珠录传奇》。

《金凤钗》传奇，原署"濑江浊物"。其姓名生平不详。该剧取材于明瞿佑《剪灯新话·金凤钗记》。主要剧情写吴兴娘与崔兴哥自幼订有婚约，因崔父宦游远方，双方音信断绝十五载。吴兴娘郁郁病卒，以订婚聘物金凤钗殉葬。两个月后崔兴哥父母双亡，前来就婚，留居吴家。吴兴娘死后，冥司因其前缘未了，给假一年，使其魂魄假其妹庆娘之名，以金凤钗为媒介，与崔兴哥欢聚一载。一年后缘尽将分手，兴娘方才说明情由，并荐其妹庆娘续婚，使与兴哥结为夫妇。共十出。出目为：《访岳》《悼亡》《拾钗》《幽会》《画策》《宵遁》《投仆》《村居》《思归》《撮合》。以 [踢绣球] 开场："一片和风，把环佩声送。身际白云簇拥，思往事，如春梦。叹人间天上，快别匆匆。"以 [烛影贺新郎] 作结："[烛影摇红头] 回首日落西山，不觉天将夕。新词检点袖中藏，匆遽休遗失。[贺新郎尾] 夫人朝天返宫园，再俄延须防遭谴责。从今后，人天判别。"①

---

① 梁淑安、姚柯夫：《中国近代传奇杂剧经眼录》，书目文献出版社 1996 年版，第 177 页。

二 吴东园的"新传奇"创作

吴承煊（1855—1935?），晚清秀才，安徽歙县人。一名子恒，字伍佑，号东园。擅长词曲，亦工骈文。曾被上海蜚英书局聘为编辑，编有《文选类腋》等书。曾寓居扬州，编辑出版《邗江杂志》，写有多篇扬州的诗词。民国初年，吴东园曾投笔从戎，任新安五军第七路军秘书，后卸甲归隐江苏盐城伍佑镇。吴梅《竹洲泪点散曲跋》云："此传（本）删去科白，独抒伟词，为声家别开生面。名虽传奇，实是散套。使洪昉思、蒋藏园见之，当亦首肯。磋磋！东园闻名三十年，不见一面。论星聚雪散，固有缘在。而今日为之商定律度，又岂偶然。乞鼎翁为我传语，异日握手，当取此传中二三曲，重为制谱，付雪儿歌之，亦可乐数晨夕矣。未识鼎翁能一破涕否？"①

民初，其政治立场与革命党相抵牾。1913 年 9 月 29 日，吴东园在《申报·自由谈》上发表诗作《军中曲为徐师长宝珍杨旅长绍彭督兵此趋剿匪作》，诗云："一波甫平一波起，祸水横流乃如此（谓海徐淮三属于乱耗）。江南昨夜庆安澜，海东今日多战垒（谓徐杨两军公扎各要隘）。狂寇滔天皆赤眉，檄调扬州第四师。将军杨仆楼船驶（谓杨中将绍彭），又是军书舛午时。一片惊飚生彩帜，五更残月照金勒。平明吹笛大军行，扬令急发广陵国。元戎十乘先启行，如火如荼徐达兵（谓徐师长兵）。朝烟漠漠金乌影，淮水汤汤铁马声。病恨黄巢（谓克强）作戎首，赣皖粤湘跳群丑。才赋南征又北征，风云叱咤罴熊走。服底么魔不足忧，泰鸿赳日破蚩尤。只愁一炬贼巢毁，玉石俱焚狐貉邱。"②

吴东园在 1922 年 12 月 25 日所作此剧《自叙》中说："岁戊午春，徐上将夫人以编织事见招，余乃承乏。甫开篇为杨中将少彭征往惟泚军次，事遂寝。今年秋九，偶于行筐中检其节略，经月拍成新曲

① 吴梅：《吴梅全集》（理论卷中），河北教育出版社 2002 年版，第 1049 页。
② 左鹏军：《晚清民国传奇杂剧考索》，人民文学出版社 2005 年版，第 209 页。

十支，函告香港中华圣教总会执事诸君子。于是李公不懈及会中同志，许为付刊，以广流传。巾帼须眉，足以正人心而扬芳烈。爰缀致言弁首。"①

吴东园的《星剑侠传奇》五十二出，《提纲 第一出》以唱词【商调】【蝶恋花】上场："神吉煞凶皆数定，阴惨阳舒，莫说难凭信。纵使问天天不应，世间善恶形随影。君相为民能造命，扶乱持危。四海风波静。侠烈几人存直性。云台星宿衣冠盛。"唱毕，继之以说词："游戏文章，旧学家以为不雅。模糊影响，史学家以为无稽。幻说鬼神，新学家以为迷性。艳情儿女，理学家以为邪词。"还说："我也不能顾忌许多，且将时事，编作《星剑侠传奇》。"由此可见，这是一部时事剧。其旨在借神道设教，砭愚订顽，感发善心，惩创恶念。

三 词章大家王蕴章的民初"新传奇"创作

王蕴章（1884—1942），近现代著名报人，作家。字莼农，一字蕣农，号西神，别号西神残客、红鹅生、二泉亭长、洗尘。室名菊影楼、篁冷轩、秋云平室。江苏无锡人。其父为翰林，自幼秉承家学，熟读诗古文辞，通晓英文。光绪二十八年（1902）中举。宣统二年（1910）赴上海主编商务印书馆创办的《小说月报》，后又主编《妇女杂志》。他还是南社的早期成员，多才多艺，擅长戏曲和小说，兼工诗、词、文、书法。一生著作颇富，小说有《碧净园》《西神小说集》，剧本有《碧血花传奇》《香骨桃传奇》《可中亭传奇》《铁云山传奇》《霜华影传奇》《鸳鸯被》《玉鱼缘》《绿绮台传奇》等，诗词和小品文集《梁溪词话》《云外朱楼集》等。王西神被喻为"小李广花荣"，赞词云："清风驰誉，智勇兼具，百发百中，神乎其技。"②施济群撰文认为："王西神是词章大家，骈四俪六之文，摇笔即来。

---

① 左鹏军：《晚清民国传奇杂剧考索》，人民文学出版社2005年版，第209页。
② "大胆书生"：《小说点将录》，《红杂志》1922年第4期。

所以他的小说也脱不了词章气味，而且每篇小说的开头更喜欢发一段议论一定要洋洋数千言，才说到'浮文剪断，书归正传'，这大约也就是他的暗记了。"①

卷首有赵苕狂的《本集著者王西神君传》，兹录如下：

> 王君西神，字蓴农，别署西神残客，清光绪壬寅科副榜举人。尝为商务印书馆主办《小说月报》、《妇女杂志》，先后阅十余年。《小说月报》十周年纪念时，倩名画师缋《十年说梦图》，海内文人题咏殆遍。然君萧然自远，不以小说家自任也。辛亥秋冬间，佐南京戎幕，一游南洋，再作书佣，意有所拂，不乐弃去，为沪江大学国文教授。寓庐饶花木竹石，抱瓮临池，藉消岁月。自书楹帖补壁曰：成佛肯居灵运后，学书直到永和前。其嶔奇磊落，可见一斑也。②

严孙芙撰写的王西神小史与赵苕狂撰写的小传有一定互补性，兹摘录如下：

> 他中举人的时候，还是一个十六岁的小孩咧。他所著的诗文，都是十分古逸，耐人咀嚼。他曾经办过商务印书馆的《小说月报》，自从他退职以后，《小说月报》的体裁就大变了。西神极擅小说，不过不大肯落笔，自从《半月》发行以后，引起他小说的兴味，他很高兴撰述，白话文言，俱擅胜场，不论哪一家杂志报章，都拿他的小说，当做压台戏。他的书法得二王之神髓，求书者踵相接。暇时欢喜填词度曲，有《雪蕉吟馆集》待刊。③

---

① 施济群：《著作家之暗记（续）》，《红杂志》第84期。
② 赵苕狂：《本集著者王西神君传》，王西神：《西神小说集》，世界书局，1926年，第1页。
③ 魏绍昌等：《鸳鸯蝴蝶派研究资料》（上册），上海文艺出版社1984年版，第535页。

　　1914年，王蕴章曾说："十年前，偕同里秦剑霜、阳湖冯竟任同客秦淮，年皆未满二十，抵掌谈天下事，意气甚盛。抟沙一散，五易星霜，剑霜以哭俪夭，竟任以染疫殁。仆亦孤落无所成就。么弦独张，万愁积阜，不待听一声河满，始令人起金瓶落井思。……寒冰邻笛，怅触前尘；籥镫填词，谱为杂剧，而以哭陵诗附入之，传剑霜，亦以偿夙疚也。词中兼及竟任者，秋菊春兰，同存梗概，亦犹孝标之志云尔。"还说，"剑霜临殁前数月，仆始学作韵语。剑霜许其词，而不许其诗，殷殷属望，几以青兕相况。十年湖海，豪气全消。即此小技雕虫，亦复了无进益。两年前惟知以倚声为归，今则稍瓣香于红雪、玉茗而已。无聊笔墨，乃强故人粉墨登场。云愁海思，掩卷惘然"①。

　　创作传奇八种，根据发表时间的先后，依次为：《碧血花传奇》，四出，载《小说月报》临时增刊本（1911年8月19日），署名"梁溪莼农"。《霜华影传奇》，四出，载《小说月报》第5卷第1、2号（1914年4月25日、5月25日）。署名"无锡王蕴章莼农填词"。《香桃骨传奇》，三出，载《中华小说界》第6期（1914年6月1日），署名"莼农"。《绿绮台传奇》，八出，载《小说丛报》第4—10期（1914年9月1日—1915年4月30日），署名"西神残客填词"。《铁云山传奇》，一出，未完，载《七襄》第1期（1914年11月7日），署名"西神残客填词"。《可中亭传奇》，一出，载《妇女杂志》第1卷第1号（1915年1月5日），署名"无锡王蕴章莼农填词"。《锦树林传奇》，一出，载《国学杂志》第1期（1915年4月14日），署名"无锡王蕴章莼农填词"。《玉鱼缘传奇》，一出，未完，载《小说月报》第9卷第1期（1918年1月25日），署名"莼农"。

　　此外，补订他人所作传奇《苏台雪传奇》一种。该传奇由文镜堂

---

① 王蕴章：《霜华影传奇·识语》，《霜华影传奇》，《小说月报》1914年第1号。

所著,初载 1905 年《娱闲日报》,后由王蕴章补订,发表于《小说新报》第 2 期—第 12 期(1915—1916 年),署名"秋江居士原著""西神残客补订"。①

第三节 徐卓呆与早期新演剧的萌生

19 世纪末 20 世纪初,中国社会处于资产阶级民主革命的前夜,各种思潮风起云涌,各种政治力量竞相角逐。在东京的一些中国留学生受到日本自由民权运动的影响,倾向革命。当时日本正兴起一种被称为"壮士剧"的新派剧,新派剧对许多留学生产生强烈的吸引力,他们十分痴迷,不仅观看新演剧,还拜日本新演剧家为师,认真学习,并试图成立自己的新演剧社,公演自己的新剧,以传播新知,宣传革命。春柳社就是这样的产物,新潮演剧家受到隆重的礼遇,社会地位大大提高,由此春柳人改变传统视演员为低级的"戏子"的旧观念,大胆追求新潮演剧,表现了自己的艺术情怀与政治抱负。

清末民初的新演剧主要以剧社的形式展开,主要的剧社有春柳社、春阳社、进化团、新民社、民鸣社等。这些社团的新演剧与传统戏曲不同,以"说"为主,而不以"唱"为主。在传统戏剧向现代话剧演变的过程中,涌现出一批戏剧家,他们既懂传统戏曲,又懂现代话剧,他们的戏剧创作乃至舞台表演大大促进了为中国戏剧的现代嬗变,徐卓呆就是其中的重要一员。

徐卓呆(1881—1958),近现代小说家、戏剧家。名傅霖,字卓呆,号筑岩,别署徐半梅、徐梦岩、阿呆、李阿毛等。江苏吴县人。早年留学日本攻体育,学成归国,培养许多体育人才。宣统三年(1911),在《时报》独辟专栏,品评新剧,提倡戏剧改良,编剧本。后来专事小说创作,并主编《时事新报》《新上海》《现世报》等报

---

① 左鹏军:《王蕴章戏曲创作考述》,《汉语言文学研究》2013 年第 4 期。

刊。其风格诙谐幽默，作品大多为滑稽小说，所著短篇小说百余篇，大多辑入《徐卓呆说集》《卓呆小说集》和《创痕》中。主要长篇小说有《李阿毛外传》《人肉市场》《非嫁同盟会》《何必当初》《馒头镇》《情博士》《软监牢》《第三手》《秘密锦囊》等。剧作有《遗嘱》《故乡》以及《话剧创始期回忆录》等。还编有《笑话三千》一书。

1924年，徐卓呆所著的短篇小说集《卓呆小说集》由世界书局出版时，赵苕狂曾撰写有《本集著者徐卓呆君传》，对传主作了很好地介绍：文为：

> 今人皆称徐君卓呆为小说家，实则小说特其余绪耳。其于社会，固尝创造二大事业，彰彰有可得而言者，二十年前，君负笈日本，专治体育。殆夫学成归国，时本国学校尚无体操一科，即有之，亦娱以军队休操相授，敷衍了事，初非教育的体操也。君乃出其所学，创设中国体操学校，及体操游习传习所，以为提倡，于是人始知军队体操之外，尚有学校体操焉。君致力于体育界者凡八九年，成书多种，门弟子得千余人，分布四方，各传其学，亦云盛矣。此其创造事业之一也。迨至清宣统三年，君于体育事业亦已成功矣。忽幡然有动于中，以为能开通社会者，莫新剧若耳，当一提倡之。时王君钟声方二次铩羽而去，郑君正秋正主某报剧评，鼓吹旧剧甚力，君乃于《时报》中，独辟一栏，专谈新剧，与之作相当之旗鼓。未几，正秋亦为所动，竟弃旧剧不谈，而从事于新剧，君亦贡身其间，擘画讨论，弥著勤劳，复著成剧本多种，以饷之，新剧事业途赖之蓬勃以兴。此其创造事业之也。顾君虽创此二大事业，卒因个中人品不齐，颇有未能如其所望者，则亦辄掉首不顾而去，则其秉性之高洁可知矣。君少时已喜为小说，近年致力尤勤，散见于各杂志中者，殆不下百余篇，以滑稽一类为多，而隽永有味，弥含哲理，实能脱尽寻常滑

稽小说科白，而自成家数者。近复创作滑稽新体诗，成《不知所
云集》一书，措词之妙，设想之奇，读者莫不为之捧腹，亦同为
必传之作也。君和易近人，从未有疾言厉色之时，同辈皆翕然称
之云。①

王钝根在《徐卓呆小史》中认为，徐氏"为新剧界老前辈，滑
稽之才，由于天赋，每一发问，闻者无不绝例。所作小说，亦多诙
谐，自成一家，盖文艺界之丑角也"②。他曾留学日本，精通日语，
其新剧成就获益于日本者尤多。

徐卓呆对新剧的产生发挥了巨大的作用，同时代的严芙孙夸张地
说"他喜欢研究戏剧，十几年前，在《时报》上提倡戏剧改造的，
就是他。新剧产生，全是他一人鼓吹之力。他也曾亲自实验过，很能
发挥一种他人所学不到的技巧……"他擅长滑稽，"他的小说，往往
在滑稽中含着一些真理，这是他一种特质，人家读了他的小史，没有
一个不笑得嚷着腹痛的。他所要说的话，一字一句，都是别人万万所
想不到的。他享着这样的盛名，因此人家都说他是小说界的卓别麟
了。他现在虽为人很真挚，不象少年时代那么一味恶戏，不过天性的
一种滑稽趣味，还是不能离开他，所以他无论执笔或开口，那老脾气
还是要发作的"。其实，不管是他的小说创作，还是新剧创作，都充
满滑稽趣味。③

他撰写剧本、参加舞台演出，还懂得话剧的一些简单化妆，是比
较全面的新剧家。徐卓呆曾回忆说，那时在上海，"单枪匹马，独自
做着剧运的摇旗呐喊者，相当的困苦。因为一来找不到真正的同志，
二来虽然常在报纸上发表文字，提倡新剧，但都是空议论，没有具体

---

① 赵苕狂：《本集著者徐卓呆君传》，徐卓呆：《卓呆小说集》，世界书局1926年版，
第1—2页。

② 芮和师等：《鸳鸯蝴蝶派文学资料》，福建人民出版社1984年版，第384页。

③ 魏绍昌等：《鸳鸯蝴蝶派研究资料》（上册），上海文艺出版社1984年版，第
542页。

的东西给人家看。而王钟声辈，又失败得凄惨，给上海人们的印象太坏了。所以我在此时，只有自己努力去从事学习"①。他每月要到虹口去买好几种关于戏剧的日本杂志，凡是载有剧本的文艺杂志，都不放过。凡剧本单行本搜罗得很多。

他常到剧场观摩。兰心大戏院每两三个月一次的 A. D. C. 剧团演出，必定前去欣赏。他还在虹口文路发现一个日本人创办的可容纳二百人的小型剧场，常有新派剧团开演，都是从日本来的旅行剧团。每一剧团大约演一个月光景，辍演后，又有第二个剧团来演，一年到头几乎不间断。该剧场上演的是新派剧，与日本都市中一出戏上演一个月的剧场不同，为了照顾观众而每天换戏。这些旅行剧团一般十一二人，伶人居多，往往一人扮演好几种角色，或扮生，或扮旦，或扮老旦。且票价很廉。诸多因素都十分符合他的胃口，于是他成为该剧场的老主顾。②"他们人数虽少，什么戏都可以演。他们会把世界名剧，也都搬上这小小舞台上去，因为他们往往会将一部巨著缩成短小而完整的东西，所以虽然只有十一二人，竟可以演数十人大场面的戏。这实在是我们可以向他们学习的。"

他创建剧团，参加舞台演出。当新新舞台未开幕之先，徐半梅、陆镜若等就组织了"社会教育团"，徐半梅向来熟悉剧界情形，遂假借南京路谋得利为剧场。该剧场备西人演剧团或艺术家开演戏剧或音乐会等用。租金较廉，华人租用，这是首次。除了徐半梅、陆镜若之外，又有王汉强、王家民及戏头伯伯任公、瘦鹤等加入。第一日开演《猛回头》，系徐半梅自日本剧本改编者，颇蒙观者欢迎。徐半梅系有名之教育家及小说家，对于报界又极熟悉。演出前就在上海大小报屡次为该团宣传。当时有人想创办新剧演坛，欲聘其参加，每月包银高达一百五十元，有的人每月包银五十元。可见徐半梅当时身价之高。"社会教育团"的演出起到了示范的巨大作用。数日后，仿效者

---

① 徐半梅:《话剧创始期回忆录》，中国戏剧出版社 1957 年版，第 21—22 页。
② 同上书，第 22 页。

接踵而起。当新剧中兴，郑正秋组织新民社，其开演地点亦假谋得利剧场，卖座甚佳。① 由于民初新演剧多半没有完整的剧本，我们很难搞清楚徐卓呆编了哪些剧本，从零零星星的材料，得知他编剧和参加演出的一些情况。

郑正秋创办新民社，在天仙茶园上演新剧，徐半梅（徐卓呆）参加编剧与演出。趣剧《一饭之恩》署名"半梅"。与郑逸梅合演趣剧《留声机器》，徐饰淮军统领，郑饰荣禄，汪仲贤（优游）饰侍御吴可读，邹剑魂饰西太后，顾无为饰李莲英。新舞台上演《波兰亡国惨》，徐饰白大夫人。② 新舞台上演的新剧还有"汪优游的《柔云》，查天影的《兰荪》，李悲世的《纫珠》，徐半梅的《勋爵》，演来出色当行，新舞台连卖满座……"另外，"欧阳予倩的《馒头庵》、《劫花缘》，郑正秋的《毒美人》、《恶家庭》，徐半梅的《水里小同胞》，竞争是很厉害的"③。

他不断编剧，1923 年 1 月，鸿年在《戏杂志》上发表的《新剧外史》一文中指出："徐半梅演剧资格固深，而不及其编剧资格老到，编正剧资格固佳，犹不及编喜剧资格完备。今日剧场所演之喜剧，及董别声等倚为金饭碗之滑稽剧本，大半出自徐君手笔，往者译自东镣者居多，近则专务脑筋中结构者矣。其于新剧上之勋迹，金钱丧失有限，而时间与精神之牺牲，不可胜算。徐为译述家之先辈，时间与精神，即为金钱之代用品。故余亦认为新剧创造功臣之巨擘焉。"④

我本来编好有三十多出滑稽戏，从来没有发表过。这时候，我就拿出来做打泡戏，每天演一出，直演了一个多月。天天演不

---

① 鸿年：《二十年来之新剧变迁史》，梁淑安：《中国近代文学论文集 1919—1949 戏剧卷》，中国社会科学出版社 1988 年版，第 240—242 页。

② 郑逸梅：《郑逸梅全集》（第三卷），黑龙江人民出版社 2001 年版，第 622—623 页。

③ 同上书，第 176 页。

④ 鸿年：《新剧外史》，梁淑安：《中国近代文学论文集 1919—1949 戏剧卷》，中国社会科学出版社 1988 年版，第 244 页。

同的滑稽戏，倒也相当受人欢迎；不过滑稽戏这东西，看来非常容易表现，人家看过一遍，也就会拿去依样画葫芦，不需要看你的原本如何；但换了一批人去演往往容易变质，为了这个缘故，我的滑稽戏也只写了三十多出，从此不再编下去了。与其使它变质，还不如不编。因为一出滑稽戏，如果只看它的表面而不明白它的中心意味，往往会给人家演得去题千里的。虽然可能滑稽得比你原意还要滑稽；可不是那么一回事了。①

《小说新报》所载徐卓呆著译新剧作品最多，有十七种：言情剧本《凯旋》（完），1918 年第 4 年第 1—3 期。言情剧本《文明之果》（托尔斯泰著、徐卓呆译），1918 年第 4 年第 4—8 期。社会短剧《法律》，1918 年第 4 年第 10、11 期。趣剧《烟囱》，1918 年第 4 年第 12 期。趣剧《假鬼》，1919 年第 5 年第 1 期。家庭短剧《血统》，1919 年第 5 年第 2 期。家庭短剧《腕环》（译剧），1919 年第 5 年第 3 期。剧本《鸳鸯离合记》，1919 年第 5 年第 4 期。言情短剧《救命人》，1919 年第 5 年第 5、6 期。剧本《嚹哕水》，1919 年第 5 年第 8 期。新剧本《争》，1919 年第 5 年第 11 期。社会新剧《曙光》，1919 年第 5 年第 12 期，1920 年第 6 年第 1、2 期。德国名剧《井》，1920 年第 6 年第 3、4、5 期。忏情新剧《妇人之秋》，1920 年第 6 年第 7 期。家庭新剧《日初出》，1920 年第 6 年第 8、9 期。家庭喜剧《贵族与平民》，1920 年第 6 年第 10、11 期。笑剧《默大王》，1921 年第 6 年第 12 期。另外三部新剧是庆霖的社会短剧《离合自由》（载 1918 年第 4 年第 9 期），和笙的时事长剧《桃源恨》[载 1919 年第 5 年第 6、9 期（改署"政治新剧"）]，梦月、实夫、芹荪合译的法国名剧《吝》（载 1922 年第 7 年第 8—10 期）。

关于其作品的滑稽风格，徐卓呆自己这样解释道："……最好是

---

① 徐半梅：《话剧创始期回忆录》，中国戏剧出版社 1957 年版，第 65—66 页。

情节很滑稽，又极自然，其中还含着一点儿深虑。其次还是那情节平常而专用滑稽的来描写，倒也有趣。"①

新潮演剧具有一定的历史功绩。第一，输入文明，传播新知。新潮演剧大力传播了西方现代民主自由思想、政治思想，尤其是民族思想与爱国思想。第二，宣传了革命思想。晚清，资产阶级民主革命一浪高过一浪，这得力于革命思想的传播，在此过程中，新演剧为功甚高，因为随着社会的急剧变化，时代呼唤具有革命思想的新演剧。第三，弘扬美德，改良社会。新剧弘扬真善美，批判假丑恶，改良社会，使社会风气逐渐开化。第四，提高戏剧的地位。在中国传统文学观念中，戏剧不能登大雅之堂，剧作家和从业人员的地位也很卑微。新潮演剧深入人心，不仅提高了戏剧的文类地位，也提高了新剧家的社会地位。第五，促进了戏剧艺术的巨大发展。首先是借鉴西方现代戏剧表演，包括剧场布置与表演技巧。关于剧场布置，新剧逐渐采用西洋的布景制；关于表演技巧，逐渐向西方话剧靠拢。其次是吸收了西方戏剧的悲剧精神。

---

① 栾梅健：《海上文学·百家文库 陆士谔、徐卓呆卷》，上海文艺出版社 2010 年版，第 458 页。

第七章

《小说新报》与我国的谐隐文学小传统

我们必须警惕《小说新报》中处于主导地位的小说文类对其他文类的遮蔽，尤其是最容易被学界所忽视的谐隐文学。谐隐文学体现在"谐薮"栏目上，其子栏目分为"游戏文章"与"滑稽新语"两类。前者是一篇篇完整的文章，字数少则数百字，多则一千数百字；后者是一则则片段，字数一般为数十字，也有的数百字。从1915—1917年间，"谐薮"不少，游戏文章每期十篇左右，滑稽新语每期十五篇左右，总量较多，内容可观。1917年，李定夷把《小说新报》"谐薮"中的"游戏文章"栏目与"滑稽新语"栏目上刊载诸文分别以《游戏文章》与《广笑林》为书名结集，由国华书局出版发行。前者到1934年共发行四版，很受读者的欢迎。此外还有滑稽小说，亦属此类。1915年，梁启超曾说："试一流览书肆，其出版物，除教科书外，什九皆小说也。手报纸而读之，除芜杂猥屑之记事外，皆小说及游戏文也。"① 由此可见，当时小说与游戏文章何等兴盛。

"谐隐"有两种含义，一是指文体，如游戏文章、滑稽小说、寓言、笑话等；二是指风格，如诙谐、幽默、讽刺、嘲弄、寄寓等。"谐隐"见诸刘勰《文心雕龙》，该著五十篇，"谐隐"居第十五，原作"谐讔"。"谐隐"包括"谐辞"与"隐语"。"谐辞"是带有讽刺的诙谐文，能引起人们说笑而又含意讽喻。《文心雕龙》云："谐之

---

① 梁启超：《告小说家》，《中华小说界》1915年第1期。

言皆也，辞浅会俗，皆悦笑也。""隐语"是不便直说而采用讳饰之言，或借隐语来讽喻。《文心雕龙》云："讔者，隐也。遁辞以隐意，谲譬以指事也。"①《文心雕龙》是我国古代第一部系统的文学理论著作，"谐讔"纳入其中，可见其重要性。

第一节 清末民初的尚谐思潮及谐隐小传统

一 清末民初的尚谐思潮

《小说新报》所载的"游戏文章"与"滑稽新语"是清末民初尚谐思潮的反映。当时，报刊界与文学界产生一股尚谐的文学潮流。1897 年，李伯元首创《游戏报》，一时风行，类似小报如雨后春笋。至 1905 年，上海就产生诸多"游戏性"小报，黎床卧读生在《绘图冶游上海杂志》中指出这些小报的特点就是"以游戏笔墨，备人消闲"，这类小报有多种，如《繁华报》《笑林报》《游戏报》《消闲报》《寓言报》《采风报》《新上海报》《花世界报》《花天报》《春江花月报》等。

李伯元 22 岁考举人（即乡试）落第；次年，堂伯父李念仔为他纳捐候补，李伯元却无意功名，未去办理补到手续。28 岁时（1894），李念仔卒，伯元不得不另寻选择谋生之道。为了供养家计，李伯元后来到上海寻找士人的新出路，先后创办《指南报》（1896 年）、《游戏报》（1897 年）、《海上繁华报》（1901 年），是近代小报的奠基者之一。李伯元不是真好游戏，而是寄寓深意，以游戏之笔写讽世之文。1897 年 8 月，他在《论〈游戏报〉之本意》中说："《游戏报》之命名仿自泰西，岂真好为游戏哉？……慨夫当今之世，国日贫矣，民日疲矣，世风日下，而商务日亟矣。有心世道者，方且汲汲顾景之不暇，尚何有烦舞酣歌，乐为故事而不自觉乎？然使执涂人而告之

---

① 周振甫：《文心雕龙今译》，中华书局 1998 年版，第 133—135 页。

曰：朝政如是，国事如是，是犹聚喑聋跛躄之流，强之为经济文章之务，人必笑其迂而讥其背矣。故不得不假游戏之说，以隐寓劝惩，亦觉世之一道也。"① 还说"或托诸寓言，或涉诸讽咏，无非欲唤醒痴愚，破除烦恼。意取其浅，言取其俚，使农工商贾妇人竖子，皆得而观之。庶天地间之千态万状，真一游戏之局也"②。同年 11 月，他还在《论本报之不合时宜》一文中指出，本馆命名游戏，"不混淆黑白，不议论是非，语涉诙谐，意存惩劝"，"以文字玩世，实借以醒世。诙谐向出摹绘极态，自知殊失乎圆转之道，谓之不合时宜可也"。③ 1899 年 6 月，他还在《本报添印附张缘起》一文中指出："庄谐间作，美刺寓焉；若讽若嘲，观感又寓焉不混淆黑白，不议论是非，语涉诙谐，意存惩劝"，"以文字玩世，实借以醒世。诙谐向出摹绘极态，自知殊失乎圆转之道，谓之不合时宜可也"。④ 同年 7 月，他在《论本报多寓言》中指出："呜乎！世变之亟至今日而至矣。十君子躬逢斯厄，不得和声鸣盛以黼黻，升平退而发典籍，思撰著又不敢自附于古作者之林，于是以嬉笑怒骂之辞，备兴观劝惩之旨，庄谐齐语，半属寓言。作如是观，不无足取。此本报所由也。"⑤ 1897 年 11 月，上海《字林沪报》开始随报赠送"附张"《消闲报》，这是一份游戏性小报，《释〈消闲报〉命名之义》道出其宗旨：

闲者，劳之对也，王事贤劳，薄书鞅掌，使无养息以节之，似背于爱惜精神之理，故古人有"十旬休假"之说。今之西人，休息之期，则以七日一来复，而晨昏歇息之时，亦有定候。既歇息，则闲矣，既闲，则当有消闲之法矣。一篇入目，笑口常开，

① 李伯元：《论〈游戏报〉之本意》，《李伯元全集》（5），江苏古籍出版社 1997 年版，第 27 页。

② 同上书，第 28 页。

③ 同上书，第 28—29 页。

④ 同上书，第 31 页。

⑤ 同上书，第 32 页。

虽非调摄精力之方，要亦可为遣闷排愁之助也。此可为当道诸公消闲也，或者高人韵士，酒阑灯灺，苦茗既热，有约下来，走马王孙，倦游既迫，深闺才友，刺绣余闲，既无抵掌之良友，复乏知心之青衣，得此一纸，借破岑寂，或可暂作良友青衣观乎？此可为高雅诸君消闲者也，甚或读书，童子读史传不得其门者，谈《聊斋志异》乃足启其聪明，读毛诗不知其义者，诵元人曲本乃适以开其智穷，此无他，庄重难收，诙谐易入耳，此则后来之秀，于正课之暇，亦可借此以消闲也……①

该文不仅强调了游戏文章对于劳息调节的重要性，而且还突出了此类文章对于休闲的重要性，它能够使人在诙谐之中获得知识，受到教益。

王国维也提倡"游戏说"，他在《文学小言》中论述道："文学者，游戏之事业也。人之势力，用于生存竞争而有余，于是发而为游戏。"② 他把文学定义为游戏的事业，这是对中国传统的功利文学观的大胆反叛，把文学从政治的附庸中解救出来，把文学还给它自身。

寅半生与李伯元的游戏观大同小异，他于1905年9月在杭州主编《游戏世界》。首期发刊词说："西人有三大自由，曰思想自由、言论自由、出版自由，吾则请增为四大自由——曰游戏自由。"③ 这里的"游戏"一词显然与普通意义上的游戏不完全相同，它与思想、言论和出版并置，就把"游戏"上升到具有哲学意义的精神层面。天虚我生对寅半生的"游戏"作了阐释，他指出："世界人众，竞谈自由，而吾谓以上世界未必果有其自由之权力也。世界之独可以自由

---

① 转引自范伯群主编《中国近现代通俗文学史》，江苏教育出版社2000年版，第229页。

② 王国维：《文学小言》，王运熙主编《中国文论选》（近代卷下），江苏文艺出版社1996年版，第446页。

③ 寅半生：《游戏世界发刊词》，《游戏世界》1905年第1期。

者，惟吾性情。性情之可以发达之自由者，惟吾笔墨。笔墨之可以挥洒自由者，惟游戏文章。"① 他把西方的自由观念和晚明公安派的"性灵说"融为一体，提倡作家自由创造。为《游戏世界》题词的"治世弱虫"则以超脱的道家思想来阐释"游戏"。"天地一蜉蝣，浮生一旦暮……达者观之，不过一游戏之气团，弥漫于空际而已。君不见苍苍者乃游戏之天乎，茫茫者乃游戏之地乎，上覆下载……乃孕为一游戏之世界。故生死世界于斯世界，必研究此世界之游戏主义，臻于无为上乘，后乃能与世界同游于大千万古……于是以游戏之笔墨，运游戏之手腕，本游戏之宗旨，著游戏之遒铎，沉钟暮鼓，警觉提撕，言言锦绣，字字珠玑。……是诚授世界人以方针矣，读者当思游戏之命意，明白游戏之功用，于游戏之中，求其游戏之真理，勿徒拾游戏之余唾，则万物放可生存竞争于世界……"② 作者认为以豁达的心态作游戏之文，在游戏之文中，寄予游戏之命意和游戏之真理，以激励读者的意志，开拓读者之智慧，使中华民族于物竞天择适者生存的时代潮流中，争立于世界民族之林。光绪三十二年（1906）闰四月二十日，《中外日报》所刊登的《游戏世界第一期出书广告》云："内分社稿选稿，专集小说杂著，各门内容丰富，刊刻精良，实为游戏界中唯一之善本。"我们不能简单地认为，近代的游戏文学观是一种消遣或消闲的文学观，它同样"载道"，时代不同，其所载之道与古代文学所载之道不尽相同。闲云馆主李丽荣明确地指出了"游戏"与"载道"之间的关系，"道无定体，因人而立。世之淫词绮语，坏人性情、荡人心志者为背道之书；否则才人妙笔弹词，挥洒自如，以新奇为宗旨，以活泼为方针，无论长短，亦皆以灌人脑筋，睿人智慧，进而达于文明之极点……"③ 同样是载道，载道者不同，载道的口气和方式也不同。封建正统文人以道学家的面目一本正经地对读者

---

① 天虚我生：《游戏世界叙》，《游戏世界》第 1 期。
② 治世弱虫：《游戏世界题词》，《游戏世界》第 6 期。
③ 闲云馆主：《游戏世界》第 10 期。

进行教训；而晚清文人以艺术家的姿态调侃嬉笑，则寓庄于谐，让读者在趣味中不知不觉地领悟作者的真谛。吴趼人正是这样的一位文学大家。他一直抱救国之志，曾说："窃谓文章一道，大之可以惊天地，泣鬼神，寿世而不朽；次焉者，亦可以动魂魄，震耳目，以为救世之助。寿世之文，如昔时贤著撰者无论矣；即救世之文，如时彦发皇议论，警醒一切者，以之灾梨祸枣，或犹可见谅于君子。"① 创刊于1913 年的《游戏杂志》高举"游戏"大旗，主要栏目包括游戏文、谐乘、说部和戏剧。前二者就不用说，后二者注重"滑稽小说"与"滑稽戏剧"。童爱楼的《游戏杂志·序》可谓其游戏宣言，其文如下：

> 不世之勋，一游戏之事也。万国来朝，一游戏之场也。号霸称王，一游戏之局也。楚汉相争，三分割据，及今思之，如同游戏。……故本杂志搜集众长，独标一格，翼籍谆于微讽，呼醒当世。顾此虽名属游戏，岂得以游戏目之哉。且今日之所谓游戏文字，他日进为规人之必要，亦未可知也。余鉴于火琯风轮之起点，宗功祖德之开端，而知今日之供话柄驱睡魔之《游戏杂志》，安知他日不进而益上，等诸诗书易礼春秋宏大之列也哉，是为序。

这篇宣言可谓高屋建瓴。论者认为，不世之勋、万国来朝、号霸称王，实际上分别是游戏之事、游戏之场、游戏之局。一些重大历史事变，如楚汉相争，三分割据等均如同游戏。文人学士不乏游戏之笔，策士不乏游戏之战，工匠不乏游戏之具，祖宗不乏游戏之偶。因此，游戏并非细微之事，其理极玄，其功亦伟。民初之际，忠言逆耳，不得不用诙谐讽喻之词，以呼醒当世。《游戏杂志》不得以游戏

---

① 吴趼人：《新庵译屑序》，《吴趼人全集》第九卷，北方文艺出版社 1998 年版，第161 页。

相目，或许他日等诸诗书易礼春秋宏大之列。这种游戏观念把游戏上升到哲理的高度，具有新的创建。

　　除"游戏性"小报外，文学报刊也注重谐隐，刊登此类文章。诸多文人信手拈来，或时而录之，投诸报刊，或汇为简编，付诸枣梨。清末民初的游戏汇编略举数部，以窥一斑。西冷生编纂的《新文章游戏》，由上海新小说社光绪三十二年（1906）十一月中旬再版。曹绣君所编的《新文章游戏》（滑稽文），作为上海改良小说社《说部丛书》之一种，于1910出版。佚名氏所编的《游戏大观》（第三册 曲调游戏·京戏），由上海广文书局戊午年（1918）七月出版。李定夷编有《广笑林》《笑话世界》《滑稽魂》，所收笑话近千余则。《小说新报》1918年第4年第1期的售书广告云："诸姊妹长日无事何以消遣？曰惟读广笑林与笑话世界耳。"1924年7月创刊的《红玫瑰》杂志，游戏作品占主流，从其栏目就可看出：妇女栏、小小报、滑稽文章（各种滑稽小品包括在内）、新鲜笑话、中外趣闻、电影消息、关于剧场及游戏场之谈片、沿稍画、滑稽问答、对于本刊之批评。以上数栏。以后当依次轮流登载。① 李伯元这类通俗作家的游戏文学观常常遭人误解，甚至为精英作家所不屑一顾。其实，古今中外的文艺观并非一律，"载道""言志"与"消遣""娱乐"各行其道，井水不犯河水。

二　我国的谐隐文学小传统

　　相对于"诗骚""史传"这类大传统，我国的"谐隐"小传统也源远流长，不绝如缕。早在春秋时期，庄子就强调"寓言"，他在《庄子·杂篇》中指出："寓言十九，重言十七，卮言日出，和以天倪。寓言十九，藉外论之。……重言十七，所以已言也，是为

---

　　① 赵苕狂：《编余琐话》，《红玫瑰》1924年第1期，转引自芮和师编《鸳鸯蝴蝶派文学资料》，福建人民出版社1984年版，第27页。

耆艾。……卮言日出，和以天倪，因以曼衍，所以穷年。"① 庄子所
谓的"寓言"是指寄寓之言；"重言"即引用前辈圣哲之言；"卮言"
是指自然而无成见之言。在这三者中，庄子最看重寓言，"寓言十
九"即寓言十分之九。寄寓之言十句有九句可信，是因为借助于客观
事物的实际来进行论述；前辈圣哲之言十句有七句可信，是因为传告
了年事已高的长者的论述；随心而无有成见的言论天天更新，跟自然
的区分相吻合，因循无尽的变化与发展，因此能持久延年。重言与卮
言固然重要，但庄子还是崇尚寓言，他就是擅长寄寓之言的天才。其
他诸子，如孔子、孟子、韩非子均不乏诙谐之言。周作人曾说："幼
时读圣经贤传，见孟子述宋人揠苗助长芒芒然归情状，不禁微笑，孔
夫子说其父攘羊其子证之，至今尚有如此笑话，若韩非子所录种种宋
人故事，简直是后来呆女婿的流亚了。"② 这一时期可谓我国"谐隐"
传统的萌发期。

汉魏时期，"谐隐"传统逐渐确立，司马迁特意撰《滑稽列传》，
可见其重视程度。《太史公自序》曰："不流世俗，不争势利，上下
无所凝滞，人莫之害，以道之用。作《滑稽列传》。"该篇颂扬了淳
于髡、优孟、优旃一类滑稽人物"不流世俗，不争势利"的可贵精
神，及其"谈言微中，亦可以解纷"的非凡讽谏才能。《史记·滑稽
列传》："淳于髡者，齐之赘婿也。长不满七尺，滑稽多辩。"唐司马
贞《索隐》云：

> "滑，乱也；稽，同也。言辩捷之人，言非若是，说是若非，
> 能乱异同也。"《楚辞》云："将突梯滑稽，如脂如韦。"崔浩云：
> "滑音骨，稽，流酒器也。转注吐酒终日不已。言出口成章，词
> 不穷竭，若滑稽之吐酒。"故杨雄《酒赋》云："鸱夷滑稽，腹
> 大如壶，尽日盛酒，人复籍沽酒是也。"又姚察云："滑稽，犹俳

---

① （战国）庄周：《庄子全译》，张耿光译注，贵州人民出版社 2009 年版，第 407 页。
② 吴平、邱明一：《周作人民俗学论集》，上海文艺出版社 1999 年版，第 152 页。

谐也。滑读如字，稽音计也，以言谐语。"滑利，其知计疾出，故滑稽也。①

　　能言善辩的滑稽人物，出口成章，正话反说，反话正说，长于诙谐，善用隐语，滔滔不绝，并寄寓己意。淳于髡、优孟、优旃这三个滑稽人物均出身卑微，地位低下，其身份分别为："淳于髡者，齐之赘婿也。""优孟者，故楚之乐人也。""优旃者，秦倡侏儒也。善为笑吉，然合于大道……"然而，他们因为善用隐语，有益于君王，其贡献与其地位形成巨大的反差，因此司马迁赞之曰："淳于髡仰天大笑，齐威王横行。优孟摇头而歌，负薪者以封。优旃临槛疾呼，陛楯得以半更。岂不亦伟哉！"②此外，东方朔也颇受重视。班固《汉书·东方朔传》指出：

　　　　刘向言少时数问长老贤人通于事及朔时者，皆曰朔口谐倡辩，不能持论，喜为庸人诵说，故令后世多传闻者。而扬雄亦以为朔言不纯师，行不纯德，其流风遗书蔑如也。然朔名过实者，以其诙达多端，不名一行，应谐似优，不穷似智，正谏似直，秽德似隐。非夷、齐而是柳下惠，戒其子以上容："首阳为拙，柱下为工；饱食安步，以仕易农；依隐玩世，诡时不奉。"其滑稽之雄乎！朔之谈谐，逢占射覆，其事浮浅，行于众庶，童儿牧竖莫不眩耀。而后世好事者因取奇言怪语附着之朔，故详录焉。③

　　从正统的儒家观念来看，刘向、杨雄、班固对东方朔颇有微词，但都肯定其诙谐、滑稽的特点及其影响，但最深远的影响不仅仅是后

　　①　（汉）司马迁：《史记》，（南朝·宋）裴骃集解、（唐）司马贞索隐、（唐）张守节正义，中州古籍出版社1991年版，第550页。
　　②　（汉）司汉迁：《史记》，线装书局2006年版，第523页。
　　③　（东汉）班固：《汉书》，赵一生点校，浙江古籍出版社2000年版，第881页。

世好事者取奇言怪语附于朔，更是大力推动了谐隐文学的发展。

明清时期，"谐隐"文学掀起了一个高潮。最突出的成就是"笑话"的大量编撰及其序跋的撰写，其中以明代冯梦龙所纂的《古今谭概》（另名《古今笑》）与清朝游戏主人编辑的《笑林广记》为代表。

第二节 《小说新报》所载游戏文章与传统和新变

一 《小说新报》所载"游戏文章"概略

《小说新报》所载的《游戏文章》结集出版，分八卷。卷一诏奏类（疏状附），凡13篇。卷二书启类（赠序附），凡44篇。卷三传记类，凡23篇。卷四碑铭类（哀祭附），凡15篇。卷五论著类（序文附），凡12篇。卷六辞赋类，凡11篇。卷七杂俎类，凡22篇。卷八杂记类，凡14篇。合计140篇。附刊《红楼梦游戏文》，凡37篇。总计177篇。《游戏文章》单行本到1934年已出版四版，比较受读者的欢迎。

新文学家认为，那些自命为新或旧的文人对文学有一种根本的误解，"不是拿文学当做人家消闲的东西，就是把它当做自己的偶然兴到的游戏文章"。令他们奇怪的是，从前，这种思想充塞于一般文人的脑海中，可是文学革命后却没有彻底改变这种局面，旧的文人脑海中丝毫没有抹拭掉，而自命新的文人的也是如此。新文学家郑重宣称："文学绝不是个人的偶然兴到的游戏文章，乃是深埋一己的同情与其他情绪的作品。以游戏文章视文学，不惟侮辱了文学，并且也侮辱了自己！"① 在新文学家看来，文学是严肃的，不是诙谐的。其实，这是两种不同的文学观，应各行其道，各得其宜。

时人评论《小说新报》"谐薮"栏目，谓"古人嬉笑怒骂，皆成

---

① 芮和师等：《鸳鸯蝴蝶派文学资料》，福建人民出版社1984年版，第676—677页。

文章，文章三昧，亦往往从游戏得来，今日之作者，无弗灿其三寸莲花之舌，而撰游戏之文，故无论何种杂志，皆列有此格，酒后茶余，实足增阅者之兴趣不少也。若新报所刊各稿，应时而作，应有尽有，不徒以俏皮话见长也。至滑稽新语，予以附属品视之，不足轻重也"①。该栏目的主要作者有东园、寄恨、倪轶池、颍川秋水、庄病骸、诗隐，此外还有李定夷、许指严、豫立、好事、乙乙、乐聋、权予、起予、渔笠、颂予、无愁、澹素等。

二　《小说新报》所载"谐隐"与驱"六极"主题

驱"六极"，《小说新报》所载"谐隐"之文不少是关于福寿、贫病、相貌丑陋等题材或主题的，如《自撰墓志铭》《送穷神文》《戏与孔方兄书》《银币传》《接财神文》《讨债辞》《梦游债台记》《饿乡记》《黑甜乡游记》《麻皮姑娘传》《汤婆子小传》《戏拟美女与丑夫离婚诉状》《戏拟丑夫与美女离婚辩诉状》《艳妇致丑妇书》等，这是华夏古人最关心的话题。上古时期，《尚书·洪范》有"五福"与"六极"之说，"五福：一曰寿，二曰富，三曰康宁，四曰攸好德，五曰考终命"。"六极：一曰凶短折，二曰疾，三曰忧，四曰贫，五曰恶，六曰弱。"②孔《传》："凶，动不遇吉。短，未六十。折，未三十。言辛苦。"《正义》："《传》以寿为百二十年。短者半之为未六十，折又半为未三十。辛苦者，味也，辛苦之味，因厄之事在身，故谓殃厄劳役之事为辛苦也。……《汉书·五行志》云：'伤人曰凶，禽兽曰短，草木曰折。一曰凶，夭是也。兄丧弟曰短，父丧子曰折，并与孔不同，'《洪范口义》："凶短折者，不以善而终，既不得其寿，又不得考终命，是谓凶短折。之人或因征战之所死，或被桎梏之所殄，皆不遂天命也。注谓短为六十，折未三十，皆不然矣。"③

———————

①　俞静岚女士：《〈小说新报〉评论》，《小说新报》1919 年第 6 期。
②　张兵：《〈洪范〉诠释研究》，齐鲁书社 2007 年版，第 259 页。
③　同上书，第 260 页。

总之，"凶短折者"是与"五福"相对应的"六极"之最。《正义》："恤劣并是弱事。为筋力弱，亦为志气弱。……郑玄依《书传》云：'凶短折思不睿之罚。疾，视不明之罚。忧，言不从之罚。贫，听不聪之罚。恶，貌不恭之罚。弱，皇不极之罚。反此而云，王者思睿则致寿，听聪则致富，视明则致康宁，言从则致攸好德，貌恭则致考终命。……'此亦孔所不同焉。此福权之文，虽主于君，亦兼于下，故有贫富恶弱之等也。"① 福是人之所大欲，极是人之所大恶。趋福避极，是人的正常行为。然而，人的一生中，往往福难求，极难避，文人学士就自然而然地通过笔墨表达自己对五福与六极的感受或见解。换言之，"五福"与"六极"成为历代文人借助于"谐隐"之文反复吟咏的对象。例如关于"贫"的主题，清人浦铣《复小斋赋话》云："扬子云《逐贫赋》，昌黎《送穷文》所本也。至宋、明而《斥穷》、《驱愁》、《礼贫》之作纷纷矣。"② 历来文人学士，贫者居多，富者甚少，但节操不减，贫而又节，其文可传，遂形成咏"贫"的"谐隐"传统。民初社会动乱，作为下层文人的民初市民作家穷困潦倒，他们非病即贫，非贫即病，有的往往贫病交加，生存甚难。他们借助于"五福"与"六极"之谐隐之文慨叹人生，抨击时政，讽刺社会丑恶现象，以抒发自己的情怀。代表性作品庄病骸的《自撰墓志铭》体现"六极"之第一"凶短折"，《驱病文》体现"六极"之第二"疾"，《送穷神文》表达了文人与穷神之密切关系。作品文笔诙谐，妙趣横生。

《送穷神文》主要由三段对话构成，即妻与居士、妻与穷神、居士与穷神，而以妻与穷神的对话为主干。秋水居士橐笔生涯，贫无立锥之地。除夕之际，宿粮告罄，寒衣尽典。子啼饥，女号寒，妻怨之。居士谬应之曰："吾穷神未送，财神未接欤？"妻以为然，遂于

---

① 张兵：《〈洪范〉诠释研究》，齐鲁书社2007年版，第261页。
② 陈振鹏、章培恒：《古文鉴赏辞典（上册）》，上海辞书出版社1997年版，第375—378页。

除夕之际，具香烛纸马，延穷神上座，三鞠躬而告之曰：

> 古称聪明正直之为神。公既神矣，奈何不就高明之家，一瞰
> 其室，享酒醴牲牢，以鼓公之便便大腹。……盖予居穷乡僻壤，
> 固经所谓无告之穷民，谚所谓穷人穷马也。穷年兀兀，著书以摅
> 我穷愁，寒而穷无短褐，饥而穷不能具饘粥，穷居终日，以穷研
> 旧道德与新学术，适成其穷措大之事业而已。值此山穷水尽之
> 际，往往穷思极想，私冀财神之怜我阨穷，而降此穷巷久矣。乃
> 彼鄙吾穷而不愿来，公则恋吾穷而不肯去。聪明正直，其谓之
> 何？……自今而往，请与公绝。

穷神笑曰：

> 甚矣！子之穷形尽相也。吾初尚固以穷之君子望子，今聆此
> 穷极无聊之语，几疑子为穷斯滥之小人矣！吾闻之星家言，如以
> 命宫逆推，能知财帛宫之所在。相家则以鼻端为财帛宫。凡人毕
> 世穷通，悉系于此二者。今子命穷相亦穷。……吾昔以子境遇虽
> 穷，而学尚未穷，以为必志同道合，可以处贫贱而共困厄，故随
> 子左右者数十年如一日，形影不离，无分尔我。今闻命矣，吾当
> 亟去。……①

居士闻言，知穷神犹恋恋有故人情，非若势利之交，遂留之，以
便时时求教，穷神诺之。

文人学士与守贫之关系，是历代文学吟咏的题材，先人的精神血
液一脉相延。早在东汉时期，杨雄于晚年撰有著名的《逐贫赋》。杨
子在遁世独处，"左邻崇山，右接旷野，邻垣乞儿，终贫且窭。礼薄

---

① 庄病骸：《送穷神文》，《小说新报》1916 年第 1 期。

义弊，相与群聚"的环境中，惆怅失志，对贫诉苦并下逐客之令："汝在六极，投弃荒遐。好为庸卒，刑戮相加。匪惟幼稚，嬉戏土沙。居非近邻，接屋连家。恩轻毛羽，义薄轻罗。进不由德，退不受呵。久为滞客，其意谓何？人皆文绣，余褐不完；人皆稻粱，我独藜餐。贫无宝玩，何以接欢？宗室之燕，为乐不槃。徒行负笈，出处易衣。身服百役，手足胼胝。或耘或耔，沾体露肌。朋友道绝，进官凌迟。厥咎安在？职汝为之！"更令他痛苦的是，身处逃无所逃，遁无所遁的困境之中："舍汝远窜，昆仑之巅；尔复我随，翰飞戾天。舍尔登山，岩穴隐藏；尔复我随，陟彼高冈。舍尔入海，泛彼柏舟；尔复我随，载沉载浮。我行尔动，我静尔休。岂无他人，从我何求？今汝去矣，勿复久留！"贫的答语颇有意味，强调自祖就安贫乐道："昔我乃祖，宣其明德，克佐帝尧，誓为典则。土阶茅茨，匪雕匪饰。爰及季世，纵其昏惑。饕餮之群，贪富苟得。鄙我先人，乃傲乃骄。瑶台琼树，室屋崇高；流酒为池，积肉为崤。是用鸱逝，不践其朝。三省吾身，谓予无愆。处君之家，福禄如山。忘我大德，思我小怨。"而主人正是安贫乐道之人："堪寒能暑，少而习焉；寒暑不忒，等寿神仙。桀跖不顾，贪类不干。人皆重蔽，予独露居；人皆怵惕，予独无虞！"所以才形影不离，现在既然见逐，就不再留下，"誓将去汝，适彼首阳。孤竹二子，与我连行"①。

此赋将"贫"这一抽象之物拟人化，以戏谑的笔调描述了"余"与"贫"的一段精彩对话，勾画了主人公想脱"贫"而不得的无可奈何之情景，抒写了主人公内心深处安贫乐道的情怀。杨子虽贫，也自有贫之所乐；虽贫，自有"贫"之高洁，那些盗贼和贪官不可同日而语。物质的贫乏与精神的富有之间的矛盾冲突。杨子"逐贫"是因为物质的贫乏，而"留贫"是因为以贫而精神富有。盗贼和贪官不贫穷，但精神匮乏，如其如此，不与守贫。因此"贫遂不去，与

---

① 章沧授、芮宁生：《汉赋》，珠海出版社 2004 年版，第 97—98 页。

我游息"。文人与穷神的密切关系表现了文人物质生活的穷困，但精神生活比较充裕，这类作品表达了文人穷且益坚、不坠青云之志的崇高境界。

三　《小说新报》所载"谐隐"与各种社会丑恶现象的抨击

除了与传统的关系密切外，《小说新报》所载"谐隐"也有一些内容上的新变，如抨击各种社会丑恶现象，尤其是抨击当时溜须拍马的社会现象，作品有《法螺先生传》《吹牛拍马两大先生合传》《吹牛者言》《拍马者言》等；抨击当时社会的蒙骗现象，如《大律师传》《大医士传》《名医包松衷传》《为拆白党辩护书》《相人者言》等。

"谐薮"栏《吹牛者言》一文颇值得玩味，该文可分为前后两个部分，前半部分是"吹己"，后半部分是"吹人"。"吹己"时，其人颇似阿Q，自欺欺人，可悲可叹。他徜徉于海上十里洋场，衣着华丽，举止阔绰，梨园曲巷、酒楼茶肆莫不有其踪迹。其言夸而大，自其先人世世为大官，全盛之际，功名声望著于天下，垂貂蝉执玉笏者若干人，列鼎甲等翰苑者若干人，门下宾客若干人，后房姬侍若干人；甲第横亘若干里，膏腴之田若干亩，朱轮华毂若干乘；古董名器、珠玑珍贝不可胜数。"清圣祖南巡尝三宿其家，悦其家歌妓某美，载与俱归"，于是"天潢贵胄与之通庆吊者，历数世而不绝，巡抚以下日趋其门"。可惜家道式微，不过终其身无虞不给也。"吹人"时，他已经沦落为丐，遭人揶揄，他应之说，"今世界，一吹牛之世界也"。还说自己之吹牛，大而不工，工之者，最数达官贵人、文人墨客、市侩商客，乃至农工小贩。该文可谓滑稽骂世之文矣。那些达官贵人，峨冠博带，姬妾盈前，姣童伺后，"盛世则尸其位，乱世则看风而使其船，墙倒众推，函电络绎，其所叙述，莫非一己之功绩也"。那些文人墨客一枝秃笔，半卷残书，补缀剪裁，风云满纸，"大言炎炎，目无余子。窥其所学，名实相副者，固不乏人，而

剿袭雷同，窃名炫世者，亦在所多有"。至于市侩商客，则"广告之
铺张，店肆之陈设，光怪陆离，莫可名状，虽曰招徕，然亦可得谓
吹牛之工者也"①。

第三节 《小说新报》所载笑话与"解颐"小传统

我国的文学传统有"史传"传统和"诗骚"传统，二者对后世
的文学影响很大，可视为大传统。相比之下，"解颐"小传统对后世
的文学影响就小得多，可视为小传统。"解颐"出自《汉书》卷八十
一《匡衡传》，"匡说《诗》，解人颐"。颜师古注引如淳曰："使人
笑不能止也。"颐即面颊，"解颐"即开颜欢笑。冯梦龙编纂的《古
今谭概》云："古人酒有令，句有对，灯有谜，字有离合，皆聪明之
所寄也。工者不胜书，书其趣者，可以侈目，可以解颐。"② 冯梦龙
十分聪慧，聪慧之人一般不古板，机智灵活，能够给人带来快乐，因
而，冯氏重视"笑话"是很自然的。解颐开颜是笑话的最基本功用。
在我国历史上，解颐、开颜、笑话之类著作陆续出版，不绝如缕，它
尽管不能与"史传""诗骚"相提并论，却也一脉延绵，自成一体，
也自有其价值。

民初时期，一些市民作家（即所谓的民初旧派作家、鸳鸯蝴蝶派
作家）在创作小说的同时，也撰写一些"俏皮话""笑话""滑稽
语"之类的作品，不仅丰富了读者的消费文化，还使我国的"解颐"
小传统得以延续，不无功绩。尽管他们被新文学家抨击为无聊文人，
这些作品被抨击为无聊之作，却难以抹杀其价值和意义。

笑话是劳动人民直接参加创作的艺术品，它以短小精悍的形式，
通过辛辣的讽刺，体现了他们的知识和智慧，反映了他们在阶级社会

---

① 乙乙：《吹牛者言》，《小说新报》1916 年第 7 期。
② 转引冯梦龙《叙谭概》，中国民间文艺研究会湖北分会编辑：《笑话研究资料》，中
国民间文艺研究会湖北分会印行，1984 年，第 29 页。

中生活状况和斗争状况，揭露了社会生活与个人生活中的一些不良现
象，因其诙谐、风趣而为民众所喜闻乐见。① 笑话既指可笑之话，又
指一则篇幅短小，源自民间和文人的强烈喜剧效果的故事，是在滑稽
境遇中展开的插曲式事件。《苏联大百科全书》的"笑话"定义为，
"笑话最初是指发表出来的古老的手稿或短小故事"，"讲述着历史人
物生活中琐碎的，但却具有特性的事件"；后来笑话是指"一些短小
而滑稽的叙事体裁，间或带有尖锐的政治内容"；在现代口语中，笑
话是指"短小的，带有俏皮的出人意料的结尾的口头滑稽故事"②。
这里使用"笑话文学"一词而不是"笑话"一词，意在凸显"笑话"
是文学之一种，是在与"史传"传统和"诗骚"传统相对应的"解
颐"小传统中来考察，而不是孤零零地研究。换言之，是在我国
"解颐"小传统的脉络中来研究民初笑话文学，而不是像五四新文学
家那样孤立批判民初传统派文人的这类作品，不能"只见树木，不见
森林"。

　　民初笑话文学比较丰富，许多文学杂志在刊登小说、诗文作品之
后，往往附载笑话类作品，就像饭后的点心。在众多的文学杂志中，
《小说新报》所载"笑话"较多，显得比较突出。其所载"笑话"出
自"谐薮"栏目中的"滑稽新语"，历时两年左右。"滑稽新语"
1917 年 4 月结集出版，发行单行本，名曰《广笑林》，共四卷，故事
凡314 则。《小说新报》1920 年第 6 年第 2 期刊载有《千金一笑录》
广告，从中可知，《小说新报》同人二十多人均擅长滑稽之作，并参
与撰著。广告云："滑稽著作宜雅不宜俗，庸手虽极意描摹，终觉淡
而无味，名家则信手拈来，都成妙谛。该吐属之清浊，惟视作者之风
雅与否也。是书特请当代文学巨子定夷、指严、少芹、秋水、牖云、

---

　　① 王利器：《前言》，王利器：《历代笑话集》，上海古典文学出版社 1956 年版，第
1 页。
　　② 王捷、毕尔刚：《中国先秦笑话研究》，中国民间文艺研究会湖北分会编辑：《笑话
研究资料》，中国民间文艺研究会湖北分会印行，1984 年，第 93—94 页。

明道、逸梅、季子、左丹等廿余人共同撰著，聚数年心血，仅得四百余则，无一则不语妙天下，已觉名贵。本局意犹未满，删腐存新，摘取精华一百七十余则，始敢刊行问世。有言皆趣，无意不新，道人所不能道，洵足为大庭广众间谈笑新资，固非平庸笑话可同日语也。"《千金一笑录》仅收录 170 余则，而《广笑林》收录 314 则，前者可谓一斑，后者可谓全豹。这种宣传不免有自吹自擂的色彩，但作者阵容之强大和作品数量之多则是有目共睹的。

一 清末民初笑话文学发展概观

清末民初笑话文学的发展概况，可以分为三个方面：一是吴趼人的"笑话"撰写与刊载；二是当时报刊对包括笑话在内的"诙谐""讽刺"等风格的追求；三是一些笑话集出版发行。

吴趼人平生喜欢诙谐之言，宾客广坐之际，偶尔发言，众辄捧腹。他在《俏皮话·自序》中坦言："语已，辄录之，以付诸各日报，凡报纸之以谐谑为宗旨者，即以付之。报出，粤、港、南洋各报恒多采录，甚至上海各小报亦采及之。"[①] 梁启超创办的《新小说》杂志，"游戏文章"栏目设置两期后改设"杂录"栏目，主要刊载吴趼人的一些笑话。其《新笑史》连载于第 8 号、第 23 号，凡 19 题 22 篇。其《新笑林广记》连载于第 10 号、第 17 号、第 22 号，凡 22 篇。《月月小说》创刊伊始，主编吴趼人就声明不排除"趣味""滑稽"："读小说者，其专注在寻绎趣味，而新知识实即暗寓于趣味之中，故随趣味而输入之而不自觉也！"[②] 吴趼人的写作经历了从"奇"到"正"的过程。吴氏自言，因写报章文字，从 1897 年以后文风便大变了。此前，只写些诗词，此后主要写游戏小品文，有《吴趼人哭》《俏皮语》《新资史》《新笑林广记》等集子出版。这是从写"正统"旧诗词向写"奇"小品转变。从办小报到主编《月月小说》，

---

① 吴趼人：《吴趼人全集》第七卷，北方文艺出版社 1998 年版，第 347 页。
② 吴趼人：《月月小说·序》，《月月小说》1906 年第 1 期。

风格又发生巨大变化。"初襄《消闲报》，继办《采风报》，又办理《奇新报》……至壬寅二月，辞《寓言报》主人而归……回思那五六年中，主持各小报笔政，实为我进步之大阻力；五六年光阴虚掷于此。"① 这是从"奇"向"正"的变化，虽然他在创作社会小说时，"愤世嫉俗之念，积而愈深，即砭愚订顽之心，久而弥切，始学为嬉笑怒骂之文，窃自侪于谲谏之列……"② 该杂志"杂录"栏目连载吴趼人的《俏皮话》，第 1—5 号、第 7 号、第 12—16 号、第 18—20 号，凡 126 题 127 篇。该《俏皮话》还于宣统元年（1909）由上海群学社根据《月月小说》抽印为单行本。吴趼人的诙谐才能为时人所称赞，其笑话作品广为社会所欢迎，他在清末尚谐文学思潮中发挥了引领作用。

　　清末民初的报刊积极追求"诙谐""讽刺"风格，纷纷刊载诙谐之文、讽刺之文、笑话故事，在亦庄亦谐中延续和发扬诙谐解颐传统。有些杂志把笑话之类作品附载于小说、诗文之后，如《新小说》的"杂记"栏目、《月月小说》的"杂录"栏目中的"讥弹"和"俏皮话"、《粤东小说林》的"谐文"栏目、《宁波小说七日报》的"谐文"栏目、《亚东小说新刊》的"笑话"栏目、《快乐杂志》的"谐文"栏目等，《自由杂志》的"游戏文章"栏目，这样的栏目设置是当时的常态。有的杂志把这类作品与严肃类作品并起并坐，如《庄谐杂志》，这是 1909 年 2 月创刊于上海的一份文学杂志，颇有特色。更有甚者，有的杂志主要刊载这类作品，如《游戏世界》《滑稽杂志》《游戏杂志》。羲人这样描述对《庄谐杂志》的宗旨："以学术、政治、风俗种种之材料，而杂用庄谐两体著述之，如时政之得失，则加以正确之批评，名贤遗老不经见之著作，及近世诗文词之杰

---

　　① 《吴趼人哭》，魏绍昌：《吴趼人研究资料》，上海古籍出版社 1980 年版，第 270 页。
　　② 吴趼人：《近十年之怪现状·自叙》，《吴趼人全集》第三卷，北方文艺出版社 1998 年版，第 299 页。

出者，则悉心搜采，刊行饷世，以与一般文人学士共同研究，此属于庄之一方面者也。歌谣、小说、游戏文章，最足以动社会之听闻，而发人深省。本志于政教风俗有待改革者，间以诙谐之笔墨，出之嬉笑怒骂，皆成文章。师主文谲谏之风，本寓规于讽之义，以促国家社会之进步，此属于谐之一方面者也。曰庄曰谐，其用意如此。"亦庄亦谐、庄中显谐，是这一时期文坛的一种时代思潮。

出版机构纷纷出版一些笑话集。这一时期的笑话类作品，有些先在杂志上刊载后结集出版，有些直接出版。光绪三十四年（1908）四月上海改良小说社印行的《中外新新笑话》，收录笑话91则。宣统元年（1909）二月该社再版的《学堂笑话》，分为若干章，正文前有"著者识"和"冷眼评"。次年六月该社再版的《官场笑话》，正文前有"弁言"。后二者纳入该社《说部丛书》中。翻译短篇小说集《时谐》（上下册）（商务版"说部丛书"第九十二编），商务印书馆1914年6月出版，收入短篇故事100多则。域外作品《诗人解颐语》（上下册），（英）倩伯司原著，林纾、陈家麟译述，上海商务印书馆1916年出版发行，收入短篇故事205篇。《捧腹谈》，胡寄尘编纂，上海广益书局1919年出版发行。《破涕录》，肝若著，上海申报馆1923年1月出版发行。此外，20世纪30年代初，中华平民教育促进会出版了赵水澄编著的《民众笑林》与《民众笑林二集》。30年代中期，有学者可爱鲁迅的杂感文，简直是百读不厌，觉得"不但字字精练，句句警辟，而且是十多年前的作品，看起来还是针对着现在。我觉得鲁迅先生没有死"。于是，精选二百余则，别为十五类，以《广笑林》为书名，付梓出版。1935年11月，徐卓呆所撰的《笑话三千篇》，由上海中央书店出版发行。1948年6月，吕伯攸所编的《笑话》，由北京中华书局出版。同年同月，国立北京大学中国民俗学会所编的《民俗学丛书》之《民众教育第一集笑话》（全1册），由北京中华书局出版；同一时期作为出版的《民俗学丛书》还有《宋人笑话》《笑话群》。同年，乐得乐编的《大笑话一千》，由上海春明书店出版发行。1948 年 8 月，大礼印刷公司出版了苏蓉生所编的《解颐集》。这些笑话集的出版进一步延续和发展了"解颐"小传统。

二 我国的"解颐"小传统及其演变

我国笑话的产生与发展源远流长，其演变历程可以分为四个发展阶段：萌芽期：周秦和宋之前时期；发展期：唐宋时期；繁盛期：元明时期；衰落期：清代乃至民初时期。

萌芽期的笑话见诸诸子著作和宋前的笑话集。诸子著作有孟子、庄子、韩非子、列子、阙子、吕不韦及其门人等人著作的寓言故事，如《拔苗助长》《守株待兔》《郑人买履》《杞人忧天》《刻舟求剑》等。宋之前尚有几部笑话集，如《笑林》一卷（魏邯郸淳撰。原书今佚，清马国翰有辑本）、《笑林》（晋陆云撰。原书今佚，仅见"汉人煮箦"一条）、《启颜录》十卷（隋初侯白撰，后代陆续有所增加），以及《谐噱录》（原四十三则，唐朱揆纂）。诸子寓言是我国"解颐"小传统的滥觞。

发展期的笑话主要集中于宋代。苏东坡有戏笔之作《艾子杂说》，却是有为而作，"观其问蟹、问米、乘驴之说，则以讥父子；獬廌、雨龙、移钟之说，则以讥时相；即其意指，其殆为王氏乎"①？这与苏轼好以言语文章规切时政不无关系。这一时期的主要笑话集有《群居解颐》《艾子杂说》《调谑编》《遯斋闲览》《轩渠录》《拊掌录》等。苏轼有为而作的《艾子杂说》使"解颐"小传统获得较高地位，并为此后文人学士进入该领域开辟了道路。

繁盛期的笑话集中于明代。明代李卓吾有《藏书》《焚书》传世，也有《开卷一笑》流传。清人"删其陈腐，补其清新，凡宇宙间可惜可笑之事，齐谐游戏之文，无不备载"。"人生世间，与之庄严危论，则听者寥寥，与之谑浪诙谐，则欢声满座，是笑征话之圣，

---

① 陆灼：《艾子后语序》，王利器：《历代笑话集》，上海古典文学出版社 1956 年版，第 151 页。

而话实笑之君也。"① 这可能就是李卓吾所辑《开卷一笑》，亦即《山中一席话》之所由也。明冯梦龙纂《古今谭概》。冯梦龙，苏州府长洲县人（今苏州市）人，出身士大夫家庭。对小说、戏曲、民歌、笑话等通俗文学的创作、搜集、整理、编辑的贡献卓越。所编"三言二拍"、《古今谭概》《山歌》等十分闻名。冯氏生活于明万历年间，正是思想大解放的时期，学界与文坛涌现出李卓吾、汤显祖、袁宏道等一批个性鲜明的离经叛道的思想家、艺术家，他们纷纷提出一些惊世骇俗的见解。冯梦龙以通俗文学著称于世，其《古今谭概》是我国笑话之集大成。该书分门别类，全面系统，凡三十六部，如迂腐部、怪诞部、佻达部、颜甲部、谲智部、荒唐部等。② 每部前都有小序，颇有价值。另一部作品集《解人颐》最初编撰者不详，大约明嘉靖时期成书，清乾隆二十六年（1761），长洲人钱德苍增删后刊行于世。该书以"解颐"为宗旨，集诗文词赋、俚语俗谚于一书，"其精妙之处，常能令人捧腹或会心一笑。无论陶情遣兴、寄感抒怀，都使人悟出一种豁达乐观的人生主张与超脱气性。它劝人安分随时，怡养天真；谏淡泊名利，勿纵物欲……能起到喻人警世的作用"③。这种思想与正统儒家思想大不相同，表现出超脱达观的人生态度。著名文人李卓吾、冯梦龙等人的加盟使"解颐"小传统获得大量的新的血液，也使"解颐"作品蔚为大观。

衰落期的笑话体现于清代乃至民国初期，虽为衰落，却是小盛而衰。这一时期，有不少笑话集或撰或纂，充分显示了笑话"诙谐"的社会效应。这一时期的主要笑话集有《事林广记》《群书通要·人事门滑稽类附嘲谑》《权子杂俎》《山中一席话》《露书·谐篇》《郭子六语·谐语》《雅谑》《笑林》《谐浪》《镌钟伯敬先生秘集·谐

---

① 三台山人：《山中一夕话·序》，王利器：《历代笑话集》，上海古典文学出版社1956年版，第146页。

② （明）冯梦龙纂：《古今谭概》，海峡文艺出版社1985年版，第1207页。

③ 逸宁：《前言》，（清）钱德仓辑；古青标点注释：《解人颐》，三环出版社1992年版，第1页。

丛》《笑赞》《笑府》《广笑府》《古今谭概》《华筵趣乐谈笑酒令·
谈笑门》等。清代游戏主人编辑的《笑林广记》是中国笑话的又一
集大成者，编者并非某一个人，而是清代的一批文人，该笑话集之素
材多取自明清笑话集，或编者自行撰稿。此书分十二部，依次为：一
古艳部、二腐流部、三术业部、四形体部、五殊禀部、六闺风部、七
世讳部、八僧道部、九贪吝部、十贫窭部、十一讥刺部、十二谬误
部。这种分类借鉴了冯梦龙《古今谭概》的分类。清代主要笑话集
有《遣愁集》《寄圆寄所寄寄》《增订解人颐新集》《笑倒》《笑得
好》《广谈助》《笑笑录》《嘻谈录》《笑林广记》《解人颐》等。①
这些作品集反映了笑话到清代呈现出一个小高潮。

三　民初笑话的时代性与"解颐"小传统

民初笑话文学随时代的发展而变化，表现出鲜明的时代性。其时
代性突出地表现在符合时代的新主题，如讽刺时政、批判流行的一些
错误观念、揭露女界丑恶现象等内容。

讽刺时政、批判腐败的政治，官场历来就是讽刺的对象，民初笑
话亦然。民初文人有讽刺官吏的癖好，乐此不疲，并常常流露于笔
端，见诸笑话。寄恨所撰的《识时务之犬》与《释祈祷》是讽刺政
治的两则笑话，前者讽刺君主立宪制，后者讽刺民初复辟帝制。前者
曰："某报时评中，有江西某代表投票事毕，摄影时旁有一犬，亦兴
高采烈，作喜跃状。此犬尚且关怀国事，知现非行君主立宪不可，岂
五省国民，竟不识时务乃尔耶？"后者曰："帝制成立，在京各当道
拟延请教士祈祷，不意各教士竟不赞成。"某乙解释说："犹忆民国
二年，京内外各教士，不尝广开祈祷会乎？其祈祷时，固已祝民国万
岁，共和永固矣。今祈祷无灵，国体忽又变更，想天意已厌弃共和。
教士欲重提起出尔反尔之言，以获罪于天也。"这两则笑话颇具民初

---

① 根据王利器辑录《历代笑话集》（上海古典文学出版社 1956 年版）整理，特此
致谢。

的政治特色。而清代的《贼诗》一则笑话更富哲理，诗云："不问文官与武官，总一般。众官是做官了做贼，郑广是做贼了做官。"① 该笑话把做官与做贼相提并论，认为做官、做贼只是先后问题，没有本质区别，真是妙不可言。

批判当时十分流行的一些错误观念，如"伪自由"观念，激进主义思潮中的谬误观念，诸如社会主义思潮之误等。《恋爱之自由》记述某甲性喜渔色，除妻妾外，兼蓄姣童以自娱。一日，童与甲妻眉目传情，适为甲所撞见，大怒责妻。妻答曰："男女虽别，嗜好一也。难道汝爱渠美，我独不可爱渠美乎？"悟非所撰的《自由结婚》，记述某父子二人，父亲开明，不拒自由结婚。儿子七八岁，聪慧。一日，子问其父何谓自由结婚。其父答曰："男女两相爱悦，不俟父母之命，不藉媒妁之言，遽尔私订终生。"其子闻言，跃然起曰："儿亦欲自由结婚。"这一对话是中规中矩的，可是诙谐之处随之而至。其父以为儿童竹马相戏，或有两小无猜，情投意合者。殊不知其意中女郎为其外祖母，子曰："外祖母最爱儿，儿亦喜外祖母，儿得与外祖母结婚，于愿足矣。"作者评曰："今之青年男女，误解自由，盲从欧俗，其智识又何异于此七八岁之童子耶？"《社会主义之窒碍》一则颇有意味。该笑话描述了两个情景，一是辩论情景，二是恶作剧情景。某甲，性格孤僻，开口就以主张社会主义自命。其友某乙乃滑稽家，调侃某甲曰：闻社会主义一切均破除畛域。甲曰："然。"乙曰："君主张虽如此，诚恐言之非艰，而行之维艰耳。"甲极力批判其非。乙不与甲强辩，乃表演一出恶作剧。一夕夜深，大敲甲门，甲与妻同在梦中惊起，甫启关，乙直入内房，定欲与甲妻同睡。甲大怒曰："汝其疯乎？抑病酒耶？"乙笑答曰："我非疯，亦非病酒，无非实行社会主义，以为四万万同胞表率，想君程度已高至极点，必欢迎我，不作俗态也。"甲闻言，至默然以应。《社会主义》（无愁撰），

---

① 王利器：《历代笑话集》，上海古典文学出版社 1956 年版，第 123 页。

滑稽新语一则,记述某君游学归国,提倡社会主义不遗余力。共产主义,公妻制度,所至演说,闻者为之动容。有来报者,谓先生家中昨夜被盗,师母亦不知下落。先生闻言大骇,遣人四处探听。或谓先生曰:"先生日日唱道社会主义,他人之妻即先生之妻,先生之妻亦即他人之妻,何必介介。"先生急忙分辩道:"况弟提倡社会主义并与贱内无涉,何必与他作对呢?"① 这几则笑话是专门谈论"自由"主题的,有的涉及"伪自由",有的涉及对"自由"误解,有的涉及对"自由"的滥用,颇有价值。

揭露女界丑恶现象。无愁所撰的笑话《促进会》记述,光复以后,伟人志士蓬勃兴起。某女子北伐队偕学生军有夜不归宿者,长官欲开军事会惩戒,以肃军纪。该女学生曰:"余等偕某某女士之夜出,实因某某女士创设女子促进会,甫经成立,有所商议讨论耳。"还说促进会之宗旨,"实合男女同胞结成一个极大团体,和衷共济,实力进行,认定目的,决定方针,提携促进于二十世纪大舞台上,产出一绝大怪物耳"。对女界丑恶现象的揭露不仅是民初笑话的主要内容之一,更是民初小说的主要内容之一。它表明清末民初传统价值体系轰然崩溃,新的价值观尚未建立时女界的混乱局面。

四 民初笑话的"逆转"机制与"解颐"小传统

民初笑话有其内在机制,"逆转"是其重要机制之一。这种机制可以分为两种情况,一种是笑话中对立双方的"身份"的"逆转",它常常见诸狡贼笑话,即狡贼凭借自己的机智狡黠"反客为主"。这一机制与"解颐"小传统具有内在联系,民初文人对这一机制不断发扬光大。就贼匪类笑话而言,其核心是"智窃",正如有的笑话所言:"贼是小人,智过君子。"

民初文人拥有传统的价值观,不容匪徒贼人,常常用笑话予以讥

---

① 无愁:《社会主义》,《小说新报》1915年第1期,第11页。

笑讽刺。悟非所撰的《狡贼》与《狡匪》，都是讽刺贼匪的。这类笑话早就见诸中国古代笑话，如魏邯郸淳《笑林》中《偷肉》、明江盈科《雪涛谐史》中的两则《狡贼》。《偷肉》云："甲卖肉，过入都厕，挂肉著外。乙偷之，未得去，甲出觅肉，因诈便口衔肉云：'挂著外门，何得不失？若如我衔肉著口，岂有失理？'"①《雪涛谐史》中的两则《狡贼》如下：

> 一贼，白昼入人家，盗磬一口，持出门，主人偶自外归，贼问主人曰："老爹，买磬否？"主人答曰："我家有磬，不买。"贼径持去。至晚觅磬，乃知卖磬者即偷磬者也。
>
> 又闻一人负釜而行，置地上，立而溺。适贼过其旁，乃取所置釜顶于头上，亦立而溺。负釜者溺毕，觅釜不得。贼乃斥其人："尔自不小心，譬如我顶釜在头上，正防窃者；尔置釜地上，欲不为人窃者。得乎？"

第一则笑话中的小偷偷取别人的肉却狡黠诡诈，蒙骗对方。第二则笑话讲述的是，贼磬者行窃时巧遇主人，急中生智，冒充卖磬者，逃过一劫。第三则笑话讲述的是，窃釜者"贼喊捉贼"，十分风趣。这三则笑话有一个共同特点就是窃贼狡黠诡诈，先发制人。

悟非所撰的笑话《狡贼》讲述了贼某狡猾善扮，通过自己特有的手段盗取别人土猪的滑稽故事。贼某"窃人家土猪，而恐其鸣，为人所觉，乃先食以酒糟"。随后，他脱下自己的长衫，穿在猪身，两手握猪前蹄，如负人状，背之而行。路上如遇行人，就诈语曰："吾劝你少吃两杯，你不信，今竟如何，苦我矣。"以便骗过行人，遂安然抵家。这则笑话采用白描，描绘了贼某偷盗土猪时所做所言，颇为滑稽。悟非所撰的笑话《狡匪》讲述的是匪某狡黠地夺走他人取暖手

---

① 王利器、王贞珉选注：《中国古代笑话选注》，北京出版社 1984 年版，第 5 页。

炉的故事。苏州城内有一年老富翁，须发斑白，冬日在门前用云南白铜手炉取暖。一个跛足的人，手持一张药膏，蹒跚而至，恭请富翁，借其手炉烘化药膏，以便敷贴患处。"其人将手炉还富翁，翁正伸手来接，不意其人突将药膏向翁嘴黏来，翁急避，已无及，其人挈手炉飞奔而去。翁欲喊而嘴为膏药黏牢，如缄金人之口，丝毫不能出声。且膏药敷在胡须上，如胶入漆，急切不能扯下。追扯去，其人已杳如黄鹤。盖匪徒涎翁手炉已久，以在闹市中，不敢用强硬手段，特乔跛足以诈取之，竟得如愿以偿，抑亦狡矣。"这则笑话与前一则笑话不同的是，匪某不是偷窃，而是公然智抢。

与前三则相比，从题材来看，民初的这两则笑话是对传统的沿袭；从内在机制上，智取也是对传统的传承；与邯郸淳和江盈科的这三则笑话具有内在的一致性。这五则笑话都揭示了贼、匪的小聪明，并给予辛辣的讽刺。不过，民初的《狡贼》与《狡匪》这两则笑话篇幅有所扩大，故事性更强，情节更生动，是三言两语式的古代笑话所不及的。

民初笑话"逆转"机制的另一种情况是故事情节的"逆转"，其喜剧效果产生于迷惑及其揭示，甚至继之而来的启示。例如，寄恨所撰的《庸医出丑》与悟非所撰的《医生》。《庸医出丑》讲述的故事为：某庸医生涯鼎盛，虽杀人如草，其踵门求治者，亦不少减。有一天，其挂号先生亦略染微恙，恐某知而为之医，乃勉强作无病状，依旧为之挂号。及至寒热大作，不能支持，于是向某长跪不起。某知其病而慰之曰："汝病我医，固分内事也，何下此大礼？"挂号者曰："某不是请先生医，求先生不我医耳。盖先生不医，某病或可以不死，否则一经先生之手，某今生岂尚有生理耶？"这则笑话中的"迷惑"采用的限制视角，限制于某庸医，他对自己的挂号先生跪求迷惑不解。挂号者求"不医"的举动，拨开了某庸医困惑的迷雾。挂号者跪求，在某庸医看来，理应是"求医"，而实际上是"求不医"，于是故事发生逆转。求"不医"的是自己的挂号先生，这就把某庸医之"庸"推向极致，也增强逆转的程度。这种逆转是对庸医的辛辣讽刺。

《医生》比《庸医出丑》出色得多，前者先把庸医遮蔽起来，也是给读者设置迷雾，而后者不然。故事是这样的：有一天，阎王忽患奇病，默念阴间没有好医生，乃饬小鬼道阳世去请，挑选背后喊冤病鬼跟得少的医生。医生请到，背后只有一个病鬼，大喜过望，以为真是良医了。在阎王看来，判断良医与否的标准是医生背后病鬼的多少，背后只有一个病鬼的医生当然算得上良医。其实，良医是该笑话的一层迷雾，这层迷雾被随后的两句对话所戳穿。阎王问医生："尔平日曾救活几多病人？"医生答曰："不敢，不敢，小的初出茅庐，仅诊过一个病人，开过一次药方耳。"这是一个新医生，仅开过一次药方，仅医治过一个病人，这仅有的一个病人却成为病鬼。故事发生逆转，所谓的"良医"一下子跌入"庸医"的深渊。"只有一个病鬼"的标准更是无稽之谈，这是一个重要启示。

"逆转"机制，或者是对立双方的"身份"的"逆转"，其"反客为主"往往收到很好的讽刺效果，或者是故事情节的"逆转"，其喜剧效果产生于迷惑及其揭示，甚至继之而来的启示。这两种"逆转"既有对传统的继承成分，又有创新的成分，使民初笑话文学充满生气。

五 民初笑话的"对比转换"机制与"解颐"小传统

西方学者费舍认为，"诙谐就是一种产生喜剧性对比的判断"，判断是唯一的一种力量，一种能阐明思想的力量，诙谐只有处于判断中才能获得其特有的形式及其所展示的自由领域。这样，那些隐藏的丑陋的东西一定会被人用观察事物的喜剧方式揭示出来，暴露于光天化日之下。① 民初文人深谙此道，他们的笑话经常采用对比机制来达到

---

① ［奥］弗洛伊德著，车文博主编：《弗洛伊德文集3 性学三论与论潜意识》，长春出版社2004年版，第179—180页。

喜剧效果。

寄恨所撰的《僧家棒喝》讽刺不良僧人。有一个士人对一个僧人说："吾辈俗家，难除烦恼，殊不及上人安闲自在。"僧人答曰："吾等虽居方外，亦需结交官场，酬应富商，必面面俱到，方能得檀越欢心，大非易事。安能及居士之逍遥自在耶？"士人答曰："如此说来，做了和尚，尚免不得一烦恼，奉劝吾师，曷不于出家当中，再去出家呢？"僧人闻而大惭。这则笑话仅仅三句对话，通过士人与僧人的对比，俗家与僧家的对比，（不）安闲自在与（不）逍遥自在的对比，出家（实质上没出嫁）与再出家的对比，讽刺了僧人不守僧道，进入尘世，往来于官商之间，唯利是图的丑恶现象。尤其是士人劝诫僧人"再去出家"所获得的喜剧效果。西方学者李普斯也强调的是对比的观点，他认为，"对比是存在的，但不是某种附属于这些语词的观点之间的对比，而是语词的意义与无意义之间的对比或矛盾。"他解释说："对比得以产生，仅仅是因为……我们可以赋予对比以词的意义，但却不能赋予对比以意义。"（同上，第181页）民初文人没有这样的理论概括，却深深懂得这个道理。《僧家棒喝》中的"出家当中，再去出家"颇有意味，后一个"出家"否定前一个"出家"，其价值判断是该僧人尽管出家了，却与没出家无异，要成为一个真正的僧人还需要"再去出家"。换言之，前一个"出家"失去其本来意义。这种"意义与无意义"之间的对比显得十分重要。

当然，对比本身也是有意义的，克勒普林认为："诙谐是两种在某些方面相互对比的观念的任意联系和联结，其通常手段是语词联系。"（同上，第181页）民初文人有此观念，并运用于自己的笑话中，例如倪轶池所撰的笑话《定情诗》。一位老翁饶有风趣，行年八十，而纳一个二九青春之雏姬。定情之夕，老翁赠之以诗，曰："我年八十卿十八，卿自红颜我白发。与卿颠倒恰同庚，只隔中间一花甲。"妙语天成，闻者谓之绝倒。现实生活并不乏类似的事例，诸如

82 岁老翁娶 28 岁女郎，72 岁老翁娶 27 岁女郎。这则笑话突出"八十"与"十八"的对比，突出老翁与雏姬年龄相隔"一花甲"的对比。这种词语的联系是笑话倾倒他人的关键所在。又如，李定夷所撰的笑话《无资本金之商业》，把无需资本金的卖国贼与妓女相对比，认为"无财而贾惟妓女之皮肉生涯"，而卖国奴"何尝需分文之基本金，十万，廿万，得知犹反手耳"。妓女虽卖身但不卖国，不仅不卖国反而爱国，"近日爱国储金发起，妓女尚有输捐者，卖国奴去妓远矣"。这里的对比既体现相似性，又体现差异性，并将二者有机融合，以达到喜剧效果。卖国奴与妓女的相似性是"无财而贾"，其差异性是卖国奴"卖国"，而妓女则"爱国"。"卖国"与"爱国"凸显作者的价值判断和褒贬立场。

民初笑话"转换"机制是指"语意转换"，这种机制得益于汉字与汉语自身的特点，同样的词语在不同的语境中会表达不同的意义，或通过意义引申产生诙谐，或透过字面另有其意而产生讽刺。这种"语意转换"可谓民初文人的拿手好戏，他们在民初笑话中运用自如，诙谐由此而生。然而，他们不是为了诙谐而诙谐，而是要表达一定的思想，对社会各色人等或各种丑恶现象或批判，或讽刺。"语意转换"机制在民初笑话中常用，我们用寄恨所撰的《博士通文》与诗隐所撰的《草包》两则笑话来略窥一斑。

笑话《博士通文》讲述的是这样的故事：有两个士人到茶室茗茶，堂倌开水稍迟，他们就敲碗拍桌，搭尽架子。堂倌不耐曰："二位虽算士子，堂倌亦是一个完全国民，况且也称得士子，一样名称，何分尊卑乎？"士人骇而问曰："汝恶可称士？"堂倌笑答曰："某闻读书人当博览群书，难道二位先生连《水浒》也未曾看过，擅敢与茶博士争衡么？"《水浒》中的"茶博士"是茶店伙计的雅号，这里借用过来对士人进行了辛辣地讽刺。弗洛伊德认为，构成诙谐的"技巧"是什么呢？是思想。思想要发生什么样的变化才能变成使我们捧腹大笑的诙谐呢？是词语，尤其是合成词。非诙谐性表达的词语被转换为诙谐性表达中词语，这是关键。"诙谐之所以成为诙谐的特征及其引起大笑的力量正是取决于这种言语的结构。"① 合成词"茶博士"由"茶"与"博士"复合而成，"博士"是指博学之士，意指士人，在这里特指到茶室茗茶的两位士人；"博士"之前缀以"茶"字构成新词，意指德行堪比士人的茶店伙计。这则笑话通过"茶博士"这一合成词，不仅把两位茗茶的士人和堂倌联系在一起，而且还把二者的德行进行对象，以达到诙谐讽刺的喜剧效果。

笑话《草包》则批判草莽武人大发横财之不公。辛亥革命后，某甲乙昆仲二人，虽然胸无点墨，却位居显要，功名富贵兼而有之。他们在家乡大兴土木，新屋落成，拟撰一方堂匾。有一天，宴请宾客，张灯结彩，金碧辉煌。堂前修竹森森掩映，尤为生色。有一客人以"竹苞堂"奉题，众客和之。主人感谢不尽。其实是以"两个草包讥之"。根据上下文，堂匾"竹苞堂"含义十分明显，尤其是"苞"字，其"草包"之意不难看出。这是民初笑话常用的"技巧"，颇有文字游戏的味道。诙谐的"技巧"即诙谐得以形成的过程，可能被描述为"伴随着替代词的形成的凝缩"，而替代词的形成存在于"合成词"的构建之中，合成词的含义可以根据上下文关系迅速获得理解，它是诙谐致笑效应的中介。② 合成词的建构是为了表达新的意义，就笑话而言，是为了达到诙谐的喜剧效果。

六　笑星谱系之延续及民初笑话文学的特点

民初笑话文学比较发达，其撰写阵容可观，这些作者中有不少人可谓笑星，加入我国的笑星谱系。我国有一脉延续的诙谐解颐人物谱系。先秦诸子如庄子、列子、韩非子等人以寓言肇始，西汉东方朔以滑稽继之，魏晋之嵇康、阮籍、刘伶、张翰、陆机、刘琨、

---

① ［奥］弗洛伊德著，车文博主编：《弗洛伊德文集 3 性学三论与论潜意识》，长春出版社 2004 年版，第 185—186 页。

② 同上书，第 187 页。

葛洪、陶潜承其流，宋之苏东坡、王安石、元章、子昂诸名贤皆善谐谐，① 明冯梦龙，清人小石道人、俞樾、吴趼人，民初吴东园、徐卓呆等，蔚为大观。冯梦龙长于谐谐，被韵社诸子推为千秋笑宗。谈笑之资，以供开颜。俞樾谓人生世间，"朝欷暮唶，愁环无端"，"开口而笑"诚可贵。俞氏十分健谈，且谐谐有趣。他回忆说："曩时少年，与朋辈谯聚，谐谐间作，轩渠大噱，旁若无人。迄今思之，如在目前，而霄满故人，半归黄壤。余亦衰病，兴会索然，不复能为康骈之剧谈矣。"② 纂辑笑话集《嘻谈录》的清人小石道人声称，爱话喜精的他堵门却扫，然而每于岁暮之时，"喜作消寒之会，良朋谯集，醉后狂谈，率以俚巷游戏之言，写世俗里奇之事，巧思绮合，妙绪环生"。退而笔之于书，汇为一编，公诸同好，聊以供笑。③ 这些人物从笑宗至笑星，连绵不绝。

民初，崇尚谐谐的传统派作家对笑话传统十分熟悉，他们不仅撰写笑话，而且还讨论"笑话"这一话题，从中可以明显看出所受笑话传统影响痕迹。如吴东园的游戏文章《笑话》就受到明冯梦龙与清三台山人的影响。《笑话》一文开篇就说："出话不然，笑而已矣。夫话令人笑，不难也，笑而成话，岂不难哉！"这与冯梦龙《笑府序》开篇所言："古今来莫非话也，话莫非笑也"，以及三台山人《山中一夕话·序》开篇所言："谓话果胜于书乎？不知积话成书，无书非话，因书及话，无话非书，奈今人读书者所，善话者少……"④ 如出一辙。撰写《笑话三千》的徐卓呆具有滑稽谐谐的天赋，擅长解颐开颜，享誉文坛，称颂朋辈。时人王钝根说，徐卓呆是

---

① 《看山阁闲笔·谐谐小言》，王利器辑录：《历代笑话集》，上海古典文学出版社1956年版，第503页。

② 俞樾：《一笑引》，王利器辑录：《历代笑话集》，上海古典文学出版社1956年版，第573页。

③ 小石道人：《嘻谈录·自序》，王利器辑录：《历代笑话集》，上海古典文学出版社1956年版，第539页。

④ 三台山人：《山中一夕话·序》，王利器：《历代笑话集》，上海古典文学出版社1956年版，第146页。

"新剧界老前辈，滑稽之才。由于大赋，每一发吻，闻者无不绝倒。所作小说，亦多谈谐，自成一家，盖文艺界之丑角也。"① 范烟桥也云："他一生的工作，也就是一个滑稽角色。……他出言吐语，常常使人发笑，有人称他为'笑匠'。"② 徐卓呆是一个著名笑星。清末民初笑星辈出，使我国的笑星谱系一脉相延。

我国古代笑话集内容丰富，涉及范围较广，其中对可恶又可笑的各色人等讽刺的笑话十分突出。这类笑话多以白描手法，勾画出贪鄙、吝啬、虚伪、欺诈、懒惰、愚昧的各色人物，描绘了一幅广阔的社会百丑图。民初笑话也大肆讽刺贼匪、文人、武士、医生、和尚等各类丑恶人物，表现出一定程度的社会批判意识。与古代笑话相比，清末民初笑话具有鲜明的特点。特点之一，是笑话的容量扩大。清末民初的"笑话"与此前的数十字相比，篇幅大大扩充，一般为数百字至千字左右。篇幅扩充意味着笑话的容量扩大。容量扩大有利于笑话中故事性增强，一般是情景描述得以加强，或故事讲述得意强化。特点之二，是笑话的时代性增强。从以上《小说新报》所载"笑话"的内容可以看出这一点，有的是抨击时政的，有的是批判一些流行的错误观念的，有的是揭示女界丑恶现象，有的讽刺文人、武士、医生、和尚等各色人等的，有的是揭露庸医误人的，有的是抨击不良僧人的。这些笑话具有社会史料的价值。特点之三，是涉淫涉秽的笑话比例较少。笑话本来就是一些不严肃的东西，内容十分芜杂。明代笑话，如《笑林广记》有一些淫秽或不健康的内容。笑话需要更新改造，剔除不健康的内容，代之以符合时代的新内容。清末吴趼人就是这样做的，他说："迩日学者，深悟小说具改良社会之能力，于是竞言小说。"还说："窃谓文字一道，其所以入人者，壮词不如谐语，故笑话小说尚焉。吾国笑话小说，亦颇不鲜；然类皆陈陈相因，无甚新意识、新趣味。内中尤以《笑林广记》为妇孺皆知之本，惜其内容鄙

---

① 《著名作家谈徐卓呆》，徐卓呆：《笑话三千》，岳麓书社1998年版，第3页。

② 同上。

俚不文，皆下流社会之恶疹，非独无益于阅者，且适足为导淫之渐。思有以改良之，作《新笑林广记》。"① 有论者曾说，"笑能疗腐"，不仅如此，"夫雷霆不能夺我之笑声，鬼神不能定我之笑局，混沈不能息我之笑机。眼孔小者，吾将笑之使大；心孔塞者，吾将笑之使达。方且破烦蠲忿，夷难解惑"。② 因此，不能说笑话无益于社会。

民初笑话文学在当时乃至其后均产生较大影响。20 世纪 40 年代，上海新大陆书局出版的《（千奇百怪）摩登大笑话》一书，是《广笑林》的另一种版本。2008 年，侯宝林的女儿侯鑫编辑出版的《侯宝林旧藏珍藏本民国笑话选》，为侯宝林先生一生珍藏的民国笑话，这些笑话出自《笑经》《摩登大笑话》《千金一笑录》《新笑林》《时代笑话五百种》等。侯宝林（1917—1993）是我国第六代相声演员，著名相声表演艺术家，以《小说新报》所载笑话为代表的民初传统派文人的"笑话文学"成为他相声表演艺术的源泉之一，也显示出旺盛的生命力。清末民初徐卓呆撰写的《笑话三千》影响甚大，不断再版，直到 20 世纪末一些出版社还竞相出版，如 1935 年上海中央书店版，1986 年和 1998 年长沙岳麓书社版，1999 年上海文艺出版社影印版等。被五四新文学所激烈抨击的民初传统派文人，并非没有其文学贡献，至少从"解颐"小传统的继承和发展的脉络来看，不无价值和意义。当然，新文学家中也有例外者，如周作人，他十分重视"笑话"。1933 年，他在《论笑话》一文中指出，"笑话古已有之，后来不知怎地为士大夫所看不起"，"《隋经籍志》中著录魏邯郸淳的《笑林》三卷，至唐有侯白的《启颜录》，宋初所编类书中尚多引用，但宋朝这类著作便很少，虽然别方面俗文学正逐渐生长，笑话在文学的地位却似乎没落下去了。明朝中间王学与禅宗得势之后，思想解放影响及于文艺，冯梦龙编《笑府》十三卷，笑话差不多又得附小说戏曲的末座

---

① 吴趼人：《新笑林广记 附录一》，广东人民出版社 1981 年版，第 1 页。
② 韵社第五人：《题古今笑》，（明）冯梦龙纂：《古今谭概》，海峡文艺出版社 1985 年版，第 1198 页。

了，然而三月十九天翻地覆，胡人即位，圣道复兴，李卓吾与公安竟陵悉为禁书，墨憨斋之名亦埋没灰土下，《笑府》死而复活为《笑林广记》，永列为下等书，不为读书人所齿，以至今日。"① 周氏简单勾勒了我国笑话发展的大体轮廓。不仅如此，他还试图让笑话在文艺及民俗学上恢复一点地位。他曾说自己有种计划，"一辑录古书中的笑话，二汇集民间的笑话，三选取现存的笑话书，第一种考古的工作非我现在所能担任，第二种学业虽更繁重我却愿意投效，不过成功须在将来，到那时再说，目下所做的便是那第三种的玩意儿了"②。

庄不如谐，避庄趋谐，这是人之常情。明代冯梦龙所编的《古今谭概》问世后，问津者少。他便改名为《古今笑》，并亲自撰写序言，重刻后销路甚佳，"同一书也，始名《谭概》，而问者寥寥；易名《古今笑》，而雅俗并嗜，购之惟恨不早。是人情畏谈而喜笑也，明矣"③。同一部作品，名称不同，社会效果大不一样，其实质是庄不如谐。笑话这种文艺形式，在清末民初大量涌现，形成一个小高潮。我国笑话源远流长，前后一脉相沿，从先秦寓言，到宋代解颐、开颜故事，到明代笑话集，乃至清代笑话集，形成我国的"解颐"小传统。以《小说新报》所载"笑话"为代表的民初笑话文学是这种小传统的延续和新变。

（本节与张雪花合撰）

第四节　《小说新报》所载滑稽类小说
与滑稽小传统

《小说新报》中滑稽小说的主要作者有贡少芹、吴双热、颍川

---

① 吴平、邱明一：《周作人民俗学论集》，上海文艺出版社 1999 年版，第 152 页。

② 周作人：《苦茶庵笑话集·序》，中国民间文艺研究会湖北分会编辑：《笑话研究资料》，中国民间文艺研究会湖北分会印行，1984 年，第 170 页。

③ 逸宁：《前言》，（清）钱德仓辑；古青标点注释：《解人颐》，三环出版社 1992 年版，第 7 页。

秋水、胡寄尘、徐卓呆、顾明道等，此外还有高竞存、吴绮缘、许指严、李涵秋、海上漱石生、严独鹤、沈禹钟、程瞻庐等。根据笔者的统计，《小说新报》所载的短篇讽刺小说、滑稽小说有四十五篇，长篇滑稽小说两部，即贡少芹的《傻儿游沪录》与吴双热的《一零八》。第 8 年第 6 期的《小说新报》刊载了《滑稽新史》广告，称南汇顾佛影先生第一杰作，"滑稽小说之结晶""长篇小说之创作"，"消遣良品"。首尾十六回，洋洋十万言，描写社会新旧人物，谐笑百出，极给影绘声之能事，其中形容绝到之处，非尽空中楼阁。书中发笑之点甚多，列举了三十处，如有海阔天空吹牛皮，有翻云覆雨做圈套，有随随便便之恋爱，有马马虎虎之结婚等。诸多可笑之人物、可笑之事实，非尽荒唐，皆有来历，写得活灵活现，仿佛银幕上之却泼林，一见就笑。

《小说新报》刊载了许多短篇滑稽类小说作品，约四十五篇。作者比较分散，说明民初作家都旁涉此类小说。其一，滑稽小说，如醒独的《喜相逢》（1915 年第 1 年第 2 期）、恬予的《你今儿有饭吃了》（1915 年第 1 年第 1 期）、吴绮缘的《妇女解放梦》（1919 年第 5 年第 12 期）等。其二，讽世小说，如少芹的《军阀家的儿女》（1922 年第 7 年第 3 期）、《三嫁》（1922 年第 7 年第 10 期）、钓鳌客的《金钱》（1919 年第 5 年第 12 期）、《发财热》（1920 年第 6 年第 1 期）等。其三，讽刺小说，如贼菌的《大少爷的阿妈》（1922 年第 7 年第 10 期）、胡寄尘的《观戏以后》（1923 年第 8 年第 1 期）、严芙孙的《伊的心坎中》（1923 年第 8 年第 4 期）、天台山农的《代嫁》（1923 年第 8 年第 5、6 期）等。其四，诙谐小说，如吴双热的《佛在那里》（1920 年第 6 年第 7 期）、严独鹤的《怕见山农》（1923 年第 8 年第 2 期）、薇子的《护照》（1923 年第 8 年第 8 期）等。这些滑稽小说、讽刺小说、诙谐小说所涉及的作家人数较多，而每个作家的作品数量不多。这种现象表明，作家只是勉强而作，缺乏创作专长。

一 贡少芹的滑稽小说

贡少芹是《小说新报》中《谐薮》栏目的主笔之一。他追求新奇，作品充满滑稽幽默感。其滑稽作品，或《竹枝词》，或《新诗经》，或《时事歌》，或《滑稽新语》。语言俏皮幽默，其事新奇怪异。《我愿罚金五十》讲述厅长夫人通奸之秘事，《预讨棺材钱》讲述总长设计秘敲诈之黑幕，《钻狗洞》讲述钻营爬升之丑态，《候补干女儿》讲述为了自己升官不惜送女的酸状，可谓千奇百怪。然后，作家并非仅仅为了博读者一笑，而是使读者在滑稽讽刺中去深思何以如此？为何这些可笑的人掌握着国家命运，掌握着国民生计，生活在这样黑暗国度里的人又怎么能笑得出来呢？其滑稽幽默之文字充满了悲愤之情。1921 年 3 月，上海共和书局出版了他编撰的称为"一见大笑"的《新式滑稽丛书》。《提要》中标明的是："本书搜集最饶风趣之滑稽文章……虽当昏昏欲睡之候，亦当笑逐颜开，诚消遣之佳侣、解闷之良友也。"①

贡少芹的短篇滑稽小说《色相镜》。秋夜，某少妇在家宅画楼月台上独立无语，其夫往往夜不归宿，少妇无赖叹息。其夫某甲乃武昌首义时某伟人麾下参谋官，分发宁省保免县知事，雄于资，常偕二三同僚好作狭邪之游，与某妓有啮臂之盟，乐而忘返。少妇恨之，想法对付。邻媪素操秘密卖淫业，乘机而入，道妇以不义，少妇心为之动，易名兰芳，别辟淫窟以居，暮往而朝返。未几，艳名大噪，富家儿欲先睹为快，某甲虽知此事，而不知是其妇。某甲为其友某以做四十生日寿，雇秦淮河花船，广征名花。兰芳被招，某甲惊讶，厉声斥之曰："汝胡至此？"少妇急中生智，遽前揪住某甲之衣，批颊无算，骂曰："若沉溺勾栏，置闺中人于不顾，欲觅若，不知踪迹所在。今无色遍矣，始悉若在此间挟荡妇行乐，别无他

① 汤哲声：《评说时事趣谈轶闻——贡少芹评传》，芮和师：《维扬社会小说泰斗 李涵秋》，南京出版社 1994 年版，第 257 页。

语，惟有拘若赴公庭，则若弃置糟糠，与在官挟妓罪名，两不免矣。速行……"某甲汗下如雨，匍匐地上。众座客万万没有料到如此状况，左右为难。有客劝妇曰："子姑释彼，苟有言，请缓商。"妇始首肯，甫释手。

贡少芹的长篇滑稽小说《傻儿游沪记》讲述主人公名叫邵一棕（少一窍）因治天花致呆，人称傻公子。他和老仆王三到上海去游玩，受到白相人邵伯鑫和妓女胡丽卿（狐狸精）的捉弄，于是就演出了一个江北人游大上海的喜剧。第4年第5期的《小说新报》刊载了"滑稽小说《傻儿游沪记》"广告云："是书为江都贡少芹所著。叙一傻儿富有金钱挟巨资来沪，遇三数无赖子道之作狎邪游，与妓女局串，攫取傻儿资财，而傻儿初至上海，凡所见所闻等事，一种盗呆口吻说出，无不令人捧腹，以滑稽之笔，作游戏之文，是固著者特色，无待赘述。且著者微旨虽为傻儿立传，实为当世青年子弟误入迷途痛下针砭，俳谐中隐含劝诫，语内仍寓庄言，乃有关于世道人心之作。至刻画入微，形容尽致，尤其余事。"胡丽卿先用一系列擅长的伎俩，哄得傻儿痴迷。伯鑫等人在一旁极尽吹捧，玉成好事。见傻儿上钩，胡便伙同伯鑫等人要得傻儿团团转：置办生日会、衙门脱险、租豪华房子、置办婚礼、找人诱惑傻儿，大闹赖婚。起初，丽卿故作高洁以知己相待，暗地里却包藏祸心。第九回"假生辰胡丽卿做寿，真妙计邵伯鑫赚金"便可以看出胡丽卿为人的虚假、狡诈、市侩，骗取钱财手段的高明。

胡丽卿假意为一樵着想不让他为自己破费钱财时说道：

> 不是我瞒你，是因你同我好，若说出来，你少不得总是要替我热闹热闹。如果叫你花费了钱我心下委实不安，所以不准郐大少走漏风声。那知在此晨光，偏偏花可吟和怜影两个小妮子，送着劳什子对象来给你晓得哩。但有一层我万万不许你代我做寿，你若同我闹虚文，便将我当做外人看待了。你到那一天就在我这

里随意吃杯酒，不着一星儿痕迹，那才是我的知己人呢。①

假若不知道胡丽卿设局诱使一樵，定会觉得这女子善解人意，体贴异常。却不知她是披着温顺善良的面纱算计一樵的钱财，更是与伯鑫等人合演一出双簧戏。

二 其他作家的滑稽小说

吴双热很风趣。他本名"恤"，由"心血"两字合成，其笔名双热，取意热心又热血。他有时署名"一寒"，与"双热"为偶。他和徐天啸、徐枕亚义结金兰，他最长，天啸次之，枕亚年最幼，撰有证盟文，略云："海虞市上，同时发现三奇人，其一善笑，其一善哭，其一则善噤其口如哑。笑者之心热，哭者之心悲，哑者之心冷。三人各奇特，亦各殊异，相遇初非相识，相识乃相爱。时相过从，时相闻问。世事日非，国事日恶，人事日不轨，肠断矣，心伤矣，乌得不哭，哭不得，乌得不笑，哭既无益，笑亦无益，又乌得不哑。一哑一笑一哭，是皆表情的作用，既有情矣，则又何奇之有。三人者非他，哑者徐子天啸，哭者徐子枕亚，而笑者即双热。"②《小说新报》所载其滑稽类小说有长篇滑稽小说《一零八》（载 1920 年第 6 年第 1 期），短篇诙谐小说《佛在那里》（载 1920 年第 6 年第 7 期）、短篇滑稽小说《翁媪学校》（载 1920 年第 6 年第 9 期）与《空气衣》（载 1920 年第 6 年第 10 期）等。

海上漱石生的《议员化身记》是对上层社会之讽刺。民初乱象丛生，源自上层，"总统出走，国事蜩螗，议员无事可为，类皆有怅怅何之之慨。其间实心为国，不得已鞭掌风尘老瘁不辞者，夫固不乏其人。而往来南北，仆仆道途，两面取钱，一心为利者，亦大有

---

① 贡少芹：《傻儿游沪记》，《小说新报》1917 年第 3 期。
② 魏绍昌等：《鸳鸯蝴蝶派研究资料》（上册），上海文艺出版社 1984 年版，第 571 页。

人在"①。在国本飘摇之际，作家自谓丧心病狂，撰《议员化身记》，使蝙蝠派之议员穷形尽相。那些议员有种种化身，"土木偶之化身""荡妇之化身""乞儿之化身""动物中劣马之化身""爬虫中米虫之化身""植物中橄榄之化身""玩具中之走马灯化身"。以"走马灯化身"而言，"走马灯，其行以烛，趋炎者也。而有时为风吹动，亦驰行甚疾。议员奔走南北，趋炎成性，夫复何言？而其间亦有看风使舵者，南风顺则南行，北风顺则北行。此种人当不在少数"。"呜呼！议员如此，人格可知，无怪世之鄙视若辈者，辄引金圣叹评《三国演义》语曰：'我生生世世不愿见此等人也。'"②

颍川秋水的《乞墦琐语》讲述齐国京城临淄一个破落户的故事，揭露了那班妄求富贵利达之徒的丑恶行径。该齐人住在一条陋巷中，自家房屋破乱不堪，却一直摆富贵的架子。他每天酒气熏天，醉酒时南腔北调，口撇蓝青官话，大言不惭，炫耀家中的两件宝物，一件是一太公九府古钱，一件是一龙敝裘。他声称古钱是他十八代先祖曾为太公上卿，蒙恩赏赐的，真是价值连城；龙敝裘是相国晏平仲遗物，晏子当时曾与他家祖老太爷拜过把子脱来相赠的。邻人没有见过世面，任其嘴说，是否齐东野语，不去顾及。他有一位三十岁开外的大夫人与一位花信年华的如夫人。齐人京城在外应酬，不过也有些意外，令两位夫人迷惑不解。大夫人遂暗中侦查，发现丈夫于清明时节，在墦间（坟墓间）向人乞求祭余之物，正如《孟子·离娄下》云："卒之东郭墦间之祭者，乞其余。"她不禁大吃一惊，"细心向四周一望，咦，怪事，怪事，这墦间向人家乞祭余的不是我丈夫是谁？咳，他不是发疯么，不是遇见邪祟么。他是堂堂一表体面人物，难道不如入市吹箫沿门托钵的乞儿吗？……乞过一处，又是一处，其形状恰与乞怜昏夜白昼骄让你的鄙夫一样，可惜生得命苦，不然倒是一位钻营运动的出色人财。齐妇看在眼里苦在心头，也不忍再看，只得回

---

① 海上漱石生：《议员化身记》，《小说新报》1923 年第 5 期。

② 同上。

转身来一步懒一步的回家去了。"可笑的是，齐人回家后仍旧糊里糊涂大摇大摆，大老官神气，打算吓唬吓唬两个夫人，摆摆场面。那些空心老官家好说大话，爱绷场面，家里骗老婆，外面骗朋友，居然跟随人家吃喝嫖赌。作者辛辣地讽刺说："考其来源，不问而知，是类于孟子一个乞字，一个求字甚或如小子所说的骗子，亦未可知，但因手段高妙不容易看破罢了。咳，贤者识大，不贤识小，其中却又一把辛酸泪在呢。"①

恬予的滑稽小说《你今儿有饭吃了》（1915 年第 1 年第 1 期）是民初社会风气的反映，作者激进讽刺之能事。北京狗尾巴胡同，有一个十四五岁的孩子饿倒在路旁。一位过路汉子赏给他两块面包，并把他带到二条子胡同一所宅子里，给他一条活路。孩子是官家子弟，可是父亲早逝。他聪明伶俐，不愿意打水劈柴，希望跟随看上去像武行出身的汉子冲锋陷阵，因为他听说当兵的很贵重，所以一直羡慕。这位肥胖的汉子和几个善干买卖的，天天大鱼大肉，半面半饭；而那些徒儿每餐只有三个葱头、半块面包和一碗薄麦浆。有一天，一人对汉子说，今儿在翠花街珠宝铺子里，发现荷包巷黄公馆的黄太太兑着一千二百银子的珠宝，来不及下手。不过，探得一些有用信息。汉子要亲自出手，而孩子说还是让自己试试手吧。汉子不耐烦地说，"你这孩子还没有受过我的教育，哪里知道干买卖的事"。他传授道："这个买卖有上中下三等的大术，上等的是骗术，不要动声色，只要想个法儿，别人的东西，就可骗了过来。中等的是劫术，只要一根绳子或一竹子，善攀高风，转背就可劫得。下等的是偷术，白天探情，夜间洞桃源，探身潜入，席卷而逃。"汉子于是考考他，要他想法儿把汉子骗到路台上去。孩子说做不到，但可以把汉子从上边骗到下边，或从下边骗到上边。果不其然，但汉子不服，对孩子说："若能将我这人偷走才算一等的大佬。"孩子说："这事容易，不过今晚须带我去

① 颍川秋水：《乞墦琐语》，《小说新报》1917 年第 3 期。

观风。"汉子命一人带孩子前往荷包巷，不多久桃源洞开。孩子说师傅怎么还没来，让同伴去看看。他则钻进洞内，探头望见黄太太在欣赏那个珠宝，一会儿便把珠宝放在梳妆台上的抽屉内。他静静等待，乘黄太太熟睡之际，潜入房内，把珠宝揣在怀里，还找到一个装面粉的布袋子，而后退到洞口守候。他听到师傅的声音，等师傅到洞口探视时，两脚刚刚探入，他就用布袋套住师傅，从事先开启的大门跑出，直奔二条子胡同寓所。师傅被孩子耍弄，在众徒儿面前很是丢面子，暴跳如雷，可是当看到那个珠宝，不仅怒气顿消，还大加赞赏。

第五节　《小说新报》所载谐隐文学从仿拟到戏拟

《小说新报》所载"谐隐文学"尤其是"游戏文章"存在一个突出现象，即涌现大量的仿拟之作。乙乙所撰的《戏拟妓女陈情书》标明"仿李密陈情表"，颂予所撰的《空心大少传》标明"仿陶渊明五柳先生传"。吴东园的《医室铭》《壶铭》等以及寄恨的《妓室铭》均仿效刘禹锡的《陋室铭》。倪轶池所撰的《拍马者言》与吴东园所撰的《卖文》分别标明"仿效刘基卖柑者言"与"仿效刘青田卖柑者言"。倪轶池所撰的《读守钱奴传》标明"仿读孟尝君传"。李定夷所撰的《知事试序》标明"仿兰亭序"。寄恨所撰的《春夜宴勾栏院序》标明"仿春夜宴桃李园序"，诗隐的《蹩脚大少序》与《上海地方集辞》均标明"仿滕王阁序"。诗隐的《讨债辞》与寄恨的《妓女从良辞》均标明"仿归去来兮辞"，诗隐的《投稿赋》（自嘲）与《盆汤赋》均标明"仿阿房宫赋"。渔笠的《讨私贩糖橄》标明"仿徐敬业讨武曌檄"。其实，其他诸多游戏文章虽未标明所仿效的是何文何体，却或多或少，或明或隐地各有仿效。

一　《小说新报》所载"谐隐文学"的"仿拟"

"仿拟"是为了讽刺嘲弄而故意仿拟特种既成的形式。谭正璧认为，"旧时所谓仿拟法，是专指作者为了滑稽嘲弄而故意拟仿特种既成形式的修辞方法，和寻常所谓模仿不同。实际上寻常所谓模仿，固然不能算是修辞法，而一般作者仿效现成的旧体裁，或模拟现成的旧曲调，虽然不一定是为了滑稽嘲弄，但也是故意仿拟既成形式，所以也可以算是一种修辞法。……修辞法上所谓仿拟，只指形式，不问内容，乃是作者利用大众熟悉的现成旧形式，来装置新内容，目的是要使听的或读的人喜见乐闻，以增加传布宣扬的作用"①。仿拟有仿体与仿调两种，陈望道说："仿拟有两种：第一是拟句，全拟既成的句法；第二是仿调，只拟既成的腔调。这两类的仿拟，同寻常所谓模仿不同。"② 谭正璧也说："仿拟法可以有两种形式：一、仿体；二、拟调。"前者是指"把新的内容，用现成的旧体裁来表现的修辞法。所谓现成的旧体裁，必须是久已通行，为大众所熟悉，所喜闻乐见的，才能合式合用。"③

《小说新报》所载"谐隐文学"中"仿体"之作比较多，所仿之体以刘禹锡的《陋室铭》为最。吴东园的《医室铭》《酒瓮铭》《兰室铭》《书寓铭》《刀铭》《炉铭》《砚铭》《壶铭》等以及寄恨的《妓室铭》均仿效刘禹锡的《陋室铭》。《陋室铭》云：

> 山不在高，有仙则名；水不在深，有龙则灵；斯是陋室，唯吾德馨。苔痕上阶绿，草色入帘青；谈笑有鸿儒，往来无白丁；可以调素琴，阅金经。无丝竹之乱耳，无案牍之劳形。南阳诸葛庐，西蜀子云亭。孔子云："何陋之有？"④

吴东园的《妓室铭》仿《陋室铭》之体，并反其意而用之，其

---

① 谭正璧：《修辞新例》，棠棣出版社 1953 年版，第 57 页。
② 陈望道：《修辞学发凡》，上海教育出版社 2006 年版，第 104 页。
③ 谭正璧：《修辞新例》，棠棣出版社 1953 年版，第 57 页。
④ 刘禹锡：《陋室铭》，吴云：《历代骈文名篇校注》，天津古籍出版社 2008 年版，第 562 页。

文为：

> 品不在高，有貌则名；交不在深，有钱则灵；斯是妓室，惟吾色馨。春黛横眉绿，秋波醮眼青；谈笑皆嫖客，往来多情人；可以扯胡琴，没正经。有丝竹之乱耳，灌米汤之劳形。得遂风流愿，甘死牡丹亭。君子云："何趣之有？"（下册，第 10 页）

该文揭露了清末民初娼妓盛行的社会现象，并给予严厉批判。

传统的对话体也是民初游戏文章仿拟的对象，对话体十分简洁明了，不仅所提的问题明确，回答更是简单明了。《小说新报》第 7 年第 3 期（第 8 页）上刊载了《滑稽问答》一文，其文如下：

> 问：上海女界服饰之替换以何人始？
> 答：妓女。
> 问：上海少年男子以何种成绩为最佳？
> 答：吊膀子。
> 问：上海男女交际以何物为媒介？
> 答：言情小说。
> 问：什么东西能够马上叫人破产？
> 答：交易所拍板。
> 问：女人总不免为男人所玩弄，其故何在？
> 答：好装饰之故。①

这一组滑稽问题共提出五个问题，都是民初上海最突出的社会现象，所提之问题颇能反映作者敏锐的社会观察能力。问题的回答，也别具一格，颇具讽刺性。

---

① 《滑稽问答》，《小说新报》1921 年第 3 期。

民初的许多游戏文章纷纷采用仿体形式，一方面，说明传统文学的影响之深；另一方面，说明作家们创新乏力。这种一味继承而不能状况的状况，表明了这类旧体文学已经发展到了尽头，行将就灭。

二 《小说新报》所载谐隐文学的戏拟

戏拟是民初报刊中比较突出的一种文学现象。所谓"戏拟"，按照《大不列颠百科全书》的定义是"文学中一种讽刺批评或滑稽嘲弄的形式，它模仿一个特定的作家或流派的文体和手法，以突出该作家的瑕疵，或该流派所滥用的俗套"①。戏拟是讽刺的一种主要表现形式之一，是"通过扭曲和夸张来进行模仿，以唤起人们的兴致、嘲弄和讥讽"。②戏拟（parody）是一种滑稽性的模仿，即将既成的、传统的东西打碎加以重新组合，赋予新的内涵。"日常的和粗俗的措辞和卑俚的形象的习惯性运用常常出现在低级喜剧、警句和一些讽刺类型中，这也是丑化的一个典型特征。滑稽模仿性散文或韵文的作者也喜欢简单的口语风格，避免用严肃的修辞，力图使语句听起来自然些。他采用短的和松散的句子，若在韵文中则用慢节奏，或用奇特滞重的韵节。在他笔下，韵文近于散文，散文近于对话。他把一切诗歌艺术变成谈笑的韵文……他避开修辞和雄心，只是讲述朴实无华的真理。嘲弄性模仿英雄史诗的作者思绪激扬，滑稽模仿文的作者则跌跌撞撞断断续续地表达意思。"③《小说新报》所载游戏文章与笑话，有的采用戏拟手法，如游戏文章《戏拟美女与丑夫离婚诉状》《戏拟丑夫与美女离婚辩诉状》《戏拟妓女陈情书》，署名"陋夫"的一则"笑话"《西施》，都具有极强的讽刺性。《西施》一则谓，某寡妇年逾花甲，体尚健康，而家甚贫，唯为人诵经以自

---

① 柏彬：《论纳博科夫和戏拟》，《当代外国文学》2002 年第 1 期。

② ［美］吉尔伯特·哈特：《讽刺论》，万书元、江宁康译，广西人民出版社 1990 年版，第 58 页。

③ 同上书，第 86—87 页。

给。某日，有人为之作伐，告以求婚者甚富，寡妇悦而许之。及期，寡妇头挽螺髻，脚踏革履，鸡皮其面，伛偻其背，衣锦绣之衣，居然复为新娘矣。在礼堂上，新郎视之，大怒，力斥介绍人曰："尔诳吾，此老妇也，何云有西子之美？"介绍人曰："汝之所以爱慕西施，而致积想成疾者，以观西施出浴图之美也。设西施迄今而存，不知其已将千几百岁矣。斯妇也，已视西子年轻多矣，何得称老？语曰：青年无丑妇，以此例彼，迨有加而无不及。"① 从《西施》文本内部来看，"戏拟"产生的效果是，"新郎语塞，终身不复观艳情美色之图画与书籍"。西施与王昭君、貂蝉、杨玉环被誉为我国古代四大美女，西施位居首位，她成为美女的化身。《西施》这篇戏拟笑话抓住两点，一是西施之美，二是时人之好。因西施之美而令人神往，又因时人据西施之时代遥远，若西施能活到民初，其容颜也会丧失殆尽。作者借助于介绍人这个好事者，把远比西施年轻得多的花甲寡妇牵针引线，嫁给沉湎于西施出浴中的富人，由此而产生颇具讽刺的艺术效果。这属于嘲弄性戏拟，它不是戏拟史诗，而是戏拟传统美女，却受到同样的艺术效果。"嘲弄性模仿史诗的作者喜欢从一些名诗佳篇中寻章摘句，并尽可能地原文照搬，他在一些比原作肤浅的主题中使用这些句子以取得戏拟讽刺的效果。进行滑稽模仿的作者则在借用别人词语时将其改写成轻浮的节奏和粗陋的语汇。在嘲弄性模仿史诗式的作品中，超自然的干预和表面严肃的语句很常用……而在滑稽模仿文中，超自然东西被世俗化人性化，言语也租俗了，行动变样荒唐不经。"② 不管戏拟史诗，还是戏拟传统美女，只要实质性内核抓住了，就会产生讽刺效果。

时人高度评价谐隐之文。1917年10月6日《申报》第四版《自由谈》刊登了济航的《游戏文章论》，该文指出：

---

① 李定夷：《广笑林卷四》，国华书局1917年版，第31—32页。
② ［美］吉尔伯特·哈特：《讽刺论》，万书元、江宁康译，广西人民出版社1990年版，第87页。

　　自来滑稽讽世之文，其感人深于正论，正论一而已，滑稽之
文，固多端也。盖其吐词也，隽而谐；其寓意也，隐而讽，能以
逾言中人之弊，妙语解人之颐，使世人皆闻而戒之。主文诵谏，
往往托以事物而发挥之，虽有忠言谠论载于报章，而作者以为遇
事直陈不若冷嘲热讽、嬉笑怒骂之文为有效也。故民风吏治日益
坏则游戏文章日益多，而报纸之价值日益高，价高则阅者之心日
益切而流行者日益广。①

　　论者认为，正论太单一，而滑稽讽世之文不然，盖吐词"隽而
谐"，其寓意"隐而讽"。冷嘲热讽、嬉笑怒骂，颇有趣味。其效用，
"上之则暗刺夫朝廷，下之则使社会以为鉴"。故有助于救国，有利
于移风。海外学者李欧梵还认为，民初上海《申报》副刊《自由谈》
栏目开辟了舆论空间，该栏目中的"游戏文章"更是公共空间里难
得的言论自由的体现。西方有学者对讽刺大家礼赞："万岁，讽刺的
诗神！万岁，你这眼睛明亮、齿牙尖利、脾气暴怒、外表绝望骨子里
却充满着理想的缪斯！讽刺，你是喜剧的母亲、悲剧的姐妹、哲学的
辩护士与批判昔！万岁，讽刺！你是一位易怒的朋友，你是一位时而
躲闪、挑逗，时而严苛、冷漠，但从不使人对你的机智善变产生厌恨
情绪的可爱的女郎；你一次又一次地摧毁了愚昧、自满、腐败、社会
必然进化论，这些从人们多余的精力中自发产生出来的理性怪魔。这
些怪魔越是不断地死而复生，你就越是坚持不懈地起而攻之。讽刺，
你始终不讲恕道，铁面无情，不妒不谀。你不自夸，不自得——让上
帝去保佑那些自夸自大者吧。讽刺，你一触即发。你总是酝酿着向丛
生的罪恶开火。邪恶当道，你郁郁寡欢，恶魔倾覆，你欣喜若狂。你
很少容忍、姑息，很少迷信、幻想。你所以能克敌制胜就在于你能坚
韧不拔。尊敬的讽刺，你这第十位缪所，你的面孔不像你的姐妹们那

---

① 李欧梵：《李欧梵自选集》，上海教育出版社 2002 年版，第 139—140 页。

样宁静和谐，你是一副既没有德谟克利特那种恒久的笑容，也没有赫拉克利特那恒久的泪水，似笑非笑，似哭非哭的愁眉苦脸。你并不汲汲于创作疗治人类地方病的不朽的作品，但却常常创作出独树一帜的杰作来——这是栩栩如生的肖像画，当我们窥视它的眼睛时，它仿佛就是被痛苦扭曲了的我们自己的灵魂的逼真的映像。"①

不过，清末民初谐隐之文存在一些流弊。刘师培曾论述了谐隐之文愈来愈卑的发展轮廓，他指出："谐隐之文，斯时益甚也。谐隐之文，亦起源古昔。宋代袁淑，所作益繁。惟宋、齐以降，作者益为轻薄，其风盖昌于刘宋之初。嗣则卞铄、丘巨源、卞彬之徒，所作诗文，并多讥刺。梁则世风益薄，士多嘲讽之文，而文体亦因之愈卑矣。"② 鲁迅也曾说，"在中国，只能寻得滑稽文章了？却又不。中国之自以为滑稽文章者，也还是油滑、轻薄、猥亵之谈，和真的滑稽特别。这'狸猫换太子'的关键，是在历来的自以为正经的言论和事实，大抵滑稽者多，人们看惯，渐渐以为平常，便将油滑之类，误以为滑稽了。"③ 例如，《小说新报》上有则游戏文章，名为《天阉向石女乞婚书》（诗隐撰），拿身体受到摧残的阉人与天生残疾石女取乐，恶趣横流，不忍卒读。

---

① ［美］吉尔伯特·哈特：《讽刺论》，万书元、江宁康译，广西人民出版社1990年版，第210页。

② 刘师培：《中国中古文学史·论文杂记》，人民文学出版社1998年版，第91—92页。

③ 鲁迅：《准风月谈·"滑稽"例解》。

第八章

《小说新报》与传统文学批评文体
及其新变

清末民初，随着西学东渐，中国的传统文学体系受到巨大冲击，中国的传统文学批评体系也受到巨大冲击。总体而言，我国传统文学批评体系是感悟式的、零碎的、不系统的。其形态以诗话、词话、文话、曲话、小说话等随笔体为主，明清时期，评点形态异军突起，诗文、小说、戏曲评点蜂拥而起。与此相联系的，是文学批评的传统话语形态，从传统的儒家正统思想来看，有温柔敦厚、邪而不淫的传统观念，知人论世的观念，春秋笔法的观念等；从非儒的王学思想来看，有非儒的观念，有尊重个性的，有尊情的观念。清末民初的文学批评处于我国文学批评从传统向现代嬗变的过程中，尽管受到西方现代文学批评的冲击，我国文学批评传统固有的生命力还比较旺盛，如诗话，"在中国文学批评史上，诗话自北宋时代崛起以来，一直以中国古代诗歌评论的专著形式而跻身于文苑诗坛，作家云蒸，著述繁富，众采纷呈，流布世代，至今未衰，显示出旺盛的艺术生命力"①。其势力依然强大，批评界依旧存在其巨大的惯性；同时，西方文学批评观念开始输入，如新的文学观念、新的文学批评观念都逐渐涌入，尤其是思辨式的批评形态对感悟式批评形态产生一定的冲击。不过，从《小说新报》所载的文学批评来看，传统的文学批评仍占主导地

---

① 蔡镇楚：《中国诗话史》（修订本），湖南文艺出版社 2001 年版，第 36 页。

位，外来的思辨式批评相对薄弱。但是，在众多的文学批评中，思辨式文学批评有鹤立鸡群之势，这种态势预示转型期文学批评的发展方向。

第一节 民初文学批评的类型及其特点

民初，我国文坛与学界发生了翻天覆地的变化。在晚清文学界革命与五四新文学运动的影响下，传统文学批评格局受到巨大冲击，传统的批评话语遭遇西方批评话语，两套批评话语相互博弈。这一时期，由于传统批评话语根深蒂固，且影响深远，西方批评话语才刚刚引入，不足以撼动前者的主导地位，不过对前者是有益的补充。

关于中国文学批评的分类，《四库全书·诗文评类》提要云：

> 文章莫盛于两汉，浑浑灏灏，文成法立，无格律之可拘。建安、黄初，体裁渐备，故论文之说出焉，《典论》其首也。其勒为一书传于今者，则断自刘勰、钟嵘。勰究文体之源流而评其工拙，嵘第作者之甲乙而溯厥师承，为例各殊。至皎然《诗式》，备陈法律；孟棨《本事诗》，旁采故实；刘攽《中山诗话》、欧阳修《六一诗话》，又体兼说部。后所论著，不出此五例中矣。①

朱东润认为，此五端"范围较狭"，而"诗话词话杂陈琐事者，尤非文学批评之正轨。然前代文人评论之作，每每散见，爬罗剔抉，始得其论点所在，正不可以诗文评之类尽之也"。遂概括出六端：

> 今欲观古人文学批评之所成就，要而论之，盖有六端。自成一书，条理毕具，如刘勰、钟嵘之书，一也。发为篇章，散见本

---

① 朱东润：《中国文学批评史大纲》，武汉大学出版社2009年版，第2页。

集，如韩愈论文论诗诸篇，二也。甄采诸家，定为选本，后人从此去取，窥其意旨，如殷璠之《河岳英灵集》，高仲武之《中兴间气集》，三也。亦有选家，间附评注，虽繁简异趣，语或不一，而望表知里，情态毕具，如方回之《瀛奎律髓》，张惠言之《词选》，四也。他若宗旨有在，而语不尽传，照乘之光，自他有耀：其见于他人专书，如山谷之说，备见诗眼者为五；见于他人诗文，如四灵之论，见于《水心集》者，六也。此六端外，或有可举，盖不数数觏焉。①

　　传统文学批评，由于文字、词语及其用法的多义性，各家又各有侧重，因而，同意用语可能汉译不尽相同，因此，需要明辨。"读中国文学批评，尤有当注意者，昔人用语，往往参互，言者既异，人心亦变。同一言文也，或则以为先王之遗文，或则以为事出沉思，功归翰藻之著作。同一言气也，而曹丕之说，不同于萧绎，韩愈之说，不同于柳冕。乃至论及具体名词，亦复人各一说，如晚唐之称，或则以为上包韩柳元白，或则以为专指开成而后。逐步换形，所指顿异，自非博综于始终之变者，鲜不为所眚乱，此则分析比较，疏通证明之功之所以贵也。"②

　　诗话、词话、文话、曲话之类的随笔式文体。宋人许顗的《彦周诗话》中称："诗话者，辨句法，备古今，纪盛德，录异事，正讹误也。"这种看法主要是基于诗话的基本特征而得出的。清章学诚《文史通义·内篇·诗话》则从内容上把历代诗话分为"论诗及事"和"论诗及辞"两大类，郭绍虞曾对章氏的看法进行了补充："诗话中间，则论诗可以及辞，也可以及事；而且更可以辞中及事，事中及辞。"（郭绍虞辑《宋诗话辑佚序》），大致而言，诗话可载诗人之生平轶事，可述诗歌之源流通变，可评诗歌之优劣高下，亦

---

① 朱东润：《中国文学批评史大纲》，武汉大学出版社 2009 年版，第 2—3 页。
② 同上书，第 3 页。

可提出诗人的观点意见，基本具备了现代意义上的文学批评的内容
与特征。诗话自宋代欧阳修《六一诗话》首创之后，代有其作，且
更加兴盛、繁荣，到清代蔚为大观，今人蔡镇楚的《石竹山房诗话
论稿》卷四《清代诗话考略》就收录清代诗话 780 多种。张寅彭的
《清代诗学书目辑考》所收清代诗话亦有 700 多种。词话虽较诗话
在数量上颇有不及，但仍不可小觑，唐圭璋于 1934 年自行出资辑
印《词话丛编》，就收录词话 60 种（后又另辑 25 种重加修订），后
来，他修订校改的《词话丛编》（于 1986 年由中华书局重新出
版），所收宋代至近现代以来词话则增至 85 种。词话、文话、曲话
等随笔体批评体制，从发生学角度看，主要还是得益于诗话，其基
本特征也与诗话相同或类似。

诗文、小说、戏曲评点。评点是一种特殊的批评样式。一般采用
眉批、夹批、尾批等形式，它往往是个人阅读作品的心得体会，短小
精悍，是一种很灵活的批评体制。它广泛运用于诗、文、小说、戏曲
等各种文体。评即评论，点为圈点。所谓圈点，就是古人用点、单
圈、双圈、连圈、套圈、三角、直线、撇、捺及五色标识等诸多可供
识别的文字符号，于阅读过程中，在意会处或颇有心得处加以记录、
标识，供其反复揣摩、函咏、咀嚼，进而形成基本的艺术价值判断。
由于使用者习惯不同，圈点的含义往往因人而异。近代叶长青注《文
史通义·文理》时引明代归有光《评点〈史记〉例意》说："朱圈点
处总是意句与叙事好处，黄圈点处总是气脉；亦有转折处用黄圈而事
乃联下去者；墨掷是背理处、青掷是不好要紧处、朱掷是好要紧处、
黄掷是一篇要紧处。""诗文之有评论，自刘勰钟嵘以来，为书众矣，
顾或究文体之源流，或第作者之甲乙，为例各殊，莫识准的。则以对
于'批评'一词，未能确认其意义也。考远西学者言'批评'之涵
义有五：指正，一也。赞美，二也。判断，三也。比较及分类，四
也。鉴赏，五也。若夫批评文学，则考验文学著述作品之性质及其形
式之学术也。故其于批评也，必先内比较，分类，判断，而及于鉴

赏；赞美指正特其余事耳。若专以讨论理瑜为能事，甚至引绳批根，任情标剥，则品藻之末流，不足与于言文事矣。"① 研究者们把改进中国文学批评的途径投向了西方文学理论与批评。如朱光潜就提出过建设中国文学批评史的设想，他在《中国文学上未开辟的领土》中说：

> 总之，我们把研究西方文学所得的教训，用来在中国文学上开辟新境，终究总会使中国文学起一大变化的。……受西方文学洗礼以后，我国文学变化之最重要的方向当为批评研究（Literary criticism），在这个方向，借助于他山之石的更要具体些，更可捉摸些。尤其重要的是把批评看作一种专门学问，中国学者本亦甚重批评。我们第一步工作应该是把诸家批评学说从书牍札记、诗话及其他著作中摘出。如《论语》中孔子论诗、《荀子·赋篇》、《礼记·乐记》、子夏《诗序》之类，搜集起来成一种批评论文丛书，于是再研究各时代各作者对于文学见解之重要倾向如何，其影响创作如何，成一种中国文学批评史。②

这些反思促使当时人们把眼光投向西方文学批评，如茅盾在"五四"时期所言，"我们现在讲文学批评，无非是把西洋的学说搬过来，向民众宣传"③。朱自清在《诗文评的发展》一文中也说："若没有'文学批评'这个新意念、新名字的输入，若不是一般人已经能够郑重的接受这个新意念，目下还是谈不到任何中国文学批评史的。"④

① 陈钟凡：《中国文学批评史》，江苏文艺出版社2008年版，第5页。
② 朱光潜：《中国文学上未开辟的领土》，引自《朱光潜全集》第8卷，安徽教育出版社1993年版，第134—143页。
③ 茅盾：《"文学批评"管见一》，《茅盾文艺杂论集》（上），上海文艺出版社1981年版，第101页。
④ 朱自清：《诗文评的发展》，载《文艺复兴》第1卷第6期，1946年7月。

第二节 《小说新报》与文学批评文体的内在演变

《小说新报》上的文学批评文体十分丰富，有最常见的诗话、词话、序跋、评点，也有不太常见的文话、谜话、联话、鼓话、弹话，乃至文学专论。这些批评文体本诉诸不同的批评家，诗话、词话诉诸诗人、词人，序跋更多地诉诸文史家。不同文体的评点往往诉诸不同的作家，小说评点诉诸小说家，古文评点诉诸古文家，文话一般诉诸古文家，谜话、联话诉诸热衷消遣的旧式文人，鼓话与弹话诉诸关注说唱文学的文人，文学专论则诉诸训练有素的批评家。然而，如此多样的诉诸不同对象的批评文体竟然通过民初旧派作家同台献技，这不管怎么说就是一种值得引人关注的文学批评现象。它意味着中国文学批评转型之际的复杂情态，旧的批评文体尚未退场，新的批评文体就已经登场，新旧两种批评文体处于胶着状态。它预示着，新的批评文体即将全面登场，并全面挤出旧的批评文体而占据批评领域的鲜明态势。

一 传统诗话的延续

清末民初文学报刊，刊载许多诗话，《小说新报》更是如此。其所载诗话如下：

（未署名）《笑余诗话》，1915 年第 1 年第 1 期。

（李）定夷：《墨隐庐诗话》，1915 年第 1 年第 1 期。

玉泉：《绿野亭边一草庐诗话》，1915 年第 1 年第 2 期。

山渊：《绿野亭边一草庐诗话》，1915 年第 1 年第 5、8、9、11 期，1916 年第 2 年第 1 期。

（未署名）《自撰日本诗话征诗启》，1915 年第 1 年第 2 期。

（徐）吁公：《京洛浪游客诗话》，1915 年第 1 年第 3—7、9、11、12 期，1916 年第 2 年第 1、3、9 期。

绛珠：《蕊轩诗话》，1916 年第 2 年第 10、11、12 期。

绵甫：《春明诗话》，1916 年第 2 年第 11 期。

无相：《听竹轩诗话》，1917 年第 3 年第 6 期。

龚霭石：《谷香山房诗话》，1919 年第 5 年第 8、9 期。

龚霭石：《谷香山房艳体诗话》，1919 年第 5 年第 9 期。

郑逸梅：《诗话片锦》，1919 年第 5 年第 9 期。

一明：《滑稽诗话》，1920 年第 6 年第 9、10 期。

颍川秋水：《滑稽诗话》，1921 年第 6 年第 12 期。

了生：《历代诗话概略》，1922 年第 7 年第 1—4 期。

无界：《滑稽诗话》，1922 年第 7 年第 3 期。

石予：《半兰诗话》，1922 年第 7 年第 4 期。

《梅庐非诗话》，1922 年第 7 年第 5 期。

《不羡鸳鸯室诗话》，1922 年第 7 年第 5 期增刊。

瘿蝯《小瘦红闺诗话》，1922 年第 7 年第 8、9、11、12 期。

《诗话》，1922 年第 7 年第 8、11、12 期。

大可：《海沧楼诗之研究》，1923 年第 8 年第 1—6 期。

《诗话》，1923 年第 8 年第 1、3—5 期。

《诗话拾隽》，1923 年第 8 年第 1 期。

大可：《秋穗吟馆诗评》，1923 年第 8 年第 7、8 期。

五瑞老人：《宾洲书屋诗话》，1923 年第 8 年第 9 期。

我国素有"诗国"之誉，闻一多先生的《文学的历史动向》一文云："《三百篇》的时代，确乎是一个伟大的时代，我们的文化，大体上是从这一刚开始的时期就定型了。文化定型了，文学也定型了。从此以后二千年间，诗——抒情诗，始终是我国文学的正统的类型，甚至除散文外，它是惟一的类型。"① 遗憾的是，那时我国缺乏

---

① 蔡镇楚：《中国诗话史》（修订本），湖南文艺出版社 2001 年版，第 1 页。

与亚里士多德的《诗学》媲美的系统的理论著作；所幸的是，自欧阳修创诗话之体，诗歌批评就蔚然成风。诗话富有代表性的说法有三种：第一，宋人许顗云："诗话者，辨句法，备古今，记盛德，录异事，正讹误也。"（《彦周诗话》）第二，清人吴琇曰："诗话者，以局外身作局内说者也，故其立论平而取义精。"（《龙性堂诗话序》）第三，今人郭绍虞说："诗话之体，顾名思义，应当是关诗的理论的著作。"（《请诗话前言》）① 综而言之，诗话主要是关于我国诗歌理论与一些诗歌本事或轶事的著作。在批评主体上，批评家以评议的态度发表精义之论。在诗学观念上，"记盛德"成为权威性的功利主义诗学观，突出诗话的社会职能。在诗学源流上，突出"备古今"。在诗学方法上，强调"辨句法"。在诗歌本事上，强调"录异事"。另外，诗话还有"正讹误"的功效。"作为中国特有的一种论诗之体，诗话的个性，是闲谈式的，随笔式的；诗话的风格，是轻松的，自由活泼的；诗话的体制，是由一条一条内容互不相关的论诗条目连缀而成，是富有弹性的。"② 我国诗话历史悠久，源远流长。其发展可以分为四个时期：先秦时代可视为胚胎期，代表性著作有《虞书》的"诗言志"说，关于论《诗》的片语与片断。汉魏六朝时代可视为发育期，汉代的《毛诗序》、魏曹丕的《典论·论文》、晋陆机的《文赋》、齐梁时代刘勰的《文心雕龙》、梁代钟嵘的《诗品》等促进了诗话的发展。隋唐五代可视为成型期，唐代诗坛出现一大批诗格、诗式、诗例、诗句图一类诗学入门书籍。其中一些佳作，如司空图的《二十四诗品》，托名王昌龄的《诗格》以及胶然的《诗式》深深影响着后世诗话。北宋欧阳修时代可视为分娩期。这一时期，诗话趋于成熟。③ 简言之，诗话起于六朝，盛于宋代，明代衰落，至清代又盛极一时。清章学诚《文史通义·内篇·诗话》则从内容上把历代诗

---

① 蔡镇楚：《中国诗话史》（修订本），湖南文艺出版社 2001 年版，第 3 页。
② 同上书，第 6 页。
③ 同上书，第 21—22 页。

话分为"论诗及事"和"论诗及辞"两大类。章氏指出：

> 诗话之源，本于钟嵘《诗品》。然考之经传，如云："为此诗者，其知道乎！"又云："未之思也，何远之有？"此论诗而及事也。又如"吉甫作诵，穆如清风"，"其诗孔硕，其风肆好"，此论诗而及辞也。事有是非，辞有工拙，触类旁通，启发实多。江河始于滥觞，后世诗话家言，虽曰本于钟嵘，要其流别滋繁，不可一端尽矣。①

"论诗及事"的诗话和"论诗及辞"的诗话各具价值，前者提供了关于相关诗作诗人的本事，后者提供了关于诗作的评价。

二　传统剧话的延续

相对于诗话、词话，剧话的地位就大大降低了，但这并不影响剧话的写作。尽管剧话不及诗话、词话，但由于戏剧具有演出的特点，许多剧话写作者是票友，甚至有捧角的习惯，因而，剧话的写作较盛。《小说新报》刊载了不少剧话，兹录如下：

脉脉：《脉脉剧话》，1915 年第 1 年第 1—4、6—11 期，1917 年第 3 年第 1—6 期。

冠吾：《梨园杂记》，1915 年第 1 年第 1、2、4、5 期。

云云：《伶话星星》，1915 年第 1 年第 1 期。

（未署名）《是非室戏话》，1915 年第 1 卷第 9 期。

哀梨老人：《同光梨园记》，1916 年第 2 年第 1、2、4—12 期。

少卿：《参观万国歌舞大会记》，1922 年第 7 年第 1 期。

---

① （清）章学诚：《文史通义全译》（下册），贵州人民出版社 1997 年版，第 762 页。

少卿:《某公司戏片尾赝辩》,1922 年第 7 年第 1 期。

舍予:《上海歌舞台之状况》,1922 年第 7 年第 1 期。

中中(草草):《卉籢剧谭》,1922 年第 7 年第 1—3 期。

(郑)逸梅:《纸帐铜瓶室联话》,1922 年第 7 年第 1 期。

露园:《红薇流芬馆剧谭》,1922 年第 7 年第 1 期。

少卿:《评马连良之打泡戏》,1922 年第 7 年第 2 期。

舍予:《述贩马记并举白牡丹之优点》,1922 年第 7 年第 2 期。

舍予:《顾曲琐言》,1922 年第 7 年第 2 期。

寄声:《啸云斋鼓话》,1922 年第 7 年第 2、4—7 期。

少卿:《昆曲与皮黄》,1922 年第 7 年第 3、4、5 期。

舍予:《说说李雪芳》,1922 年第 7 年第 3 期。

天亶:《夒弄窥蠡记》,1922 年第 7 年第 3 期。

半狂:《梅花清梦庐鼓话》,1922 年第 7 年第 3、4、6 期。

(姚)民哀:《评杨梅诸名伶》,1922 年第 7 年第 4—6 期。

(姚)民哀:《一知半解的剧谭》,1922 年第 7 年第 7 期。

醒民:《无垢室剧谭》,1922 年第 7 年第 7 期。

春风:《戏剧闲论》,1922 年第 7 年第 12 期。

马鞍山樵:《马连良断臂说书》,1923 年第 8 年第 1 期。

啸严:《丹桂第一台之名伶谈》,1923 年第 8 年第 1、2 期。

马鞍山樵:《黄叶舞秋风馆剧话》,1923 年第 8 年第 2—6 期(未录)。

啸严:《天蟾舞台十班会串》,1923 年第 8 年第 3 期。

啸严:《记天蟾舞台之十班会串》,1923 年第 8 年第 4 期。

半狂:《梅花庐习曲谈》,1923 年第 8 年第 3 期。

半狂:《梅花清梦庐昆曲杂谈》,1923 年第 8 年第 5 期。

子褒:《歌场杂记》,1923 年第 8 年第 3、4 期。

慕云:《论戏剧之统系》,1923 年第 8 年第 5 期。

饭牛翁:《三笑姻缘之考证》,1923 年第 8 年第 5 期。

慕云:《考京戏之由来》,1923 年第 8 年第 7 期。

东林山人:《化装术之撷遗拾谈》,1923 年第 8 年第 9 期。

剧话的内容比较驳杂,有的是介绍戏剧演员的,有的是介绍戏剧内容的,有的是介绍戏剧角色扮演的,有的是介绍戏剧班子的,有的是介绍戏园或舞台情况的,有的是介绍伶人的戏剧生活与私人生活的,真正谈论戏剧艺术的剧话比较少,因而其价值就大打折扣。"五四"时期,新派对戏剧界颇有微词,这不是偶然的,如傅斯年结合当时中国的剧评情形的时候批评说:

> 但是看到现在北京的戏评界,——中国的戏评界,——真教人无限感叹。姑且举几件最不满意的情形:第一是不批评……只有形容,——不称实的形容,——没有批评。……第二是不在大处批评 每天报上登的戏评,不是说"某某身段好",就是说"某某做工好",再不就是说"某句反二簧唱得好","某句西皮唱得好",从来少见过论到戏里情节通不通,思想是不是,言语合不合的。这样专在小地方做工夫,忘了根本,如何能使得戏剧进化?第三是评伶和评妓一样……第四是党见,党见闹深了,是非全不论了。评戏变成捧角了。①

当然,新文学家对戏剧的批评并非都正确,如钱玄同对旧戏的批评就欠水准,因为他不懂旧戏,却又不满旧戏,其批评完全是站在新文学的角度而不是立足于旧戏本身。

三 传统词话、文话、谜话、联话、鼓话与弹话的一时繁荣

《小说新报》刊载了一定数量的词话、文话、谜话、联话、鼓话

---

① 傅斯年:《戏剧改良各面观》,《新青年》1918 年第 4 期。

与弹话，这些文学或文艺批评呈现出繁荣一时的景象。词话有哲庐的
《红藕花馆词话》（1916 年第 2 年第 1、4、5 期）与稚侬的《守诚斋
词话》（1922 年第 7 年第 6、7 期）；文话有（江）山渊的《省保斋
文话》（1915 年第 1 卷第 1、2 期）与《仿俺文谈》（1916 年第 2 年
第 4 期）；谜话有琴仙的《与吴绛姐论谜书》（1916 年第 2 年第 11
期）、绛珠的《复陈琴姐话》（1916 年第 2 年第 11 期）、唯一的《谜
话》（1917 年第 3 年第 2 期）与《别有会心室谈虎》（1917 年第 3 年
第 3—12 期）。联话有诗隐的《联话杂志》（1922 年第 7 年第 5 期）、
忧生的《楹联杂录》（1922 年第 7 年第 9、10 期）、何丹初的《还自
笑庐谐楹丛话》（1922 年第 7 年第 11、12 期）、蹋厂的《宝陀庵联
话》（1923 年第 8 年第 1 期）、慧斧的《陶簃联话》（1923 年第 8 年
第 6、7 期）、（徐）哲身的《养花轩联话》（1923 年第 8 年第 8 期）
与《哲身联话》（1923 年第 8 年第 9 期）等；鼓话与弹话有子褒的
《梅花馆鼓话》（1923 年第 8 年第 1、2 期）、饭牛翁的《论说书宜改
良》（1923 年第 8 年第 7 期）。

戏剧家与戏剧理论家吴梅在《词话丛编序》中指出："倚声之
学，源于隋之燕乐，三唐导其流，五季扬其波，至宋大盛，山含海
负，制作如林。然北宋诸贤，多精律吕，依声下字，井然有法，而论
词之书，寂寞无闻。知者不言，盖有由焉。南渡以还，音律之学，日
渐陵夷。作者既无准绳，歌者益乖矩矱。知音之士，乃详考声律，细
究文辞。玉田《词源》，晦叔《漫志》，伯时《指迷》，一时并作。三
者之外，犹罕专篇。元明以降，精言蔚起。顾诸书大抵单行，或采入
丛籍。旧刊流传，日益鲜少，志学之士，遍睹为难，识者憾焉。圭璋
广罗群籍，会为兹篇，校勘增补，用力弥勤。所收诸书，多出善本，
未刊之籍，亦得二三。推求牌调，则用《漫志》之精核，考订律吕，
则有《词源》之详赡。《白雨》开沉郁之途，《蕙风》发重拙之论，
其余诸家，亦各有雅言。学者于此一编，悠然融贯，则命意遗辞，惧
有法度，考证校汀，并有所资。圭璋此书，询词林之巨制，艺苑之功

臣矣。"①

吴梅重视联话，其《联语辑存序》一文对"联话"的来龙去脉进行了简要勾勒，他指出："一朝文学，必有特胜前朝者。唐诗、宋词、元曲，明之制艺、南曲皆是也。不可以体格之尊卑，而有所厚薄也。逊清一代。经史词章之学，虽接武汉唐，尚不足列特胜之目，独试帖诗、楹联二种，工炼整洁，为唐、宋、元、明诸贤所未及。大有识薪居上之势，特胜前朝，斯云无忝。昔梁茝林作《制艺》、《楹联》二丛话，吾尝服其巨识，惜朋旧中未之深信也。"并充分肯定了民初的几部联话的价值和意义，"张君蛰公工诗词，《食破观斋诗》、《惜馀春馆词》，余尝为之序矣。其《试帖》、《楹联》二种，习之尤勤，其工亦突过诗词。今岁之秋，先选楹语若干联，将以问世，余读之，吐属名隽，得水流花放之致，斯境未易至也。此道之难，在浑成，在自然，而对仗之工否，其次也。短则五七言，长则数十百言，世皆以长联为难，不知短者，须简炼名贵乃为合作。……长沙叶焕彬、顺德罗瘿公，喜作联语，皆卓卓可传。而山阴俞燕山，集宋词楹语至三千联之多，视吾乡怡园诸联，若泰山之于邱垤。蛰公倘录采录诸人之作，勒成一书，继茝林丛话之武，附斯集以惧传，不更大快乎哉！虽然蛰公行年六十有二矣，诗词楹语，既及身手定，则试帖诗亦不可缓，授徒之暇，倘得汰存十之四五，知必有大胜前人者。传播宇内，藉以为一代文学之殿，斯又吾辈拭目俟之也"②。

四　评点及其变体

评点是明清时期重要的文学批评形态，清末民初仍然延绵不绝。《小说新报》与清末民初其他小说杂志一样，也广泛采用这种批评形态。其表现形式多样，有的是比较典型的评点，如每批、夹批、章末或回末评；有的是变体，如篇首"小语"或篇末"小记"等。《小说

---

① 吴梅：《吴梅全集》（理论卷中），河北教育出版社2002年版，第1049页。
② 同上书，第1060—1061页。

新报》所载长篇小说有不少评点，所载短篇小说有不少评点变体。

例如姚鹓雏的章回小说《风飐芙蓉记》，每章末有叶小凤的评语，第十八章末的评语为：

> 贞婉遇匪事，殊诡诞可喜。然不由此则，则以弱女子，刺手握兵符，貔貅满列之梁翁，谭何容易？加此一事，则使下文不致突兀。贞婉遇匪可，不遇匪亦可；茕茕独行可，长绿林为山中女将军可，要使文字从顺而已。读者不必谓为实有其奇，只当谓为宜有此闻耳。
>
> 弁伍群马宜也，弁有膝用跪人，弁有口用以媚人，将不能跪不能言之马之不若，而又奚耻于伍马，深文哉此言！不愁人皆欲杀也。①

一些作品的篇末往往有类似"太史公曰""异史氏曰"或"谐史氏曰"之类的"某某曰"用语，其后是作家所要发表的看法。这可视为评点中回末评的变体，这种变体为《小说新报》所载作品尤其是短篇小说作品经常采用。作者们借鉴传统文学批评形式，为我所用。"某某曰"的结尾形式起源于正史传记，又被笔记小说学习借鉴，如《史记》的"太史公曰"、《聊斋志异》的"异史氏曰"等。史传文学以"某某曰"形式结尾，目的在于寄予褒贬和功过评价。作者们借鉴这一形式直接表明观点、表达道德倾向，进行议论等。在《小说新报》短篇小说作品中，"某某曰"之后的内容或者是补充故事情节，或者是交代写作的目的，或者是发表议论，以寄予劝惩，或者是做出说明和评价，表达对社会的看法，或者是抒发感慨，令人唏嘘动容等。这些内容作为文末的总结，能够形成一定的道德倾向和舆论导向，具有教化及劝诫意义。如李定夷的侠情小说《女髯虬》篇

---

① 姚鹓雏：《风飐芙蓉记》，小说丛报社 1926 年再版，第 151 页。

末的"定夷曰：求侠士于晚近，已如鲁殿灵光，矧出之钗裙队里，益觉难能可贵矣。或以贞节两字强绳茜娘，吾独以为大谬。女子既嫁而守，分也；不嫁而守，恶俗也，非分也。破除方且不下，安能以此律人？而况彼发乎情，止乎礼，未尝有苟且乎？寸心皎皎，大节凛然，吾无间然矣"①。又如吁公的《灵台幻影》中"著者曰：精诚所贯，必有幻影萦于方寸之间……吾人心头一块肉，安知非十斗墨汁所结成者……"② 作者讲完故事后，感慨自己常与笔墨相伴的岁月，心头何曾不是由十斗墨汁所结成。在裴邨的《堕欢人语》中，结尾"裴邨曰"的内容则用来交代写作的目的，劝诫人们在面对感情时应该防患于未然，勒马于悬崖，具有劝诫意义，其中的想法带有强烈的个人色彩，不免偏颇。总之，这种形式有利于作者加强舆论引导，展现价值判断，突出作品的教化功能。作者们往往带着知识分子的责任感，带着强烈的政治热情，带着经世济国、兼济天下的抱负，参与到著书写作的行列中。他们有着高度的历史责任感，积极地身体力行，广泛地搜索材料写成文章，以承载感召教化、改良社会风气的目的。这和史传文学中通过搜索材料写成文章，对读者进行积极的情感感召和道德教化有类似之处。作者们的借鉴是在新旧交替的历史时期，取己所需，加以灵活运用。

　　一些作品的篇首往往有作者"小记"，这种"小记"也可视为评点中回末评的变体，它只不过不是放在篇末，而是放在篇首而已，其性质与作用与篇末语一样。我们以王蕴章发表的一些短篇小说为例。民国初期，王蕴章创作与翻译了一些短篇小说，这些作品大多数刊载于早期《小说月报》上。如《小说月报》第一年第一期上刊载的《钻石案》《碧玉环》、第五卷第八号上的短篇小说《兰陵女侠》、第五卷第十一号上的短篇小说《楚骚外纪》、第五卷第十二号上的翻译短篇小说法国莫泊桑的《帐下卒》（原名 The Orderly）、第六卷第一号

---

① 李定夷：《女髯虬》，《小说新报》1916 年第 6 期。
② 吁公：《灵台幻影》，《小说新报》1916 年第 12 期。

上的短篇小说《游侠别传》、第九卷第九号上的小说《樱海花魂》
（雄倡原译、西神重译）、第九卷第十号上的小说《廿五万镑》（雄倡
原译、西神重译）、第十卷第一、二号上的小说《丐乡日月》（与蠡
父合撰）、第十卷第五号上的小说《鸾弦》（与味岑合撰）、第十一卷
第四号上的小说《射湖双侠》等。

  《兰陵女侠》卷首的作者小记为："洪杨之役，东南各省以膏腴
之地，当兵革之冲，承平百余年。骤罹浩劫，故家乔木，鞠为邱墟。
泣王孙于路隅，卧铜驼于荆棘。每闻故乡父老，歔欷谈曩时轶事，杜
老江头行兵车行诸作，不能过也。至若深闺弱质，遭此乱离，秋叶同
飞，彩云易散。明驰无归骨之期，碧血照飞燐之路。其甚者不死于刀
兵水火，而死于掳掠奸淫。贼来如梳，兵来如篦。胜朝文纲，或多讳
饰之辞；而野史流传，弥足徵信。顾亦有红妆季布，佳侠含光，美人
一笑，壮士无颜。回霜收电，于一罗预顷，如余所闻之兰陵女儿者，
是乌可以不志，作兰陵女侠篇。"① 这篇小记介绍了该作的创作缘由，
歌颂了在洪杨之乱中，挺身而出的兰陵女侠的侠义行为。《游侠别
传》卷首的作者小记为："谋生之道愈难，取财之术愈巧。鸡鸣狗吠
探囊胠箧之徒，亦旁午杂出而不可以纪极。或穿窬而贼，或衣冠而
士，或拥八驹、食五鼎而高官、而显宦焉等盗也。盗于野者悍，盗于
市者伪，盗于朝者鄙，而皆有法律以为之障。至若谈笑以取之，从容
以玩之，如羿之矢，如僚之丸。中其的者，犹且功歌而德诵曰：某也
贤，某也厚我，某也有古之侠士风，则盗之技愈工，而法律之为障，
亦有时而寡效。昔太史公横遭吏议，家贫贿赂不足以自赎，交游莫
救，左右亲近不为一言，因有慨于古人急难之风，作游侠列传以寄
意，若鲁之朱，若河内之郭，虽椎埋屠狗人乎？读其传者，自觉虎虎
有生气，不谓数千年后，更为若曹癖一取财之捷径，将游侠之进步
欤，抑会之退化也。辞而识之以补龙门之阙。"②《游侠别传》与《兰

---

  ① 王蕴章：《兰陵女侠》，《小说月报》第 5 卷第 8 号。
  ② 王蕴章：《游侠别传》，《小说月报》第 6 卷第 1 号。

陵女侠》都是歌颂狭义精神的短篇小说，作者试图通过篇首"小记"
表达自己借助于侠客而扬善惩恶的观念。

　　《楚骚外纪》卷首的作者"小记"以夫子自道的方式告诉读者，
该作题材的来源，"族伯某佐幕彭刚直军中，洪羊劫后，曾摄长沙府
事，熟闻邑人士称述是案，尝欲笔诸书而未果。秋窗坐雨，万感如
潮，辄握管追忆童时所闻，诠次其事如左，倘亦足为湘云楚雨之别录
欤？"以便增加故事的真实性。作者意在突出事实真实，而不仅仅是
艺术真实，似乎在告诉读者，不仅要把《楚骚外纪》当小说来读，
更要当稗史来读。"小记"还云："三湘七泽，为骚人迁客流连慨叹
之地。苍梧翠竹，并送啼痕，哀感所寄，固不仅读离骚二十五篇，始
令人有美人香草之思。孙子荆所云，其山崒巍而嵯峨，其水泹渫而扬
波，其人磊落而英多，意将于是卜之。讵知深山大泽，潜产龙蛇，蕴
毒而噬，转有出入意计之外，如同治中叶所传之瘳黛梅一案者。此案
之起，情节至为繁复，幸而承办是案之某邑令，摘奸发伏，得以早雪
覆盆耳。否则，其奇诡曲折，正不让小白菜杨乃武之狱，而沈冤莫
白。拟诸麻城杨氏之案，又何以过焉？"[1] 作者试图通过该作歌颂某
办案邑令摘奸发伏，惩罚凶手的正义精神。

　　《樱海花魂》一篇包括"茶缘""车遘""豚祟""癫殉"四个部
分。卷首作者"小记"介绍了作品的主人公复杂而曲折的经历。英
国马哥怜女士（Marquerite Roby），生平喜游历，日俄之役，女士适
往辽东，征骖甫驻，戎马仓皇。因乔男妆，若为负贩客者以免。然弹
雨硝烟，出生入死，其处境亦至险矣。近复驰驱斐洲以南，游眺康哥
之国（Congo），采风问俗，足迹几半天下。还介绍了不加删节的翻译
策略，并给予高度了评价，"此篇所纪，类皆寓居扶桑三岛时亲所闻
见之事，绿衣三百，不删郑卫之诗；红烛双行，小订鸳鸯之谱。存其
馨逸，寓风人之思。略彼里居，为贤者所讳，亦梦华之别录、妆楼之

---

[1]　王蕴章:《楚骚外纪》,《小说月报》第 5 卷第 11 号。

外编也"①。这段叙议结合的"小记"颇能引起读者的阅读欲望。

五 民初小说批评从"小说话"到小说专论的现代嬗变

小说话是诗话、词话、曲话一类有关小说的评论、故实和考辨等随笔式著作。《小说新报》所载"小说话"并不多，这与小说批评文体的现代转型密切相关，"专论"文体逐渐取代"话体"。《小说新报》所载"小说话"有：新楼的《月刊小说评议》，1915 年第 1 年第 5 期，少苏的《小说余谈》，1922 年第 7 年第 4 期，（姚）民哀的《稗官琐谭》，1922 年第 7 年第 6、9、10 期，（郑）逸梅的《小说琐谈》，1919 年第 5 年第 3 期，（吴）绮缘的《小说琐话》，1919 年第 5 年第 11 期。

小说话是"诗话、词话、曲话一类有关小说的评论、故实和考辨等随笔式著作"。明清两代，往往有一些笔记用或多或少的篇幅谈及小说，但多数散杂零乱，未成体统。明代胡应麟的《少室山房笔丛》开始将"小说"作为子部九流中的一家来集中加以考辨与述论。晚明时期，一些长篇小说评点本的卷首往往附有"答问""读法""总评"一类用随笔式的文字写成的专论，也具"小说话"的基本特征。笔记类、评点本中的"小说话"虽然已初具规模，但毕竟还未摆脱附庸的地位，未能单独成篇。真正提出"小说话"的概念并自觉而明确地写作"小说话"的作品，当从 1903 年梁启超在其主编的《新小说》上发表的《小说丛话》开始。② 黄霖先生把我国历代"小说话"分以下六类：

一、考辨类，如胡应麟的《少室山房笔丛》，对历代他所认为的"小说"作了相当系统的考源辨伪等工作，视野开阔，方法科学，结论精审，在中国小说研究史上罕有其匹。

---

① 雄倡原译、西神重译：《樱海花魂》，《小说月报》第 9 卷第 9 号。
② 黄霖：《微澜集》，凤凰出版社 2011 年版，第 538—539 页。

二、评析类，如金人瑞的《读第五才子书法》，用他提出的"性格论"、"文法论"等来评价《水浒传》，不但引导读者对《水浒传》的艺术成就有更深的体会，而且开拓了古代中国小说批评的新局面。

三、故实类，如解庵居士的《石头丛话》，记录了大量的有关红学的佚事趣闻，不但可作饭余茶后的谈资，而且也披露了一些抄本、批本、续书等佚闻，具有一定的史料价值。

四、绍介类，如孙毓修的《欧美小说丛谈》，对一系列的西方小说的作者生平、故事情节等作了绍介，虽然比较浅显，但在当时也有助于读者对西方小说的了解。

五、理论类，如成之的《小说丛话》，较为系统地阐述了小说的一些基本理论问题，特别如运用西方典型化的理论，详细分析了小说人物的形象塑造，在中国小说理论史上颇有贡献。

六、辑录类，如蒋瑞藻的《小说考证》，收辑了金元以来470余种小说、戏曲、弹词、民间小唱等有关资料，视野宽广，材料繁富，极具参考价值。①

小说话自有其价值，有时候能够了解小说家的一些有益的信息，如郑逸梅在《小说琐谈》中声称，自己从小就喜欢小说，稍长成癖，"幼时爱读文言小说，而仇视白话，年来亦兼爱之，如觉种种形容，有非文言所能状者，而白话能描写得淋漓尽致"。五四白话文运动的影响略见一斑。不仅如此，传统士大夫"穷则独善其身，达则兼济天下"的情怀在此也有所反映，作者说："予幼时颇有志，喜读英雄豪侠诸小说，活虎生龙，雄心跃跃。年来潦倒穷途，灰废壮志，则凡写名士飘零，美人沦落，诸哀感顽艳之作，与予如结不解缘矣。"② 文人潦倒，不能兼济天下，只能独善其身，然而其方法竟然是沉湎于哀

---

① 黄霖：《微澜集》，凤凰出版社 2011 年版，第 539—540 页。
② （郑）逸梅：《小说琐谈》，《小说新报》1919 年第 3 期。

感顽艳之作，这无意之中泄露了清末民初香艳文字十分风行的秘密。

朱光潜说："诗话大半是偶感随笔，信手拈来，片言中肯，简炼亲切，是其所长；但是它的短处在零乱琐碎，不成系统，有时偏重主观，有时过信传统，缺乏科学的精神和方法。"① "小说话"也是如此。不成系统与偏重主观是我国传统文学批评的一个显著特点或者说弱点。清末民初，这一弱点逐渐克服，逐渐产生思辨式文学批评。1919—1920 年间的二十多期杂志中，小说专论文章有十五篇，这是对五四新文学运动的回应，这次回应也是《小说新报》同人小说批评文体转型的一次重要契机，也预示着我国小说批评文体的全面转型。这是《小说新报》不断改良中最重要的一次，"论坛"栏目的开设意味着民初旧派文学批评的转向。该栏目刊发的文学专论，篇目有：李定夷的《改良小说刍议》，1919 年第 5 年第 1 期；蒋箸超的《说能篇》，1919 年第 5 年第 2 期；贡少芹的《敬告著小说与读小说者》，1919 年第 5 年第 3 期；许指严的《说林扬觯》，1919 年第 5 年第 4 期；绮缘的《吾之小说衰落观》，1919 年第 5 年第 5 期；阅报一分子俞静岚女士的《小说新报评论》，1919 年第 5 年第 6 期；（许）指严的《本报改良商榷之商榷》，1919 年第 5 年第 7 期。自本年第 8 期起，"论坛"栏目改为"评林"栏目（第 5 年第 10—12 期，均未载），所载专论篇目有：郑逸梅的《新报画集之商榷》，1919 年第 5 年第 8 期；绮缘的《最近十年来之小说观》，1919 年第 5 年第 9 期；记者（包醒独）的《对于本报第六年之三大希望》，1920 年第 6 年第 1 期；《撰本译本长短比较论》，1920 年第 6 年第 3 期；《予之言情小说观》，1920 年第 6 年第 3 期；《论小说在文学上之价值》，1920 年第 6 年第 4 期；《小说二次革命议》，1920 年第 6 年第 5 期；《论小说家宜注重游历》，1920 年第 6 年第 7 期；潘公展的《我对于小说之管见》，1920 年第 6 年第 6 期；绮缘的《述小说之种类与利弊》，1920

---

① 蔡镇楚：《中国诗话史》（修订本），湖南文艺出版社 2001 年版，第 37 页。

年第 6 年第 8 期。

　　"小说话"批评家随兴所至，聊发一点感想而已；"专论"批评家则不然，他们借助于专论发表自己比较成熟的关于小说的意见。即使同一批评家同时以这两种文体写作，也是如此。例如吴绮缘，他先后分别在《小说新报》上发表小说专论《吾之小说衰落观》（1919 年第 5 年第 5 期）、《最近十年来之小说观》（1919 年第 5 年第 9 期）、《述小说之种类与利弊》（1920 年第 6 年第 8 期），期间还在该刊上发表小说话《小说琐话》（1919 年第 5 年第 11 期）。他同时采用两种小说批评文体，但各自的诉求不同。批评文体的差异是表层，内涵的根本差异才是里层。由于内涵的差异，批评家就表现出批评问题的尊卑观念，有意无意地看轻小说话，而看重小说专论。吴绮缘在《小说琐话》一文之首说："小说之为物微矣。今复从而话之，不且将自哂其陋耶？然兴之所至，不揣所见非广，以成此著。非敢自附于著述之林也，聊求适意而已。信手涂抹，不加诠注，芜杂平庸之诮，自知不免。名以琐话，倘亦大雅所勿弃欤？"① 他在撰写小说专论时，就比较自负，没有这种卑谦之态。

　　旧派的文学批评体现出他们的文学观与文学批评观。例如，对旧派文学创作现状的思考，对文学创作素材问题的思考，这是民初旧派创作的一个重要问题。由于他们生活范围相对狭窄，有限的生活积累被开发殆尽，有限的书本积累也逐渐枯竭，他们要想继续创作一些有价值的作品比较困难，于是批评家提出游历，如记者（包醒独）的《论小说家宜注重游历》和郎醒石的《旅行与文章的关系》都强调游历或者说旅行与写作之间的密切关系。郎醒石在《旅行与文章的关系》中指出，自己年幼时读《史记·太史公自序》，知道司马迁是龙门人（今陕西韩城人），二十岁喜欢壮游，旅行范围很广，先南游扬子江、淮河，次上会稽山访禹穴，次登九嶷山，又沅江、湘江，次游

---

① 吴绮缘：《小说琐话》，《小说新报》1919 年第 11 期。

汶水、泗水，在齐鲁间求学，最后过梁楚而归。后人说太史公游名山大川，文章便有了奇气。作者还说，他读苏辙《上枢密韩太尉书》，知道苏辙是四川眉山人，从中得知苏辙家居室，见闻狭窄，无高山大野可以登览。及出来旅行后，经过秦汉两朝的故都，恣观终南山、嵩山、华山，并北顾黄河，又如北宋都称汴梁，看天子宫阙以及仓廪、府库、城池、苑囿，规模宏大壮观。拜见了欧阳修，听他的议论宏辩，见他的容貌秀伟，与他的门人同游，才子认为天下文章都聚集于此。因此，他确信，文人履行与他的文章大有裨益。裨益有两点，其一，关于文章的知识。旅行可以补充阅览书籍之不足。如某地的风俗、社会状况、山川形胜如何，与古代历史之关系如何，与现今时局之关系如何，果能观察了然，知识必定增长，学理必定自通。其二，关于文章的精神。昔伏羲造八卦，先提起精神，仰观象于天，俯观法于地，中观万物之宜；仓颉造六书，也先提起精神，观察鸟兽之迹，体类象形，所以古人的文字既由精神而传形迹，今人的文章须由形迹求精神。文无精神，譬如槁木，譬如死灰，毫无生气。文章精神固然可以从书籍中学习，更可以从旅行中培养。到了水边，看见波涛滚滚，就悟到文章要灵活；到了山上，看见峰岚突兀，就悟到文章要雄奇；到了园林，看见梨花院落，杨柳楼台，有人如玉，妩媚其间，就悟到文章要秀美；看见天上白云，舒卷自然，就悟到文章要飘逸；看见村边古木，枝干挺拔，就悟到文章要劲健。总之，作家根据自己的精神去意会山川万物的精神，然后下笔为文，作品自然就会精力充沛，活泼自然，而不是死文字。《旅行与文章的关系》一文与传统感悟式批评迥然不同，不是诉诸感悟，而是诉诸理性思考；不是零碎的，而是系统的；不是说事和简单地说理，而是系统地论述民初一个重要文学问题：文学创作的源泉问题。

传统文学批评包含若干说事与说理成分，而现代文学批评则突出专论。说事是对作品本事及所涉人物的介绍，不具备文学批评的价值，只有文学史料的价值。《诗品》《文心》，专门著述，自非学富才优，为之不易，故降而为诗话；沿流忘源，为诗话者不复知著作之初意矣。犹之训诂与子史专家（子指上章杂家，之指上章体记）。为之不易，故降而为说部；沿流忘源，为说部者不复知专家之初意也。诗话、说部之末流，纠纷而不可犁别，学术不明，而人心风俗或因之而受其敝矣。① 说理是作者发表自己关于作品的零星见解，进入文学批评的领地；专论是作者比较系统地阐述自己的文学观点，是现代意义上的文学批评。这三者在《小说新报》中表现得十分鲜明，但不构成三个阶段，而是相互交叉的。这种现象具有普遍性，不限于《小说新报》，其他小说刊物如《小说月报》也是如此，不过《小说新报》有意而为的文学"论文"却远甚于其他刊物。《小说新报》诸批评家，如李定夷、蒋箸超、贡少芹、许指严、吴绮缘、包醒独等，为民初的小说批评作出了较大贡献。然而，他们均没有振臂一呼而应者云集的能力，时代呼唤五四新文学领袖，只有新文学领袖才能担当起新的文学任务。"文学者，民族精神之所寄也。凡一民族形成之时期，其哲人巨子之言论风采，往往影响于其民族精神，流风余韵，亘千百年。故于此时期中，能深求一代名哲之主张，于其民族文学之得失，思过半矣。此其人虽不必以文学批评家论，而其影响之大，往往过一般之批评家远甚。"② 这种观念用在思辨式文学批评家身上，尤其是晚清的启蒙思想家梁启超、五四新文学批评家，像胡适、茅盾等人的身上更为合适。他们的文学宣言开启一个新的文学时代。就文学批评而言，梁启超有限的几篇文学论文及其同时代批评家的一些文学专论为中国文学批评转型作出了重要铺垫，胡适、茅盾等批评家及其同时代的文学批评著作促进了中国文学的全面转型。

---

① （清）章学诚：《文史通义全译》（下册），贵州人民出版社 1997 年版，第 766 页。
② 朱东润：《中国文学批评史大纲》，武汉大学出版社 2009 年版，第 3 页。

第九章

《小说新报》之改良与民初
旧派文学之调适

　　我们在论述民初旧派文学与五四新文学、旧派作家与新派作家时，需要从保守主义与激进主义的角度加以考察，才能看得更清楚、更明白。民初旧派作家是文化保守主义者，《小说新报》同人是其代表性群体。五四新文学家是激进主义者，《新青年》与《新潮》同人是其代表。在比较论述中，我们要避免一种偏向，即脱离旧派文学的实际情况，有意无意地束缚于现有成说，尤其是新文学家的一些偏见。实际上，以《小说新报》同人为代表的民初旧派作家尽管相对保守，但在时代大潮中，在新文学运动的冲击下，也不断调适，不断进行文学改良，试图赶上时代的步伐。

第一节　清末民初的保守主义与激进主义思潮

　　清末民初激进主义与保守主义是时代的两大思潮，激进派与保守派势力均十分强大，文坛也是如此。但总体来看，激进主义思潮处于主导地位。"按照保守主义的看法，保守派错在拒绝对传统作任何改造，维护的是一个没有多少自由的传统，而激进派则以为只有消灭传统才能实现进步，结果是既未能彻底肃清传统，也未能实现想象中的进步。保守主义主张对传统作必要的、有利于自由的变革。在传统与自由冲突的地方，保守主义站在自由一边。但即便如此，保守主义也是用温和的、渐进的、社会能够承受的方式、朝着增进个人自由的方向对传统进行逐步的变革。"① 这段话用在民初至"五四"时期旧派与新派（新文学家）身上比较合适。

一　激进与保守的不同层面

我们谈激进与保守，需要区分两组层面——话语层面与历史层面。话语层面是用语言对某一对象的描述与论述的层面，历史层面是某一对象的历史存在状况。我们对某一对象的认识，往往通过"话语"来进行，这种认识难以完全抵达其本真的历史状态，有时相距甚远。就近百年前的五四新文化运动来说，不管是文学史、文化史或思想史著作，其论述基本上都是以陈独秀、胡适为首的激进派为本位，与之相对的观点或者流派，如以章士钊为首的"甲寅派"，以梅光迪、胡先骕、吴宓为首的"学衡派"，以及其他保守者如林纾，都遭到严厉批判，并作为激进派的反面教材，成为其难以割舍的陪衬。这种话语层面的新文化运动，与被埋没的历史层面的新文化运动存在很大的差距，以至于我们自觉或不自觉地被这种话语牵着鼻子走，不假思索地、简单地认同，而忽略其他相关思潮，如这种话语严重遮蔽保守派诸多观点或主张的合理性。尤其是在主流文学史中，保守派遭到猛烈的批判。王瑶《中国新文学史稿》指出，1921 年以后，是所谓"五四"落潮期，"针对着新文化战线内部的分化，反对者的声浪也起来了"。《学衡》派的胡先骕、梅光迪、吴宓等人"写了很多攻击新文化与文学革命的文章"，他们标榜"昌明国粹，融化新知；以中正之眼光，行批评之职事"，"打着复古主义和折衷主义的旗号，向新文化运动进攻。这些人都是留学生出身，是标准的封建文化与买办文化相结合的代表，很能援引西方典籍来'护圣卫道'，直接地主张文章应该由摹仿而脱胎，不应创造"。② 这种观点一直处于主导地位。

---

① 刘军宁：《保守主义》，中国社会科学出版社 1998 年版，第 262 页。
② 王瑶：《中国新文学史稿》，上海文艺出版社 1982 年版，第 39 页。

二　中国文艺复兴的激进派与保守派

胡适把北大所发起的五四新文化运动誉为"中国的文艺复兴"。他说"这实在是个彻头彻尾的文艺复兴运动。是一项对一千多年来所逐渐发展的白话故事、小说、戏剧、歌曲等活文学之提倡和复兴的有意识的认可"。这场文化运动"着重于当代西洋新思想、新观念和新潮流的介绍",并认为这个新运动与"当时欧洲的文艺复兴有极多的相似之处",都促使现代民族国家的形成,"因此欧洲文艺复兴之规模与当时中国的(新文化)运动,实在没有什么不同之处"。"中西双方(两个文艺复兴运动)还有一项极其相似之点,那便是一种对人类(男人和女人)一种解放的要求,把个人从传统的旧风俗、旧思想和旧行为的束缚中解放出来。欧洲文艺复兴是个真正的大解放时代。个人开始抬起头来,主宰了他自己的独立自由的人格;维护了他自己的权利和自由。"他把中国文艺复兴概括出四重意义:其一,"语言文字的改革",这是"较早的、较重要的和比较更成功的一环"。其二,"输入学理",也就是从海外输入"新理论、新观念和新学说",以帮助解决所面临的实际。其三,对待传统学术思想的态度。胡适则持"批判的态度"。其四,"再造文明"。并自信"通过严肃分析我们所面临的活生生问题;通过由输入的新学理、新观念、新思想来帮助我们了解和解决这些问题;同时通过以相同的批判的态度对我国固有文明的了解和重建,我们这一运动的结果,就会产生一个新的文明来"[①]。胡适的观点仅就激进主义思潮而言,没有涵盖保守主义思潮,乃至自由主义思想与折中主义思潮,这是不妥的。不过,激进主义思潮处于主导地位与百年中国激进的社会思潮密不可分。

从思想上来看,近代以来,不断进步的思想一直处于主导地位,这固然与社会现状相关,更与时代思潮密不可分。自从 19 世纪末,

---

① 胡适:《胡适全集》(第 18 卷),安徽教育出版社 2003 年版,第 333—334 页。

《天演论》译介以来，进化论的"物竞天择""适者生存"的观念石破天惊，影响深远。学界早就充分肯定进化论的积极影响，然而对其负面影响却一直认识不足。鲁迅曾说："北大是常为新的，改造运动的先锋，要使中国向着好的，往上的道路走。"① 这说明了当年北大的激进特征。正因如此，学界对五四新文化运动中的激进派与保守派的认知偏执就不可避免，重新认识就很有必要。

实际上，五四新文化运动不仅包括以陈独秀、胡适为首的激进思潮，也包括以学衡派为首的保守思潮。前者的向路是从社会政治切入，从文化深入到思想，再反过来影响社会政治；后者的向路则为从文化的教学与研究，到以中学为主的中西文化之融合。然而，从戊戌变法到五四新文化运动时期可谓"进化时代"，可谓"激进时代"，救亡图存是当务之急，中国知识分子以此为己任。以陈独秀、胡适为首的激进派顺应时代的潮流，影响巨大且深远，而以学衡派为首的保守派不顾外界环境的影响，潜心学术。尽管保守派不趋时，但对趋时的激进派的文化狂热甚至政治狂热具有清醒的认识，这些人对激进派的一些激进的文学与文化主张有不同的意见，这在全社会一味趋时的大势下显得难能可贵，而且梅光迪、胡先骕、吴宓等保守派学贯中西，拥有浓厚的学术情怀和强烈的学术使命感，他们对激进派偏执的批评，他们自身关于文学与文化的诸多见解，不管在当时还是现在，都均有不可忽视的价值与意义。历史层面的五四新文化运动主要由激进与保守两种思潮所组成，二者均依托各自的"一校一刊"，并且各具特色。

民初文坛的派系斗争十分严重。五四新文化运动时的激进派与保守派各执一端，互不相让，尽管保守派一直处于下风，也固守己见，决不退缩。胡先骕曾回忆说："我的反对'五四运动'，一方面是由于我不认识这一伟大的政治运动，一方面是由于我的保卫我们中国的

① 鲁迅：《我观北大》，《鲁迅全集》（第3卷），人民文学出版社2005年版，第168页。

崇高的文化的'卫道'思想。我虽是一个科学家，但对中国旧学有相当深的研究，所以我十分珍惜这种封建文化，我认为胡适、陈独秀这些人竟敢创造白话，又来打倒文言，我虽不问政治，但对这个毁灭中国民族的崇高文化的运动，是不能坐视的。胡适诸人欺侮林琴南等老先生不懂英文，我却引经据典，以西文的矛来陷胡适的西文的盾。在当时我是自鸣得意的。"① 胡先骕等保守派对自己的文学与文化主张，自始至终都很自负，这是值得我们深思的。

第二节 民初旧派文学与五四新文学之消长

民初旧派作家与新文学家的交锋颇值得玩味。新旧两派各自的优劣十分明显，新派既有深厚的旧学功底，又有丰富的西学知识，身居要津，以北京大学与《新青年》《新潮》杂志为依托，具有振臂一呼而应者云集的号召力；旧派则一般出身于破落的封建仕宦家庭，或出身于贫寒家庭，天赋聪慧，具有一定的旧学知识和丰富的社会阅历，长于创作，拙于论辩。新派以排山倒海的气势，直接扑向旧派，对旧派产生强烈的冲击。然而，面对一轮又一轮的攻击，旧派阵营基本上一片沉寂，只是默默无闻地创作为读者大众所广泛接受的文学作品，以此坚守阵地，以此抗击新派的一次次进攻。新派的舆论攻击与旧派的作品固守形成一段时间内的拉锯战，以至于旧派以守为攻，新派久攻不下，这一奇异的文学景观可谓古今之最。

一 新旧两派各自的文学成就之比较

初期，新文学阵营重在舆论而非创作。新文学倡导者陈独秀、胡适、钱玄同、刘半农、鲁迅、周作人等人，重在理论倡导，陈独秀、胡适、钱玄同本身就不是作家，刘半农此前是鸳鸯蝴蝶派作家，此时

---

① 胡先骕：《对于我的旧思想的检讨》，转引自胡宗刚撰《胡先骕先生年谱长编》，江西教育出版社2008年版，第70页。

也致力于抨击旧派而不是小说创作，周作人是作家但不做小说，注重小说创作的只有鲁迅一人，然而，独木不成林，青年作家还在孕育之中。鲁迅认为，《新青年》几乎没有培养什么小说作家，《新潮》杂志上的小说作家多一点，"从一九一九年一月创刊，到次年主干者们出洋留学而消灭的两个年中，小说作者就有汪敬熙，罗家伦，杨振声，俞平伯，欧阳予倩和叶绍钧。自然，技术是幼稚的，往往留存旧小说上的写法和情调；而且平铺直叙，一泻无余；或者过于巧合，在一刹时中，在一个人上，会聚集了一切难堪的不幸。然而又有一种共同前进的趋向，是这时的作者们，没有一个以为小说是脱俗的文学，除了为艺术之外，一无所为的。他们每作一篇，都是'有所为'而发，是在用改革社会的器械，——虽然也没有设定终极的目标"①。新文学家的现身说法应该是可靠的。

新文学家一方面，宣传自己的文学主张，抨击旧派文学；另一方面，密切关注文学新人的新作。新文学将领们十分关注新文学创作，特别是青年作家的创作成就，时时总结，最后大结。茅盾曾指出：

> 民国六年（一九一七），《新青年》杂志发表了《文学革命论》的时候，还没有"新文学"的创作小说出现。

> 民国七年（一九一八），鲁迅的《狂人日记》在《新青年》上出现的时候，也还没有第二个同样惹人注意的作家，更其找不出同样成功的第二篇创作小说。

> 民国八年（一九一九）一月，《新闻》杂志发刊以后，小说创作的"尝试者"渐渐多了，然而亦不过汪敬熙等三数人，也还没有说得上成功的作品，然而"创作"的空气是渐渐浓厚了。

> 民国十年（一九二一）一月，《小说月报》也革新了，特设"创作"一栏，"以俟佳篇"；然而那时候作者不过十数人，《小

---

① 鲁迅：《小说二集·导言》，刘运峰：《1917—1927 中国新文学大系导言集》，天津人民出版社 2009 年版，第 58—59 页。

说月报》(十二卷)每期所登的创作,连散文在内,多亦不过六七篇,少则仅得三四篇。而且那时候常有作品发表的作家亦不过冰心,叶绍钧,落华生,王统照等五六人。

那时候,(民国十年春),《小说月报》每月收到的创作小说投稿,——想在"新文学"的小说部门"尝试"的青年们的作品,至多不过十来篇,而且大多数很幼稚,不能发表。①

茅盾曾对 1921 年 4—6 月新文学的创作小说进行了不完全统计,短篇小说有 120 多篇。其中关于男女恋爱关系的,有 70 多篇;关于农村生活的,有 8 篇;关于城市劳动者生活的,有 3 篇;关于家庭生活的,有 9 篇;关于学校生活的,有 5 篇;关于一般社会生活的(小市民生活),有约 20 篇。而关于一般社会生活的 20 篇"实际上大多数还是把恋爱作为中心",而描写家庭生活的 9 篇"实在仍是描写了男女关系",所以"竟可说描写男女恋爱的小说占了全数百分之九十八"。茅盾的结论是:"大多数创作家对于农村和城市劳动者的生活很疏远,对于全般的社会现象不注意,他们最感兴味还是恋爱,而且个人主义的享乐的倾向也很显然。"由此看来,新派青年作家的短篇小说创作还远远不及旧派的短篇小说创作。不仅如此,这些恋爱小说"不是写婚姻不自由,便是写没有办法解决的多角恋爱",而且存在"观念化"的共同的毛病:"人物都是一个面目的,那些人物的思想是一个样的,举动是一个样的,到何种地步说何等话,也是一个样的",那极少数的描写农村生活和城市劳动者生活的作品的观念化更加厉害。"几乎看不到全般的社会现象而只有个人生活的小小的一角"与"观念化",是新派创作界的两个最严重的缺点。②

民初十几年间是新文学青黄不接的时期,而这一时期正是旧派的

---

① 茅盾:《小说一集·导言》,刘运峰:《1917—1927 中国新文学大系导言集》,天津人民出版社 2009 年版,第 52 页。

② 同上书,第 58—59 页。

黄金时代。此时新文学家最重要的任务是攻击旧派，为新派准备战场。正如新文学家郑振铎所说："文学研究会对复古派和鸳鸯蝴蝶派攻击得最厉害。当然也招致了他们的激烈的反攻。"新派的《文学旬刊》便给他们以极严正的攻击。"鸳鸯蝴蝶派的大本营是在上海。他们对于文学的态度，完全是抱着游戏的态度的。……他们对于人生也便是抱着这样的游戏态度的。他们对于国家大事乃至小小的琐故，全是以冷嘲的态度出之。他们没有一点的热情，没有一点的同情心。只是迎合着当时社会的一时的下流嗜好，在喋喋的闲谈着，在装小丑，说笑话，在写着大量的黑幕小说，以及鸳鸯蝴蝶派的小说来维持他们的'花天酒地'的颓废的生活。"[1] 1922 年上半年，一位朋友给新文学家郑振铎写信说："我想新文学到了现在真是一败涂地了呀！你看，什么快活杂志，新声，礼拜六，星期，游戏世界，已经是春笋般茁起了，他们出世一本，同时便宣告你们的死刑一次。象这种反动力的'泥'潮，也不要太轻易把他放过；中国的土地不会扩大也不会缩小。新文学所能够占领的地域，本就只一角，于今又被他们夺回去了。他们高唱着'光复之歌'，你们真不动心么？"郑氏早就发现"这种消遣式的小说杂志，近来忽然盛行的现象"，承认"在礼拜六方始复活的时候，我们也曾经在本刊（按：《文学旬刊》）攻击了他们几回，但似乎没有影响"，还承认"徒然消极的攻击他们这般'卖文为活'的人是无益的"，敏锐地指出"他们自寄生在以文艺为闲时的消遣品的社会里的"这一深厚的社会根源。新派不仅要与旧派作斗争，更要与腐败的社会作斗争，要改变读者社会的态度。[2] "他们对于新的作品和好的作品并没有表示十分的欢迎"，"他们似乎对于供消遣的闲书，特别欢迎，所以如《礼拜六》、《星期》、《晶报》之类的闲书，销路都特别的好。这种冷漠的态度，与盲目的欢迎，许多朋

---

　　① 郑振铎：《文学论争集·导言》，刘运峰：《1917—1927 中国新文学大系导言集》，天津人民出版社 2009 年版，第 41—42 页。

　　② 芮和师等：《鸳鸯蝴蝶派文学资料》，福建人民出版社 1984 年版，第 665—666 页。

友都以为是很可悲叹的现象"。新派痛心疾首的是，读者社会很难改造，因为肯读书的人太少。麻雀、扑克之声到处可闻，酒楼游艺场中，日日人满，而购买廉价之书的人就很少。① 如此看来，就期望读者社会的换代，旧派文学有旧派文学的读者群，新派文学正期待自己的读者群，这样的读者正在茁壮成长，当然不排除旧派文学与新派文学兼顾的读者，两派所争夺的就是这些居间读者。

由此可见，《小说新报》的作者阵容在民初可谓最大的，是最有代表性的，也可视为民初旧派作家的缩影。相比之下，新文学阵营，除了鲁迅、周作人、郭沫若、郁达夫等数人外，青年作家尚在成长之中，尚未崭露头角。从作家阵容来看，民初文坛的创作成就完全倒向旧派一边，新派暂时无能为力。难怪有论者慨叹道："在一个具有辉煌的文学历史的国度，它的先进者呼唤变革，'新'的文学却只表现出与民族文学历史极不相称的艺术水准，这是五四新文学的最初的悲哀。"② 强大的作者阵容创作了大量的作品，几乎独占市场。这是见诸实力的，不是见诸大喊大叫的，读者最急需的是作品，而不是口号。

二 新派对旧派的抨击、评估与褒奖

20世纪二三十年代，新派对旧派存在三种不同的态度，即抨击、评估与褒奖。这是十分有意思的现象。抨击是为了打击旧派文学，宣传新文学观念，以便为新文学的全面登场扫清障碍。评估是科学研判，是对旧派文学的分析和总结。褒奖是对民初文化市场的导向，奖优罚劣，以便有利于世道人心。

（一）新派对旧派的抨击

尽管新派在创作上暂时输给旧派，在舆论上完全压倒旧派，是旧

---

① 芮和师等：《鸳鸯蝴蝶派文学资料》，福建人民出版社1984年版，第669页。
② 刘纳：《嬗变——辛亥革命时期至五四时期的中国文学》，中国社会科学出版社1998年版，第413页。

派根本不敢应战。1919 年 1 月，志希（罗家伦）在《新潮》杂志第 1
卷第 1 期上发表《今日中国之小说界》一文，其中严厉抨击了旧派小
说。第一派的小说是罪恶最深的黑幕派，第二派的小说就是滥调四六
派，第三派的小说就是笔记派。黑幕派与《小说新报》同人关系甚
远，"四六派"则《小说新报》同人首当其冲，笔记派也与《小说新
报》同人关系甚重。新派对旧派的攻击可谓不遗余力，称上海那些无
聊的"小说匠"不仅是"文丐"，更是"文娼"。新派认为"（1）娼
只认得钱，'文娼'亦只知捞钱；（2）娼的本领在应酬交际，'文娼'
亦然；（3）娼对于同行中生意好的，非常眼热，常想设计中伤，'文
娼'亦是如此。所以什么《快乐》，什么《红杂志》，什么《半月》，
什么《礼拜六》，什么《星期》，一齐起来，互相使暗计，互相拉顾
客了"①。新派把旧派说得一无是处，即使存在这样的现象，也未必
有那么严重。旧派杂志更多地体现为激烈的市场竞争，优胜劣汰，从
晚清至民初，莫不如此。这是文化市场运行的规律。新派对旧派的攻
击，固然有其合理性的一面，但过度的攻击显然有背文化市场的正当
竞争。这种现象不得不引起我们的反思。

　　新派对旧派的态度十分纠结，旧派使用文言，他们大加挞伐，而
旧派采用白话，他们又觉得是对新文学运动的侮辱，其意是要把旧派
扫地出门，拒之于文坛之外。这种心态在他们攻击旧派时表现得十分
鲜明。新派认为："《礼拜六》式的小说，已渐趋于用白话。近代所
出版的《星期》征文上也大大的声明，稿件以白话为主。然而这可
以算是新文学运动的势力扩充么？唉！不忍说了！这可以说是加于新
文学运动的一种辱蔑而已。"② 这种唯我独尊，不容他者的态度，倾
向于文化垄断。

　　旧派沉浸在自己狭隘的视野里，新派不满意；旧派学习新派，关
注一些社会问题，新派仍然不满意。新派认为："近来的通俗刊物却

①　芮和师等：《鸳鸯蝴蝶派文学资料》上册，福建人民出版社 1984 年版，第 670 页。
②　同上书，第 668 页。

模仿新文学（虽然所得者只是皮毛）；新文学注意劳动问题、妇女问题、新旧思想冲突问题，通俗刊物也模仿，成了满纸'问题'；……所以'通俗刊物'之流行……却是潜伏在这个国民性里的病菌得了机会而作最后一次的发泄罢了。"①

当然，旧派不免私下嘀嘀咕咕，这尽管类似于自说自话，但也反映出旧派的一些看法，甚至是可贵的意见。在1920年第6年第1期《论坛》部分写道："自文学革命之声浪，泛滥于国内，新旧两派，各走极端，旧派目新派为狂悖，新派斥旧派为顽梗。平心论之，过与不及，皆有所失当也，旧文学雕琢太甚，徒事粉饰，固属无裨实用，新文学肤浅过甚，往往旧文学数十字能尽者，新文学倍之而不足，此所谓过与不及也。惟本报所用文字，通畅简赅，融新旧两派之长，为社会上最适用之文字，可称之为通俗文字，读本报者，以小说眼光视之，固一纯粹之小说报也。尚不以小说相视，而研究其文字，固一有价值之文学书，非吾为此夸张之语……故小说之文字，为一种极清晰轻灵之文字，即为一种最切合实用之文字，今之人，奚断断于新旧之际，函宜泯此纷争，融合两者之意，而造成一种通俗文字，此造成通俗文字之责，则本报所义不容辞者也。"当新派抨击旧派以为言情，甚至不乏免低级趣味时，他们也略有回应，尤其是郁达夫的《沉沦》成为他们的口实。就情色描写而言，旧派的言情小说比较纯正，基本上不涉及情色，而《沉沦》却在当时社会引起轩然大波。时至今日，仍有学者认为，"郁达夫小说里的主人公却是'无为'的。《沉沦》的主人公整天在做些什么呢？或是被性欲折磨得无节度地手淫、找女人，或是在山腰水畔游逛。还有，便是喝酒。他正值生命中最美好的黄金季节，却发出了灰色的喟叹：'槁木的二十一岁！''死灰的二十一岁！'"② 这种颓废不乏正面的意义，也不负面的意义。

---

① 芮和师等：《鸳鸯蝴蝶派文学资料》上册，福建人民出版社1984年版，第708页。

② 刘纳：《嬗变——辛亥革命时期至五四时期的中国文学》，中国社会科学出版社1998年版，第371页。

（二）新派对旧派的科学评估

1931 年 5 月，瞿秋白提倡"文腔革命"，即"用现代人说话的腔调，来推翻古代鬼'说话'的腔调，不用文言做文章，专用白话做文章"。从"五四"到现在，"鬼话（文言）还占着统治的地位，白话文不过在所谓'新文学'里面通行罢了"①。"现在没有国语的文学！而只有种种式式半人话半鬼话的文学，——既不是人话又不是鬼话的文学。亦没有文学的国语！而只有种种式式文言白话混合的不成话的文腔。"这种概括是比较准确的，"文言白话混合"的"文腔"，正是清末民初文学语言演进中的一种特殊形态。这种文腔与现代普通话的文腔上有一段距离。"现代普通话的文腔"是指把"随着社会生活的剧烈变动而正在产生出来"的新的言语，整理调节，"组织成功适合于一般社会的新生活的文腔"②。

近代中国，社会生活遽变，宗法的封建式的社会关系开始崩溃，新的社会关系处于殖民地式的畸形的资本主义发展的条件之下的"难产"过程之中。在宗法社会，"中国的文言文学和文言的本身陷落到无可挽回的死灭的道路上去"，而新的社会关系则"需要白话文学和所谓'白话'的'新的言语'的完全形成"，在过渡时期，二者纠结在一起。

瞿秋白认为，辛亥革命之后，一些大报如《民权日报》《申报》《新闻报》都有副刊，这三种报纸的副刊分别为《民权素》《自由谈》《快活林》。这些副刊是所谓"礼拜六派"的鼻祖。这些副刊上的新派文学，用古代文言表现"新的文学"，表现反对帝制，改良礼教，讲公德，倡爱国等新思想，如《玉梨魂》。不久，用现代文言做的笔记小说、黑幕小说逐渐兴起。"这种所谓现代文言，就是不遵守格律义法的变相古文，而且逐渐增加梁启超式的文体，一直变到完全不像古文的文言。从古代文言的小说变到现代文言的小说——这种变更是礼拜六

---

① 瞿秋白：《瞿秋白文集》（第 3 卷），人民文学出版社 1989 年版，第 137 页。
② 同上书，第 138 页。

派内部的变更，这种变更没有经过什么斗争，什么争辩，什么反对或者提倡，这是自然而然的变更。到现在，市场上已经看不见一部新出的古文小说，而现代文言的笔记，小说，黑幕汇编等却还可以看见一些。为什么这个变更这样和平呢？很简单的：这是市场上商品流通的公律，没有人要的货，'自然而然'的消灭，不见，退出市场。"①

清末的《二十年目睹之怪现状》《官场现形记》《老残游记》等白话小说，继承了《红楼梦》《水浒传》，而成为近代中国文学的典籍；民初的《九尾龟》《广陵潮》《留东外史》等白话小说"也至今还占领着市场，甚至于要'侵略'新式白话小说的势力范围"。这些白话小说从文言转变到旧式白话，却经过了一些斗争。"但是，这仍旧是广义的礼拜六派内部的转变。而所谓斗争，也是五四时代新青年派反对他们礼拜六派的斗争。"②

（三）新派主导的教育部通俗教育会对旧派小说的嘉奖

民初，作为新派的鲁迅在教育部通俗教育研究会小说股担任主任，其短暂的经历，也反映了新旧两派较量激烈。北洋政府对待小说的态度可以围绕小说股的工作来讨论。辛亥革命失败以后，袁世凯为了复辟帝制，大造舆论，通过改组原有的"通俗教育研究会"，为己所用。从1915年8月鲁迅被任命为该会小说股主任，到1916年2月被免职，再到同年10月被任命为小说股审核干事，新旧两派的交锋白热化。不过，尽管鲁迅未亲自履行审核干事之职责，尽管旧派势力很强大，但小说股以鲁迅为首的新派势力略占上风，他们以灵活的方式抗抵制上级的压力，遵循鲁迅的进步主张。③作为小说股主任，周树人根据事先制定的《通俗教育研究会章程》，提出小说股的四项任务："关于新旧小说之调查事项""关于新旧小说之编辑及改良事项""关于新旧说之审核事项""关于研究小说书籍之撰

① 瞿秋白：《瞿秋白文集》（第3卷），人民文学出版社1989年版，第142—143页。
② 同上书，第144页。
③ 孙瑛：《鲁迅在教育部》，天津人民出版社1979年版，第46—60页。

译事项"。① 他还主持并制定了《小说股办事细则》与《审核小说之标准》。

民初官方对小说的态度存在新派与旧派之别。实际情况是，新旧两派围绕编译"寓忠孝节义之意"的小说、审核小说、查禁小说和公布良好小说这几个问题上激烈交锋。以教育总长张一麐、次长兼通俗教育研究会会长袁希涛为首的旧派，主张查禁一些小说作品，"编辑极有趣味之小说，寓忠孝节义之意，又必文词情节，在在能引人入胜，使社会上多读"② 以周树人为首的新派，主要查禁有伤风化、危害社会之作，提倡关于勤朴、艰苦、美德之小说。从周树人主持下所制定的两个议案《劝导改良及全禁小说办法议案》与《公布良好小说议案》以及其他相关章程与准则，新派只是因势利导、避害就利而已。

处于主导地位的新派只是执行对市面上流通的小说之审查工作，重在审查，奖优罚劣，而非提倡小说家自由创作。《审核小说之标准》说得很明确："上等小说，宜设法提倡，中等者听任，下等者宜设法限止或禁止之。各种小说之封面乃至绣像插图等，举宜参照上列标准分别审核。"③《小说新报》同人中有的小说作品获得教育部的嘉奖。《小说新报》所载国华书局的小说广告有具体反映。一是第 4 年第 1 期上的关于李定夷所著的《廿年苦节记》广告，其中云："教育部通俗教育会审定之名著"，"列入上等"。"评语"为"是书以表彰节孝为宗旨，所叙家庭之事，文情悱恻，颇足激发至性，宜列上等"。"说明"为："是书所纪，纯系事实。书中主人姓汤名书岩，前清奉天民政司使吴筱堂之子妇也。书严适吴公子未两月，即赋寡，鹄吞金以殉，欲死而遇救者。再及祖姑阿翁相继以天年终。小姑亦已出阁，家事意义了结，含辛茹苦，凡十七年，始从容就义，抱十七年必死之

① 孙瑛:《鲁迅在教育部》，天津人民出版社 1979 年版，第 48 页。
② 同上书，第 53 页。
③ 同上书，第 52 页。

心，而待至十七年之后。其生平之苦楚，殆有难言之者。定夷先生表而出之，一扫时下靡曼之习，洵足以移风易俗，闺阁中人，若手此一编，尤足以正心术而敦节义，有功世道人心之作也。""评语"为官方所拟，"说明"为书局所加。二是李定夷所著《双缧记》广告，其中云："教育部通俗教育会审定"，"列入上等"。"部饬各省通俗图书馆采购，并行各省商会布告提倡"。"原评"为"篇中叙述分明，描摹克肖，定是非于片纸，寓褒贬于一篇，有功世道人心之佳构也。虽小说，吾人不可徒作小说观"。"加评"为："读其书者，如读列女传。作者以锦绣之文章，描写出之，尤能曲尽记事文之奥妙。原评为上等，自无疑异。"两种评语均为官方所拟。三是《湘娥泪》广告，其中云："部颁甲种褒状""毗陵李定夷先生之名著"。"部饬各省通俗图书馆采购，并行各省商会布告提倡"。"原评"为"是书可做列女传读，文笔亦极雅隽。写林烈妇婉侬尤能动人，凛若冰霜，而慈孝过人，自是难能可贵，此记事小说之上乘也。宜列上等，给甲种褒状"。"加评"为："是书情节，有类悲剧，作传记观，读之令人怆然。作小说观，专记乱离，悲惨之事，视他书蹊经（径）独绝。原评列为上等，允可无愧。"两种评语均为官方所拟。

总之，民初时期，旧派与新派恩怨一直纠缠不断，新派在舆论上大获全胜，而旧派在创作上大获全胜，各得其所。林庚白的《孑楼随笔》云："'五四运动'以来，中国之文化，一新壁垒，自是而语体诗及散文，小说，日益不胫而走，然浸淫十年，旧派章回体之小说，犹屹然不为少拔，此其症结所在，实与整个的社会极为联系，盖中国之新教育，初未尝普及，而受新教育之'洗礼'者，又显然分为左右二派，左派文艺不仅'推陈出新'，且一蹴而就于'普罗文学'之域，其停滞于右派者，则并语体而排斥之，矧社会之制度，习惯，暨一切事物，类皆新旧并存……章回体小说，至今风靡，有自来矣。"①

---

① 徐国桢：《小说学杂论》，芮和师等：《鸳鸯蝴蝶派文学资料》，福建人民出版社1984年版，第113页。

我们要逐渐澄清这样的观念，即五四新文学运动一兴起，新文学就很快主导文坛。其实，从 1912—1921 年间，新文学创作远逊于旧派文学创作，只不过新文学观念逐渐处于主导地位而已。

第三节　《小说新报》之改良与五四新文学运动之冲击

民初旧派文学上承晚清文学界革命已降的新体文学（如新小说、新体诗、报章文、新剧等），下连五四新文学，是中国近现代文学史中不可或缺的一环。旧派作家并非一味故步自封，一味顽固守旧，而是不断追求进步，不断追求新变，试图赶上时代的步伐。旧派作家受到新文学运动的很大影响，他们所主持的不少文学期刊在新文学的冲击下不断进行改良，只不过这种改良不曾被发掘而已。这不利于我们对旧派作家与旧派文学进行客观公允的评价，不利于我们对新文学家与新文学影响的准确评估。

《小说新报》同人就是这样的一群旧派作家，《小说新报》就是这样的旧派文学刊物，在旧派文学期刊中堪与前期《小说月报》媲美，颇具代表性，其改良更具代表性。面临五四新文学运动的巨大冲击，《小说新报》展开了四轮改良。这种改良从李定夷任编辑主任的 1919 年第 1 期设置"论坛"栏目开始，后每换一任编辑主任，开始新一轮改良（许指严接替李定夷除外，其改良主张附属于李定夷），如包醒独的改良、贡少芹的改良与天台山农的改良。各自改良的侧重点不同，各具特色。这些改良让我们大开眼界，重新认识到旧派作家求变的一面。

一　新文学运动背景下的旧派文学期刊之改良

就笔者看来，旧派文学期刊之改良可能始于 1919 年第 1 期的《小说新报》，这种改良是在新文学运动的冲击下的合理调适。其改良的规模是其他任何一家旧派文学刊物不可比拟的。《小说新报》进行了四轮改良。

第一轮改良始于1919年第1期"论坛"栏目的设置，前七期每一期刊载关于小说改良的论文一篇，所载论文依次为：李定夷的《改良小说刍议》（1919年第1期）、蒋箸超的《说能篇》（1919年第2期）、贡少芹的《敬告著小说与读小说者》（1919年第3期）、许指严的《说林扬觯》（1919年第4期）、（吴）绮缘的《吾之小说衰落观》（1919年第5期）、阅报一分子俞静岚女士的《小说新报评论》（1919年第6期）、（许）指严的《本报改良商榷之商榷》（1919年第7期）。自第8期起，"论坛"栏目改为"评林"栏目，前两期所在文章依次为郑逸梅的《新报画集之商榷》（1919年第8期）、绮缘的《最近十年来之小说观》（1919年第9期），凡九篇。

时任编辑主任的李定夷在《改良小说刍议》一文中提出了积极改良小说的办法："（甲）取中西善本详细批判之""（乙）取近时行本眼里甄别之""（丙）敦请大学家精著模范本""（丁）昌明各科学以扶植智识""（戊）演讲礼教以端读者趋向"。旨在有益于世道人心，有益于增长读者之知识。这种改良措施，除第五项与新文学不相容外，其余四项与新文学并不冲突。然而，不管是在思想上还是在艺术上，却是拯救旧派小说之弊，而不是根本改革，所坚守的"礼教"与新文学更是水火不容。这是该杂志在五四新文学运动的影响下所作出的调整，以期赶上急剧变化的时代，以免被时代所淘汰。1919年第8期所载《本报刷新特别启事》声明《小说新报》以后办刊特色：一是改定门类，以小说为主，以启迪社会为宗旨，首列精心结撰的短篇与长篇小说，次笔谈，次杂俎，次剧本，次曲谱，次文艺（内分评林、词坛、诗钟、灯谜诸子目），材料丰赡，意义崭新，每期必在百页以上。二是注重内容，"务使语不离宗，言皆有物，即以文学论，亦足为后学模范"。三是多征名著，"力求现代名人撰稿，精选入刊，如琴南、天笑、铁樵、天虚我生、钝根、周瘦鸳诸文豪，每期必有新著列入，用表特色。"四是力求美观，五是长篇小说预决首尾完具。① 当时酷爱《小说新报》的读者认为，该杂志新设置的"论坛"栏目"意至善，法至良也，此为杂志界新发现之异彩，新报之价值，将因是而增高，此海内名流发表小说意见之机关，于小说界之前途，关系甚巨，责任尤重，即专评论新报，亦可与薄海同志，声气相通，其功用又甚大也"②。这轮改良的特点是集中阐述旧派的小说观念，总结小说界存在的问题，提出改良办法。

　　第二轮改良，始于 1920 年第 1 期。《小说新报》已创办五年，编辑主任李定夷因故匆匆他适，许指严一度草草继职，"力图振作，区区爱护新报之忱，未尝一日或替"。他接任时间较短。1920 年由包醒独担任编辑主任，上任伊始，就策划改良。从第 1—8 期，每期"论坛"栏目中关于小说改良的长篇论文一篇，其中除了第 6 期所载潘公展的《我对于小说之管见》与第 8 期所载（吴）绮缘的《述小说之种类与利弊》两篇外，其余六篇均为"记者"所撰。"记者"指谁呢？《我对于小说之管见》篇首的作者小言云："醒独先生询余对于小说之意见"，其篇末"醒独谨志"云："公展先生为新学巨子，平居盱衡世俗，辄慨焉有改革之志。是作本其夙愿，发为文章，论伟识闳，有识者多竞许，当不独鄙人钦佩已也。"③《述小说之种类与利弊》篇末"醒独谨志"云："本报论坛所刊各著，几已无义不搜，无词不尽。自第九期起，是栏暂行撤除，藉增小说篇幅。用附数言，以谂阅者。"④ 由此可证，这里的"记者"为编辑主任包醒独。他的六篇论文依次为：《对于本报第六年之三大希望》（1920 年第 1 期）、《撰本译本长短比较论》（1920 年第 3 期）、《予之言情小说观》（1920 年第 3 期）、《论小说在文学上之

① 《本报刷新特别启事》，《小说新报》1919 年第 8 期。
② 俞静岚女士：《〈小说新报〉评论》，《小说新报》1919 年第 6 期。
③ 潘公展：《我对于小说之管见》，《小说新报》1920 年第 6 期。
④ 吴绮缘：《述小说之种类与利弊》，《小说新报》1920 年第 6 期。

价值》（1920 年第 4 期）、《小说二次革命议》（1920 年第 5 期）、《论小说家宜注重游历》（1920 年第 7 期）。这轮改良突出的特点是，鉴于民初小说陈陈相因以及黑幕书等的泛滥，决定发动第二次小说革命，以革新小说内容。

第三轮改良始于 1922 年第 1 期，主编贡少芹改"论坛"栏目为"思潮"栏目。该栏目的最新动向是突破小说、突破文学的范围，进入政治文化领域，存在模仿《新青年》以"思潮"引领时代潮流的明显痕迹。

第四轮改良始于 1923 第 1 期。天台山农主持的这轮改良并未像上三轮改良那样开辟"论坛"或"思潮"栏目，而是以灵活多样的形式，如"序文""征文简章""编辑上的商榷"等，发表编辑主任与读者的改良意见。"编辑上的商榷"栏目意在与读者交流意见，征求读者的"高见指教"。其突出特色是试图发掘新作者，尤其是青年学者作者与女性作者。

从时间上看，这四轮改良与新文学运动大体同步。李定夷的改良始于 1919 年 1 月，包醒独的改良始于 1920 年 1 月，贡少芹的改良始于 1922 年 1 月，天台山农的改良始于 1923 年 1 月，均历时数月。这四轮改良虽然不是一人主持，但仍有一定的连贯性、递进性乃至系统性，表明了旧派追求文学进步的积极尝试。

二 旧派文学期刊之改良与"文白兼容"主张

"文白兼容"的问题早在晚清文学革新运动时就已经提出，梁启超等人在创办《新小说》杂志时不得不兼顾文言与俗语。《中国唯一之文学报〈新小说〉》声称："本报文言、俗语参用；其俗语之中，官话与粤语参用；但其书既用某体者，则全部一律。"[①] 其意是兼顾文言与俗语之作，但各自一体，不能混用。这种语言体例为不少小说

---

① 陈平原、夏晓红：《二十世纪中国小说理论资料》第一卷，北京大学出版社 1997 年版，第 59 页。

杂志所仿效，如《小说林》《新新小说》《小说月报》《中华小说界》等。实际上，各自一体很难做到，梁启超自己也不能幸免。他自言翻译《十五小豪杰》时，"贪省时日，只得文俗并用"①。值得注意的是，梁启超提出进化论语言观，认为"文学之进化有一大关键，即由古语之文学，变为俗语之文学是也"②。换言之，文言向白话演进，是文学进化的规律。这种观念在当时是进步的，并逐渐获得认同。狄楚卿等人赞同这种观点，指出："饮冰室主人常语余：俗语问题之流行，实文学进步之最大关键也。各国皆尔，吾中国亦应有然。故俗语文体之嬗进，实淘汰、优胜之势所不能避也。中国文字衍形不衍声，故文言分离，此俗语文体进步之一障碍，而即社会进步之一障碍也。"③ 晚清新小说家和民初旧派作家均主张文言与白话兼顾，从各自一体演变为相互混用，任其所能，而总体倾向是偏重文言。

新文学运动兴起后，废除文言、提倡白话的呼声此起彼伏，一浪高过一浪。主张文言、忽视白话的旧派感到强大的压力，他们再也不能无动于衷。在文言与白话的问题上，以《小说新报》为代表的旧派认为，欧美言文一致，中国则言文分离，欧美白话的流行比中国白话容易。蒋箸超在《说能篇》一文中指出："吾国新文派之风潮，在上者讳言之，而在下者则已视为怪现象之一种，非新潮之荒谬也，欧美文言一致……中国文自文，言自言也。"卢梭的《民约论》、孟德斯鸠的《波斯人信札》，可与《鲁滨逊漂流记》等量齐观。我国所记载者，本无朝野之分，《水浒传》《三国志》则取法于《左转》《国语》，"一言一文，昭乎其不可同也"；《西厢记》《琵琶记》则取法于《诗经》《离骚》，"前之文者自文，后之文者又杂入言，又显然其不可混也。故以通俗之义释之，又只宜乎小说之一种"。旧派难以忍

---

① 陈平原、夏晓红：《二十世纪中国小说理论资料》第一卷，北京大学出版社 1997 年版，第 64 页。
② 《小说丛话》，《新小说》1903 年第 7 号。
③ 楚卿：《论文学上小说之位置》，《新小说》1903 年第 7 号。

受五四新文学欧化风格的怪腔怪调，难以接受青年学子弃中趋外的普遍现象，"世家多秦汉物，不肖之子孙，乃偏爱外国家伙，于是悉举以易之至于极。外国之家伙，美观而不耐用者也。中国之小说不可不改良，不改良则能力日弱。然不得其道而言改良，毋宁山歌类之小说，易于普及而有能力者也，此又吾所兢兢者矣"①。蒋氏的小说改良立场是民族文化本位观，在中国传统小说的基础上进行改良，而不以西方小说完全取代。贡少芹也认为，文言与白话存在一定的分别，各有所短。"就表面观之，文言则难，而白话较易，其实作文言固不易，而作白话则尤难。……限于方言不能尽人皆知，一也；狃于俗语，令人殊多费解，二也；过深则不合体裁，过浅则流为粗鄙，三也。至若作文言小说，亦有数忌在焉。堆砌辞藻，腐烂词头，一忌也；帮贴艰深字面，二忌也；篇中惯用四六排偶，三忌也。在执笔者以为不如实，不足显其文字古茂富丽也。其实所谓古茂富丽者，不再运用词典癖字，而在文气与文笔。抑更有说者，作文言小说，最忌其中夹杂白话，作白话小说，最忌其中间有文言，此不可不知也。"②这种分析有一定道理。天台山农主张文言与白话并重，他说："本月刊门类宽宏，各种文字皆欢迎，文言白话悉听擅长。"③许指严认为："吾国之单纯文字，已病其难普及，而复以简且古，积嬗递变之文学束缚之，其多所逃而不能人人普及也固宜。且科举既废，一切学术应归于科学实用，文字乃益为筌蹄，使非亟取简易普及者承其乏，必有他人起而代之者。"④在清末民初西学东渐之际，许指严深受其影响，"与友人论西文读本，其中所载文字，强半为小说家言，足供普通谈助"。他恍然大悟，认识到西方学业普及之效，"实借重于小说也。因信小说之可以立功于社会。顾环视社会中识字者且不多，何论文

---

① 蒋箸超：《说能篇》，《小说新报》1919 年第 2 期。
② 贡少芹：《敬告著小说与谈小说者》，《小说新报》1919 年第 3 期。
③ 《本社征文简章》，《小说新报》1923 年第 1 期。
④ 许指严：《说林扬觯》，《小说新报》1919 年第 4 期。

言。虽呕心血，其如人之不解何？彼《三国演义》、《水浒传》、《七侠五义》之类，久已衣被社会，则以白话之效力。比较上不止倍蓰也。乃亦试为章回白话体，而每一稿出，辄为前辈所诃，又不敢自伸其说，说亦恐无效"①。由此可见，旧派并非排斥白话，他们对变化的态度很宽容，积极容纳白话，最理想的状态是文言与白话兼容。

新派对旧派的态度十分纠结，旧派使用文言，他们大加挞伐；旧派采用白话，他们又觉得是对新文学运动的侮辱，其意是要把旧派扫地出门，拒之于文坛之外。新派认为："《礼拜六》式的小说，已渐趋于用白话。近代所出版的《星期》征文上也大大的声明，稿件以白话为主。然而这可以算是新文学运动的势力扩充么？唉！不忍说了！这可以说是加于新文学运动的一种辱蔑而已。"② 这种唯我独尊，不容他者的态度，大有文化垄断之势，这不能不令人深思。

总体来说，文言与白话是两种不同的语体，各有不同的文化语境，文言小说与白话小说中若混用他语，会破坏语境或文气，文言小说中的白话、白话小说中的文言，都显得比较别扭。当然也不排除一些特殊情况，如驾驭语言能力很强的文学大师，如曹雪芹、鲁迅等人，能够很好地协调文言小说中的白话，白话小说中的文言。

三 旧派文学期刊之改良与"新旧融合"主张

旧派文学期刊之改良表现出一个突出的趋向，就是尽量向新文学靠拢。以《小说新报》为代表的旧派文学期刊鲜明地体现了这一点。"新旧融合"主张就是旧派向新文学靠近的有益尝试之一，这种融合集中于第二轮改良。包醒独可谓尽心尽力，颇有见解。他在《对于本刊第六年之三大希望》中声称："本报亦结束五年之旧文字，再造六年之新局面。益当磨厉，以须发愤自强，变愈急，则革新之机愈近。"③ 并

---

① 许指严：《说林扬觯》，《小说新报》1919 年第 4 期。
② 芮和师等：《鸳鸯蝴蝶派文学资料》上册，福建人民出版社 1984 年版，第 668 页。
③ 记者：《对于本刊第六年之三大希望》，《小说新报》1920 年第 1 期。

提出三大希望：一融合新旧潮流，二鼓励爱国精神，三树立小说模范。"融合新旧潮流"的改良主张显然是受到五四新文学运动的巨大影响而做出的适当调整。该文云："自文学革命之声浪泛滥于国内，新旧两派各走极端。旧派目新派为狂悖，新派斥旧派为顽梗。平心论之，过与不及，皆有所失当也。旧文学雕琢太甚，徒事粉饰，固属无裨实用；新文学肤浅过甚，往往旧文学数十字能尽者，新文学倍之而不足。此所谓过与不及也。惟本报所用之文字，通畅简赅，融新旧两派之长，为社会上最适用之文字，可称之谓通俗文字。读本报者，以小说眼光视之，固一纯粹之小说报也；倘不以小说相视，而研究其文字，故亦以有价值之文学书。……故小说之文字，为一种极清晰极轻灵之文字，即为一种最切合实用之文字。今之人奚凿凿于新旧之际，亟宜泯此纷争，融和两者之意，而造成一种通俗文字，此造成通俗文字之责，则本报所义不容辞者也。"① 对民初旧派来说，融合新旧势在必行，作为杂志主编不能违背这一历时代潮流。这既是趋新，也是自救。

　　"新旧融合"之道是"取各自之长，去各自之短"。旧派之所短首在过于雕琢，过于粉饰，过于堆砌辞藻，内容空洞，言之无物。由于时代变化急剧，昔日的新小说陈陈相因，难以尽善尽美，而为社会所厌恶。那些黑幕书、神怪书、妖言书充塞坊间，贻害社会。新派之所长首在内容丰富充实。1917 年，胡适主张文学改良从"八事"入手，其一就是"须言之有物"。他指出："吾国近世文学之大病，在于言之无物。"② 他所谓"物"是指情感和思想。1919 年第 8 期上的《本报刷新特别启事》声明《小说新报》以后会注重内容，"务使语不离宗，言皆有物，即以文学论，亦足为后学模范"③。旧派指出，

① 记者：《对于本刊第六年之三大希望》，《小说新报》1920 年第 1 期。
② 胡适：《文学改良刍议》，《文学运动史料选》第一册，上海教育出版社 1979 年版，第 12 页。
③ 《本报刷新特别启事》，《小说新报》1919 年第 8 期。

民元以后，"社会上则'文化革命'、'学术革命'、'思想革命'等
议，亦愈唱愈高。外受欧战结局之影响，内因五四运动之刺激，故
'文化'、'学术'、'思想'三者，俱不能不从世界潮流而生变化，于
是革命之说起矣。小说也者，实包'文化'、'学术'、'思想'三者
之一部分。换言之，即'文化'、'学术'、'思想'之革命，皆可从
小说以发挥之。文化与学术皆上中流社会之私有物，思想则社会上三
流人物各个不同，其间相去之程度不可以道里计。惟小说则左宜右
有，雅俗共赏，从小说上以播'文化'、'学术'、'思想'三者之革
命种子，无形之中，其效至广。夫小说既有此绝广之效用，与此巨大
之责任，则今日之小说当然因'文化'、'学术'、'思想'之革命而
革命，确定无疑矣"①。论者在五四新文化运动的大潮中，在文化革
命、学术革命、思想革命的影响下，联系小说革命，深思熟虑，把这
四者融合起来，颇有创建。用中下流社会广为接受的小说来传播新文
化、新学术、新思想，使四者相得益彰。旧派的包醒独告诚著作家，
"今后撰译小说，应参以新思想、新文化、新学术，举旧日一切之刻
板文章，扫除无遗。惟陈言之务去，觉今是而昨非，如实庶可增进读
者之兴味，而渐复旧时之盛况"。因此，倡导第二次小说革命，"欲
求小说之神威……非谋二次之中兴不可，非谋二次之革命不可"②。
旧派的这种新旧融合的具体建议十分中肯，使我们对旧派作家产生新
的认识，他们并非像新文学领袖批评的那样愚昧顽固，而是比较清醒
开明，力主变革。

四　旧派文学期刊之改良与时代思潮

旧派文学期刊并非完全脱离时代，而是时时感应时代的变化趋
势，并作出相应调整。旧派的典型期刊《小说新报》反映比较敏感，
通过第三轮改良试图赶上时代浪潮。这轮改良的 12 篇文章能够反映

---

① 记者（包醒独）：《小说二次革命议》，《小说新报》1920 年第 5 期。
② 同上。

出当时的一些社会"思潮"，主要是关于时政问题与妇女及婚姻问题，前有如（郎）醒石的反映北军与民军之战的《非战》（1922年第3期）和主张国民对于政治之责任的《国民对于改良政治的责任》（1922年第6期）；后者如（郎）醒石的《中国男女道德标准不同的研究》（1922年第2期）与《我对于改革中国婚礼的商榷》（1922年第4期）；兰友的《蓄妾制度前因后果和废止的方法》（1922年第9期）与冰心女士的《上海妇女的解剖》（1923年第12期）。其他问题有关于儿童的教育问题，如瞿爱棠的《论儿童公育》（1922年第1期）所讨论的儿童教育问题，主张仿效西方发达国家，把纳入国家"公育"范围；关于作家生活视野与创作素材的关系问题，如（郎）醒石的《旅行与文章的关系》（1922年第5期）；关于中西文化之差异的问题，如（郎）醒石的《动与静》（1922年第10期）与《动与静》（续）（1922年第11期）；关于人性问题，如贼菌的《谈心》（1922年第7期）；关于珍惜时间的，如（郎）醒石的《钟点学》（1922年第8期）。

　　（郎）醒石的《中国男女道德标准不同的而研究》一文，提出了一个重要问题，即中国男女道德标准不同的问题，可谓发人深省。论者以人的欲望为出发点，讨论欲望与道德之间的关系，指出"世上的人类，无论男女，都有天赋的欲望，且要时时刻刻发展他们的欲望；但欲望是一种盲目的冲动，他自身只有发展的趋势，既不知什么时候是应当发展的，什么时候是不应当发展的，也不知发展到什么程度，就与人有利，于是人类因为要延长他们的生活，且要得着充分生活的原故，就想出什么道德来，做人发展欲望的标准"①。与生俱来的人类欲望是一股难以控制的巨大力量，为了既满足一定程度一定范围内的合理欲望，道德便应运而生。然而，道德标准作为抽象事物，不仅具有时间性和地方性，如古人的道德与今人的道德就不同，中国的道

---

① （郎）醒石：《中国男女道德标准不同的研究》，《小说新报》1922年第2期。

德与欧洲的道德也有异。道德还具有性别属性，男人的道德与女人的道德也不一样。于是，论者提出一系列问题，"男女是否同一人类？中国的妇女是否同一地方？中国现在的男女是否同一时代？为什么他们所遵的道德标准要不同呢？"这些问题与五四新文化运动倡导者的"伦理革命"是一致的。论者认为，在男权社会中，一些恶风俗司空见惯，男子不愿意揭露，担心丧失一经取得的权利，如一夫多妻制现象、三寸金莲现象、供男子享乐的妓院问题等，这些问题体现了男女不平等。"女子无才便是德"的古训在遭遇天赋人权流行的时代，受到全面的质疑乃至否定。男女平权问题迫在眉睫，不解决好"半边天"问题，国民的素质难以全面提高，社会难以产生根本性变革。造成这一局面的原因很多，如"历史上的原因""农业制度的原因""学者提倡的原因"等。论者严厉批判道："中国因为男女道德的标准不同，就把女子的人格埋没。社会里头变为只有男子，没有女子，女子只是男子财产的一部分，不是有人格的独立的份子。把个中国社会弄成一个半边枯的社会。女子的幸福固属剥夺殆尽，就是男子自身，又何尝能得着真正夫妻的幸福，男女互助服务社会的快乐呢？我敬告我们男同胞，从此痛改前非，不要蔑视女子的人格，与女子同遵一个标准的道德。一方面造一个完美快乐的一夫一妻的家庭，一方面彼此互助，来改革社会。将来诸位自身，固属受益不浅，就是诸位的子孙，也要馨香祝祷咧。"① 旧派文学杂志上能有这种思想开明的论文诚属难能可贵，这种思想不仅在当时很先进，即使在今天仍很进步。

　　《小说新报》试图参加或者引领时代"思潮"，然而"人微言轻"，缺乏新文学家所拥有的文化优势和地位优势，其微弱的声音淹没在新文化的巨大浪潮中。

五　旧派小说期刊之改良与新作者的开拓

　　一般来说，旧派文学期刊往往有自己的作者圈，圈外的作者很少

---

① （郎）醒石：《中国男女道德标准不同的而研究》，《小说新报》1922 年第 2 期。

能够轻易入内。新文学运动兴起后，这种情况有所改变。1920 年，《小说月报》增开由沈雁冰主持"小说新潮"栏目，实际上就是突破旧派作家圈，纳入新文学的潜在作者或作者。这种有益尝试使商务印书馆大胆作出《小说月报》彻底改革的决定，让新文学阵营的沈雁冰代替旧派阵营的王蕴章主编《小说月报》，从而使《小说月报》重整旗鼓，别开生面。旧派作家，如《小说新报》编辑主任天台山农刊载眼里，很可能从中受到启发，突破旧派作家圈，开拓新的作者的任务群迫在眉睫。因而，他所主持的《小说新报》改良是开拓新的作者。他把眼光投向学生界，开拓学生作者。《征求男女学生作品简章》云，"本社为辅助教育，发扬文艺起见"，特从第 8 年第 1 期起，"悬赏征求全国男女学生作品"，由该社出题，以二千字有限，敦请海上名宿评定等第。酌定最优等三名，第一名赠书券十元，第二名五元，第三名三元。优等二十名，各赠书券三元。特等四十名，各赠书券一元五角。甲等不限额，各赠书券一元（佳卷过多奖额递加）。此外，最优等还加赠特别现金，第一名十元，第二名五元，第三名三元，并将原文刊入本杂志中。"其余各卷，一俟集有成数，另刊专册。"① 除学生界外，天台山农还向女界征求稿件，《征求女界著作简章》云："近代妇女事业，已出家庭而进于社会，政治所有，女子参政、女子职业、女子教育诸问题，皆有待于讨论商榷。而女子文艺尤有发扬表彰之价值。用是本社特辟一栏，征求投稿。凡女界才媛，有所述作，事无论乎巨细，文不限于庄谐"，欢迎投稿。"凡应征者不拘文字（如论说、诗词、记载、小说）体裁（如文言、白话），惟以女子范围为限"，每期择优录取，酌赠现金书券。② 这种举措实际上是旧派向新派靠拢的表现。

　　天台山农针对青年学生界与女界的征文很不理想。1923 年第 5 期上刊载的《编辑部启事（一）》云："敝报欲为全国学界输灌文化

---

① 《征求男女学生作品简章》，《小说新报》1923 年第 2 期。

② 《征求女界著作简章》，《小说新报》1923 年第 2 期。

起见，特设学生栏，征求作品，俾资观察。奈自一二三期所设置
《老博士》、《青年鉴》两题，应者殊不踊跃，其中佳卷固属有之，
而逾越本题者为数亦多。核与规定等第名额，相差甚远，且伫待已
久，渴望源源而来。讵知愿与心违，致不克成此盛举，悬期四月，
万难再延，致负按期购稿诸君之望。惟以寥寥数卷，焉能照章揭晓。
万不获已，暂将本栏即日取销。所有承赐鸿文而合本题范围者，每
卷敬赠第五期小说新报一册，由邮寄奉，至希检纳，统乞原谅。"①
由此可见，"学生栏"彻底失败。其实，当时并非没有学生作者群，
并非没有学生稿件，不过各有所属，而为听从天台山农的召唤。据
不完全统计，1922—1925 年间，可谓青年的文学团体和小型的文艺
定期刊蓬勃滋生的时代，先后成立的文学团体及刊物，不下一百多，
广泛分布于北京、天津、河北、上海、江苏南京、浙江宁波、杭州、
台州、绍兴、广东广州、汕头、潮州、湖南长沙、四川成都、泸州、
重庆、云南昆明、河南、湖北，以及东北。"这一大活动的主体是青
年学生以及职业界的青年知识分子。他们的团体和刊物也许产生了
以后旋又消灭（据《星海》上册的附录，则在民国十三年上半季全
国的文艺刊物尚有周刊十五种，旬刊十种，半月刊二种，月刊三种，
季刊十种，不定期刊十三种，共五十三种，自然这统计也不完全，
只据了《星海》编者所见到的而已），然而他们对于新文学发展的意
义却是很大的。这几年的杂乱而且也好像有点浪费的团体活动和小
型刊物的出版，就好比是尼罗河的大泛滥，跟着来的是大群的有希
望的青年作家，他们在那狂猛的文学大活动的洪水中已经练得一副
好身手，他们的出现使得新文学史上第一个'十年'的后半期顿然
有声有色！"②青年作者甚多，却不为旧派所用。不是旧派远离新派，
而是新派抛弃旧派。

---

① 《编辑部启事（一）》，《小说新报》1923 年第 5 期。
② 茅盾：《小说一集·导言》，刘运峰：《1917—1927 中国新文学大系导言集》，天津
人民出版社 2009 年版，第 58 页。

天台山农本来雄心勃勃，"欲为全国学界输灌文化起见，特设学生栏"，而应者寥寥，真可谓"心比天高，命比纸薄"。一介旧派文人在全国新学界缺乏号召力，根本不能与号召全国学界的新文学将领并驾齐驱。

六 旧派作家的自卑与新文学家的傲慢

民国初期，尽管旧派文学拥有广阔的读者市场，旧派作家却仍然十分自卑；尽管新文学默默无闻，缺乏可以与旧派文学匹敌的文学创作，新文学家却仍然表现出强烈的傲慢姿态，旧派作家与新文学家根本不能握手言和，在文坛上和谐共处。旧派一直遭到新派的强力排挤，并逐渐丧失自己的文学市场。

旧派作家论及旧派与新文学之关系时，一般觉得自己社会地位与文坛地位的低下，不能与新文学家相比。他们自惭形秽，缺乏自信，难以与新文学家在论战层面抗衡，只是一味埋头苦干，通过自己的作品赢得读者。许指严可谓典型代表，他在旧派作家中资格很老，声望很高，但仍然不遂其志。许氏自言："弄翰三十年，为制艺、经说、史考、诗古文辞十之四，为小说笔记十之六。而小说中又为短篇文言者十之八，长篇章回白话者十之二。自客岁息影海上，益复竞为短篇笔记及杂俎。今日思之，始知不才之学殖所以荒落，而志气所以郁而不得伸，与社会接触之影响，所以亦日就微且薄也。夫以高古之学说诗古文辞鸣于世，尚矣。姑置勿论。自政体学说竞尚改革以来，近岁复有文学革命之提倡，于是赞成者有之，非难者有之。不才闻之，用窃自慨。盖不才十余年前，所以毅然弃经史诗古文辞，而浸淫学说者，即本斯意。而其时大文豪辈树帜赫赫，屹然不可动摇，外摄其威，内又未敢自信，是以惭沮隐忍而不敢以宗旨告人，则竞牵朋辈为迻译欧美学说，乘舌人之余唾而线装之。暇则为荒唐谬悠之寓言，如唐人如宋稗，如留仙随园晓岚遯叟，恐前辈之见诃，则以为此亦文人不得志于时者之所为尔，而终不敢一伸其旨趣。盖不才独居深念，有见于世界思想之潮流，日趋于群治的，而即日汰其独裁的。"① 他慨叹自己"达心而懦，率以自娱，虽悔恨万状，无疑自解于暴弃之讥，宜为社会所摈也。由是，浮沉涂抹于迻译缀拾之场者十余载，精神既益日颓，志气亦益疲薾。其欲以白话小说启迪社会，而为文学界树一新帜之志愿，竟成虚语矣。逮客秋读北京大学之《新青年》刊著物，中载诸名流之绪论，始服其肝胆过人，而益怅惘不才之前尘往事，其犹豫狐疑之状态，可笑亦复可怜也。夫既不能以高古之文学，抱残守缺，为国粹前驱，复不敢崭新辟垒，以白话小说动社会之观听"，而仅仅求生活于迻译缀拾之文字，"如村妇浓妆，自炫其美，不上不下，低昂无所就"，进退维谷。这是进步旧派作家的尴尬，他们不能得到新文学家与顽固旧派作家的包容。

旧派可谓一厢情愿，新派根本不屑与之为伍，更不屑与之齐心协力，造成什么通俗文字，而要把旧派全部扫出文坛，由自己主导文坛，让新派势力遍布文学市场。其实，民初旧派中的先进分子，如《小说新报》同人，本是五四新文学的同路人。然而，由于存在新旧派系之争，党同伐异，一再改良的旧派刊物，一再自我更新的旧派作家，均为新派所排斥。《编辑上的商榷》指出："新旧文学的争执，直到如今还没有解决。新文学家主张白话，旧文学家主张文言，背道而驰，愈趋愈远。其实，讲句持平的话，文学本可分为两种，一种是高尚的美感的，一种是普遍的实用的。文言适合于前一种，白话适合于后一种。拿文言来诋排白话，果免不了阻碍文化；拿白话来毁谤文言，也逃不掉破坏国粹。小说这一种文学是介在高尚的与普遍的、美感的与实用的中间，所以本报的材料自本期起，文言、白话兼收并蓄，总以意味隽永，文笔爽朗，确有小说上的价值为标准。至于文言、白话并无成见，这层意思要请爱读本报诸君加以赞助呀！"② 新派居高临下，目空一切，他们以知识精英自居，以引领全国文坛为己

① 许指严：《说林扬觯》，《小说新报》1919 年第 4 期。
② 《编辑上的商榷》，《小说新报》1923 年第 1 期。

任，唯我独尊，不容异己，并不利于民初乃至 20 世纪二三十年代中国文学多元化的发展。只有在面临日寇的大举入侵的 30 年代后期，在全国抗日战争文艺统一战线的大纛下，新派才容纳旧派，此时旧派感激不尽。民初旧派的文学命运值得我们深思。

（本节与颜梦寒合撰）

结　语

　　通过研究，我们得出这样的结论：其一，以《小说新报》为代表的民初旧派文学，是民初乃至五四初期在文坛上处于主导地位的文学。那时，五四新文学尚在孕育之中，新文学领袖与干将们忙于新文学主张的宣传工作，忙于对旧派文学阵营的抨击工作，以便为新文学的登场扫清障碍。中国现代文学史教科书无不以新文学家与旧派阵营的论战开篇，五四初期新文学家的论战成就取代了创作成就。与此相反，此时的旧派文学以创作成就弥补论战的严重缺陷。"《小说新报》之改良与民初旧派文学之调适"一章已有专门论述。这是学界长期以来严重忽视的文学史现象，也是以五四新文学为本位的研究者难以或不愿面对的问题，如今，我们不得不直面这一文学现象，不得不为旧派文学还以公道。

　　其二，以《小说新报》同人为代表的民初旧派作家是文化保守主义者，他们与作为文化激进主义者的五四新义学家不同，前者以继承和发展传统文学与传统文化为己任，体现中国文学从传统向现代嬗变的内源性因素，而后者则以复兴中国文学与中国文化为己任，体现中国文学现代转型的外源性因素。旧派作家的中国文学承续不是以"固守"为承续，而是以"更新"为承续，试图通过纵向承续我国传统文学与传统文化，达到有益于世道人心的目的；新文学家的中国文艺复兴不是以"复古"为复兴，而是以"西化"为复兴，试图通过横向移植西方近现代文学与近现代文化，达到极力推进中国的现代化为目的。前者注重中下层社会，后者注重中上层社会，都有利于中国社会的发展进步，各得其所。然而，由于我们认识的局限，以为激进的符合时代潮流，是好的；保守的落后于时代潮流，是坏的。这种非此即彼、非黑即白的简单二元对立思维模式，严重影响学界对民初旧派作家及其文学成就、五四新文学家及其文学成就的客观评估。我们应该把因为僵化的思维模式所造成的歪曲扭转过来，重新认识旧派作家及其文学成就，充分肯定他们与它们关于中国文学内源性变革的价值和意义，重新认识五四新文学家及其文学成就，高度关注他们与它们对中国文学与文化传统所造成的严重负面影响，这种负面影响并不亚于引进西方近现代文学与文化的正面影响。

其三，结构功能论者认为社会系统的进化力量来自"内部分化"和"适应性升级"，并且一个社会的现代化状况决定于它以前的"分化"的积累状况[①]，文学系统也是如此。从结构功能论来看，民初时期的文学结构发生根本变化。自晚清文学界革命，尤其是小说界革命以来，以诗文为正宗的传统文学体系受到巨大冲击，以小说为正宗以诗歌、散文、戏剧为辅翼的新的文学体系逐渐处于主导地位。以《小说新报》为代表的民初旧派文作家身陷中国文学现代转型的历史漩涡中，作为文化保守主义者，他们并不固执，并不自我苑囿于传统文学体系，而是同时积极追赶文学新潮，并自觉不自觉地融合传统文学体系与现代新的文学体系，使民初文学产生独特的景观。《小说新报》的栏目设置就是这种独特景观的最佳体现，不同文学类别的栏目实际上反映了民初文学结构的根本变化。旧派作家与时俱进，他们以小说为正宗，把《小说新报》的第一把交椅让给"小说"。每期短篇小说少则七八篇，多则十几篇，所连载的长篇小说四五部。小说的分量是很重，几乎占领了《小说新报》半壁江山。尽管如此，他们却给诸多传统文学样式留下巨大空间，顺利安置传奇，弹词，笔记（置于

---

① 尹保云：《对西欧现代化的"内源性"的反思》，《史学月刊》2006 年第 7 期。

"野乘"与"谈屑"栏目），诗词文赋（置于"文苑"栏目），属于讲唱文学的"时调"与"弹词"，游戏文章与滑稽新语（置于"谐薮"栏目），属于香艳文学的"花史"与"艳情尺牍"，属于传统文学批评的诗话、词话、文话、剧话、小说话等，以及属于现代文学批评的小说专论。"小说、词曲、诗文评，在我们的传统里，地位都在诗文之下，俗文学除一部分古歌谣归入诗里以外，可以说是没有地位。西方文化输入了新的文学意念，加上新文学的创作，小说、词曲、诗文评，才得升了格，跟诗歌和散文平等，都成了正统文学。"①在旧派文学结构中，传统文学可以与"小说新宗"分庭抗礼。这是旧派作家为了适应新的形势的自动调整，以期达到新旧融合的目标而进行的整合，这种新旧融合模式从民初一直维持到20世纪30年代初期。民初"小说新宗"是既不同于我国古小说又不同于五四新文学家的现代小说的独特小说，其浓厚的传统色彩与明显的现代因素交相辉映。它因为"不够新"而遭到新派的猛烈攻击，又因为"不太旧"而为顽固派所蔑视。其他传统文学样式，新派不屑一顾，顽固派却可以接近。倾向新派的研究者往往只研究旧派小说杂志上的小说，对传统文学视而不见，数部关于《小说月报》的研究论著都存在这种偏向。我们认为，应该把民初旧派文学作为一个整体来研究，忽视其传统文学成就，就严重破坏了旧派文学结构，只研究其小说无异于盲人摸象，只见局部不见全体，就难以客观评价。

其四，《小说新报》与中国文学的内源性变革表现在诸多方面。从文学文体来看，民初旧派作家的长篇小说与短篇小说的思想内容表现出正统性及其变革，如长篇言情小说的女性观、长篇社会小说的政治观与社会观，短篇言情小说的婚恋观，短篇社会小说的平民化嬗变，短篇革命小说的"民本"传统，短篇武侠类小说的侠义化，短篇家庭伦理小说与传统伦理的延续与突破，短篇掌故小说的野史化与

---

① 朱自清：《诗言志辨·序》，《诗言志辨》，华东师范大学出版社1996年版，第2页。

小说化等，这些都表明民初旧派小说不再完全固守传统，或多或少地发生一些变革。小说的艺术特色也有所变化，如淡化情节，强化抒情等。除了新潮式的小说外，传统文体，如古文与骈文、传奇、游戏文章与笑话、时调与弹词等讲唱文学，则直接承续传统，其变革微乎其微。旧派作家的新剧则不然，主要来自传统外部，但传统戏剧和当时的地方戏仍有一定的关联。旧派的文学批评以传统感悟式批评形态，如诗话、词话、文话、剧话、小说话等为主，逐渐蜕变为以系统化的文学专论。从运行机制上来看，以《小说新报》为代表的民初文学报刊，体现了文学生产机制市场化特征，这种市场化包括作家的职业化、报刊图文的香艳化与市场的驱动机制、发行机构的网络化、广告宣传的规模化、销售的策略化等方面。总之，民初旧派文学的变革呈现出鲜明的内源性特征。

参考文献

（按著者首字拼音升序排列）

《小说新报》（1915—1923 年，月刊，创刊于上海，共 94 期，不参加按首字拼音升序排序）

阿英：《晚清文学丛钞·传奇杂剧卷》，中华书局 1960 年版。

阿英：《晚清文艺报刊述略》，古典文献出版社 1958 年版。

阿英：《晚清小说史》，东方出版社 1996 年版。

安静：《〈小说新报〉研究》，硕士论文，济南大学，2013 年。

蔡镇楚：《中国诗话史》（修订本），湖南文艺出版社 2001 年版。

陈平原：《20 世纪中国小说史》，北京大学出版社 1989 年版。

陈平原：《陈平原小说史论集》，河北人民出版社 1997 年版。

陈平原、夏晓红：《二十世纪中国小说理论资料》第一卷，北京大学
    出版社 1989 年版。

陈望道：《修辞学发凡》，上海教育出版社 2006 年版。

陈钟凡：《中国文学批评史》，江苏文艺出版社 2008 年版。

范伯群：《中国近现代通俗文学史》（新版），江苏教育出版社 2010
    年版。

方孝岳：《中国文学八论·中国散文概论》，中国书店 1985 年版。

葛兆光：《中国思想史·导论》，复旦大学出版社 2001 年版。

龚自珍：《龚自珍全集》，中华书局 1959 年版。

顾颉刚：《顾颉刚全集 14 顾颉刚民俗论文集卷 1》，中华书局 2010

年版。

胡适：《胡适文集》（4），人民文学出版社 1998 年版。

胡亚敏：《叙事学》，华中师范大学出版社 2004 年版。

黄霖：《微澜集》，凤凰出版社 2011 年版。

蒋百里：《欧洲文艺复兴史》，岳麓书社 2010 年版。

解弢：《小说话》，中华书局 1919 年版。

瞿秋白：《瞿秋白文集》（第 3 卷），人民文学出版社 1989 年版。

李伯元：《李伯元全集》（5），江苏古籍出版社 1997 年版。

李长莉：《晚清上海：风尚与观念的变迁》，天津人民出版社 2010
　　年版。

李家瑞：《北平俗曲略》，上海文艺出版社 1990 年版。

李欧梵：《李欧梵自选集》，上海教育出版社 2002 年版。

李世涛：《知识分子立场：激进与保守之间的动荡》，时代文艺出版
　　社 2000 年版。

李文倩：《李定夷及其文学研究》，博士论文，苏州大学，2008 年。

梁启超：《清代学学术概论》，上海古籍出版社 1998 年版。

梁启超：《饮冰室合集》专集之二，中华书局 1989 年版。

梁启超：《饮冰室文集》（第一集），吴松等点校，云南教育出版社
　　2001 年版。

梁淑安：《中国近代文学论文集 1919—1949 戏剧卷》，中国社会科学
　　出版社 1988 年版。

梁淑安、姚柯夫：《中国近代传奇杂剧经眼录》，书目文献出版社 1996
　　年版。

梁淑安主编：《中国文学大辞典·近代卷》，中华书局 1997 年版。

刘军宁：《保守主义》，中国社会科学出版社 1998 年版。

刘纳：《嬗变——辛亥革命时期至五四时期的中国文学》，中国社会科
　　学出版社 1998 年版。

刘运峰：《1917—1927 中国新文学大系导言集》，天津人民出版社 2009

年版。

鲁迅：《鲁迅全集》人民文学出版社 2005 年版。

栾梅健：《海上文学·百家文库陆士谔、徐卓呆卷》，上海文艺出版社 2010 年版。

罗振玉：《罗雪堂先生全集三编七》，大通书局有限公司，1989 年。

毛泽东：《毛泽东选集》第 1 卷，人民出版社 1991 年版。

牛仰山：《中国近代文学论文集 1919—1949 概论·诗文卷》，中国社会科学出版社 1988 年版。

欧阳予倩：《欧阳予倩戏剧论文集》，上海文艺出版社 1984 年版。

钱基博：《现代中国文学史》，上海书店出版社 2004 年版。

任二北：《敦煌曲校录》，上海文艺联合出版社 1955 年版。

芮和师等：《鸳鸯蝴蝶派文学资料》，福建人民出版社 1984 年版。

谭嗣同：《谭嗣同全集》，生活·读书·新知三联书店 1954 年版。

谭正璧编撰：《修辞新例》，棠棣出版社 1953 年版。

汤哲声：《中国现代大众文化与通俗文学三十讲》，高等教育出版社 2011 年版。

汤志钧编：《康有为政论集》上册，中华书局 1998 年版。

汪宇：《刘师培学术文化随笔》，中国青年出版社 1999 年版。

王利器辑录：《历代笑话集》，上海古典文学出版社 1956 年版。

王栻：《严复集》第三册，中华书局 1986 年版。

王晓丹：《历史镜像——社会变迁与近代中国女性生活》，云南大学出版社 2011 年版。

王瑶：《中国新文学史稿》，上海文艺出版社 1982 年版。

魏绍昌：《吴趼人研究资料》，上海古籍出版社 1980 年版。

魏绍昌：《中国近代文学大系·史料索引集二》，上海书店 1996 年版。

魏绍昌等：《鸳鸯蝴蝶派研究资料》，上海文艺出版社 1984 年版。

邬国平、黄霖：《中国文论选》近代卷下，江苏文艺出版社 1996 年版。

吴福辉编：《二十世纪中国小说理论资料》第三卷，北京大学出版社

1997 年。

吴趼人：《吴趼人全集》，北方文艺出版社 1998 年版。

吴趼人：《新笑林广记附录一》，广东人民出版社 1981 年版。

吴梅：《吴梅全集》（理论卷中），河北教育出版社 2002 年版。

吴丕：《进化论与中国激进主义 1859—1924》，北京大学出版社 2005
　　年版。

吴平、邱明一：《周作人民俗学论集》，上海文艺出版社 1999 年版。

吴同瑞等：《中国俗文学七十年纪念北京大学〈歌谣〉周刊创刊七十
　　周年暨俗文学学术研讨会文集》，北京大学出版社 1994 年版。

张枬、王忍之：《辛亥革命前十年间时论选集》（第二卷下册），生
　　活·读书·新知三联书店 1960 年版。

章义和、陈春雷：《贞节史》，上海文艺出版社 1999 年版。

郑逸梅：《南社丛谈》，上海人民出版社 1981 年版。

郑逸梅：《郑逸梅全集》（第三卷），黑龙江人民出版社 2001 年版。

郑逸梅：《郑逸梅全集》（第五卷），黑龙江人民出版社 2001 年版。

郑振铎：《郑振铎全集》第 6 集，花山文艺出版社 1998 年版。

郑振铎：《中国俗文学史》，东方出版社 1996 年版。

周振鹤：《晚清营业书目》，上海书店出版社 2005 年版。

朱东润：《中国文学批评史大纲》，武汉大学出版社 2009 年版。

朱光潜：《朱光潜全集》第 8 卷，安徽教育出版社 1993 年版。

朱双云：《初期职业话剧史料》，独立出版社 1942 年版。

朱自清：《中国歌谣》，复旦大学出版社 2004 年版。

左鹏军：《晚清民国传奇剧志文献与史实研究》，人民文学出版社
　　2011 年版。

左鹏军：《晚清民国传奇杂剧考索》，人民文学出版社 2005 年版。

［英］佛斯特：《小说面面观》，花城出版社 1981 年版。

［美］吉尔伯特·哈特：《讽刺论》，万书元、江宁康译，广西人民出
　　版社 1990 年版。

后　　记

　　本书是我主持的 2012 年度国家社科基金项目的结项成果。该课题研究的动机，一是作为民初重要的小说期刊之一，《小说新报》发行 94 期，历时九年，不应该一直被忽视；二是因其编者与作者基本上是民初旧派文人，他们不管在文学观念还是其他观念上与传统的关系十分密切，从内源性的角度来研究《小说新报》十分可行，我于是设计课题，申报项目，幸获立项。我的基本思路是，中国文学现代化进程的研究一直为"冲击—反应模式"的"外源性"研究所主导，"自感—反应模式"的"内源性"研究严重缺乏，而处于这一进程中的民初文学则主要体现出"内源性"变革，总体上表现为"小传统"的延续与发展，不过也伴随一定程度和一定范围的"外源性"变革。民初文学"内源性"变革的理论基础，一是马克思的"历史进化论"，二是德国社会学家马克斯·韦伯的社会文化理论，三是美国社会学家塔尔科特·帕森斯的结构功能论。在此基础上，我们还借鉴美国人类学家罗伯特·雷德菲尔德的"大传统"与"小传统"两个概念，借鉴钱穆、余英时治学注重"内缘"的理念与方法，展开研究。通过《小说新报》为代表的民初大型通俗文学期刊，我们发现民初文学表现出凸显文学"小传统"的内源性变革特征。从历时性看，民初文学具有自身发展的"内在理路"；从共时性看，民初文学的结构形态表现为新旧文学体系的融合体。就小说而言，其历史演进使小说文体从小传统变为大传统，而与五四新文学这个大传统相比，以通俗小说为主体的民初小说仍然是小传统。由此可见，民初旧派作家及其文学，对传统的承续与变革远远多于对外来的吸收与改造，在文学的中与西、传统与现代方面，他们与五四新文学家恰恰相反。这是值得我们注意的。

　　本书的第一章、第三章第一节由我的硕士研究生邬吉丽撰写，第二章及第三章第二节由我的硕士研究生邱桃撰写，第三章第三、四节由邬吉丽和邱桃合撰，这些章节最后由我做了不同程度的修改。绪论、第四章、第五章、第六章、第七章、第八章、第九章、结语、参考文献由我撰写。

　　感谢我的硕士研究生李京桦、陈小燕，博士研究生颜梦寒、宁倩，她们校对了部分书稿。

　　感谢浙江师范大学江南文化研究中心的领导陈玉兰教授、李圣华教授长期以来对我的大力支持和鼓励。

付建舟于听雨斋